Tu fais QUOI pour Noël ?

JE T'ÉVITE !

JULIETTE BONTE

Tu fais QUOI pour Noël ? JE T'ÉVITE !

ROMAN

&H

HARPERCOLLINS FRANCE
83-85, boulevard Vincent-Auriol, 75646 PARIS CEDEX 13.

www.harlequin.fr

ISBN 978-2-2804-2022-8 — ISSN 2271-0256

Chapitre 1

Charlie

— Là, il y en a une !

Je suis la direction que pointe l'index de Savannah, et jubile. Après avoir tourné pendant un quart d'heure, manqué d'écraser un piéton et insulté la Terre entière, je découvre enfin le Saint-Graal.

Malheureusement, cette place est petite. Très petite. Tellement petite qu'en faisant mon créneau, j'emboutirai probablement l'avant de la Range Rover qui empiète dessus.

— Fais attention, je crois que c'est la voiture de Blade, me prévient Sav.

Je sais, j'ai reconnu le noir mat de sa carrosserie et les barres de toit. Et c'est bien pour cette raison que je rejette la décision la plus mature – arpenter les rues de Chicago à la recherche d'un parking ouvert –, actionne le clignotant et entame une manœuvre risquée.

— Charlie…

Le radar de recul se met en route.

— Charlie, tu vas lui rentrer dedans…

— Je maîtrise la situation.

Quatre secondes plus tard, je lui rentre dedans. Le choc est moindre, mais le bruit sourd indique que l'un des deux véhicules gardera un souvenir de cette rencontre.

— Je t'avais prévenue !

— Je n'ai pas fait exprès...

Je manipule le volant dans tous les sens afin de faire une nouvelle marche arrière. Les tôles se heurtent pour la deuxième fois dans un son qui fait soupirer ma passagère.

— Ce coup-ci, c'était peut-être volontaire, admets-je.

— Gare-toi au lieu de mettre ta vie en danger.

Blade ne porte pas grand intérêt à son 4x4 : il n'y a qu'à voir les rayures sur l'aile avant, l'encrassement des enjoliveurs ou encore l'intérieur, qui semble avoir difficilement fait face au passage d'une équipe de foot éméchée... Bien sûr, je suis la seule à avoir l'interdiction formelle d'approcher son bolide.

Les portières claquent et nous nous pressons vers la boutique pour ne pas prendre froid. Comme tous les hivers, le vent en provenance du Canada est terrassant ; nos voisins prennent plaisir à nous refourguer leurs températures négatives et les bruines verglaçantes qui vont avec.

Pour le moment, je tiens bon : le gel sur les trottoirs ne m'a pas encore fait chuter, et ma cure de vitamines empêche à la grippe de gagner du terrain. C'est un exploit.

La boutique est, comme d'habitude, bondée de monde. Malgré l'heure de fermeture largement dépassée, Blade et ses collègues ne renvoient pas leurs clients. C'est l'un des principes de la maison : satisfaire les demandes de chacun, quels que soient le jour et l'heure. Je serpente donc parmi des hommes et des femmes de tous âges, portant une étagère à bout de bras, s'entichant de vieux vélos ou encore serrant des sacs débordant de babioles rouillées voire cassées. Les basses puissantes d'un morceau de rap Old School accompagnent cette population éclectique.

Savannah, qui connaît les lieux par cœur, passe sous la barrière du comptoir avec un immense sourire aux lèvres. J'en comprends la cause en apercevant le patron, James. Il l'embrasse sur le front tandis qu'elle fond dans ses bras avec l'air d'une adolescente transie d'amour.

Je suis toujours fascinée de voir à quel point cet homme a changé mon amie d'enfance : jusqu'à lui, elle n'avait jamais été très portée sur l'idée du « couple traditionnel ». Sav a passé des années à papillonner avec les garçons du foyer, avant de porter son dévolu sur ceux du collège, puis de s'en donner à cœur joie avec les spécimens de la fac. En outre, James ne correspond en rien à ceux qu'elle ramenait chez nous.

Déjà, il ne sent pas le cannabis – c'est un fait assez exceptionnel pour être mentionné. Ensuite, il porte des chemises propres et repassées. Enfin, c'est un homme indépendant qui a bâti seul sa carrière professionnelle. Le combo des trois me rassure : je refuserais de la laisser entre les mains d'un énième énergumène incapable de prendre soin d'elle.

Je les rejoins en m'efforçant de ne pas jeter un œil sur ma droite. Je ne veux pas qu'*il* me remarque. Le problème majeur, c'est que plus la distance s'amenuise entre nous, plus l'air se charge de molécules électriques. On ressent notre incompatibilité sans même se regarder. C'est de la physique atomique.

James m'étudie un instant, curieux, avant de lever un sourcil amusé.

— Il est à environ trois mètres cinquante de toi, c'est insuffisant ? me demande-t-il.

— Le périmètre de sécurité exige au minimum un océan entre nous.

— Tu es au Misc, Charlie. C'est son terrain, tu sais. Techniquement, c'est à toi de faire profil bas.

— Être en territoire ennemi ne me rendra pas plus docile.

— C'est ce que je vois, dit-il en riant. La soirée s'annonce merveilleuse !

Depuis que Savannah et James ont eu ce truc qu'on appelle communément un « coup de foudre », nous passons nos vendredis soir dans l'arrière-cour du Misc, sa boutique. En théorie, ces soirées à rallonge ont pour but de leur faire relâcher la pression, après une semaine intensive de travail. En pratique, ce sont des moments de torture : ne pas s'entretuer avec Blade relève de l'impossible dès qu'on a un coup dans le nez.

La semaine dernière, ma bière a fini sur sa tête. Celle d'avant, le karaoké s'est terminé en règlement de comptes – il n'a pas apprécié que je lui fasse une interprétation de « Fuck You » de Lily Allen, les gestes obscènes allant de pair. Aujourd'hui, j'ai promis à Savannah de me tenir à carreau.

Pas d'attaques en chanson. Pas d'alcool ailleurs que

dans mon ventre. Je pense être en mesure de me contrôler, tant qu'il ne tente rien pour réveiller ma colère.

— Vous êtes déjà là ? nous lance Sally, étonnée.

— On aurait dû fermer il y a une heure, lui rappelle James.

Elle observe la file interminable avec une moue contrariée. L'apéro est sa religion, elle ne le manquerait pour rien au monde. De fait, je ne suis pas surprise qu'elle implore silencieusement à son boss d'agir.

— Tu connais la politique de la maison, dit-il en secouant négativement la tête.

— Je sais surtout ce qu'est un burn-out. La surexploitation de tes employés pourrait te conduire au tribunal !

— Tu fais ce travail par plaisir, pas par obligation : ton argument n'est pas recevable. Plus vite les demandes seront bouclées, plus vite tu pourras sortir la bière du frigo.

— Répète ça à Grayson et Blade, ce sont eux les maillons faibles du groupe.

James sourit en apercevant les deux hommes ; accoudés au comptoir, dans leurs jeans délavés et leurs pulls recouverts de sciure, ils discutent chacun avec une femme différente. L'une est brune, l'autre rousse. Je ne suis pas comportementaliste, mais il m'apparaît plutôt clair dans leurs gestuelles que la conversation est tout sauf professionnelle.

— Ils s'occupent de la clientèle, Sally, ça fait partie du job.

— Ils appâtent la chair fraîche pour avoir de quoi faire ce week-end, corrige-t-elle.

— Aussi, oui, semble-t-il réaliser.

Puis il dépose un baiser furtif sur la tempe de Savannah avant d'arborer une expression plus sérieuse et de préciser à Sally :

— On fermera la boutique quand la salle sera vide.

D'un pas décidé, il se dirige ensuite vers Grayson et Blade, qui se redressent après avoir reçu une tape puissante dans le dos.

Je ne connais pas le lien qui unit ces trois-là, si ce n'est l'amitié. Peut-être qu'ils ont grandi ensemble, ou que leurs routes se sont croisées à un âge plus tardif. Aucune idée. Je n'ai jamais pensé à poser la question. Toujours est-il que les relations au Misc dépassent le cadre du travail… ça se sent.

— Vous ne voudriez pas me filer un coup de main ? nous demande Sally.

À nos airs perplexes, elle répond par une moue rassurante.

— Je m'occupe des négociations. Il vous suffira d'inscrire le nom du client dans la base de données et de le payer en fonction du montant que je vous aurai fourni.

— Tu es sûre que James sera d'accord ? fait Savannah, dubitative.

— Si tu lui dis que l'initiative vient de toi, il se ramollira comme un chamallow grillé au feu de bois. Mon chef ne sait pas te résister.

Le changement de programme ne nous dérange pas et nous retirons donc manteaux et bonnets afin de mettre la main à la pâte.

James a bâti le Misc il y a environ six ans. Un prêt

bancaire, de la volonté et beaucoup de travail ont donné naissance à une boutique semblable à un lieu de troc : les clients se rendent ici pour se débarrasser de leurs vieux objets en échange d'argent.

Sally se charge des négociations de prix. Vient ensuite le talent artistique de Grayson et de Blade : ils modifient et retapent. Les lampadaires deviennent alors des tabourets, les tables des chaises et les marmites des poufs qui pourraient être à la une de InStyle. La créativité est toujours de mise avec pour maître mot le zéro déchet. James supervise le tout, et se charge de revendre les objets nouvellement créés.

L'ambiance est à la fois simple et conviviale, malgré leur succès grandissant. Du moins, c'est ce que j'ai constaté jusqu'ici ; j'arpente le Misc uniquement le vendredi soir et ce, depuis six mois.

Les objets défilent, l'arrière-salle se remplit et les billets passent de main en main. La satisfaction s'affiche des deux côtés, chaque partie gagnant au change. Une bonne heure supplémentaire est nécessaire pour que Sally puisse se précipiter vers l'entrée et fermer la porte à clé tout en lançant avec enthousiasme :

— Apéro !

Grayson apparaît avec une cigarette à la bouche et deux packs de bière puis rejoint Sally, qui fonce déjà au patio. La playlist se poursuit sur son registre hip-hop, et je pénètre à mon tour dans cet espace exigu, où l'ambiance rétro fait un clin d'œil au passé. Les fauteuils dépareillés, en velours moutarde ou rapiécés, sont disposés sans véritable ambition esthétique, mais plutôt pour faciliter l'accès à la table tasse, centre névralgique de l'apéritif. Des objets d'antan, boîtes en métal ou vieilles horloges inutilisables, sont posés sur les étagères clouées aux murs encore tapissés aux goûts de l'ancien propriétaire. J'ai toujours pensé qu'ils stockaient ici le mobilier invendable, et force est de constater que cela confère un charme certain à l'ensemble. Mais, l'atout majeur reste pour moi la baie vitrée, qui s'étale dans le fond, et depuis laquelle se distingue une arrière-cour arborée, éclairée par des guirlandes colorées, à l'instar d'un vieux bistrot.

La neige rend le jardin sublime. Elle encapuchonne les arbres et dépose un peu de douceur sur les dalles tristement anthracite. Je reste cependant hermétique à toute la folie qui entoure cette période de l'année : si j'aime l'hiver, je ne trouve aucun intérêt à Noël.

— Tiens.

Sally me tend une bouteille décapsulée. Nous trinquons tout en observant les silhouettes qui se reflètent sur la vitre ; Savannah a trouvé les genoux de James, lui-même installé sur le canapé le plus confortable. Ils écoutent Grayson, qui s'extasie sur la raison pour laquelle il séduisait ouvertement la cliente brune.

— Elle ressemblait à Emily Ratajkowski !

— Tu n'as pas mieux comme défense ?

— Je fais ça pour le Misc, James. Cette femme est le sosie d'une personne qui réunit des dizaines de millions d'abonnés sur les réseaux sociaux. Quand elle entre chez nous, ce sont tous les gens trompés par sa ressemblance qui deviennent des clients potentiels.

— Et quel est ton rôle dans l'histoire ?

— Je donne de ma personne pour motiver Emily bis à faire du Misc son quartier général. Par extension, je suis susceptible de faire gonfler le chiffre d'affaires de manière exponentielle.

— Tu pars du principe que ton physique est assez attrayant pour intéresser une bombe atomique, intervient Sally.

— Je suis un canon de beauté, assure-t-il.

— Pour les désespérées, peut-être. Pour le commun des mortels, tu es un être humain doté d'une bonne trentaine de trous en trop.

La référence à ses piercings le fait sourire. Grayson possède des ornements sur le visage, le cou, et à des endroits que je préfère ne pas imaginer. Il est assez complémentaire avec Sally : elle a opté pour les tatouages, des pièces colorées qui décorent ses bras et l'arrière de son crâne rasé. À deux, ils représentent le cauchemar des parents en quête de tradition BCBG pour leurs enfants.

— Dit l'imbécile qui a les personnages de Marvel sur tout le corps, commente-t-il. Tu as pensé à les contacter ? Tu ferais un bon panneau publicitaire, il y a moyen qu'ils te rémunèrent.

— Je devrais y songer. Vu ce qu'on est payés ici, un supplément de revenus ne ferait pas de mal.

James lève les yeux au ciel avant de déclarer :

— Ton salaire sera revu à la hausse le jour où tu arriveras à la boutique avant l'heure d'ouverture.

— J'ai du mal, le matin, se défend-elle.

— Sans blague…

Les rires sont étouffés dans les gorgées de bière. J'essaie de prendre part à la conversation, mais mon attention revient sans cesse sur le parasite avachi près de la sono.

Blade me fixe. Je sais que cette tentative ridicule est destinée à me mettre mal à l'aise : l'un de ses jeux favoris est de me dévisager jusqu'à ce que je prenne la fuite. Ça n'est jamais arrivé ; dans la majeure partie des cas, je l'ignore. Et, quand je n'ai plus la force de me comporter raisonnablement, je lui rentre dedans.

Expliquer pourquoi nous nous haïssons serait trop long mais je peux affirmer qu'en l'espace de six mois, nous avons construit une relation solide. Inébranlable, même. Basée sur une détestation franche et réciproque. Nous mettre dans la même pièce est risqué, les gens continuent pourtant d'insister. J'imagine qu'ils doivent nous penser assez matures pour laisser nos différends de côté.

Grave erreur.

On se révulse. Nous sommes le ciel et la mer. Le jour et la nuit. Taylor Swift et Katy Perry, des ennemis qui se contrôlent devant les caméras et qui se trucident par-derrière.

Parce que j'ai promis à Savannah de ne pas faire de vagues, je me contente de boire. Ses iris glacés me transpercent pendant qu'il porte à son tour le goulot à ses lèvres…

Blade a des yeux insupportablement clairs. Les poètes diraient qu'on s'y noie comme dans un océan, mais je ne suis pas de leur avis : ils sont du même bleu que les sacs-poubelle pour le tri sélectif. Et, perso, barboter au milieu des ordures n'est pas mon activité préférée.

— ... ce que je veux dire, c'est qu'on travaille six jours sur sept, et ce depuis six ans. Si on prenait des vacances, ça me permettrait de recharger les batteries et donc d'arriver au boulot à l'heure.

— Tu prends des congés tous les trois mois, se moque Grayson.

Sally lui jette un regard noir.

— Des week-ends prolongés.

— Tu as été absente pendant plus d'une semaine le mois dernier.

— À cause d'une gastro digne de tes pires cauchemars, oui.

Elle se tourne vers James.

— Des vacances ? Ce serait bien de prendre des vacances, non ?

— On ne peut pas fermer pendant les fêtes de fin d'année, objecte-t-il. Tu sais comment ça se passe : les gens nous apportent les cadeaux qui ne leur plaisent pas. Le chiffre d'affaires double quasiment.

— Ils seront encore là avec leurs cadeaux pourris après le nouvel an. On est les seuls dans le secteur, on n'a pas de concurrence.

— Internet nous concurrence, intervient Blade.

— Ce ne sont que des sites d'arnaques, assure-t-elle. Nos clients fidèles préféreront attendre quelques jours plutôt que de se faire tirer leur fric sur un serveur non sécurisé.

Un silence suit son explication. Elle cherche du soutien

auprès de Grayson, qui préfère former des ronds avec la fumée de sa cigarette. Blade est aussi distant et antipathique qu'à son habitude. Quand elle jette un œil vers Savannah, je pense comprendre le cheminement que prend son cerveau…

« Mon chef ne sait pas te résister. » Cette phrase résonne encore dans mon esprit.

— Ce serait l'occasion de passer un peu plus de temps ensemble, dit alors mon amie.

— Elle a raison, ajoute Sally. Votre couple en a besoin. Tu passes ta vie au Misc, James… Savannah est une bonne pâte, elle ne s'en plaint pas, mais il arrivera forcément un moment où la coupe sera pleine.

— Ne te sers pas d'elle pour parvenir à tes fins.

Elle se tait, à la fois ravie et consciente d'avoir touché un point sensible.

James et Savannah ne peuvent pas rester une journée entière sans se voir – conséquence d'un amour fusionnel. Leur proposer de vivre englués l'un à l'autre pendant plusieurs jours constitue un argument de taille.

— Tes affaires ne s'effondreront pas, si ? chuchote Savannah près de son visage.

— Non…

— Vous vous battez toute l'année pour cet endroit, vous méritez une pause.

— Tu essaies de m'amadouer ?

— Je pense que l'idée de Sally est bonne : s'échapper du travail ne pourra vous faire que du bien.

— Tu serais partante ?

— Évidemment, dit-elle en souriant.

Même s'il n'en est pas encore conscient, James a déjà capitulé.

Tout en douceur, et soutenue par Sally, Sav parvient alors à lui faire accepter qu'il quittera le Misc pour une dizaine de jours. Une seconde tournée d'alcool est nécessaire pour qu'il veuille bien abandonner son téléphone. Les difficultés augmentent lorsque vient le sujet épineux de la destination.

— Asie du Sud-Est, sans hésitation, lance Grayson.

— Trop de moustiques, dit Sally.

— Tu achèteras des répulsifs.

— Tu veux aller là-bas uniquement pour les bars !

— Et alors ?

— Je ne vais pas me ruiner pour que tu te mettes des mines au bout du monde, Gray. Pourquoi ne pas tenter l'Europe ? L'Angleterre ? Ils ont d'excellents tatoueurs.

— Et de la nourriture immangeable ? C'est mort. L'Espagne, Ibiza…

— On est en décembre, les bains de minuit en compagnie d'inconnues siliconées seront à tes risques et périls.

Il s'enfonce dans le sofa, visiblement refroidi.

— On pourrait rester aux États-Unis. Une station de ski ou un quelque chose du genre, propose-t-elle ensuite.

— Quitte à partir, autant aller loin.

Blade se passe une main sur le menton, avant de poser les coudes sur les genoux. Étant du genre peu bavard, il bénéficie d'une aura particulière dès qu'il ouvre la bouche : l'attention lui est entièrement donnée.

— Vous partez du principe que vous êtes conviés. James a juste dit oui à sa nana.

Tous les regards se tournent vers le patron, qui en hausse un sourcil perplexe.

— Quoi ?

— On est conviés ? s'enquiert Sally.

— Je ne sais pas… Sav : ils sont conviés ?

— Aucune idée… est-ce que Charlie est conviée ?

Désormais, je deviens le centre de l'attention. J'avale ma gorgée bruyamment en me demandant pourquoi on m'inclut soudain dans ce branle-bas de combat. Je ne suis pas l'une des leurs.

Techniquement, je suis une pièce rapportée, l'amie de la petite amie du boss. Je n'ai rien à faire au sein de ce voyage hypothétique.

Puis, quelque chose d'étrange se passe.

James observe Blade du coin de l'œil. J'ignore pour quelle raison la satisfaction inonde le visage du patron ; il semble apprécier les réflexions qui germent dans son esprit, et auxquelles nous n'avons pas accès.

— Charlie est conviée, affirme-t-il, quelques secondes plus tard.

— Dans ce cas, tout le monde est convié ! ajoute Savannah.

Sally et Grayson se réjouissent. De mon côté, je prends peu à peu conscience de cette nouvelle : passer une soirée avec eux est une chose, vivre dix jours en leur compagnie en est une autre.

Définir James, Sally et Grayson comme des amis serait excessif : nous ne sommes pas assez proches. Cela dit, ce sont des personnes que j'ai vraiment envie de découvrir tant elles libèrent des ondes agréables et accueillantes ; je suis convaincue de les apprécier et de m'entendre avec eux trois.

En ce qui concerne le bouquetin galeux, alias Blade, je suis nettement moins optimiste quant à l'issue de notre cohabitation.

Chapitre 2

Charlie

Je ne participerai pas à ce voyage.

Sally découpe des petits papiers afin que tous y inscrivent le nom des destinations qui les tentent tandis que je me répète encore et encore que je ne participerai pas à ce voyage.

Hors de question.

Non.

— On a droit à combien de papiers chacun ?

— Un seul, répond-elle à Grayson.

— Ça ne fait que six destinations possibles, c'est peu.

— Cinq, le reprends-je.

Je pose ma bière sur la table basse encombrée et continue :

— Je ne viendrai pas.

— Tu plaisantes ? fait Savannah.

— J'ai des engagements à tenir, je ne pourrai pas me libérer autant de temps.

Mon mensonge ne tient pas la route : j'ai été embauchée en tant qu'assistante dans une agence de pub et mes missions stratégiques se limitent à faire des photocopies et apporter du café chaud à mes collègues. Je suis l'un des éléments les plus remplaçables de ma boîte et Savannah est parfaitement au courant.

D'ailleurs, elle plisse les yeux, comme pour me signifier qu'elle voit clair dans mon jeu. Je fais mine de ne pas le remarquer.

— On a besoin de moi pour un gros projet. Si je me désiste, on m'aura dans le collimateur et, à la moindre incartade, je serai virée.

Elle croise les bras sur sa poitrine avec un air sarcastique. Je suis une piètre comédienne : mes émotions se lisent sur mon visage. C'est un défaut qui me dessert au quotidien, bien qu'il soit utile pour les autres : me tirer les vers du nez ne sert à rien, il convient juste de s'attarder sur la couleur que prend ma peau. Et à ce moment, elle est rouge incendie.

Sav exécute un léger signe de tête pour désigner la salle principale de la boutique. Je n'ai aucune envie qu'on ait une altercation, mais s'il faut en passer par là pour qu'elle abandonne l'idée de m'embarquer avec elle, alors je me résigne.

Blade serre la mâchoire quand je passe devant lui – si mes vaisseaux sanguins se dilatent au point de me rendre rouge écarlate, lui se fait trahir par ses contractions musculaires. Je note d'ailleurs que je lui fais le même effet que le quartier de citron dans lequel on croque après avoir sifflé un shot de rhum : sa mâchoire se durcit, ses épaules se raidissent…

— C'est à cause de lui, c'est ça ? demande Sav après avoir fermé la porte du patio.

— Je ne tiendrai pas dix jours.

Mon aveu la dépite mais elle répond :

— Vous ne vous êtes pas encore écharpés ce soir, si je ne m'abuse. Tu vois ? Vous pouvez être dans la même pièce sans que tu perdes ton sang-froid…

— Tu ignores ce qui se passe dans ma tête.

— Je te trouve plutôt calme.

— Parce que je t'ai promis de l'être, oui. Mais, là-dedans, il y a toute une liste de techniques de tortures que je rêve de mettre en pratique, dis-je en désignant mon front.

— Tu exagères !

— Injection de chlorure de potassium en intraveineuse. Prise de karaté qui se conclut par un étranglement mortel. Chute accidentelle. Une saignée qui tourne mal. Étouffement avec ses propres testicules. Je songe même à remettre la guillotine au goût du jour.

— Tu ne pratiques pas le karaté.

— Je pourrais m'y mettre juste pour lui.

Elle s'adosse contre le mur, mi-amusée, mi-déconfite.

— Je ne comprends pas pourquoi tu le détestes autant…

— On est incompatibles.

— Plein de gens le sont, mais ça ne fait pas d'eux des tueurs imaginaires ! fait-elle en riant.

Des souvenirs de notre première rencontre remontent à la surface, et l'agacement me gagne.

C'était ici même, au Misc. Savannah avait entendu parler de cet endroit grâce à un post sponsorisé sur

Instagram. Elle a réquisitionné ma voiture afin d'apporter son vieux meuble télé, et comme je refuse qu'elle touche à un volant – une sombre histoire d'accident qui s'est conclue par un passage aux urgences –, je l'ai conduite. Elle a alors aperçu James et a complètement mis son meuble et son amie de côté.

En fait, Blade m'est d'abord apparu comme le messie : il m'a vue peiner à sortir cet objet encombrant de ma voiture et, en homme supposément serviable, il m'a porté secours. Je crois bien lui avoir souri au moins deux fois. Je l'ai aussi remercié. Pire, je l'ai trouvé sympathique... Oui, il m'arrive d'être idiote.

La suite de l'histoire, qui défile dans mon esprit, me fait grincer des dents.

— Et si tu apprenais à le connaître ? reprend-elle. Après tout, vous ne vous êtes jamais réellement parlé. Vos interactions se résument à des regards froids ou à des insultes quand vous êtes d'humeur à vous prendre le chou.

— Je n'en vois pas l'intérêt. Nous n'avons rien en commun.

— Tu ne peux pas le savoir. Fais un effort, Charlie. Tu es tout à fait capable de partir pendant dix jours avec lui sans que ça finisse en bain de sang.

— Tu as vraiment envie de passer des vacances avec James, hein ? dis-je avec un soupir.

— Oui et non.

Un petit sourire en coin étire ses lèvres.

— Je tiens à cet homme, c'est sûr. Mais je ne partirai

pas sans toi. On a toujours fonctionné ensemble, et ce depuis qu'on est petites. Personne ne sépare les Sarlie.

J'essaie par tous les moyens de ne pas m'attendrir. « Sarlie », c'est la contraction de nos deux prénoms. On a toujours utilisé ce terme pour témoigner de notre affection. Depuis qu'on est gamines, il a beaucoup de sens pour nous ; Sav et moi avons grandi dans un environnement où se faire de vrais amis n'est pas évident. Les gens vont et viennent, si bien que les liens ont du mal à rester intacts.

Ça faisait un moment qu'elle ne l'avait plus employé.

— Si tu ne le sens pas, alors on reste à Chicago, complète-t-elle.

— C'est moche de me faire culpabiliser.

— J'aurai d'autres occasions d'être avec James. Et puis...

Je n'ai pas besoin de la fin de sa phrase pour comprendre : me laisser seule durant les fêtes de fin d'année ne l'enchante pas.

— Je peux très bien survivre à un Noël en solo, dis-je sur un ton que j'espère léger.

— Permets-moi d'en douter.

— Tant qu'on ne me force pas à accrocher une chaussette à la cheminée, à manger un chapon farci ou à écouter du Mariah Carey, tout va bien.

J'ai un vrai problème avec les clichés de cette période. Les guirlandes lumineuses et le matraquage publicitaire me fatiguent et je fais partie de la catégorie aigrie de la population, celle qui lève les yeux en l'air dès qu'elle entend des carillons. Noël n'est pas magique à mes yeux, c'est juste un argument marketing pour enrichir les grosses entreprises.

La porte du patio s'ouvre à la volée ; Blade ne devait pas s'attendre à nous voir ici puisqu'il interrompt net sa marche de conquérant.

— Sally et Gray se battent pour récupérer ton papier, tu devrais revenir avant de perdre définitivement ton droit de proposer une destination, fait-il à Savannah.

Même le fait qu'il lui porte de l'attention me dérange. Dans mon monde idéal, Blade Williams et Savannah Atkins ne se connaissent pas. Je voudrais qu'elle le haïsse autant que moi, qu'on élabore un meurtre parfait et qu'on enterre son corps dans une forêt en bordure d'autoroute. Sauf qu'elle a assez de maturité pour ne pas tomber dans ce piège. Et, si elle accepte que je l'exècre, ça ne change pas pour autant l'image qu'elle a de lui. Comme il ne lui a jamais rien fait, elle n'a aucune raison de vouloir sa mort.

— J'arrive. Je suis en train de convaincre ta meilleure ennemie du bien-fondé d'un voyage à six.

Blade ne prend même pas la peine de me regarder. Il poursuit sa route vers l'entrée de la boutique, sachant pertinemment qu'au moindre contact, nous partirons en vrille.

— Vous êtes des spécimens étranges…, murmure-t-elle.

— Raison de plus pour que je reste à Chicago.

— C'est acté, alors ? Pas de vacances ?

Je n'arrive pas à confirmer. Je n'infirme pas non plus. Au fond, je pense qu'elle ne m'en voudrait pas de la priver d'une telle occasion. Le véritable dilemme, je le vis avec ma conscience.

Estimant mon silence assez éloquent, elle me presse le bras puis retourne dans le patio. Par la porte entrouverte, je distingue la guerre entamée entre Sally et Grayson, James faisant office d'arbitre inefficace. Savannah reste muette lorsqu'elle s'assied à ses côtés… et je m'en veux terriblement.

Ce sentiment de profond mépris pour ma personne me sert de déclencheur.

Mes jambes s'activent.

Mes neurones turbinent.

— Où est mon papier ? demandé-je.

Grayson me le tend, ainsi qu'un stylo. Il n'a pas idée de combien je dois me faire violence pour le saisir. C'est toute une symbolique : j'ai l'impression d'empoigner un ticket pour les enfers.

Tout en me posant sur le canapé, je réfléchis au pays que Savannah aimerait découvrir. Elle est plus plage que montagne. Un lieu reculé ou une île paradisiaque lui plairait, mais je crains que le budget ne suive pas. J'opte donc pour une destination reconnue à la fois pour ses décors et pour ses tarifs à peu près accessibles.

Blade refait son apparition tandis que j'inscris « République dominicaine » sur le rectangle blanc. Les coussins s'enfoncent à ma droite. L'odeur de nicotine mêlée à un parfum boisé me crispe : il a osé s'installer à moins d'un mètre de mon corps.

Tu vas potentiellement passer Noël avec lui. C'est la

première étape d'une épreuve difficile, mais surmontable. Tu peux le faire. Respire et fais plaisir à Savannah.

Je plie le papier en quatre, le jette dans le cendrier prévu pour le dépouillage et agrippe une nouvelle bière dans la foulée. Être une bonne amie ne pourra se faire qu'en état d'ébriété.

— La Toyota verte est à toi ?

Un pschit retentit quand la capsule saute de ma bouteille. J'avale une longue goulée salvatrice avant de répondre à mon voisin.

— Oui.

Il n'ajoute rien de plus. Pas d'esclandre. Aucune remarque sur le fait que ma voiture a embouti la sienne. À vrai dire, il m'occulte pour se concentrer sur son papier. Je le regarde écrire un mot illisible, puis balancer sa proposition au-dessus de la mienne. Nous buvons ensuite dans une synchronie parfaite.

Savannah ne manque pas une miette de la scène. L'espoir et la joie se font écho dans ses yeux : elle m'est silencieusement reconnaissante. J'aurais été bête si je n'avais pas saisi qu'elle rêvait de ce voyage, et un monstre si je l'avais empêchée d'en profiter. Je fais ça pour elle.

Elle dépose à son tour le papier dans le cendrier. Sally, Grayson et James font de même.

— Qui pioche ? s'enquiert Savannah.

— Une main innocente, répond Sally. Je me désiste, Grayson et Blade sont éliminés d'office, et James a déjà trop de pouvoir pour avoir ce droit en plus.

Savannah m'observe avec insistance.

— À toi l'honneur.

Les basses d'un titre de The Sugarhill Gang font vibrer les meubles alors que je plonge la main dans le cendrier. Parce que je suis trop honnête, je ne regarde pas ce que j'attrape. Je crois en mon karma, en ma chance, et dans le fait que toute cette mascarade est destinée à faire plaisir à la personne à qui je tiens le plus au monde.

La suite ? Une vaste blague.

Je reconnais la pliure bâclée du papier de Blade, au creux de ma main. Lui aussi, d'ailleurs. Il arbore une moue suspecte, presque jubilatoire, tandis que je déchiffre son écriture catastrophique.

— Laponie.

La sentence tombe comme un couperet. Il faut quelques secondes pour que tous intègrent l'information.

— « Laponie » ? Qui a proposé la Laponie ? s'étonne Sally.

— Sûrement pas moi, dit Grayson, déçu.

Je me rassois avec l'envie folle de prendre mes jambes à mon cou.

La Terre dénombre des milliers d'endroits fascinants à découvrir, des lieux doués de mystère et de fantasmes… Quel est mon degré de malchance pour que je tombe sur la région du globe où le Père Noël a établi son domicile officiel ? La Laponie, c'est la mère nourricière des clichés hivernaux. En somme, tout ce que je déteste.

Ma bière ne fait pas long feu. Je la descends comme de l'eau pendant que tous se mettent à discuter ; ça se projette déjà, ça parle de vêtements chauds, de lacs gelés et de chiens de traîneau. Blade est le seul à ne pas prendre part à l'euphorie générale. Ce détail me met la puce à l'oreille.

— C'était ton papier, lui dis-je.

Il pose la cheville sur son genou opposé avec nonchalance.

— C'était le mien, oui. Heureuse ?

— Ravie.

— Content de pouvoir contribuer à ton bonheur.

Il ne se départ pas de son sourire alors que le goulot frôle sa bouche. Mon système d'alerte clignote en rouge : cette démonstration de joie ne lui ressemble pas.

Blade a été créé pour me pourrir l'existence, c'est un fait, mais comment a-t-il deviné que c'était le dernier endroit sur Terre où je voulais aller ?

Il est en train de se jouer de moi.

— Pourquoi la Laponie ?

— Pourquoi pas ?

— C'est un rêve d'enfant inassouvi ?

— Un fantasme d'adulte, plutôt. J'ai toujours eu envie d'« accrocher une chaussette à la cheminée, de manger un chapon farci ou d'écouter du Mariah Carey ». Et quelle meilleure destination que la Laponie pour mener ce projet à bien ?

Du pouce, il s'essuie le coin des lèvres. Et, pour la première fois de la soirée, nous nous regardons de près, et bien en face. Puis il ajoute :

— Après le ravalement de façade que tu as offert à ma Range Rover, il était de mon devoir de trouver un moyen de te remercier.

Je. Le. Déteste.

Chapitre 3

Blade

J'observe les valises de Grayson avec circonspection.

— Tu ne t'en sortiras pas sans payer un supplément, dis-je.

— Je ne savais pas quoi prendre, alors j'ai tout pris.

Il tire sur sa clope en haussant les épaules, n'ayant pas de meilleure justification à me donner. Grayson a la fâcheuse tendance à emporter le contenu de ses placards avec lui dès qu'il voyage. Chez lui, c'est un mal incurable. Je le connais depuis assez longtemps pour savoir qu'il n'utilisera pas la moitié des quatre sacs qui traînent à ses pieds, mais comme je n'ai pas envie d'entendre son sacro-saint « ouais, mais ça peut toujours servir », je la boucle.

Le reste du groupe devrait déjà être là, mais la neige tombée pendant la nuit a fait des ravages et la plupart des axes routiers sont complètement bouchés. Même en étant habituée aux intempéries, Chicago reste une ville peu réactive. Les camions de salage ne se sont occupés que des autoroutes pour le moment, et ce n'est pas le chemin que prennent Sally et James pour rejoindre l'aéroport.

— La Laponie, mec… tu as vraiment un pète au casque.

À mon tour, j'expire un épais nuage de fumée, amusé par sa consternation. Il avait jeté son dévolu sur la Thaïlande, autant dire que la décision finale ne le ravit pas.

— Ce n'est pas moi qui ai tiré le papier, Gray.

— C'est ta destination, tu es tout aussi responsable que Charlie. Je songe d'ailleurs à vous attacher l'un à l'autre pendant le séjour. Avec un peu de chance, vous vous truciderez et j'aurai ma vengeance.

Notre haine réciproque est de notoriété publique. Je ne supporte pas les regards narquois dont elle abuse quand James me rappelle à l'ordre auprès d'une cliente, ses gestes de ballerine des beaux quartiers et ce truc qu'elle fait avec ses sourcils quand elle avale une gorgée de bière. Elle est hautaine et atteinte par le syndrome de la diva qui n'en est pas une. Clairement, je préférerais ne pas avoir à entendre *son* prénom émaner de la bouche de mon ami, mais Charlie est un sujet comme un autre à ses yeux. Il l'évoque sans se soucier de ce que ça provoque chez moi – à savoir un emmerdement profond.

— Tente l'expérience avec Sally, répliqué-je.

— Hilarant, Blade.

— Je suis certain que vous passeriez un bon moment, aussi proches l'un de l'autre.

Je sens qu'il meurt d'envie de me cracher sa fumée dans la figure.

— J'ai compris : on ne parle pas de Charlie, élude-t-il.

— Je te remercie.

Sally et lui, c'est toute une histoire. Leur amitié a débuté sur une partie de jambes en l'air dans les toilettes d'une boîte de nuit une heure après s'être rencontrés, et tous deux le regrettent amèrement.

Enfin, c'est ce qu'ils disent.

Cette « erreur » date de plusieurs années mais Grayson ne supporte toujours pas les allusions que James et moi disséminons de temps à autre.

Officiellement, Sally est son amie, et ce souvenir empoisonne leur relation. Officieusement ? Je suis convaincu qu'ils ont déjà remis le couvert au moins une fois. D'ailleurs, je ne serais pas étonné de les croiser dans une position équivoque et inextricable, un de ces jours.

— En parlant du loup…

Le crâne rasé de Sally jaillit d'un Uber. Elle est repérable de loin, que ce soit grâce à la couleur improbable de son manteau, oscillant entre le kaki délavé et le jaune d'œuf, ou à son air béat ; de nous tous, c'est elle, la plus heureuse de partir.

— C'est la première fois qu'elle se lève à l'heure, fait remarquer Grayson.

— Je t'entends !

Elle n'attend pas le chauffeur pour récupérer sa valise dans le coffre et se précipite vers nous avec un bras écarté, déjà prête à nous faire l'accolade.

— Je me doutais que la météo causerait des problèmes de trafic, alors j'ai pris les devants.

Les quatre valises de Grayson lui font froncer les sourcils.

— Tu as encore vidé tes placards ?

— Je me comporte avec prévoyance, corrige-t-il. Au cas où personne n'est au courant, on se les pèle chez les Nordiques. Les polaires et les combinaisons, ça prend de la place.

— Un seul manteau suffit, Gray. Tu es constamment dans l'excès !

— Je me laisse le choix. Si tu faisais pareil, ça te permettrait de ne pas porter ce truc immonde tous les jours, dit-il en tirant sur la manche de son anorak.

— Tu n'as aucun goût.

— La couleur ressemble à celle d'un vomi de tortue intoxiquée à la salade périmée.

— Si tu savais comme je regrette parfois de te connaître…

Elle m'enserre d'un bras, puis prend une latte sur ma cigarette. Vu le trajet qui se profile, nous avons chacun besoin de notre dose de nicotine.

Nous atterrirons demain à Rovaniemi. Car, pour fouler les terres scandinaves, il faut d'abord endurer dix-sept heures de vol et deux escales. Tout aurait été plus simple si Charlie détestait Naperville ou Joliet, des villes voisines de Chicago.

Le temps que les derniers membres nous rejoignent, Sally s'assure que tout est en règle. Elle passe ses papiers en revue, vérifie que la réservation du chalet est validée sur son portable, et tient nos clients informés de la fermeture du Misc sur nos réseaux sociaux. On s'en remet toujours à elle pour l'organisation : personne ne gère mieux l'aspect pratique de nos affaires.

— Photo, les gars.

Elle prépare son téléphone et nous fait signe de nous rapprocher.

— Tu ne préfères pas attendre James ? dit Grayson en jetant son mégot.

— Pas la peine, depuis qu'il est en couple, il n'intéresse plus : ce n'est pas grâce à lui que les nanas aiment nos posts sur Instagram. Blade, ouvre grand les yeux et essaie d'avoir l'air content d'être là.

— Laisse-le bouder, ça lui donne un côté mystérieux.

— Pas faux. Tu n'es tellement pas habitué à la gaieté qu'elle te donne l'air d'un ahuri.

— Tu trouves toujours les mots pour valoriser les autres, Sally, c'est un véritable talent, ironisé-je.

Elle m'envoie un baiser, ce qui équivaut à un doigt d'honneur poli dans son langage.

Je me prête toutefois au jeu, même si je n'en comprends pas forcément l'intérêt. Les photos où j'apparais montrent rarement mon travail, mais Sally est convaincue de leur nécessité. Quand nos têtes plaisent, les gens laissent des commentaires. Parfois, ils taguent leurs amis. Sally appelle ça « l'effet boule de neige » : une personne visite notre page Instagram et elle y amène son entourage où chaque membre apporte à son tour son cercle de connaissances. Peu à peu, le réseau se développe. C'est bon pour nous, paraît-il.

Le seul avantage qu'on tire d'être ainsi utilisés à des fins professionnelles, ce sont les messages privés. La frontière entre « réseau social » et « appli de rencontres » est mince, et la confusion nous rend parfois service ;

Grayson s'en donne à cœur joie et Sally n'est pas en reste. Je suis un peu plus discret, même si je m'en tire très bien aussi.

— Ta tête est coupée, Gray, dit-elle en levant l'appareil.

— Je n'y peux rien si tu as les bras trop courts.

Elle lui plante un coude dans les côtes, ce qui plie Grayson en deux et le fait alors apparaître sur l'écran. La première image capturée n'est pas flatteuse. La seconde n'est pas tellement mieux. La troisième me gonfle carrément. À la quatrième, je quitte le portable du regard…

… et me prends aussitôt un shoot d'adrénaline.

Charlie a un effet sidérant sur moi. C'est un peu comme une drogue qui fonctionne à l'envers. Un répulsif. Dès qu'elle apparaît, l'envie irrépressible de cogner quelque chose me submerge, comme s'il fallait extérioriser une rage contenue depuis trop longtemps.

Sa manière de marcher, celle de me regarder, sa façon d'être… chez elle, tout m'insupporte.

Rester à distance règlerait mon problème, sauf qu'elle s'est incrustée dans le paysage du Misc depuis que Sav et James ont officialisé leur histoire. Résultat, je me la coltine tous les vendredis soir. Sans exception. Elle, ses boucles brunes et cet air pédant de chanteuse has-been des années 60.

J'ai tout tenté afin de l'ignorer : fumer trois cigarettes d'affilée, passer la soirée le dos tourné, boire jusqu'au coma éthylique. On ne peut pas dire que je n'ai pas donné de ma personne. J'ai résisté contre vents et marées jusqu'à atteindre un point de non-retour. Malgré tous mes efforts, ma patience n'est pas illimitée, et Charlie a un don pour la dézinguer.

— Blade, tu veux bien desserrer la mâchoire ?

Je ne prête plus attention à Sally, ni à Instagram, ni à rien d'ailleurs. Toute mon attention se consacre à la silhouette ridiculement élancée qui avance dans notre direction, et qui pourrait en duper plus d'un : cette femme n'a pour délicatesse que l'extérieur. Ce qui se cache à l'intérieur, c'est le royaume d'Hadès. Charlie est une nymphe des Enfers.

— Blade ?

— Salut ! Désolé pour le retard, les routes sont impraticables !

Savannah et James se soumettent aux accolades de rigueur tandis que je la fusille du regard. Une part de moi se demande si une dispute là maintenant la convaincrait de faire demi-tour ; je suis prêt à tout pour qu'elle s'en aille. La seconde part de moi, plus pragmatique, se rappelle pourquoi elle a fait le déplacement… Et cette perspective me décrispe un peu.

— Puisque tout le monde est là, pourquoi ne pas prendre la photo ensemble ?

— Quelle photo ? demande Savannah.

— Sally tente de fidéliser nos clients en partageant notre vie perso sur Internet, intervient Grayson.

— Entreprise 2.0 ?

— C'est ça, opine Sally, ravie d'être enfin comprise. James, toi qui as de longs bras, tu ne voudrais pas nous servir de perche à selfie ?

Le manège recommence avec trois personnes en plus.

Faire entrer tout ce monde dans un cadre ridiculement petit relève du miracle. Les filles passent au premier plan, on suit les directives de James… La cacophonie aboutit bientôt à une mésentente, et Charlie finit devant moi. Je la soupçonne d'écraser mon pied volontairement.

— Tu t'es attaqué à plus fort que toi, murmure-t-elle.

Je présume qu'elle m'informe ainsi des prémices d'une guerre. Je l'avais anticipé, c'est moi qui ai ouvert les hostilités sur ce coup-là.

La discussion qu'elle a eue avec Savannah m'a permis de découvrir un pan jusqu'alors inconnu de sa personnalité : cette femme a Noël en horreur.

Ce détail n'aurait pas retenu mon attention si ma caisse était restée intacte. Malheureusement, mon phare gauche n'a pas apprécié la collision avec sa Toyota. Est-ce une excuse bidon pour justifier mon choix de nous faire parachuter en Laponie ? Oui. Parce que je l'aurais fait même si elle n'avait pas touché à ma Range Rover. Rien que pour le plaisir de lui pourrir la vie.

— Garde tes menaces pour un autre, Charlie, je ne joue pas avec les enfants.

Son talon s'enfonce un peu plus dans ma chaussure. Je résiste. Quand elle recule jusqu'à coller son dos contre mon torse, j'ai un peu plus de difficultés à me contenir : cette promiscuité me donne des pulsions de violence.

Néanmoins, je tiens bon : perdre mes moyens ne sera pas pour aujourd'hui. Jamais je ne lui ferai le plaisir de la laisser remporter la partie.

— Trois, deux…

Je passe un bras par-dessus son épaule avant la fin du

décompte. *C'est pour la bonne cause, mec, tiens bon.* Les sourires se dessinent sur toutes les lèvres, excepté les siennes, qui se pincent à l'extrême. Et malgré nos couches de vêtements respectives, je sens nettement la tension envahir ses muscles.

On tient la position le temps du flash. La seconde d'après, elle s'écarte comme si je l'avais brûlée.

Ma récompense arrive quand James rend le téléphone à Sally : sur la photo, Charlie est la seule à tirer une tronche de six pieds de long. Elle est publiée sur notre feed dans la foulée, et je me satisfais de cette maigre victoire. Tout est bon à prendre avec elle, même ce genre de connerie.

— Maintenant : direction Rovaniemi !

Avec Sally en tête de file, le groupe au complet pénètre dans l'aéroport.

James a le bras glissé autour de la taille de Savannah. Tous deux incarnent assez bien le cadre stable et rassurant de cette famille recomposée et hétéroclite. Je respecte profondément cet homme pour ce qu'il m'a permis d'avoir, à savoir un job dans lequel je m'épanouis quotidiennement. Grayson est tout aussi important pour moi ; on a vécu dans le même appartement miteux avant qu'il dispose des fonds nécessaires pour louer son propre T2. Je ne me verrais pas vivre et travailler avec un autre ami dysfonctionnel que lui.

Sally ? Même parcours, même histoire. Elle a salement galéré avant de signer un contrat chez Misc. Ses difficultés personnelles ont peaufiné son don d'empathie ; c'est une femme qui donnerait tout pour son prochain.

Parfois, elle tient le rôle d'une mère, et à d'autres, c'est un dragon autoritaire. Les deux se conjuguent plutôt bien.

Ne restent que Savannah et Charlie. Si la première est une jeune femme dynamique et agréable à vivre, la seconde est son contraire.

Je serre les dents en me rappelant notre première rencontre. Tout est parti de là. Si je m'étais arrêté sur son physique, elle aurait éventuellement pu m'attirer. Malheureusement, elle s'est mise à parler et j'ai alors compris que nos routes n'étaient pas faites pour se croiser. On est le dommage collatéral d'une histoire d'amour entre deux de nos proches. Une erreur de l'univers, ou les conséquences de l'humour approximatif du karma.

Avant de passer les portes vitrées, j'envoie un SMS auquel il m'est impossible de déroger, le destinataire étant pointilleux sur les horaires. Charlie est toujours là lorsque je relève la tête.

Je crois que le plus ironique dans cette histoire, c'est que je hais autant qu'elle les fêtes de fin d'année. Cette teigne me rend dingue au point que je suis prêt à affronter mes propres démons juste pour l'atteindre.

Chapitre 4

Charlie

Je n'avais encore jamais franchi les frontières américaines. À vrai dire, je n'ai même jamais quitté l'Illinois, mon État de naissance. Tout est donc nouveau pour moi, depuis le vol long-courrier jusqu'aux escales.

Pour le premier vol intérieur, à destination de l'aéroport de JFK, le groupe est dispatché aux quatre coins de l'appareil. Nous avons réservé nos billets à la dernière minute : voyager dans le même avion est déjà une chance en soi. Les deux heures requises pour arriver à New York se déroulent sans encombre ; j'ai le temps de me reposer, de goûter à un paquet de cacahuètes offert par les hôtesses, et de me préparer à une première et longue escale…

Un moment d'ennui profond, ponctué par les photos que Sally prend de nous, et parfois à notre insu ; je comprends un peu mieux le succès du Misc. Elle inonde les réseaux sociaux d'informations plus ou moins intimes, comme si les employés de la boutique évoluaient dans une téléréalité. Les abonnés ont droit à Grayson et son visage déformé lorsqu'il ronfle en plein milieu du terminal, à James qui achète des viennoiseries pour Savannah ou encore à Blade qui pianote sur son téléphone. Cette proximité permet aux clients d'avoir l'impression de partager un peu la vie du groupe, et je pense que cela participe à lui donner un côté accessible et cool.

Pour le second vol, à destination de Helsinki, nous nous organisons autrement. Savannah récupère mon billet pour être à côté de James, Grayson et Blade s'installent au fond de l'avion, et j'hérite d'une voisine bavarde.

— On se pose des questions sur toi, me dit Sally, le nez sur son portable.

— Comment ça ?

Elle incline l'écran pour que j'accède à la photo qui semble susciter des interrogations. Évidemment, c'est celle où l'autre coincé du bulbe m'étrangle à moitié avec son bras.

— Blade ne se montre jamais avec des femmes. Vu votre proximité et son sourire, certaines nanas pensent qu'il y a anguille sous roche.

— Il a un fan-club ?

— Il est apprécié, tempère-t-elle. On ne peut pas parler de groupies, notre compte ne dépasse pas encore les cinq mille abonnés, mais il a son petit harem. Elles ne sont pas nombreuses, je te rassure, mais la quantité ne fait pas la qualité…

Elle me regarde avec malice puis m'avoue :

— Elles sont raide dingues de lui. Blitch92200 envoie régulièrement des nudes en message privé.

— Sérieusement ?

— Véridique, acquiesce-t-elle. Tu vas te faire une ennemie.

— La seule chose qu'elle peut craindre, c'est que Blade ne rentre pas vivant de ce voyage.

— Tu oserais le supprimer de cette planète ?

— Il me faudrait un plan suffisamment élaboré pour ne pas terminer en prison, mais je l'envisage, oui.

J'attends mais aucune remarque ne suit son petit sourire en coin. Elle est liée à cet homme, comme à Grayson et à James, d'une façon que je ne peux pas comprendre. Ce quatuor semble avoir vécu mille vies avant celle d'aujourd'hui. Je présume que leur amitié indéfectible provient de là.

Une fois l'avion prêt à décoller, elle est priée d'éteindre son téléphone et nous débutons alors nos neuf heures de vol et autant de discussions.

Entre les plateaux-repas et les microsiestes, je la découvre sous un jour nouveau. J'apprends notamment que ses parents ont difficilement accepté sa « crise d'adolescence ».

— Ils sont ultra-conservateurs, dit-elle en retirant le film plastique du plat du déjeuner. Quand j'ai commencé à me teindre les cheveux et à sortir avec des garçons, ça ne leur a pas plu.

— Tu leur en veux ?

— Non, plus aujourd'hui. On a tous un état d'esprit différent. Il faut des personnes compréhensives pour que les divergences d'opinions parviennent à cohabiter ensemble. Si j'avais continué à me braquer, nous n'aurions plus aucun contact à ce jour. Ça aurait été dommage.

La famille, même quand elle chie dans la colle, c'est important.

Son attitude force mon respect : elle est d'une grande maturité.

— Et toi ? Ton enfance ? Même parcours que Sav ? fait-elle en m'observant de biais.

— Tu parles du foyer ?

— Elle nous a brièvement expliqué qu'elle avait dû supporter des éducateurs incompétents pendant des années avant d'avoir l'âge légal pour voler de ses propres ailes. Comme vous vous connaissez depuis toujours, j'en déduis que ton parcours est similaire.

Je beurre une tranche de pain tout en cherchant le meilleur moyen de dédramatiser la situation. Évoquer une vie en foyer d'accueil sans provoquer de gêne, c'est compliqué. Les gens ne pensent pas à mal, mais ils ont la manie tenace de s'apitoyer sur notre sort.

— C'était une bonne expérience.

— C'est une réponse un peu trop générale pour être honnête.

— J'y ai appris pas mal de choses.

— C'est-à-dire ?

Je la sens scruter mon profil avec intérêt.

— Taper un sprint entre la cuisine et les dortoirs, dis-je alors, en me souvenant précisément du jour de cette course-poursuite, et de la punition qu'elle a entraînée.

— J'imagine que ça découle d'un abominable vol de nourriture dans la cuisine en question.

Mon air faussement innocent fait office de confirmation.

— Je sais aussi faire le mur, imiter des signatures à

la perfection, remporter un concours de hamburgers et créer un fluide non newtonien.

— Un quoi ?

— Un fluide sur lequel on peut marcher.

— Tu ne m'avais pas dit que tu avais des liens de parenté avec Jésus, dit-elle en émettant un sifflement.

— J'essaie de le cacher : la célébrité, ce n'est pas trop mon truc.

— Je comprends. Je t'appelle comment, du coup ? Charlie de Nazareth ? La dame aux miracles ?

— C'est beaucoup plus simple qu'on ne le pense ! fais-je en riant, alors qu'elle lève deux sourcils moqueurs. Il suffit d'eau et de fécule de maïs.

— Il va falloir que tu m'expliques comment tu as découvert ça.

Au foyer, les activités proposées étaient majoritairement en groupe. Or, Savannah et moi n'avions pas d'affinités avec les autres. Pour tuer le temps, on s'occupait avec tout et n'importe quoi, y compris des tests improbables trouvés dans les livres, ou sur Internet.

Je partage des anecdotes de mon passé avec Sally durant des heures. Que des positives. À l'atterrissage, j'ai l'impression que nous avons gagné trois points sur l'échelle de l'amitié. Je me sens plus proche d'elle maintenant que j'ai dévoilé quelques bribes de moi.

— Encore deux arrêts et l'hôtel est à nous ! lance-t-elle, déjà debout et en train de récupérer ses affaires dans le coffre à bagages.

On dirait que le décalage horaire n'a pas d'emprise

sur elle : désormais, nous avons pourtant sept heures de plus dans les pattes.

Elle conserve cette jovialité durant l'attente pour embarquer dans le dernier avion, puis atteint l'apogée de l'euphorie quand nous achevons enfin le périple à Rovaniemi, la capitale de la Laponie finlandaise.

Le premier mot qui me vient à l'esprit en sortant de la carlingue, c'est « putain ». Je n'ai pas le temps de penser au second puisque mes neurones entrent quasi instantanément en état de congélation avancée.

Le tarmac est recouvert d'une épaisse couche de neige, au même titre que le reste du décor. Si nous avons quitté les États-Unis pendant une tempête de flocons, le paysage actuel n'en reste pas moins ahurissant. Il m'évoque un géant endormi sous une couverture de glace.

Du blanc.

Du vent.

De la douleur. Je ne saurais même pas traduire l'effet du froid sur ma peau, il se faufile entre chaque pore, me donnant l'impression de geler de l'intérieur. C'est d'une violence inouïe.

Je me réfugie sous mon écharpe pour braver les bourrasques frigorifiques, tenaillée par l'envie féroce de retrouver Chicago ; au moins, O'Hare, l'aéroport de ma ville natale, ne me rappelle pas Noël toutes les deux secondes.

— La luminosité est hyper bizarre, intervient Grayson.

On se précipite vers l'intérieur du terminal avec l'impression étrange qu'il fait à moitié nuit. Grayson a raison, l'ambiance fait penser à ces journées d'orage, où les lumières sont allumées en pleine journée dans les maisons. L'immense horloge accrochée au plafond affiche pourtant 11 heures du matin.

— On est dans la période des nuits polaires, explique Sally. On n'aura pas plus de quelques heures d'ensoleillement par jour.

— Tu as potassé avant de venir ?

— Manifestement, j'ai bien fait.

— Donc, on va être dans le noir pendant dix putains de jours ?

— Les sites touristiques parlent plutôt de pénombre : on verra quand même ce qui se passe autour de nous.

— Quelle bonne nouvelle…

Grayson se tourne vers Blade avec des éclairs dans le regard. Je repense alors à la raison pour laquelle ce dernier a choisi cette destination, et mon animosité grimpe en flèche.

Tout est de sa faute.

C'est à cause de lui si je me retrouve au fin fond d'un pays beaucoup trop haut sur la mappemonde. Il ne manquerait plus que l'un d'eux veuille visiter la maison du Père Noël, ou une bêtise similaire, et je jure de lui arracher les yeux. Non : je les retirerai lentement de leurs orbites et avec une lame non stérilisée. Sans anesthésie. Ce sera très long, ça fera très mal, et il ne pourra plus voir les nudes de Blitch92200.

— Arrête de le dévisager comme ça, tu fais flipper, me chuchote Savannah.

J'aimerais bien mais j'en suis incapable. Faire abstraction

de lui est impossible. D'ailleurs, il a le même problème, car ses yeux finissent par se poser sur moi.

Le sourire qu'il m'offre est indécent d'autosatisfaction. Plus je suis énervée, mieux il se sent. Ce type est un psychopathe doublé d'un sadique ; il mériterait de redescendre de son piédestal de la manière la plus radicale qui soit. J'ignore encore comment mener ma vengeance, mais elle sera flamboyante, c'est une certitude.

Récupération des bagages, enregistrement, photos pour le Misc… je vis ces moments à distance. Toute mon attention est focalisée sur lui, qui déambule auprès de ses amis sans imaginer un seul instant que des atrocités se préparent dans son dos. Le plus tragique, c'est que je semble être la seule à le voir tel qu'il est…

Quelques voyageurs se retournent sur son passage, plus ou moins discrètement. Si certains dévient rapidement vers Sally et Grayson, qui attirent invariablement l'œil, la majorité reste bien focalisée sur lui. Est-ce dû à ses cheveux en bataille ? À son air blasé ? Au fait qu'il dégage l'aura typique du mec assez sûr de lui pour ne pas s'encombrer de l'opinion des autres ? Je n'en sais rien, mais, en tout cas, il ne laisse pas indifférent.

Parfois, j'aimerais que le physique d'une personne reflète son âme. Ce serait tellement plus simple… Dans les films, par exemple, on reconnaît immédiatement celui qui veut détruire le héros : il lui manque un nez, il est plein de cicatrices, émacié, tout pâle, déformé… la sorcière dans Blanche-Neige, elle fout les jetons ! Et Davy Jones, dans Pirates des Caraïbes ? On en parle, de Davy Jones ? Le type a quand même une tête de poulpe.

Pourquoi Blade n'a pas de tentacules qui se baladent sur son menton ?

Mais non, ses dents sont droites, sa mâchoire est carrée... il a une allure injustement séduisante.

— Les Parker ?

Une femme interrompt mes pensées. A la fois petite et avenante, elle nous regarde tour à tour avec un panneau dans les mains. Parker est le nom de famille de James, j'en déduis qu'elle nous prend pour ses proches.

J'observe de plus près cette inconnue aux yeux de biche et le constat est édifiant : elle est d'une beauté scandaleuse. Le miroir de Blade, mais en version féminine. Et mieux.

— Marja ? rétorque Sally.

Elle acquiesce en souriant, et deux fossettes se révèlent sous ses pommettes saillantes. Mon Dieu. Elle aussi constitue un véritable cliché : celui de la magnifique inconnue qui ne tarde pas à être jalousée. Pour parfaire l'image, il y a fort à parier que sa gentillesse sera sans pareille. Je me retrouverai donc face au cliché de la fille sublime et impossible à haïr puisqu'elle est adorable.

Ce voyage est une immense supercherie.

— Marja est envoyée par l'hôtel pour s'occuper de nous, précise Sally, afin de faire taire nos interrogations. C'est ce que le mail d'informations disait, du moins.

— C'est bien ça. Je suis ravie de faire votre connaissance ! Le vol s'est bien passé ?

Son petit accent, où les « r » sont roulés et les syllabes hachées à la manière des langues germaniques, semble achever Grayson. Gardant un semblant de dignité, il ne se permet aucune remarque, mais son air énamouré le trahit. Sally prend alors les devants et échange quelques amabilités. Je comprends que Marja sera vouée à notre bien-être, et ce durant les dix prochains jours. Elle se charge des arrivées et des départs, de l'organisation des activités et, plus généralement, de nos moindres désirs.

— Un service cinq étoiles, rebondit Grayson.

— Nous avons à cœur de faire de votre séjour un souvenir mémorable. Et ça commence tout de suite, répond-elle avec une moue cordiale tout en nous invitant à la suivre à l'extérieur.

Je secoue mon écharpe pour en retirer les flocons et l'enroule d'ores et déjà autour de mon cou, effrayée à l'idée de congeler à nouveau.

— Je présume que vous avez remarqué le contraste lumineux avec votre pays ? Ici, nous vivons avec des teintes sombres et bleutées. La faible luminosité se reflète sur la neige et offre un charme fabuleux aux paysages. Vos yeux ne sont pas encore habitués, mais ils s'y feront. Et, si jamais vous avez des difficultés d'acclimatation, des lampes frontales sont à disposition dans tous les chalets de l'hôtel.

— Je croyais que le soleil ne se levait jamais en Laponie…

— Cela arrive, mais pas toute l'année et le nombre de jours sans soleil dépend de votre position géographique. En finnois, on appelle ça le « kaamos ». Plus vous serez au-dessus du cercle polaire, plus ces journées seront nombreuses, explique-t-elle à Grayson.

Il opine sagement ; un enfant n'aurait pas l'air plus

fasciné. Les détails suivants concernent la tenue vestimentaire de rigueur pour pouvoir se promener sans risquer de finir en glaçon, à savoir autant de couches que le corps est possible d'en porter. Cela dit, je n'écoute qu'à moitié, intriguée par le comportement étrange de Blade. Je crois percevoir le début d'un rictus sur ses lèvres et il écoute Marja avec attention… beaucoup d'attention. Même s'il ne prend pas part à la conversation, le plaisir qu'il a à la regarder est évident.

Je reste en retrait afin de mieux étudier la scène. Un plan particulièrement jouissif est en train de se former dans mon esprit, mais je préfère m'assurer de ne pas faire fausse route avant de le mettre en pratique.

Marja nous conduit au van affrété par l'hôtel. Une fois les valises empilées dans le coffre, chacun s'installe à son aise pour les dernières minutes de trajet avant le début officiel des vacances.

Blade l'observe toujours. Il effleure sa mâchoire rasée à plusieurs reprises, comme concentré, avec l'air d'un prédateur à l'affût de sa proie. Je comprends alors qu'il évalue la situation.

Marja lui a tapé dans l'œil.

Alléluia ! Bénie soit la Laponie.

Je m'enfonce dans le siège en masquant ma satisfaction. Ma vengeance vient de trouver sa meilleure arme.

Chapitre 5

Blade

Rovaniemi n'est absolument pas la ville que j'imaginais. Je m'étais préparé à découvrir la version grandeur nature d'un parc d'attractions dédié à Noël ; voir des rennes traverser la route, des guirlandes lumineuses aux fenêtres et des bâtiments en bois ne m'aurait pas surpris. J'étais même prêt à subir une chorale entonnant des chants de Noël à chaque coin de rue.

Mais rien à voir.

L'architecture est froide. Rigide. Le béton brut sert de mur et les lieux sont déserts. D'après ce que je comprends, cet aspect informel est lié à une reconstruction hâtive, après la Seconde Guerre mondiale. Avant de partir, les Allemands qui stationnaient en Finlande ont brûlé 90 % des terres. Autant dire que l'esthétisme n'était pas au centre des préoccupations quand il a fallu tout rebâtir.

Marja continue de distiller son savoir, et je l'écoute avec attention. Car en plus d'être particulièrement attirante, son cerveau, bourré d'informations, m'empêche de décrocher mes yeux d'elle.

— Elle est sublime, murmure Grayson.

Il la fixe avec fascination. Je n'ai pas besoin de plus pour deviner ses intentions, et me rendre à l'évidence : nos objectifs se rejoignent.

Le problème de mon amitié avec Grayson est qu'elle est basée sur un nombre inconsidéré de points communs. Nous avons une vision de la vie assez proche, une façon de gérer les difficultés qui se ressemble, et une attirance pour le même genre de femmes, Sally étant l'exception qui confirme la règle.

— Ouais.

Il me regarde en coin. Ma réponse laconique le fait soupirer.

— Non, Blade ! Pas encore…

Marja discute avec Charlie tandis que je croise les bras sur mon torse, moi aussi blasé par le dilemme qui s'annonce.

Notre amitié s'appuie sur des lois solides, basées sur le respect de l'autre. Ne pas se nuire, ne pas empêcher son pote d'avancer, sont des principes auxquels nous obéissons scrupuleusement.

De fait, quand on vise tous les deux le même but et qu'il n'y a qu'une seule place de libre, on essaie de se mettre d'accord avant d'agir.

— Quel est ton degré d'attirance ? me demande-t-il.

— Je songe à discuter un peu avec elle.

— Ça ne m'aide pas.

— Je la vois comme l'échappatoire de ce séjour.

— C'est malheureusement mieux.

Il inspire à pleins poumons.

Je ne me vanterai pas d'avoir un comportement exemplaire avec la gent féminine, et Grayson est conscient de son trouble obsessionnel compulsif du séducteur. En fait, je crois que nous sommes meilleurs en amitié…

Si Gray désire vraiment se rapprocher de Marja, alors je battrai en retraite. Et inversement. Nous avons toujours fonctionné de cette manière.

— Tu as des projets avec elle ? dis-je.

Il lève un sourcil équivoque.

— À court terme ? Des tonnes. Le souci, c'est que j'ai croisé son regard que deux fois, et aucun ne m'était vraiment destiné.

Comme pour confirmer cette assertion, Marja plante ses yeux en amande dans les miens. La connexion est presque instantanée. Inévitable. Nous avons des choses à partager, j'en suis convaincu.

— Elle a tranché, dit-il avec un soupir.

Je ne peux pas m'empêcher de le taquiner :

— Tu t'en remettras ?

— Très mal, mais je ne suis plus à ça près : tu m'as envoyé dans le trou du cul du monde, je ne vois pas pourquoi je t'en voudrais de continuer à me pourrir la vie.

— Sally a raison : tu es constamment dans l'exagération.

— Charlie n'est pas folle : tu es bel et bien un enfoiré.

La conversation étant finie, chacun redirige son regard sur l'horizon, un rictus au coin des lèvres. M'entendre avec Grayson est d'une facilité telle que je regrette de ne pas l'avoir connu plus tôt. Mon enfance aurait eu une autre saveur.

Le van poursuit son voyage au travers des paysages

enneigés. Je profite d'un instant où la plaine n'a rien d'intéressant à montrer pour envoyer un SMS, et me consacre ensuite à un projet d'envergure : Marja.

J'ai pour habitude de rester en retrait lorsqu'une femme attire mon attention. J'analyse son comportement, la manière dont elle interagit avec les autres. Je ne me décide jamais sur la seule base d'un physique attrayant ; pour moi, ce n'est pas un argument suffisant. En plus de son charme, Marja dégage de la douceur et de l'élégance. C'est ça qui me plaît.

En fait, son unique défaut est l'attention qu'elle porte à Charlie ; elles discutent sans interruption depuis l'aéroport.

Je ne comprends pas ce qu'on peut trouver à cette femme. Que ce soit Savannah ou Sally, elles ont l'air d'apprécier sa compagnie. Ce doit être à cause d'une sorte de lien cosmique entre elles ou un truc en rapport avec la compatibilité de leurs phéromones, je n'ai pas d'explication plus sensée.

Soudain, dans une synchronisation parfaite, elles se tournent brusquement vers moi. Quand Charlie, au regard lourd de cynisme, se met à chuchoter à l'intention de Marja, je réalise que je suis devenu leur sujet de conversation, et ça n'augure rien de bon.

Le regard de notre guide se modifie à mesure des mots soufflés à son oreille. D'un homme potentiellement digne d'intérêt, je deviens alors un être suspect.

Ne vire pas psycho. Charlie n'a pas l'intelligence requise pour retourner le cerveau des gens, la manipulation est un art qu'elle ne maîtrise pas. C'est ce que je me dis afin de me rassurer. Et, accessoirement, pour ne pas m'emporter sur elle.

Peu à peu, nous quittons le poumon fatigué de la ville et nous enfonçons dans des recoins plus sauvages. Les forêts de pins s'étendent à perte de vue, s'alignant de part et d'autre de la route glacée, puis de nouveau, le désert de neige réapparaît, semblant avoir enseveli toute forme de vie sous son manteau blanc. Le trajet est long, mais, une fois à l'approche de l'hôtel, la fatigue s'évapore.

— On les voit d'ici…, lance Sally, fascinée.

Des dômes de verre se greffent aux nombreux chalets éparpillés sur le terrain vague. Sally a choisi notre point de chute pour cette raison bien précise, le fait qu'elle soit collée à la vitre avec l'air béat d'un gosse n'a donc rien de surprenant.

— Nous sommes l'un des seuls établissements à proposer des igloos de verre en guise de chambre, intervient Marja, consciente qu'ils accaparent l'attention. La Laponie est réputée pour ses aurores boréales. J'espère que vous aurez l'occasion d'assister à l'une d'entre elles depuis votre lit.

Elle offre un sourire à chacun d'entre nous, sauf à moi. Comme si un contact visuel, même le plus infime, pouvait lui transmettre un virus, ou n'importe quelle pathologie aboutissant à une mort douloureuse.

Nous sortons du van pour rejoindre l'accueil, et tout au long du trajet elle prend soin de marcher à mon exact opposé. Une fois que les clés ont été récupérées, elle se colle à Charlie et ne la lâche plus. Le temps qu'on traverse le terrain avec nos valises, elle fait connaissance avec James, Grayson et Savannah.

À ce niveau-là, ça s'appelle du boycott.

— Vous héritez du chalet Ilo. Cela signifie « joie », dit-elle en empruntant les marches du perron.

Clin d'œil de mon karma ? Sûrement. Il me semble parfaitement raisonnable de dire qu'un séjour avec Charlie dans un pays où les femmes m'ont en horreur ne constitue pas l'idée que je me fais de la « joie ».

— Oh ! Mon Dieu...

Le cri de Charlie s'immisce dans mes réflexions. Sur le perron, elle observe l'intérieur du chalet que vient de révéler Marja en ouvrant la porte. Aux vues de ses épaules crispées, le décor n'est pas à son goût.

Tout le monde pénètre dans le séjour en sifflant d'extase.

Tout y est : les guirlandes lumineuses autour des poteaux, qui libèrent une teinte dorée à chaque clignotement. Les bougies senteur « bois de pin », disposées sur le rebord des fenêtres aux carreaux givrés. Les bois de renne accrochés au-dessus de l'imposante cheminée, où le foyer accueille un empilement de bûches. Les chaussettes en laine, allant du vert foncé au rouge profond et brodées de flocons, qui pendent sagement en attendant d'être remplies de sucres d'orge. Quant au sapin naturel, la pièce maîtresse du séjour, il ferait pâlir de honte celui de Times Square ; ses branches fournies accueillent boules colorées et autres petits anges aux ailes pailletées. L'étoile en son sommet, clinquante et dorée, touche presque le plafond. Je pourrais m'arrêter là, mais le clou du spectacle mérite son instant de gloire : un Père

Noël en plastique et au sourire chaleureux est installé entre le salon et la cuisine. Quand James passe devant, il s'anime et crache un tonitruant « oh ! oh ! oh ! ».

Charlie n'a jamais été aussi pâle. Son air désespéré est jouissif.

— Toute l'habitation, mis à part les chambres, est construite en rondin de bois de pin, conformément au style traditionnel. Je vous rassure, cela vous permet tout de même de bénéficier de tout le confort moderne.

Marja effectue un rapide passage vers la cuisine ouverte, dont l'agencement rappelle les nôtres, avec assez de place pour accueillir une famille entière ainsi que celles de leurs amis. La présence du four semble être un point crucial, vu l'insistance avec laquelle elle nous le présente.

— Idéal pour la cuisson des dindes. Vous êtes ici pour le réveillon ?

— On repart avant le nouvel an, l'informe Sally.

— Vous pourrez donc profiter d'un repas convivial. Des brochures sont à votre disposition sur la table basse du salon : il y a une multitude de petits commerces autour de l'hôtel, vous y trouverez tout le nécessaire pour les préparatifs d'un Noël réussi !

La suite de la visite est épique. Le moment le plus mémorable reste sans doute la découverte des fameuses chambres, depuis lesquelles on accède par une lourde porte boisée. Sphériques, elles donnent l'impression d'être à ciel ouvert. Des arceaux métalliques forment des rectangles vitrés sur toute la surface du dôme vitré, certains pouvant s'ouvrir afin de laisser passer un peu d'air glacial. Le paysage plâtré de blanc et son ciel chargé sont visibles de façon quasi panoramique grâce à ce système. Honnêtement, le rendu est sympa mais ce qui me procure le plus de plaisir, c'est la tête de Charlie.

Son regard est rivé sur le lit. Son attention focalisée sur les draps. Son expression décomposée à la vue du « Merry Christmas from Lapland » imprimé sur un fond rouge.

— Au moins, il n'y a pas de musique...

— Une playlist thématique est disponible à l'écoute. Des enceintes sont encastrées dans les murs de toutes les pièces, y compris les salles de bains.

Sur ce, Marja s'empare d'une télécommande posée sur la table de chevet. Enjouée, elle augmente le son et Charlie dépose les armes quand Jingle Bell Rock résonne dans la pièce.

— Nous avons pris soin de sélectionner des morceaux afin que vous soyez au maximum dans l'ambiance, ajoute Marja.

— C'est très sympathique de votre part, concède Savannah.

Elle s'empare alors de la télécommande, diminue le volume jusqu'à ce que les paroles de Bobby Helms ne soient plus distinguables et explique avec un sourire aimable :

— On prendra plaisir à écouter tout ça une fois qu'on sera bien installés.

— Je comprends, le voyage a été long. Si vous désirez vous relaxer, chaque salle de bains dispose de son propre sauna.

Grayson lève soudain la tête.

— Vous plaisantez ?

— Non, lui dit-elle, amusée. C'est une institution chez nous, et un lieu sacré si l'on remonte dans le passé. Les femmes y accouchaient et on y nettoyait même les défunts. Aujourd'hui, ils servent principalement à se détendre ou pour les réunions d'affaires. Je vous y conduis ?

Personne ne se fait prier. Nous reprenons alors la direction du couloir dans un enthousiasme partagé. Seule Charlie ne prend pas part aux festivités.

— Tu jubiles, n'est-ce pas ?

La colère inonde son visage. Elle tire sur son cou pour mieux me fusiller du regard depuis son mètre soixante-cinq.

— Tu as écouté ma conversation avec Sav… Tu savais que je ne pouvais pas saquer Noël !

Entre les poings serrés et sa bouche pincée, son allure générale est à se tordre de rire.

— Remets les choses dans leur contexte : je n'ai jamais écouté quoi que ce soit. Sav et toi parlez fort, ça m'est arrivé aux oreilles sans que je le veuille.

C'est la vérité. Si elle tient à refaire la scène, je peux lui fournir des détails précis : j'étais en train de siffler ma bière quand Gray m'a signalé qu'une caisse avait embouti ma Range Rover. Je me suis levé, passablement irrité, et j'ai foncé vers la porte. Mon but était de constater les dégâts, rien de plus.

Sauf que, sur le chemin, Savannah et elle discutaient. Je n'ai pas essayé de comprendre ce qu'elles se racontaient, j'ai juste entendu. C'est un simple concours de circonstances.

— Tu t'es servi de ça pour me traîner ici dans cette foutue Laponie !

Un sourire satisfait point sur mes lèvres, ce qui l'énerve un peu plus.

— Tu nourris une obsession suspicieuse pour ma personne, j'espère que tu en as conscience. Tu réalises que tu as envoyé tes amis au bout du monde, juste pour moi ? argue-t-elle.

— À cause de toi. Et ça n'est pas une obsession, mais un retour de bâton. Quand on me cherche, on me trouve, Charlie. Je pensais que tu avais compris.

— Je vois…

Elle plisse les yeux, avec cette expression de profond mépris pour ma personne. Je hais quand elle fait ça.

— Le problème, ce n'est pas moi, Blade. C'est ton ego de pauvre mâle frustré qui refuse de ne pas être dominant. Tu ne supportes pas que je te tienne tête.

— Tu n'y es pas, non.

Elle se redresse de toute sa hauteur pendant que je me rapproche, ce qui ne la rend pas plus menaçante puisque son regard arrive au niveau de ma bouche.

— Tu serais un homme, un alien ou une chaise, j'éprouverais exactement la même aversion pour toi.

— Je te retourne le compliment.

— C'est ton sale caractère qui m'emmerde.

— C'est l'hôpital qui se fout de la charité… Tu es le pire enfoiré de cette planète !

Cette conversation suffit à provoquer des picotements

dans ma poitrine. Comme d'habitude, j'oscille entre l'envie de serrer mes mains autour du cou de Charlie, et celle de m'éloigner le plus possible d'elle. Puis, je me souviens que rien ne me fait plus plaisir que de la voir trépigner de colère. Alors, j'opte pour la solution C et je fais un nouveau pas en avant.

Elle ne bouge pas d'un millimètre, malgré nos corps prêts à se toucher ; son besoin de me défier est tenace.

— Je ne reculerai pas. Dans tous les sens du terme, précise-t-elle.

— Et si tu t'excusais plutôt ?

— Pour ?

— Notre première rencontre. Je te rendrai le séjour moins désagréable si tu admets tes fautes, ajouté-je.

— Tu es sérieux ?

— On ne peut plus, oui.

Cela fait six mois que j'attends qu'elle mette son orgueil de côté. Il suffirait que cette peste accepte ses torts pour que notre relation ne soit plus aussi conflictuelle. Ce n'est pourtant pas compliqué !

— Blade, avec tout le respect que je te dois : je préfère encore tourner dans une rôtissoire avec une broche dans les fesses et un bouquet garni dans la bouche, plutôt que de donner raison à un abruti de ton espèce.

Quelque chose me galvanise dans l'insolence de son sourire. L'attrait du jeu ? Le désir de la faire perdre ? Je ne sais pas. Charlie est un point d'interrogation pour ma logique.

On s'observe toujours, et sans ciller, quand la voix de

Marja retentit dans le couloir. Apparemment, les autres ont des questions concernant les activités en plein air.

— Qui de Grayson ou de toi lui mettra le grappin dessus ? me demande-t-elle soudain.

Elle penche la tête sur le côté en réponse à mon air perplexe.

— Sally est bavarde, elle m'a raconté deux ou trois choses sur vous. Je sais comment vous fonctionnez avec les femmes. En plus, j'ai vu la façon que tu as de la regarder. Si tu veux mon avis, tu devrais tenter ta chance.

Ce retournement de situation ne me convainc pas du tout. Son calme apparent ne concorde pas avec le regard haineux qu'elle me lançait il y a encore une minute… Le doute s'installe quand je me souviens de l'épisode du van.

Charlie discutait avec Marja…

— Tu lui as dit quoi ?

— La stricte vérité. Je me suis assurée qu'elle avait tous les éléments en main avant de découvrir l'homme incroyable que tu es, dit-elle avec une sournoiserie assumée.

Elle pose une main nonchalante sur mon épaule avant de quitter la pièce et je m'efforce de garder mon calme. Tirer des conclusions hâtives serait capable de me rendre violent.

De retour auprès des autres, je garde une position d'observateur. Si les imbécilités qu'elle lui a débitées sont à la hauteur de mes soupçons, je crains le pire.

Marja termine son explication sur les sessions de chiens de traîneau, puis s'apprête à retourner à l'accueil de l'hôtel. Je l'intercepte sur le pas de la porte, incapable de la laisser filer sans que les choses aient été mises au clair.

— Vous avez une question ?

Je vérifie que nous sommes à bonne distance du groupe, et surtout de la teigne en train de dévisager une boule du sapin comme si elle l'avait agressée, pour acquiescer.

— En toute honnêteté, je pensais échanger avec vous autrement que professionnellement parlant.

Sans surprise, elle se raidit. Mon approche est beaucoup trop brutale pour la mettre en confiance, mais je ne suis pas là pour la séduire. Plus maintenant. De fait, je poursuis :

— La tradition aurait voulu que je vous fasse une réflexion typiquement masculine pour engager la conversation et vous faire comprendre que vous m'attirez.

— Je crois que...

— Je sais. Vous n'êtes pas intéressée. Vous ne l'êtes plus. Je le respecte.

Elle ne saisit pas la nature de mon discours ; en témoignent ses sourcils froncés.

— Que voulez-vous me demander, exactement ?

— Vous voyez cette femme ? dis-je en montrant discrètement Charlie, qui tire désormais sur une des chaussettes en laine accrochée à la cheminée.

Elle fait oui de la tête, désormais méfiante.

— Je ne la porte pas dans mon cœur. Le point positif, c'est que c'est réciproque. Si elle m'a vendu comme un monstre auprès de vous, ce n'est pas par solidarité féminine.

— Je suis censée comprendre quoi ?

— Que j'ai des défauts, mais certainement pas ceux qu'elle a évoqués.

Un silence s'éternise, le temps qu'elle assimile mes propos. Quand elle reprend la parole, son air farouche s'adoucit.

— Vous ne participiez pas à notre conversation, comment pouvez-vous en connaître la teneur ?

— Elle est capable du pire. Donc j'imagine le pire.

— C'est une ennemie de longue date ?

— Disons que nos routes se croisent un peu trop souvent pour notre bien mutuel.

Elle se pince les lèvres, comme pour retenir un sourire. J'aurai au moins réussi à éviter qu'elle me prenne pour un fou furieux.

— Dans tous les cas, je suis sur mon lieu de travail. Je n'ai pas le droit de passer du temps avec mes clients autrement que « professionnellement parlant ».

— Vous m'auriez donné cette excuse si elle n'était pas intervenue ?

— Probablement pas.

J'ai donc sous-estimé mon ennemie. Marja aurait pu être bien plus qu'une hypothèse : si Charlie était restée dans son coin, un rapprochement aurait pu être opéré. C'est maintenant sûr.

À cet instant précis, mon cerveau se vide de toute pensée cohérente. Elle a bien joué son coup, mais il ne restera pas sans conséquences, je peux en faire la promesse.

— Elle vous a comparé à Jeffrey Dahmer.

Marja s'arrête, la main sur la poignée de la porte, tout en me regardant en coin.

— Qui ? demandé-je.

— C'est un tueur en série au physique avantageux. Il est spécialisé dans le cannibalisme, la nécrophilie et le démembrement de ses victimes.

Mon effarement est tel que je ne trouve rien de sensé à rétorquer.

— Quoi qu'il en soit, je connais bien les hommes qui jouent de leurs atouts pour obtenir ce qu'ils veulent, et qui, au final, font plus de mal qu'autre chose. Ce n'est pas ce que je recherche.

La porte d'entrée se referme en douceur, claquant dans un bruit discret contre le chambranle. Sa manière de mettre un terme définitif à un potentiel jeu de séduction est assez propre, je dois l'admettre. Cela ne m'empêche pourtant pas de bouillir.

Un putain de tueur en série.

Elle est complètement siphonnée.

Et elle va me le payer.

Chapitre 6

Charlie

Il est 2 h 37 du matin quand Mariah Carey fait une percée fulgurante dans mon sommeil.

Je l'entends d'abord entonner son foutu All I Want for Christmas is You dans le casque que Savannah a mis sur mes oreilles, tandis qu'on chevauche notre licorne ailée. Magnifique monture blanche aux sabots incrustés de paillettes, elle a pour but de nous amener à Jimmy Fallon, afin de lui demander la raison pour laquelle il nous boycotte de son show télévisé depuis des années. Au moment où nous survolons le lac Michigan, j'ai l'idée judicieuse de jeter ce fichu casque de toutes mes forces. Ce à quoi je n'étais pas préparée, c'est qu'il tombe dans l'étendue d'eau et que celle-ci amplifie la voix haut perchée de la chanteuse ; Mariah se met à hurler à 360 degrés. Dans les airs comme sur la terre. Fatalement, la licorne prend peur. Savannah et moi sommes alors projetées en arrière et amorçons une chute de plusieurs centaines de mètres au travers de nuages de barbe à papa. J'ai le temps d'y goûter et de regretter une absence notable de fraise, avant de me réveiller en sursaut.

Premier constat : je ne suis ni en train de manger une barbe à papa ni sur le dos d'une licorne. Le ciel étoilé de la Laponie inonde l'igloo de verre. Il me faut quelques secondes pour me rappeler que je suis en vacances au-dessus du Cercle polaire.

Deuxième constat : j'entends toujours Mariah Carey.

— Seigneur…

Les carillons me filent une migraine du diable. Je réalise que la musique jaillit depuis l'enceinte incrustée dans le mur, près de la porte. De fait et à l'aveugle, je tâtonne à la recherche de la télécommande sur la table de chevet mais elle demeure introuvable.

— Pitié…

J'ai l'impression que la chanteuse est couchée sur l'oreiller voisin tant elle braille fort.

De dépit, j'allume la lampe torche de mon portable. S'ensuit une fouille méticuleuse et infructueuse de la chambre ; malgré un effort considérable au vu de l'heure, cette fichue télécommande refuse d'apparaître. Je suis à moitié pliée sous le lit quand le bruit cesse brusquement.

Je n'essaie pas d'en comprendre la raison, trop heureuse du silence retrouvé. À peine mon corps se rallonge-t-il sous la couette que je m'effondre.

3 h 12. It's the Most Wonderful Time of the Year tape contre les parois de mon crâne. Le manège recommence, et je tourne dans la pièce pendant cinq bonnes minutes, le portable à la main. Comme précédemment, la musique finit par s'éteindre d'elle-même après ce qui me semble

être une éternité. Je me rendors grâce au décalage horaire, qui a sacrément déréglé mon horloge interne.

4 h 50. Let it Snow ! Let it Snow ! Let it Snow ! Je fourre l'oreiller contre mes oreilles en attendant que l'enceinte se taise.

6 heures. Je songe à étriper Ariana Grande pour son Santa Tell me. La fatigue jouant, je perds patience et tente d'arracher l'enceinte de son emplacement. Sans succès.

6 h 40. Have Yourself a Merry Little Christmas a raison de mon flegme. C'est avec fureur que j'empoigne la couette et finis dans le salon. Le canapé, non dépliable mais muni d'une panoplie de coussins moelleux, m'apparaît comme le plus douillet des lits. Je termine ma nuit cataclysmique entourée d'un Père Noël en plastique et de chaussettes en laine prêtes à accueillir des cadeaux. On s'accordera sur le fait que je suis actuellement dans la maison des Enfers.

— Charlie.

Le visage stupéfait de Savannah est la première chose que je découvre à mon réveil. Si j'ignore l'heure qu'il est, je l'estime matinale : mon dos est trop courbaturé pour avoir bénéficié des huit heures de sommeil prescrites par les instituts de santé.

— Qu'est-ce que tu fiches là ? me dit-elle, étonnée.

Ma bouche pâteuse m'empêche de prononcer une phrase convenable. Je me contente donc d'un borborygme afin d'exprimer ma fatigue.

— Tu n'as pas réussi à dormir à cause du décalage horaire ? tente-t-elle de déchiffrer.

Je réfute en secouant la tête dans les coussins.

— Musique.
— Quoi ?
— Mariah Carey.
— Tu as fait un cauchemar ?

Je me redresse avec peine.

— Le système électrique, grogné-je.
— Je ne te suis pas, là…
— Mon enceinte s'est allumée et éteinte toute la nuit. Je me suis tapé la playlist complète de Marja !

J'aurais espéré un minimum de bienveillance. Une moue attendrie. Quelque chose qui me permettrait d'être plainte à la hauteur de mon calvaire. À la place, Savannah émet un rire de gorge.

— Ce n'est pas drôle, Sav !
— Tu verrais ta tête…
— Je n'ai pas dormi ! lui rappelé-je.
— Et ta télécommande ?
— Impossible de mettre la main dessus.

Elle pousse prudemment mes jambes pour s'installer à mes côtés. Quand son sourcil se lève, je crains le pire. Les sourcils de Savannah ne se lèvent jamais par hasard.

— Les télécommandes fonctionnent même à travers les murs, m'apprend-elle. James a réussi à allumer l'enceinte de la salle de bains depuis notre chambre.
— Qu'est-ce que tu insinues ?
— Je ne sais pas… as-tu embêté Blade, récemment ? Vos portes ne sont séparées que par un couloir.
— Il n'est pas immature à ce point.

Au moment où je prononce cette phrase, je me dis que l'hypothèse tend à être crédible.

Il est vrai que j'ai très légèrement orienté l'avis de Marja à son sujet, hier. Il m'a paru grincheux le reste de la journée, et a refusé de nous accompagner à la supérette du coin, prétextant un appel urgent à passer. J'ai également fait les frais de quelques regards meurtriers, mais je ne m'en suis pas préoccupée, jugeant que je devrais vraiment m'inquiéter le jour où il m'observera avec tendresse.

Oh. Merde.

Peut-être qu'il n'y avait pas d'appel, et que l'urgence consistait à planifier sa vengeance musicale.

Peut-être que Blade Williams est coincé dans une faille spatio-temporelle, à l'âge de huit ans, là où on emmerde son monde avec des idées aussi stupides qu'un vol de télécommande.

Je bondis du canapé, prête à en découdre. Dans ma tête, le chalet disparaît au profit d'une arène au sol sablonneux ; je marche vers mon adversaire, déterminée et le glaive à la main, parée à lui trancher la gorge.

— Charlie, ce n'est qu'une supposition !

— Tu sais très bien que c'est la vérité, ça ne peut être que lui !

Elle met ses deux paumes en avant, comme pour signifier qu'elle ne prendra pas part à ce carnage annoncé. Tandis qu'elle se dirige vers la cuisine, une idée me vient. Moins directe. Je décide alors de modifier mon programme de duel à mort.

— Pourquoi tu ouvres le frigo ?

Je ne réponds pas, sortant avec des gestes nerveux

œufs, lait, jus d'orange en bouteille, bacon et tout ce qui peut constituer un petit déjeuner appétissant.

— Et maintenant une poêle ?

J'ignore les questions de Savannah et je dépose verre et assiette sur le plan de travail, puis relève les manches de mon pyjama.

— Tu m'expliques ? dit-elle, inquiète.

— Je fais à manger.

Je casse les œufs dans un bol et distingue plusieurs bouts de coquille qui flottent dans le blanc. Bien.

Savannah commence à comprendre mon projet quand elle assiste au jeter de tabasco dans la préparation.

— Je rêve… Charlie, tu viens juste de me dire que tu ne le pensais pas si immature ! Tu entres dans son jeu !

— Je lui prépare un petit déjeuner, c'est tout.

— Tu as pour objectif de lui carboniser les tuyaux !

— C'est possible, oui.

Les gouttes d'un rouge carmin coulent sans interruption depuis la petite bouteille en verre jusqu'au récipient. J'en ai des palpitations de joie.

Je passe ensuite au bacon, savamment badigeonné d'un mélange d'huile et de poivre noir. Avec un peu de chance, il s'en retrouvera avec une artère bouchée. Savannah soupire en tirant l'opercule de son yaourt, sa seule source d'alimentation du matin.

— Il saura que c'est toi, Charlie.

— Je n'en doute pas. Ne lui dis rien avant qu'il goûte, s'il te plaît. J'ai besoin de savourer ce moment.

— C'est l'ami de James, tu m'en demandes beaucoup.

— J'invoque le Sarlie.

— Charlie !

— Tu l'as utilisé pour que je vienne ici. Je m'en sers pour atomiser le système digestif du crétin qui a gâché ma nuit. C'est donnant-donnant.

Elle porte la cuillère à ses lèvres en capitulant plus vite que je l'aurais cru. Incroyable, l'impact du Sarlie. Si j'avais su, j'en aurais profité plus souvent.

Je m'adonne donc à la cuisson du repas avec bon cœur. À chaque ingrédient est ajouté un condiment ou une sauce piquante ; de l'extérieur, le résultat met en appétit. À l'intérieur, ce doit probablement équivaloir au déboucheur de w.c. avec « 10 en 1 ! » et « 7 fois plus puissant ! » inscrits en rouge explosif sur l'étiquette.

La touche finale est apportée au jus d'orange, à l'intérieur duquel je vide la fin de la bouteille de tabasco.

— Tu vas le regretter…

Elle a beau me mettre en garde, je nage dans le bonheur. J'en viens même à espérer qu'il se lève plus vite, histoire de soulager mon impatience. C'est la première fois que j'ai envie de voir Blade. Mieux encore, penser à lui me fait sourire.

La scène du crime est nettoyée à la va-vite ; je jette les preuves dans la poubelle et retourne m'allonger sur le canapé, sous le regard mi-amusé, mi-inquisiteur de Savannah.

Elle est en train de terminer son deuxième yaourt aux fruits rouges quand il débarque.

Jogging au bas des hanches, allure nonchalante, torse nu étalé sous nos yeux… il passe une main dans ses cheveux hirsutes en osant lâcher un bâillement sonore.

Je le tuerais pour ce bruit ; de nous deux, je suis la seule autorisée à montrer ouvertement ma fatigue. Les personnes propriétaires d'un lit et d'une chambre silencieuse n'ont pas le droit de la ramener.

Au moment où il m'aperçoit, son visage s'éclaire. La main qui empoignait encore ses cheveux descend alors sur son torse, qu'il gratte avec un air de matou rassasié.

— Bien dormi ?

Enfoiré.

— Comme un charme. Le canapé est confortable.

— L'igloo ne te convient pas ?

— Je préfère les lieux plus traditionnels. Moins bruyants.

Il demeure impassible. J'enfoncerais volontiers mes doigts dans ses orbites pour ne plus voir ce regard à la couleur sac-poubelle-de-tri-sélectif, mais je me contiens. Si je m'emporte maintenant, je manquerai le clou du spectacle.

Conscient du supplice qu'il m'a fait endurer, il peine à dissimuler son sourire. Je sais très bien ce qu'il se dit, il pense avoir eu l'ascendant sur moi. Il estime avoir gagné. Le problème, c'est que je n'abdique jamais. Ce pauvre type n'a pas idée de ce qu'il a déclenché.

— Sav a préparé un petit déjeuner, dis-je en pointant le comptoir encombré.

Elle me fusille du regard, avant d'arborer une moue innocente lorsqu'il se tourne vers elle. Ce mensonge me coûtera cher : elle déteste ça.

— Un seul ? dit-il, étonné.

— J'ai déjà mangé le mien. Il paraît que James ne

déjeune pas, Sally se lève toujours en retard, et Grayson est végétarien.

L'avantage des heures passées à discuter avec Sally dans l'avion c'est que j'ai acquis une flopée de connaissances futiles mais bien pratiques sur le groupe.

Comme si les évoquer avait un pouvoir mystique, James et Grayson apparaissent en duo, depuis le couloir séparant les chambres du reste de l'habitation. Une moue plaintive se forme sur leurs visages quand le Père Noël en plastique balance son « oh ! oh ! oh ! » à un volume trop élevé pour une sortie de lit. Pendant ce temps, Blade prend place sur le tabouret, face à l'assiette que je lui ai concoctée, pendant que les autres me font la bise.

Aucun d'eux n'a de T-shirt – à croire que le port d'un vêtement est proscrit sur la partie supérieure du corps pour la gent masculine – j'ai donc un accès direct aux tétons piercés de Grayson, et au torse poilu de James.

— Tu as pioncé dans le salon ? me demande Grayson, à moitié dans le coaltar.

— Le décalage horaire a eu raison de ma nuit.

J'intercepte l'air faussement détaché de Blade, tandis qu'il s'empare des couverts.

— Tu auras assez d'énergie pour l'activité de la journée ? On a prévu une sortie en chiens de traîneau, m'informe James.

— Enfin « on »... C'est surtout Sally qui a imposé ses envies.

— Tu étais d'accord, Gray, intervient Savannah.

— Non. J'acquiesçais machinalement à chaque phrase de Marja, parce que Marja est beaucoup trop belle pour qu'on lui dise non. La proposition de Sally s'est greffée entre deux mouvements de tête positifs. C'est un malencontreux concours de circonstances.

— C'est une expérience à faire, arrête de te plaindre, fait James en souriant.

Il le regarde en biais, comme si sa remarque le blessait.

— Tu connais mon rapport avec les chiens. Il y a un truc qui ne passe pas entre nous.

Je n'ai pas cet élément de son histoire en ma possession. L'interlude dans l'avion n'est pas allé jusque-là. J'apprends peu à peu à m'intégrer parmi cette joyeuse compagnie déjà soudée, mais il me manque inévitablement de nombreuses notions sur la vie de chacun. J'ignore comment Blade a été embauché au Misc, pourquoi Sally materne autant les garçons, l'origine de l'altruisme de James ou encore la raison qui pousse Grayson à posséder plus de vêtements que la penderie d'Anna Wintour.

Ce dernier remarque mon air troublé ; il contourne le canapé et me montre son flanc. Je remarque alors une cicatrice peu commune, dentelée, en forme de triangle, et qui s'étend sur la majeure partie de ses côtes. Les boursouflures, encore présentes, donnent l'impression d'avoir été tannées par le temps.

— Rottweiler. Le mec de ma mère ne savait pas les éduquer.

— C'est sacrément…

— … moche ? termine-t-il. Et encore, tu n'as pas vu ma fesse gauche.

Il entreprend de baisser son short en coton noir, ce qui ne m'enchante pas des masses, quand un bruit étouffé retentit. Je quitte Grayson des yeux pour assister à l'étranglement de Blade.

Le plaisir que je ressens à cet instant est au-delà du réel.

Ses joues s'empourprent tandis qu'il pose un poing sur sa bouche, et tousse avec force. Dommage que je ne sois pas assez proche pour bien observer ses yeux ; d'ici, ils m'apparaissent luisants. De près, ils doivent certainement refléter de la douleur.

— Ça va ? demande James, l'air incertain.

Blade lève le pouce et s'empare du verre de jus d'orange dans la foulée. Une bouffée de chaleur se répand alors dans ma poitrine tandis que j'anticipe la suite de la scène.

Je me délecte de chaque détail : le rebord qui touche ses lèvres, sa tête qui se penche en arrière, la naïveté avec laquelle il vide le verre d'un trait.

Une seconde passe.

Une deuxième.

À la troisième, il ferme les yeux. Ses doigts se cramponnent au comptoir en marbre et le temps se suspend dans la douleur de ses boyaux. Je lui tire mon chapeau pour le sang-froid dont il fait preuve, je n'aurais pas pu mieux jouer la comédie.

Quand ses paupières s'écartent à nouveau, il pivote lentement la tête et me destine toute son attention. Ai-je l'air coupable ? Oui. Mon grand sourire est incontrôlable : je me sens aussi heureuse que Lady Gaga le jour où elle a gagné un Oscar.

Soudain, l'horreur de la nuit et la fatigue qui l'accompagne disparaissent, remplacées par un sentiment de profonde satisfaction.

— J'ai hâte de découvrir les chiens de traîneau, dis-je à James.

Tous ont deviné que je suis responsable de la situation. Je n'arrive pas à m'en cacher, et, de toute manière, Blade ne dissimule pas son envie de m'étriper sur place. Par précaution, ils évitent cependant de prendre parti.

Comme toujours, le groupe reste neutre et notre guerre n'altère ni la vision qu'ils ont de moi ni l'amitié qu'ils éprouvent pour lui. En fait, ils se contentent de sourire. Pour eux, nous sommes une espèce de pièce de théâtre, j'imagine. Un divertissement gratuit.

Je finis par abandonner mon lit de fortune afin de me préparer pour la journée à venir. Si Blade était Cyclope des X-Men, je serais transformée en passoire humaine tant je sens son regard me fusiller. C'est étrange, parce que savoir que je l'insupporte provoque chez moi un sentiment grisant.

À croire que j'aime me savoir dans sa tête.

Chapitre 7

Charlie

Les températures extérieures descendent largement sous la barre du zéro. Pour nous rendre au chenil, je revêts donc anorak, moufles, écharpe, bonnet et après-ski. En somme, je laisse mon capital féminité au chalet.

— Les gars, ça ne va pas le faire.

Grayson observe la meute de chiens avec nervosité. Il aura fallu une heure et demie et la traversée de plusieurs étendues immaculées pour pouvoir parvenir jusqu'ici. D'après Marja, Anssi est le meilleur musher du coin. Il a installé son entreprise aux abords de Kemijärvi, une ville au nord de Rovaniemi bordée par un lac gelé, ou des dizaines de petits bouts de terre semblent s'être détachés du continent pour aller s'éparpiller en son centre. Le spectacle mérite de s'y attarder, mais j'évite de partager ma fascination pour le paysage auprès des autres.

Pour être très franche, j'essaie de me faire la plus discrète possible et ce, pour une raison bien précise : Blade ne m'a pas encore rendu la monnaie de ma pièce. Or, cela fait maintenant un moment que ses intestins balancent des enzymes – probablement ultra-acides – pour digérer mon petit déjeuner de l'enfer.

Son inaction décuple mon anxiété. En toute logique, j'aurais déjà dû être ligotée, attachée aux barres de toit de la jeep ou au sommet d'un sapin au centre d'un village pratiquant des rites obscurs. De fait, et pour ma pérennité, je reste en retrait.

— Les chiens ressentent le stress, Gray. Détends-toi, lui conseille Sally.

— Si je finis eunuque, tu seras responsable.

— Ça n'arrivera pas puisque je te protégerai.

— Avec ton mètre soixante et les spaghettis qui te servent de bras ?

— Ne sous-estime pas mes capacités.

— Tu n'as rien d'effrayant, Sally. De nous deux, c'est moi l'ange gardien, tu te rappelles ?

Elle croise les bras sur son épais manteau verdâtre, peu convaincue.

— Tu éloignes les problèmes uniquement parce que tes piercings font flipper la plupart des gens. Personne n'ose t'approcher.

— À part toi.

— On a dit qu'on ne parlait pas des sujets qui fâchent.

Il sourit finalement avant de poser un bras sur ses épaules. Sally se blottit contre lui, toujours aussi taquine, et j'assiste alors à l'un des nombreux moments de leur amitié fusionnelle.

Parfois, leur connexion est telle qu'ils ressemblent à un couple. À d'autres, ils s'apparentent à des frères et sœurs.

Dans tous les cas, j'ai remarqué qu'ils ne parvenaient jamais à rester loin de l'autre plus d'un quart d'heure.

Sally réussit à le calmer jusqu'à l'arrivée près de l'enclos, joyeux bordel où gamelles, seaux et constructions en bois formant des aires de jeux se battent dans le grand espace. À partir de l'instant où nous sommes repérés, les chiens se mettent à aboyer, à sauter sur le grillage archaïque, si bien que Grayson panique ; il lâche une litanie de jurons à chaque fois qu'un canidé lui porte un peu trop d'intérêt.

Au-delà des rires qu'il provoque, je ressens une peur réelle ; il masque sa phobie par l'humour. Je me demande si l'épisode traumatisant avec le rottweiler de son beau-père est le seul qu'il a vécu, ou s'il fait partie d'une longue liste. Il a l'air de porter en lui un sacré bagage.

— Ils ne vous feront rien, ce sont de bonnes bêtes ! indique l'homme qui sort du bâtiment en béton, celui longeant l'enclos.

Alors qu'il s'approche de nous à pas de géant, je découvre la réplique parfaite d'un bûcheron version « grand froid » et regrette instantanément d'avoir choisi une tenue aussi peu flatteuse.

— Ils adorent la compagnie.

Il est solaire, je n'ai pas d'autre mot. Il émane de lui une grande chaleur, de la bienveillance, de la vie… une simplicité qui s'accorde à merveille à l'environnement qui l'entoure, et qui me fait chavirer en un rien de temps.

Bêtement, je cherche à me recoiffer et me souviens – trop tard – de la présence du bonnet sur ma tête. C'est forcément à cet instant-là que l'homme me remarque.

Agis normalement.

Je souris comme une imbécile heureuse. Heureusement, Sally et Savannah – qui semble avoir momentanément oublié l'existence de son petit ami – sont à peu près dans le même état, ce qui me permet de me fondre dans une masse de femmes alanguies.

L'aura de cet homme est stupéfiante et les petites rides qui apparaissent sur son visage lorsqu'il sourit ajoutent un charme authentique à l'ensemble. La Laponie semble être une terre de trésors.

— Vous êtes les Parker ? Marja m'a informé de votre venue.

Il tend une main gantée à Grayson et salue James de la même manière, ce dernier précisant que nous avons réservé la journée. Lorsqu'il échange une poignée de main virile avec Blade, je me raidis.

Pire, je déchante.

Si d'aventure Blade se rend compte de mon intérêt pour le musher, il tiendra là sa vengeance ; je l'imagine déjà ricaner comme une vieille sorcière tout en préparant son plan machiavélique. Est-il capable de me ridiculiser ? Évidemment que oui. En ai-je envie ? Foutre non !

De fait, je me redresse et me compose un visage impassible. Adieu regards énamourés et bonjour femme glaçon. Je préfère avoir l'air frigide d'une citadine imbuvable plutôt que de laisser à Blade les cartes pour torpiller ce moment.

Mes présentations avec cet adonis local sont donc les plus platoniques et désespérantes qui soient. Mon indifférence coupe court à tout rapprochement et c'est à peine si nos mains s'effleurent avant qu'il ne s'attarde sur Sally.

— Vous êtes Anssi ? Le conducteur de chiens de traîneau ? demande-t-elle.

— Le musher, oui. Vous allez passer un peu de temps avec moi, ce matin : j'ai quelques règles à vous apprendre avant que vous ne teniez les rênes à votre tour.

— Ce sera avec le plus grand des plaisirs.

Faute de mieux, l'heure suivante se transforme en leçon dispensée par un professeur sur lequel je m'efforce de ne pas lorgner trop longtemps. Anssi, sa douceur et son petit accent nordique, similaire à celui de Marja, nous offrent une entrée privilégiée dans son monde. C'est un passionné chez qui la nature tient une place importante, cela se sent dans son discours, dans la tendresse qu'il destine à ses animaux – et non à moi.

Chaque chien tient un rôle précis au niveau de l'attelage. Tout en nous faisant visiter l'enclos et ses aménagements, il nous abreuve de termes techniques, de leaders, de swing dogs, de team dogs et de wheel dogs. Je retiens surtout que ce sont des chiens faits pour la course. C'est inscrit dans leur ADN, et, comme pour apporter une preuve supplémentaire, les huskies et autres malamutes se mettent sauter et bondir dans la neige quand vient la sortie des traîneaux du bâtiment bétonné.

— La première consigne, et la plus importante, est de ne jamais lâcher les rênes.

Il nous montre le geste tandis que Grayson est assailli par deux chiens, tous deux cherchant par tous les moyens à attirer son attention. Sans doute, des jurons sont murmurés entre ses dents serrées.

— Quoi qu'il arrive, on ne laisse pas le traîneau : une fois lancés, les chiens ne s'arrêteront plus. Si vous lâchez la bride, ils partiront pour ne jamais revenir. La seconde consigne, c'est de ne pas laisser la corde se détendre : les chiens s'emmêleraient et vous risqueriez de créer un carnage.

Nous avons ensuite droit aux positions des jambes, aux fléchissements des genoux pour orienter les chiens vers la droite ou la gauche.

— Dans les montées, il vous faudra pousser avec une de vos jambes pour les aider, à la manière d'un skateboard. Dans les descentes, réfrénez-les en tirant sur les rênes pour réduire la vitesse.

— Si on chute ? s'enquiert Savannah.

— Ils le sentiront. Les wheel dogs, les chiens les plus près du traîneau, ralentiront et entraîneront l'arrêt de leurs camarades.

— Et si on n'a pas de feeling avec eux ?

Les craintes de Grayson sont balayées par l'assurance de Anssi.

— Le musher est le chef de meute. Ce sera à vous de donner les ordres et ils vous écouteront, qu'ils vous aiment ou non. Mais, si vous préférez, vous pouvez débuter dans le traîneau, et non aux commandes.

— C'est-à-dire ?

— Vous êtes six. Je vous suggère de vous séparer en trois : chaque duo sur un traîneau différent. L'un contrôle les cordes, et l'autre s'allonge dans la carlingue.

Sans se concerter, Sally et Grayson se mettent ensemble. Ne souhaitant pas empêcher Savannah de partager ce moment avec James, je me retrouve fatalement avec le parasite indésirable.

Ce sont les mises en garde d'Anssi qui m'aident à tenir le coup : après tout, si Blade dirige le convoi, les probabilités pour qu'il chute sont élevées. Et en partant du principe que je suis dans la carlingue, et que les chiens continuent de courir après son éjection du traîneau, il est tout à fait probable qu'on le perde dans la taïga enneigée.

Revigorée par cette perspective, je déchante lorsque je vois que Savannah et James se séparent. À ma grande surprise, cette dernière me rejoint avec un sourire entendu.

— Vous laisser à deux nous paraît trop dangereux, se justifie-t-elle.

— Tu es sûre ?

— Charlie, cette expérience ne se vivra pas deux fois. En plus de vous sauver, Blade et toi, d'une mort non accidentelle, je veux graver ce souvenir avec toi.

Sav et moi sommes arrivées au foyer la même année. On est nées dans deux hôpitaux différents de la ville, à un mois près. Il paraît que nos berceaux étaient voisins ; on a probablement pleuré ensemble pour attirer l'attention. À l'âge où nous avons commencé à avoir du recul sur la vie, on s'est juré de rester soudées, coûte que coûte. Dans les bons comme dans les mauvais moments. Dans la santé comme dans la maladie. Dans la joie comme dans la peine.

On s'est mariées à sept ans. On est devenues les Sarlie à huit. Puis on a tagué l'armoire du dortoir avec nos initiales et on les a gravées sur le tronc d'un arbre, on s'est habillées de la même manière, on a inventé nos propres expressions. À onze ans, on s'est teint les cheveux avec des marqueurs fluo. On a comparé la taille de nos poitrines respectives. On a regardé des films d'horreur en cachette.

On a fait le mur… et on a été punies ensemble.

On s'est disputées. Parfois, on s'est détestées. On a été rancunières. Méchantes. On a dépassé les limites et on s'est excusées en pleurant dans les bras l'une de l'autre.

Par-dessus tout, on a vécu ce que peu connaissent.

À chaque visite, j'étais là pour elle. À chaque rencontre avec des parents potentiels, elle me soutenait. Sav et moi sommes restées soudées durant cette valse éprouvante qu'est celle de l'adoption. Nous nous sommes réparées mutuellement après chaque défaite. À deux, nous avons réussi à prendre conscience qu'en fin de compte, notre vraie famille, nous l'avions déjà.

Des liens d'une force inouïe se tissent lorsque l'histoire est pavée de telles émotions. Et on s'est juré de toujours profiter de tous les instants, de les graver dans nos mémoires et d'être heureuses.

Une balade en chien de traîneau dans les contrées lapones fera un magnifique nouveau souvenir.

— C'est moi qui conduis.

Elle ne discute pas, sachant pertinemment que, volant ou rênes, je suis intransigeante : elle ne conduira plus jamais rien.

Anssi arrive au moment où je tente de me familiariser avec les cordes.

— La première fois est toujours impressionnante, lance-t-il.

Tandis qu'elle grimpe dans le traîneau, Savannah m'adresse un regard amusé : le double sens de la phrase ne lui a pas échappé.

— Vous avez besoin d'aide ?

— Je me débrouillerai, merci.

Craignant que Blade nous observe, je maximise mes chances de survie en restant aussi aimable qu'une porte de prison, mais ma froideur ne semble pas déranger Anssi.

— Très bien. Dans ce cas, restez derrière moi. Vous suivrez mon traîneau.

J'opine sans plus de cérémonie. Une fois qu'il est parti, Savannah écarte les bras, désespérée.

— Quoi ? demandé-je.

— Il t'a souri !

— J'ai vu, oui.

— Tu m'expliques ce qui ne tourne pas rond chez toi ? Il est mignon, Charlie !

— Oui, et Blade n'est pas loin.

Elle peine à comprendre mon raisonnement.

— J'ai un peu interféré dans sa rencontre avec Marja, dis-je alors. S'il remarque que Anssi m'a tapé dans l'œil, il va tout saboter.

— Qu'est-ce que tu as encore fait ?

— Rien de si terrible.

— C'est-à-dire ?

— Je l'ai comparé à un nécrophile cannibale.

— C'est pas vrai…

De dépit, elle se retourne et s'allonge à moitié dans

le traîneau. Son soupir me parvient alors qu'elle déplie la couverture sur ses jambes.

— Ce séjour va mal se terminer.

Ce sont les derniers mots que j'entends. Anssi vocifère ensuite des ordres en finnois à ses bêtes, et je manipule les rênes selon ses recommandations.

Nous partons sur les chapeaux de roues, propulsés à une vitesse folle vers des terres aux couleurs de l'hiver. Les chiens, à l'énergie débordante, semblent enfin profiter de l'extérieur à leur convenance ; leur force nous tracte au travers de paysages où la trace de l'homme a disparu. Nous glissons sur la neige fraîche à toute allure, le sifflement du traîneau constituant l'un des seuls bruits aux alentours, entre les ordres de Anssi et les cris de joie des autres participants à la balade. Mes yeux en prennent littéralement plein la vue.

Si la peur de chuter me consume, elle s'atténue au fil des minutes qui passent. Je suis subjuguée par le tableau qu'on traverse à vive allure. La luminosité, si unique, fait ressembler le panorama à un rêve d'enfant. Je me jure de ne jamais oublier ces moments.

Nous effectuons une première pause à l'orée d'un autre lac gelé, ou quelques bulles d'air forment des taches d'un bleu nuit entre les couches de glace. Anssi, en bon guide, explique le phénomène aux fumeurs, tandis que Sally préfère mitrailler les alentours ; Savannah et moi passons alors un moment à imaginer la vie que pouvaient avoir les Lapons, à l'époque où la survie était faite de chasse et de pêche.

— Les douleurs dans les bras sont supportables ?

Anssi coule sur moi un regard concerné, une fois à nos côtés. Sa barbe drue est figée dans le gel par endroits et même ses sourcils ont givré. Il ne se départ cependant pas de son sourire quand j'acquiesce.

— Je pense que je peux continuer.

Savannah nous observe tour à tour, avec une lueur de curiosité. Quand elle donne l'impression d'aboutir à une conclusion silencieuse, je prends peur : Savannah a une capacité terrifiante à fourrer son nez dans mes affaires… et, avec ce que je lui ai dit à propos d'Anssi, elle a de quoi faire.

— Vous travaillez en tant que musher depuis longtemps ? s'enquiert-elle en feignant l'innocence.

— Depuis toujours. Mon père et mon grand-père l'étaient, c'est une passion qui se transmet de génération en génération.

— J'imagine à quel point cela doit être fatigant de s'occuper continuellement d'autant d'animaux…

— On apprécie parfois la fin de journée, dit-il dans un rire délicieux.

— Vous vous détendez souvent ? Je veux dire, ça vous arrive de sortir ?

— Ici ? C'est assez rare.

— Il n'y a pas de restaurants ? Des bars ?

Il penche la tête sur le côté, un peu perdu par cet interrogatoire insistant. Il est pourtant clair qu'elle cherche à l'inviter quelque part.

Sally débarque au moment où il s'apprête à répondre. Le portable qu'elle tient entre ses doigts nous informe de ses intentions.

— Photo ? supposé-je.

— Le décor est magnifique, on ne peut pas manquer ça.

Elle se recule tout en nous faisant signe de nous rapprocher. Anssi se prête volontiers au jeu, allant jusqu'à entourer mes épaules de son bras. Geste qui, si j'étais moins vêtue, m'aurait certainement provoqué la chair de poule.

— Vous ne m'appréciez pas beaucoup, je me trompe ? murmure-t-il, à l'abri des oreilles indiscrètes.

Tu te plantes sur toute la ligne, oui. J'apprécie d'autant plus qu'il ait remarqué l'étrangeté de mon comportement, cela prouve que j'ai attiré son attention.

Touchée, je tourne la tête afin de rétablir la vérité… sauf que Blade est là. À trois mètres, tout au plus.

Une cigarette au coin de la bouche, adossé contre un tronc d'arbre, il se délecte de la scène. Présageant le pire, je ne trouve rien de mieux à faire que de me détacher de Anssi avec un manque cuisant de douceur.

— Je suis désolée.

— Il n'y a aucun mal. Je ne…

— Considérez que ma manière d'agir est à l'opposé de ce que je ressens.

— Pardon ?

Je m'écarte et souris face à l'objectif, changeant une fois de plus d'humeur en un quart de seconde. À ce rythme-là, Anssi m'aura diagnostiqué un trouble bipolaire avant la fin de la journée.

— Venez à la soirée que Savannah vous proposera, s'il vous plaît.

Le clic de l'objectif retentit et j'ajoute, entre mes dents :

— Je vous promets que je suis quelqu'un de normal.

Comme Blade me fixe toujours, je m'éloigne sans attendre une quelconque réponse et me dirige droit sur le traîneau que Savannah surveille. En chemin, et parce que l'envie de l'agacer me démange, je pivote et frotte mon estomac en formant de grands cercles ; cette piqure de rappel qui le ramène à l'état douloureux de ses boyaux me vaut un nuage de fumée opaque et un doigt d'honneur.

Dans la logique de mon monde, ce majeur levé me conforte. Il m'assure que Blade me hait, et, soyons fous, qu'il n'a peut-être pas vu le manège qui se trame avec notre musher.

— Que faites-vous, ce soir ? Vous souhaiteriez passer un peu de temps avec nous ? entends-je Savannah lancer à tout hasard.

Les secondes s'égrènent dans un tic-tac lancinant. Anssi n'étant pas dans mon champ de vision, je suis incapable de voir son visage et donc de jauger son degré d'enthousiasme à cette idée.

J'aimerais en apprendre plus sur lui. Mon but n'est pas de finir dans une robe blanche faite de perles et de dentelles mais j'aimerais bénéficier d'un moment privilégié pour savoir si son esprit me donne autant de plaisir que son physique.

— J'ai malheureusement des projets de prévus.

Mon cœur manque un battement.

— Mais demain soir, je suis libre.

Mon cœur redémarre.

Amen.

Chapitre 8

Charlie

La suite de la journée nous plonge un peu plus dans l'ambiance polaire et autres coutumes lapones. Nous pique-niquons à l'abris d'un « tarp », une toile solide et tendue grâce à deux branches enfoncées dans la neige. La viande de renne ou les « makkara », les saucisses finlandaises cuites au feu de bois, traditionnelles dans cette partie du globe, sont délaissées au profit de pain de seigle, de jambon et de fromage en tranches.

Je m'efforce de ne pas regarder Anssi et n'échange pas le moindre mot avec lui. Que ce soit durant le récit qu'il nous livre sur sa jeunesse en tant que fils et petit-fils de musher, ou encore pendant les détails apportés sur le système scolaire et la politique du pays, je ne dis rien, constatant simplement que cet homme a une aisance pour le contact humain, et que le groupe apprécie ses interventions.

Nous repartons lorsque le ciel commence à s'assombrir, à la fois repus et entraînés par la fougue de ses chiens.

— Je crois que ce jour est à marquer d'une pierre blanche.

Sally regarde Grayson avec amusement… et tendresse depuis que les harnais ont été ôtés aux animaux et qu'ils gambadent librement.

Sous couvert de nombreuses grimaces et quelques jurons, il a surmonté pas mal de ses craintes aujourd'hui, et, de retour au chenil, il ose même caresser l'un des chiens de son attelage.

— Comme quoi les miracles existent, dit-elle avec fierté, le prenant discrètement en photo.

— Tu sais d'où vient sa peur des chiens ?

Elle fait oui de la tête.

— Bacchus, son beau-père de l'époque, était un connard. Il sortait avec sa mère pour la pension alimentaire qu'elle touchait de son ex-mari. L'argent attise les convoitises.

Ce disant, elle enregistre les photos de Gray et des bêtes ; je ne pense pas qu'elles ont pour vocation d'être postées sur Internet, elle les conservera pour elle.

— Sa mère est sortie avec une quantité astronomique de raclures. En fait, il n'y a que son père qui avait un minimum de respect, mais leur histoire n'a pas duré. Après le divorce, je pense qu'elle a voulu profiter de la vie… au détriment de son fils.

Je ne me permets aucune question. Les sujets sensibles appellent souvent une curiosité mal placée, et je n'ai pas envie de forcer Sally à me raconter plus que ce qu'elle juge nécessaire.

— Gray revient de loin. Des beaux-pères, il en a vu passer, et pas des meilleurs : l'ivrogne, l'absent, le malpoli, le fainéant avachi dans son canapé toute la journée... et l'éleveur de chiens. Bacchus aimait ses clebs plus que les humains. Quand Gray s'est fait mordre pour la première fois, c'est lui qui a été accusé.

— Comment ça ?

— Eh bien, s'il a été attaqué, c'est parce qu'il le méritait, selon lui. Ça n'avait évidemment pas de rapport avec la mauvaise éducation qu'il inculquait à ses bêtes.

— Sa mère a réagi comment ?

Elle soupire, les yeux cadenassés à son ami.

— Elle n'a rien dit. Elle ne dit jamais rien. Elle ne prend pas sa défense. Gray a dû perdre un bout de sa fesse gauche pour qu'elle daigne l'emmener à l'hosto, et réaliser que Bacchus ne remplirait jamais le rôle d'un bon père.

Elle marque une pause puis me lance un regard en biais avant de reprendre :

— On est une famille cabossée. Au Misc, tu ne croiseras personne avec un passé immaculé, nous avons chacun notre histoire, nos peines et nos douleurs. Alors, quand l'un de nous fait un pas en avant, cela me rend heureuse.

Elle capture d'autres clichés avec le regard aimant d'une mère. Je la trouve incroyable. Sally est d'une bonté d'âme incomparable ; même si James tient le rôle du patron, c'est un peu elle, le chef de cette bande.

— Je me désiste, au fait.

Je cligne bêtement des paupières.

— Quoi ?

— Pour Anssi. J'aurais bien aimé l'ajouter à la liste

de mes souvenirs érotiques, mais j'ai l'impression qu'il te plaît. Alors, je me désiste.

Elle m'abandonne après un clin d'œil complice. Immédiatement, elle retrouve Grayson et le mitraille à nouveau. Si je suis touchée par notre connivence, je prends conscience dans le même temps que mon intérêt est plus visible que ce que je pensais… faites que Blade ne soit pas aussi perspicace qu'elle.

— Putain de bordel de merde !

Mon oreiller fait un vol plané en direction de l'enceinte. Il la manque de si peu que j'enrage de le voir glisser sur le mur, tandis que Bing Crosby continue à mutiler mes conduits auditifs.

Deuxième nuit.

Deuxième calvaire.

La fatigue est telle que It's Beginning to Look a lot Like Christmas m'apparaît comme une marche funèbre à destination des Enfers.

Je ne sais pas pourquoi j'ai cru que dormir dans ma chambre était judicieux. J'ignore pour quelle raison je me suis innocemment emmitouflée sous ma couette après le dîner copieux, sans penser à ma télécommande dérobée.

Cette fois, rodée par l'expérience de la veille, je n'attends pas que la musique s'éteigne, et file directement au salon. Si je n'entre pas dans l'igloo de Blade, que je n'empoigne pas ses testicules et que je ne les cuis pas sur une plancha, c'est parce que j'ai des plans.

Anssi. La soirée. Je dois tenir bon jusque-là.

Je passerai du temps avec ce musher. Quitte à souffrir.

Et pour souffrir, je souffre…

Blade ne m'offre pas de répit. À intervalles réguliers, le séjour jouit à son tour d'une symphonie hivernale. Feliz Navidad, de José Feliciano, Santa Baby, repris par Kylie Minogue, Holly Jolly Christmas, entonné par Michael Bublé… je deviens chèvre. Je finis par trouver refuge dans l'une des salles de bains du chalet, la première qui se présente à moi.

Je m'enferme dans le sauna, plus précisément.

Recroquevillée sur la planche cirée servant de banc, je cale l'oreiller contre le lambris, et prie pour que mon bourreau ne me trouve pas…

Malheureusement, c'est lui qui me réveille, quelques heures plus tard.

— Tu es dans ma salle de bains, dit-il en guise de bonjour.

Je fais craquer ma nuque, abîmée par la position inconfortable de ma courte nuit. Blade n'exprime pas la moindre émotion. Pis encore, il observe ma couette, mon oreiller, et semble être exempt de toute culpabilité.

— Tu sais, Blade : un jour, je te ferai vraiment du mal.

— De quelle manière ?

— J'hésite encore. Mais ce sera lent. Très douloureux. Et infiniment excitant.

Amusé, il s'appuie d'une épaule sur le chambranle de la porte. Je remarque à l'instant la serviette enroulée autour de ses hanches – visiblement, il s'apprête à se faire un sauna – et effectue un détour au niveau de son torse ; ce crétin est aussi bien foutu qu'un sportif professionnel. Retaper de vieux objets a des effets bénéfiques sur les abdominaux.

— Si tu veux, il y a une photo d'eux sur Instagram.

Je remonte vers ses yeux, y découvre la lueur de cynisme désabusé habituelle, et pousse alors un soupir las.

— Tu parles de qui ? Ton sens de l'humour déplorable ? Ton ego démesuré ? Les deux, peut-être.

— Ne me la fais pas, Charlie, tu baves.

— De dégoût, oui. Tu es aussi agréable à regarder que le spectacle de fin d'année d'une école primaire.

Ce n'est pas tout à fait vrai, mais le faire redescendre d'un étage me paraît nécessaire.

— On dirait que tu as gobé huit œufs durs, j'ajoute.

Il écarte les paupières, moyennement conquis par la comparaison. Il est vrai qu'elle n'est pas des meilleures. Pour ma défense, j'ai peu dormi et je présume qu'il est encore tôt. Ma répartie ne se réveille qu'après le petit déjeuner.

Afin d'éviter de continuer à raconter n'importe quoi, je réunis mes effets personnels. Digne, j'enserre la couverture énorme entre mes bras, puis entreprends de passer l'encadrement. Je pense sincèrement y parvenir, jusqu'à ce qu'il me bloque le passage.

— Blade, tes œufs me barrent le chemin.

— Toujours pas envie de t'excuser ?

Il me faut quelques secondes pour comprendre de quoi il parle : il en revient une fois encore à notre première rencontre. Cela m'exaspère. Ce moment n'a été agréable pour personne mais est-ce nécessaire de bloquer autant dessus ? Je ne vais pas non plus m'excuser d'exister !

— Je peux passer ?

Il m'observe par-dessus le monticule de couette, imposant alors un long silence. Je pense que mon manque de coopération ne lui plaît pas.

— Tu es consciente que tu es en tort depuis le départ, n'est-ce pas ? Que, sans ton sale caractère, on n'en serait pas là ?

Anssi. Anssi. Anssi.

— Blade, ma nuit a été horrible par ta faute. Laisse-moi au moins profiter d'une matinée paisible.

— Tu évites la discussion.

— Parce que j'essaie d'être une personne intelligente, et, que, dès que je te parle, je passe du côté obscur de la force.

— Tu admets avoir un problème, donc.

— Je peux passer ? répété-je avec plus de fermeté.

— Tu ne t'excuseras pas.

— Je ravale ma fierté seulement quand je me trompe. Laisse-moi passer.

Il me fixe puis passe une main sur son visage, l'air excédé.

— Tu me rends dingue, putain…

— On est deux, m'impatienté-je.

— Je ne sais même pas pourquoi je tente de clarifier la situation, tu es profondément stupide.

— Ne m'insulte pas !

— Il n'y a que ça que tu comprends ! Quand j'essaie de discuter posément, tu fais la sourde oreille !

— Je suis peut-être sourde parce que tu m'as fait écouter tes saloperies de musiques toute la nuit ! J'ai dormi dans un sauna, Blade ! Ça ne t'effleure pas non plus l'esprit de me dire pardon pour ça ?

— Tu m'as fait manger assez de piment pour que je risque un ulcère à l'estomac, je te rappelle.

— Tu m'as envoyée en Laponie !

Je lâche la couette, énervée de ne pas avoir les mains libres ni la place pour permettre à ma colère de s'exprimer. Elle s'écrase à nos pieds, mais aucun de nous ne s'en soucie ; là, tout de suite, on compose avec le besoin impérieux de nous étriper.

— Quoi que je t'aie fait, ce voyage dépasse l'entendement. Tu me forces à vivre ce que je ne supporte pas.

— Des vacances, quelle horreur ! raille-t-il.

— Tu ne connais rien de ma vie. Toi, tu prends ce séjour à la légère, moi, il me replonge dans des souvenirs désagréables. De nous deux, c'est toi, le plus abject.

Je regrette ma franchise. Les gens malveillants se servent des points faibles, preuve en est avec lui, et mon passé doit rester sous clé. C'est impératif pour que je conserve une carapace inébranlable à ses yeux.

— On a tous douillé, Charlie. Sally, Grayson, James ou même moi. Mais on prend sur nous. C'est comme ça que ça marche : tu fermes ta grande bouche et tu avances.

— Tu sous-entends quoi, au juste ? dis-je, piquée au vif par sa remarque.

— Que tu penses être forte grâce à ton passé, mais qu'il pourrit ton présent et que ça fait de toi la plus faible du groupe.

Il n'ajoute rien, estimant sûrement que sa réflexion est suffisante pour clore la conversation.

Voilà pourquoi je le trouve insupportable, pour cette façon d'être constamment certain d'avoir raison. Monsieur Je-Sais-Tout-De-Mes-Deux.

— Va te faire voir, Blade Williams.

Je le bouscule, piétinant ma couette par la même occasion. Le plus rageant, c'est que je suis obligée d'admettre qu'il n'a pas tout à fait tort.

Je n'ai pas encore enterré les cadavres de mon passé. Dès que la période de Noël s'annonce, ils reviennent en force et envahissent mon esprit. Malgré mes tentatives et le cœur que j'y mets, je ne parviens pas à les refouler.

Va te faire doublement voir, Blade Enfoiré de Williams.

Chapitre 9

Charlie

La préparation pour la soirée se fait dans un état second, je suis perdue dans mes pensées. Savannah voit bien que je ne suis pas dans mon assiette mais sa connaissance presque chirurgicale de mon caractère fait qu'elle évite de me poser des questions à ce sujet. Elle préfère se focaliser sur Anssi.

— Coup d'un soir ou grande histoire ?

Allongée sur mon lit, en appui sur les coudes, elle me regarde peiner à dénicher une tenue. Il faut dire que je n'avais pas prévu de me montrer sous mon meilleur jour auprès d'un musher lapon ; ma valise ne comporte que des polaires et des paires de chaussettes en laine colorées.

— Je vais déjà essayer de réparer les dégâts, réponds-je.

J'ai offert à Anssi une image désastreuse de la personne que je suis. Sur l'échelle de la séduction, je démarre à -100. Mais Savannah n'a pas l'air de cet avis : elle hausse les épaules et répond :

— Si tu lui avais flanqué les jetons, il n'aurait pas accepté de venir.

— Il est peut-être masochiste. Ou bizarre.

— Dans ce cas, vous vous accorderez à merveille. Tes vêtements sont déprimants, Cha, on va regarder dans mon placard.

Elle m'emporte dans son élan et nous atterrissons dans son igloo, où les stores faits sur mesure sont baissés et les lumières allumées. Durant l'essayage de ses pulls et de ses pantalons – deux fois plus nombreux que les miens –, elle tient à savoir si Anssi me plaît. Question à laquelle je réponds par l'affirmative, même si pour le moment, il est évident que mon but est de passer du temps avec lui afin de voir si le feeling passe, et rien d'autre. Nous aviserons pour le reste en fonction du nombre d'atomes crochus.

Une demi-heure plus tard, le choix de ma styliste de fortune s'arrête sur une tenue sobre. Noire. Pas de décolleté ou de robe, juste un slim et un body ajusté. Si cette simplicité me met à l'aise, elle me donne aussi l'impression d'être dans un remake de Catwoman. Mais sans le cuir.

— Préparation en vue d'une conquête de mâle séduisant ?

Sally, curieuse, m'observe depuis le couloir, tandis que Savannah confirme d'un hochement de tête. Je suis ensuite inspectée de bas en haut avant que le verdict tombe.

— Tu es parfaite, conclut Sally d'un signe de tête approbateur.

— Tu n'aurais pas du maquillage ? s'enquiert Savannah. Quelque chose qui mette en valeur ses yeux. Je n'ai pas grand-chose avec moi.

— Je suis la personne qu'il vous faut !

Elle disparaît aussi vite qu'elle est apparue et revient, quelques secondes plus tard, munie d'une énorme trousse flanquée de têtes de mort, et d'un sourire renversant.

Ce moment privilégié avec elles est source de détente. Alors que je deviens la toile blanche de Sally, nous discutons de sujets variés, allant du déclin des comédies musicales au cinéma jusqu'à cette vidéo horrible d'un homme qui se fait retirer un bouchon d'oreille. Une abomination visuelle. A l'ambiance légère s'ajoute de nombreux rires, et je découvre pour la première fois ce qu'un trio de femmes peut partager comme secrets.

Tandis qu'elle forme un trait d'eye-liner sur mon œil gauche, Sally nous annonce :

— J'ai couché avec Grayson.

— Lors de votre rencontre ? James me l'a raconté, avoue Savannah, occupée à tirer sur mes cheveux.

— Pas seulement…

Sa gêne laisse place à nos questionnements. Si Savannah m'a rapporté les propos de James, je n'étais en revanche pas au courant qu'ils avaient remis le couvert. J'ai le sentiment d'avoir manqué un épisode crucial de ma série favorite !

— Quand ça ? demande mon amie, soudain captivée par la tournure de la conversation.

Elle abandonne l'idée de me coiffer, préférant soumettre Sally au regard perçant d'un inspecteur de police… je ne peux pas lui en vouloir, parce que j'en suis au même point.

— Ici ? ajouté-je.

— Non ! Surtout pas !

Elle entreprend de me maquiller le second œil, ce qui ne m'arrange pas puisque j'aurais voulu continuer à la regarder, et déchiffrer ainsi ses expressions.

— C'était après un de nos vendredis soir au Misc. Ma caisse était en réparation chez le garagiste, alors il a proposé de me raccompagner et j'ai dit oui...

— Ensuite ?

— On l'a fait dans sa voiture. Place du conducteur. Pour info, je vous le déconseille : c'est hyper inconfortable.

— Pourtant tu souris...

— Elle sourit ? interviens-je, les yeux toujours fermés.

— Je vois ses deux rangées de dents, oui, confirme Savannah. Et donc Sally, tu aimerais remettre ça ?

Je tente de rouvrir les yeux mais la mine du crayon manque de s'enfoncer dans ma rétine. Frustrée, je reste donc dans le noir et attends que Sally réponde à Sav.

— Ce serait une erreur...

— Mais ?

— Gray est mon ami. On s'est dit que la première fois était une connerie, et on se l'est répété après l'épisode de la voiture.

— Mais ? répété-je à mon tour.

— Mais quand j'ai bu, mes neurones désertent mon cerveau et je me rappelle combien il est doué. Je vous jure qu'il a des atouts auxquels il est difficile de résister.

— À ce point ?

— Les filles, il a un ampallang.

— Un quoi ?

Surprise par le grand silence qui suit ma question, je

recule la tête pour ouvrir sans risque les paupières ; vu la tête de Savannah, je suppose qu'elle connaît la réponse.

— Un ampallang ? répété-je, perplexe.

— Un piercing génital. Le meilleur truc du monde, je pourrais en faire un culte et me sacrer pape de cette religion.

À partir de cet instant, et contre mon gré, mon esprit tente de visualiser la chose. Des images de pénis piercés voguent çà et là dans ma tête. Une ronde de concombres humains. Une farandole de testicules dansant main dans la main. Le visage de Grayson se greffe sur ce joyeux bordel.

Je ne le verrai plus jamais de la même manière.

— Il ne faut pas que ça se reproduise, reprend Sally. Je tiens à lui comme à un frère et je refuse qu'il en soit autrement.

— Tu n'as envie de lui que quand tu bois ?

Elle réfléchit un moment, semblant se perdre dans ses souvenirs, puis finit par opiner.

— Quand je suis sobre, tout va bien, affirme-t-elle.

— Dans ce cas, il n'y a aucun souci : on te surveillera, assure Savannah.

Je m'ajoute à la brigade anti-ampallang, promettant à mon tour qu'elle ne retombera pas dans ses travers tant que je serai dans les parages : je sens que Sally a vraiment peur d'abîmer son amitié avec Gray.

— Maintenant que vous connaissez les mésaventures de mon vagin, on en revient à Charlie et à son étalon ?

Mon œil droit est repris d'assaut. Savannah m'abreuve quant à elle de discours de motivation tout en domptant ma chevelure auburn. Lorsqu'elles estiment avoir terminé leur travail d'envergure, je suis à bloc. J'ai le sentiment d'avoir la détermination d'un athlète concourant pour la médaille d'or aux Jeux olympiques.

— Tu es prête, se réjouit Sally, les poings sur les hanches, satisfaite de mon allure.

Je m'observe dans le miroir sur pied, à côté de l'armoire recouverte des vêtements précédemment essayés, et espère que mon assurance sera au rendez-vous. J'aimerais rattraper les points de retard que j'ai accumulés vis-à-vis du musher, et passer un vrai bon moment en sa compagnie.

Je crois que je me mets la pression.

— Ne te prends pas la tête, tout va bien se passer, argue Savannah, en écho à mes pensées.

Le stress ne me quitte pas pendant que nous roulons vers le centre-ville de Rovaniemi. La voiture, louée pour l'occasion, manque cruellement de place ; à quatre à l'arrière, nous manquons d'étouffer à chaque virage un peu serré. Comme Blade est au volant et que Sally a gagné la place avant sur un « pierre-feuille-ciseau », je me retrouve en sandwich entre James, Savannah et Grayson.

De terribles images me reviennent en tête, si bien que je passe le trajet à éviter le regard de ce dernier.

— Ce n'est pas pour gâcher l'ambiance, mais on dirait qu'on s'enfonce dans le décor de Massacre à la tronçonneuse, lance Sally.

Blade se gare sur un parking quasiment désert, à proximité d'une épicerie aux grilles baissées et d'un petit escalier dont le bout se confond avec la nuit. Pas une seule personne ne se promène sur les trottoirs. À cette ambiance sinistre se mêle un climat à faire froid dans le dos : à 19 heures, il fait déjà noir. Les loupiotes qui mènent au bar ne forment que quelques boules jaunâtres dans le brouillard épais. Sally a raison : on va se faire tuer.

On s'extirpe de la voiture avec difficulté, chacun poussant un soupir d'aise dès qu'il est à nouveau possible de respirer convenablement. C'est en rang d'oignon, – et angoissés – que nous foulons le parquet ciré de l'adresse que Anssi nous a conseillée.

Nous accueillons la chaleur intérieure avec plaisir. Je laisse mon anorak au vestiaire et profite du miroir pour vérifier l'état de mon visage ; si le maquillage est intact, je ne peux pas en dire autant de mon sourire…

— Quoi ? grogné-je à l'intention de Blade qui me dévisage sans retenue.

Son reflet dans le miroir se targue d'un air sournois.

— Rien.

— Crache ton venin, Blade. C'est quoi, le problème ? Tu ne m'as jamais vue maquillée et le résultat n'est pas à ton goût ? Le pantalon ne me va pas ? Oh ! Peut-être qu'on voit un peu trop ma faiblesse.

Je n'ai pas encore digéré ses propos et je m'y refuse.

À partir de maintenant et jusqu'à la destruction de l'univers par une armée d'aliens, je montrerai les dents au moindre regard qu'il portera sur moi. À la plus infime de ses expressions. J'ai eu la décence de ne pas partir dans les tours au bout de dix secondes en sa compagnie, ces six derniers mois – généralement, j'attendais au moins quelques minutes. Cette époque est révolue.

— Tu ferais mieux de te faire discrète, dit-il avec un calme tout à fait exécrable.

— C'est une menace ? Parce qu'en plus, tu oses me menacer ?

Il me jauge un long moment, comme s'il essayait de comprendre la raison de ma colère... elle est pourtant évidente : il n'y a que lui pour me mettre dans des états pareils.

— C'est un conseil. Je sais très bien pourquoi on est ici. Je sais très bien qui tu souhaites impressionner. Et je sais très bien quel jeu tu as joué avec Marja. Alors, je me répète : fais-toi discrète, si tu veux que la soirée se passe selon ton programme.

Quand je comprends où il veut en venir, le sol se dérobe sous mes pieds.

Il a un point d'avance, ce con.

Il n'aurait pas dû avoir de point d'avance ! Il devrait être interdit de point d'avance, je m'évertue depuis avant-hier à masquer toute cette frénésie autour de Anssi !

À ce moment, deux choix s'imposent à moi : feindre l'incompréhension et espérer jouir d'un peu de tranquillité, ou assumer mes envies envers le musher et lui montrer que sa technique d'intimidation est inefficace.

— Ne te mets pas en travers de mon chemin.

J'ai donc pris la seconde option.

— Pas ce soir, Blade.

Bien qu'il se morde la lèvre inférieure, je perçois

l'ébauche du sourire revanchard qu'il tente de retenir. La balle est dans son camp et il s'en réjouit un peu trop.

— Pas. Ce. Soir. Blade.

Il lève les bras en l'air tout en faisant marche arrière.

— On dirait bien que l'avenir de ta nuit est entre mes mains ! lâche-t-il avec une décontraction intolérable.

Ravi de son petit effet, il joue avec ses sourcils avant de me gratifier du plus fourbe de ses clins d'œil. Quand sa silhouette d'abominable crétin se perd dans le bar et qu'il ne reste plus que moi dans les vestiaires, je pousse un cri de frustration.

Va te faire triplement voir, Blade Enfoiré de Williams !

Chapitre 10

Blade

Anssi débarque après que les commandes ont été prises au bar. La journée qu'on a passée avec lui m'a permis de cerner le personnage, et je suis incapable d'en parler en des termes négatifs : il est passionné par les animaux, possède de solides valeurs familiales et son optimisme contagieux le place en haut de la liste des gens à avoir à ses côtés.

Un gars dénué de défauts, en somme. Je pense que m'entendre avec lui n'aura rien de compliqué.

— Je m'excuse pour le retard, mon bidon d'essence était vide, j'ai dû marcher une trotte avant de trouver de quoi remplir le réservoir de la motoneige.

Il est accueilli d'une tape sur l'épaule, à l'instar d'un ami de longue date ; c'est l'une des qualités du groupe, celle d'ouvrir ses portes sans porter de jugement sur les nouveaux arrivants.

Pas de remarque sur le physique, pas de regard en coin après une parole de travers ou une façon d'être différente. Cela peut paraître idiot, mais s'autoriser à être soi-même en ayant l'assurance de ne pas se confronter à un mur de réflexions est rare.

Je lui serre la main, tandis que Grayson récupère les pintes et les shots de vodka à la réglisse, sur le comptoir.

— Les joies d'une ville morte ?

— Rovaniemi n'a pas de station essence à tous les coins de rue, concède Anssi.

— Je ne sais pas comment tu fais pour vivre ici, mec. Il fait tellement sombre qu'on ne voit même pas ses pieds, passé les 16 heures.

Anssi l'aide à porter le convoi de boissons jusqu'à la table. Le lieu est assez étriqué, et le mobilier date probablement d'une autre époque, mais ce décalage me plaît. Il me rappelle un peu le patio du Misc, avec une piste de danse éclairée par un spot qui change automatiquement de couleur en supplément.

— Question d'habitude, je présume. Les États-Unis ne me font pas fantasmer non plus. Votre pays est trop tapageur, vous avez plus d'écrans télévisés que d'arbres. Avouez que ça n'a rien de normal.

Grayson éclate de rire.

— Un vrai Américain te planterait son drapeau dans la bouche pour moins que ça !

— Tu ne l'es pas ? Je croyais que vous veniez de Chicago, fait-il à notre intention.

— Je suis un produit pur souche : né dans le Wisconsin et élevé dans l'Illinois, répond Grayson. Mais le patriotisme, ce n'est pas mon truc… Comment tu sais qu'on vient de Chicago ?

— Sally me l'a dit pendant qu'on détachait les chiens.

L'information est donnée avec tant de naturel que Grayson ne réagit pas tout de suite. Plusieurs mètres à serpenter dans le bar lui sont nécessaires pour qu'il comprenne que Sally et Anssi ont discuté en tête à tête.

Si je ne le connaissais pas, je ne verrais pas qu'il masque son agacement par un sourire.

— Il faut toujours qu'elle raconte sa vie aux autres ! Je suis désolé.

— Il n'y a pas de quoi, c'est quelqu'un d'agréable.

— Tu reverras la définition de ce mot après cette soirée. L'alcool réveille son double : quand elle a un coup dans le nez, on ne répond plus d'elle.

Je me retiens d'intervenir. Il ne me semble pas utile de signifier à Gray qu'il transpire l'homme jaloux, il doit déjà le sentir au fond de lui.

Nous parvenons à table avec tout ce qu'il faut pour démarrer la soirée : boissons et chair fraîche. Anssi se soumet aux accolades et aux bises de bienvenue auprès des filles tandis que je me délecte de la scène.

Le malaise de Charlie, lorsqu'ils se prennent dans les bras, suffit à faire de cette soirée une réussite.

Elle sait que je sais.

Elle sait que j'ai tout pouvoir pour lui gâcher son coup.

Pour la côtoyer depuis six mois, je connais ses traditions vestimentaires. Cette femme ne jure que par le pratique. Elle porte des vêtements confortables, des pulls qui lui tiennent chaud quand il fait froid dehors, et des shorts quand les températures augmentent. Mis à part le jour de notre rencontre, jamais je ne l'ai vue au Misc avec une sorte de débardeur près du corps, ou encore du maquillage.

Je ne suis pas aveugle. Encore moins stupide. Elle a Anssi sur son radar.

Bon prince, je les laisse profiter de leurs premiers émois. Ils se sourient comme des adolescents ignorant tout de la meilleure façon de gérer un flirt. Ça pourrait m'attendrir… ça pourrait.

Je prends place dans un fauteuil libre, face à eux. L'insistance avec laquelle je regarde Charlie a raison de sa concentration ; ses yeux clignent plusieurs fois, comme pour me chasser de son champ de vision. Elle me sent et ça l'indispose. Tristement pour elle, je n'ai pas l'intention de disparaître.

Je vais même faire mieux que ça.

— À nos vacances et à la Laponie !

Sally lève son shot, bientôt suivie par le reste de la troupe. Je trinque avec eux, mais ne dédie mon verre qu'à ma meilleure ennemie.

On s'assassine mutuellement du regard le temps d'une seconde. Elle veut ma peau et je souhaite sa chute. Rien qu'en imaginant la suite de la soirée, et ce que je lui ai prévu, mon sang s'enflamme.

La première gorgée de bière, qui coule dans mon œsophage, a un goût très particulier. Celui des représailles.

Chapitre 11

Charlie

Ils font ami-ami.

Je n'y crois pas.

Anssi et Blade s'entendent comme larron en foire. Une heure et demie qu'ils discutent de chiens, de nourriture aux noms imprononçables et d'objets à retaper.

Le Misc est présenté sous toutes ses coutures par un Blade au sommet de sa forme ; je l'ai rarement vu aussi désireux de partager les ficelles de son métier.

Non que leur entente me dérange…

Si, bien sûr qu'elle me dérange. Fortement. Je suis d'autant plus vexée d'être reléguée au second plan par mon rencard de la soirée.

Anssi ne m'a pas accordé un regard. J'ai bien eu droit à un sourire en coin au moment de la deuxième bière, mais Blade l'a accaparé en lui posant des questions sur la santé de ses huskies et leur régime alimentaire selon leurs dépenses énergétiques et les saisons. Je suis certaine qu'il se fichait de la réponse. De ce que je connais de lui, je peux affirmer qu'il n'a jamais témoigné d'un quelconque intérêt pour les canidés, alors ce n'est pas aujourd'hui que ça va commencer.

Je refoule une envie sévère de mordre dans sa jugulaire au milieu du bar à moitié vide, où les éclats de voix du groupe sont quasiment les seuls à ricocher contre les murs décrépis.

— ... tu déconnes ? Les Bears sont des quilles, James ! Pourquoi tu ne soutiens pas une équipe certaine d'arriver en finale ? Mise sur les Patriots ou les Rams.

— Je suis chicagoan. Je soutiens ceux qui viennent de chez moi.

— Résultat : tu n'as jamais gagné un seul pari.

— Mais j'ai la conscience tranquille. Toi, tu retournes ta veste à chaque nouvelle saison de foot, personne ne t'a vu soutenir les mêmes joueurs deux années de suite.

— Résultat : j'ai gagné presque tous mes paris ! se réjouit Grayson.

Sally s'amuse de sa remarque, pourtant loin d'être hilarante. Je me rappelle alors notre conversation dans la chambre, tout à l'heure, et mes yeux dévient fissa sur son shoot de vodka à la réglisse.

Il est rempli à ras bord.

Cela devrait me rassurer, sauf qu'à ma dernière vérification, ce même verre était vide ; si j'ignore quand elle s'est rendue au comptoir pour se resservir, je peux néanmoins affirmer qu'elle flirte dangereusement avec le danger.

— Sally ?

Mon chuchotement lui fait à peine pencher l'oreille vers moi.

— Tu en es où, sur l'échelle des retrouvailles avec l'ampallang ?

— Nulle part, ne t'inquiète pas. Je maîtrise la situation.

Ce n'est pas ce que ses yeux me racontent : elle regarde Grayson comme s'il était le seul à pouvoir lui offrir un troisième round digne de ce nom… et qu'elle était d'accord avec l'idée.

Sur le principe, je ne trouverais rien de mal à ce qu'ils se rapprochent. Leurs caractères se conjuguent à la perfection et leur connexion est indéniable mais, Sally nous a demandé de garder un œil sur elle et je n'ai qu'une parole.

C'est pour cette raison que le contenu de son shot finit dans ma bouche.

— Qu'est-ce que tu fais ? dit-elle, ahurie.

— Je t'empêche de rajouter un chapitre aux aventures de ton vagin.

La brûlure de la vodka se diffuse dans mon œsophage et descend jusqu'à mon estomac, carbonisant l'intégralité des parois sur son passage. N'étant pas accoutumée à l'alcool fort, j'ai l'impression d'avoir avalé un mélange de javel et d'arsenic. Pas sûr que je m'en remette un jour.

— Tu ne feras pas d'erreur ce soir, ajouté-je, intraitable.

Sally devient l'enfant à surveiller. Avec les verres qu'elle a bus et la présence de Grayson à moins de trois mètres, elle ne parvient clairement plus à déclencher ses mécanismes de protection ; elle passe de sourires en rires, et cherche invariablement à échanger avec le porteur de piercings. Parfois, elle tente de récupérer une boisson au bar, mais Sav et moi l'interceptons avant que le rebord ne touche ses lèvres.

Peu à peu, je m'habitue au goût âcre de la vodka. Ce ne sont jamais mes commandes, mais elles terminent fatalement et inévitablement dans mon gosier. Ce qui est étrange, c'est que je n'en ressens pas les effets…

Ma tête ne tangue pas. Le virus du danseur de fin de soirée ne m'atteint pas. Je ne me sens pas d'excellente humeur… En fait, plus le temps passe et plus je perds patience.

Anssi et Blade continuent de faire connaissance, à croire qu'ils ont pour but de nous offrir la bromance la plus rapide de l'histoire. Ils rient à gorge déployée en tapant du poing sur la table, ou frappent leurs pintes l'une contre l'autre avant de repartir dans un marathon de confessions. À ce stade, je ne sais plus lequel des deux je souhaite entarter.

J'aimerais ne pas en vouloir à Anssi de me mettre ainsi sur le banc de touche, il n'a pas de comptes à me rendre, mais passer derrière Blade me porte un sacré coup à l'ego.

Machinalement, j'engloutis le shot de Sally, les yeux rivés sur le duo d'hommes.

— C'est le mien.

James désigne ce que je tiens du bout des doigts avec un petit sourire.

— C'est mon verre, explique-t-il, voyant que je ne réagis pas.

— Oh… Oh ! Excuse-moi.

Je le repose avec précipitation, ce qui ne rattrape pas ma méprise puisque le liquide se diffuse déjà en moi.

— Il n'y a pas de mal. Quoique, tu devrais ralentir la cadence : tu t'enfiles ceux de Sally depuis un bout de temps déjà.

— Tu as remarqué ? fais-je en m'essuyant la bouche.

— Sav et toi manquez de discrétion. Et je connais Sally... Elle veut éviter de retomber dans les bras de Gray, j'imagine.

Apparemment, il a eu vent de la problématique de son amie. Ne sachant pas si je suis autorisée à déblatérer sur la vie intime de Sally auprès de son patron, je préfère conserver le silence. James s'amuse de mon air maladroitement coupable.

— Mon foie a également aidé au maintien de sa prétendue virginité par le passé, tu ne révèles rien que je ne sache déjà, ne t'inquiète pas.

Sa tête dodeline au rythme de la musique tandis qu'il scanne les lieux depuis sa position, le bras allongé sur le dossier de la chaise de Savannah.

James m'a toujours donné le sentiment d'être maître de lui-même et des lieux qu'il occupe. Comme en ce moment, par exemple : il observe le bar d'un œil à la fois serein et averti, au point qu'il semble en être le propriétaire. Ce n'est pourtant qu'un endroit décoré aux accents d'antan, au fin fond de la Laponie.

Au Misc, il se comporte d'une façon similaire. Je pense qu'il doit connaître les histoires de chacun de ses employés et cela me fait le respecter : si Sally et les autres se sont livrés à lui, c'est probablement parce qu'ils se sentaient en confiance. Et si Savannah lui a donné son cœur, ce n'est pas par hasard...

— Je crois que tu es quelqu'un de bien.

Il revient à moi, surpris par ma remarque.

— Je suis sérieuse, James. Je suis nulle pour cerner les gens, mais tu dégages une impression de sécurité... Tu vois ce que je veux dire ?

— Pas vraiment, non.

Je tente de réunir mes pensées pour formuler mes propos d'une meilleure manière. Du moins, d'une façon plus compréhensible.

— Tu vois Carlisle ?

— Qui est Carlisle ?

— Carlisle Cullen, le vampire-médecin dans Twilight. Le gars blond, avec la peau pâle. Il est marié à Esmée... Merde, tu n'as jamais lu Twilight ?

Il détache son bras du dossier et cale ses coudes sur la table à la surface collante, pour mieux me faire face. Je décèle de la curiosité dans ses yeux, ainsi qu'une pointe de douceur ; mon discours le divertit plus qu'autre chose.

— Non, je n'ai jamais lu Twilight, admet-il. Quel rapport entre Carlisle et moi ?

Avant de reprendre la parole, je coche une case dans ma tête : il faut que je pense à prévenir Savannah que son petit ami ne connaît pas ses classiques.

— Carlisle a adopté Edward, Rosalie, Emmett, Alice et Jasper. Il a créé une famille avec des personnes venant d'univers différents. Que ce soit dans les films ou dans les livres, il représente la figure paternelle, l'homme posé et doté de sagesse, toujours généreux en bons conseils...

Même si tu n'es pas une créature assoiffée de sang, je trouve que tu lui ressembles.

— Qui parle ? La femme qui est nulle pour cerner les gens ou celle qui a les boissons de Sally dans les veines ?

— La deuxième.

Il me considère calmement. Quelque part, j'aimerais qu'il adopte le même comportement avec moi, c'est-à-dire qu'il agisse de façon paternelle. Protectrice.

Je ne sais pas ce que ça fait d'avoir un père, mais à cette seconde précise, mon cerveau veut croire qu'il peut remplir certains aspects de ce rôle... C'est idiot. Satanée vodka.

— Je prends ça pour un compliment, me dit-il. Mais, et au risque de me répéter, tu devrais ralentir la cadence : tu ne m'as pas habitué aux confessions et il me semble que l'alcool en est responsable.

— Je n'ai pas le choix. Sauver Sally est mon unique occupation de la soirée.

Comme s'il était doté d'un sixième sens, il jette un œil vers le coin de la table où Blade et Anssi en sont aux tapes dans le dos. Je présume que l'étape suivante est le baiser langoureux. À moins qu'ils ne tentent une danse sensuelle sur la piste, avant de se mettre une main aux fesses.

— Va les interrompre, me conseille James.

— Pour faire office de troisième roue du carrosse ?

Il me sourit avec bienveillance.

— Charlie, Anssi n'est pas venu ici pour écouter Blade. Si tu t'imposes, tu en ressortiras gagnante.

Son air encourageant n'a cependant pas raison de moi. Je lui avoue à voix basse :

— J'aurais aimé que ce soit lui qui vienne vers moi.

— Les femmes ont le droit de faire le premier pas, tu sais. La société n'est pas encore parfaite mais elle a évolué.

— Je sais bien, mais… s'il m'oublie au détriment de Blade, c'est parce qu'au fond, je ne l'intéresse pas vraiment.

Il lève un sourcil railleur. J'y reconnais l'expression typique de Savannah – il faut qu'ils cessent de traîner ensemble vingt-quatre heures sur vingt-quatre, ils commencent à déteindre l'un sur l'autre.

— Si Anssi ne te regarde pas, c'est parce que Blade fait en sorte que tu sois invisible. Ça n'a pas de rapport avec un manque d'intérêt, ton ennemi est juste doué pour te mener la vie dure.

Son explication me remet les yeux en face des trous.

Pour la énième fois de la soirée, je scrute le duo, mais, désormais, je le fais avec plus de clairvoyance… et j'en conclus que Blade est un manipulateur hors pair.

Il m'a fait part de son désir de me gâcher la soirée à l'arrivée au bar, mais je pensais qu'il agirait comme je l'ai fait avec Marja. Je l'imaginais choisir judicieusement ses mots auprès de Anssi afin de me dévaloriser, lui dire des choses abjectes à mon sujet pour éliminer toutes mes chances.

Il la joue plus finement. Son but est de me faire exécrer Anssi pour que je n'aille pas vers lui. Pour que je me gâche la soirée toute seule.

Bon sang ! Ce stratagème est tellement ingénieux que

je pourrais l'applaudir, si mes poings n'étaient pas serrés en vue de lui coller une droite.

— Je vais atteindre le point de non-retour.

Savannah, qui m'entend, s'ajoute à la conversation.

— Anssi et Blade ? présume-t-elle, ce à quoi James acquiesce. Prends les devants, Cha. Va mettre le grappin sur ce type avec toutes les armes que tu possèdes.

— Elles sont toutes pointées sur la tête de Blade.

— Oublie-le. Pense uniquement à ton objectif et bats-toi pour l'obtenir. On ne rencontre pas des mushers tous les jours, alors profite de l'occasion pour lui sauter dessus.

— C'est vraiment un conseil ? s'étonne James.

— Si elle ne se focalise pas sur Anssi, les testicules de ton ami finiront accrochés au-dessus de son lit en guise d'attrape-rêve. Crois-moi, ce n'est pas le moment d'être doux.

Elle me destine un regard insistant.

— Anssi. Juste Anssi. Lève-toi, va voir Anssi, et occulte tout le reste.

Anssi. Juste Anssi.

J'opine et pousse la chaise. Les pieds grincent sur le carrelage tandis que ma détermination va croissante.

Je n'ai que quelques mètres à avaler pour me planter face à lui, mais cela me semble être un parcours du combattant ; je dois refouler des pensées meurtrières, des insultes, ou encore un afflux d'adrénaline dans mes veines.

Je ne supporte plus Blade.

Cela va au-delà de la haine que je lui ai toujours vouée.

Désormais, je crois que je le vomis. Rien que son prénom m'envoie dans les strates de l'enfer.

Anssi. Juste Anssi.

Lorsque je parviens à leur niveau, ni l'un ni l'autre ne me remarque. Ils sont tous deux absorbés par leur discussion manifestement passionnante. Je n'en comprends qu'un mot sur deux, l'alcool s'amusant de mes sens et me faisant perdre une partie de mon ouïe.

— Anssi.

J'attends qu'il tourne la tête vers moi. Dès que ses yeux rencontrent les miens, je n'essaie pas d'interpréter ce qu'ils me disent. Comme Savannah me l'a préconisé, je fonce tête baissée et au diable le reste.

— Tu danses ?

Il bloque un instant sur le sourire que je lui offre. Probablement parce que, mêlée à une colère qui gronde dans le fond de mon ventre, cette expression ne doit pas être jolie à voir.

— Avec plaisir.

Quand il abandonne la table à mon profit, un sentiment de soulagement me gagne. Heureuse et portée par la chaleur des boissons ingurgitées, je lui prends la main et le dirige vers le centre du bar, où la lumière passe du bleu au vert, évoquant les vieux projecteurs des bals de lycée.

J'impose la position. Mes bras entourent son cou et je plonge avec une certaine assurance dans ses yeux attentifs. Jamais je n'avais pris les devants, auparavant. C'est une première que j'aurais pensée plus difficile.

— J'espère que je n'ai pas coupé court au début d'une belle histoire.

Il me regarde avec amusement, totalement réceptif à mon humour.

— Tu m'en veux d'avoir passé un peu de temps avec tes amis ?

— Si j'étais sobre, je te dirais que nous ne nous connaissons pas et que, par conséquent, tu ne me dois rien.

— Mais tu n'es pas sobre.

— J'ai la sensation que si, ce qui me confirme que non.

Ses doigts prennent place entre mes omoplates, et je savoure la simplicité avec laquelle nos corps s'apprivoisent.

Le premier slow se joue sans mots, ainsi que le suivant. Pour le moment, la conversation n'est pas à l'ordre du jour, nous profitons simplement d'un instant sympathique dans une ambiance agréable. Cela me permet d'être encore plus à l'aise, et d'apprécier notre proximité physique.

— Je n'ai pas l'habitude de danser avec mes clientes, dit-il dans un souffle.

— Tu préfères retourner à table ?

— Plus tard, peut-être.

Ses mains s'arriment un peu mieux à mes hanches. Nous suivons le rythme d'une musique que je suis incapable de nommer, la chanteuse s'égosillant dans une autre langue, mais le rendu est charmant. Les basses servent de métronome à notre découverte sensitive de l'autre.

Peu à peu, les paroles s'ajoutent à la danse. Un cocon nous entoure, comme si nous échangions sans qu'il puisse y avoir de témoins aux alentours. Des confessions s'ajoutent à celles partagées pendant la journée à traîneau, et je découvre alors qu'il est profondément attaché à la Laponie et imprégné de sa culture. Cet endroit détaché du monde est indissociable de lui, un peu comme la barbe qu'il égalise tous les matins avec un coupe-chou.

— Je n'ai jamais utilisé de rasoir, c'est de famille, je crois, ajoute-t-il en réponse à mon sourire amusé.

De là, j'apprends également que la dernière fois qu'il s'est livré au partage de ses secrets avec une fille au milieu d'une piste de danse, il avait quatorze ans. Elle s'appelait Sisko et a refusé ses avances malgré tout, préférant celles d'un certain Maunu. De mon côté, je me laisse aller à lui avouer que Chicago est une ville que j'ai toujours eue dans mon cœur. Peut-être parce que j'y ai mes racines. J'apprécie cette intimité qui témoigne d'un rapprochement naturel.

— Ça ne te dérange pas ? dit-il, alors que nos hanches s'accordent à la perfection.

Grisée par la vodka, et supposant qu'il fait référence à notre aisance physique, je ne réfrène pas ma franchise.

— J'aurai sûrement honte de mon comportement demain, mais pour l'instant, j'ai envie de profiter.

Il lâche un petit rire.

— Que tu te laisses aller n'est pas pour me déplaire… mais ce n'était pas ma question.

Il continue de jouer avec ma silhouette, l'effleurant du bout des doigts, s'amusant avec la naissance de ma nuque et descendant délicatement vers mes côtes. Je n'en suis pas gênée, je l'incite justement à poursuivre.

— Quelle était ta question ?

Il jette un œil succinct par-dessus mon épaule avant de revenir à moi.

— Blade m'a raconté une partie de votre passif. Je te trouve très jolie et je suis certain que nous avons de belles choses à découvrir l'un de l'autre, mais je préfère être certain que tu n'agis pas contre ta volonté.

— Quoi ?

Mes mains cessent de voyager sur ses épaules. Déroutée, j'attends qu'il étaye son propos.

— De quoi tu parles ? demandé-je finalement, puisqu'il garde le silence.

— Vous deux...

— Quoi « nous deux » ?

Il se détache de moi avec une douceur me laissant pantoise. J'ai l'impression qu'il cherche à me préserver, alors que je ne suis définitivement pas une personne fragile au point d'être protégée.

— Votre histoire.

— Quelle histoire ? Il n'y a pas d'histoire.

— Il m'a aussi dit que tu réagirais de la sorte.

— Que... hein ?

Je secoue la tête, hébétée par la tournure que prend cette conversation.

— Je comprends, Charlie. Ce n'est pas facile de se remettre d'une rupture, surtout quand ton ex rôde toujours dans les parages.

— Attends...

— Blade m'a prévenu que tu souhaitais passer à autre chose et profiter de la vie. Je serai heureux de t'accompagner dans cette direction, mais je souhaite savoir avant si tu veux continuer la soirée avec moi pour ces raisons-là, ou si ton but est de le rendre jaloux.

L'enfoiré.

Chapitre 12

Charlie

Stoïque, je fixe Anssi. Ma bouche refuse d'émettre le moindre son, comme si le musher m'avait littéralement coupé le souffle.

— Tu as peut-être envie d'en discuter un peu plus tard ?

Je ne parviens pas à lui répondre. Mon cerveau ne trouve aucune formulation adéquate, mes veines s'imbibent et mes poumons se gorgent d'un air chaud et lourd.

Je crois que c'est le moment.

Celui où je pète une durite.

Le décor devient flou tant je suis aveuglée par la colère. Même la silhouette de Anssi m'apparaît informe. J'arrive cependant à lever l'index et, je ne sais comment, à esquisser un sourire.

— Tu m'excuses, une minute ?

— Ça va ? Tu as l'air…

— Je reviens.

Je tourne les talons sans plus de cérémonie. S'ensuit une étude millimétrée du bar afin de repérer ma victime ; des flammes embrasent ma poitrine lorsque Blade apparaît dans mon viseur.

Ce foutu tocard ne me voit pas. Il rit avec Grayson. Il savait que son plan fonctionnerait et n'a donc même pas pris la peine d'assister à ma défaite. Cette assurance me rend malade.

Cette fois, c'en est trop.

Je traverse la salle, les yeux braqués sur lui. Savannah semble dire quelque chose au moment où j'atteins la table, mais mes oreilles ont déclaré forfait. Cela dit, ce devait être une remarque importante puisque toutes les têtes pivotent dans ma direction.

Y compris la sienne.

Dois-je préciser qu'il se pare d'un sourire en coin ? Dois-je vraiment ajouter qu'une étincelle d'excitation illumine son regard ?

— Charlie…

Il a conscience que je fonce droit sur lui. A-t-il l'obligeance de se lever ? Non, bien sûr que non. Monsieur a le culot de s'adosser plus confortablement à son siège et d'attendre son jugement dernier avec un plaisir non dissimulé.

De fait, je n'ai aucun scrupule à empoigner ma pinte de bière au passage ; je l'ai délaissée au profit de nombreux shots, elle est donc restée pleine toute la soirée. L'alcool tiède tangue contre les parois tandis que je parcours les derniers mètres.

— Charlie !

Le cri de Savannah trahit son inquiétude. Elle comprend avant les autres ce qui va se passer.

— Ne fais pas ça !

Je donne de l'élan à mon bras. Le visage de Blade se modifie à mesure que le verre disparaît dans mon dos. Quand il revient dans son champ de vision, il est trop tard pour se protéger : la boisson atterrit en plein sur sa face.

— Putain !

Une rivière de liquide collant le recouvre de la tête jusqu'au torse. J'ai visé avec une telle précision que ses vêtements portent également les stigmates de mon assaut. Malgré tout, je continue de fulminer ; il aurait fallu qu'il se noie dans une citerne pour que je ressente un minimum d'apaisement.

— Ça, c'est pour le mensonge !

J'effectue un pas en avant. Un seul. Je suis désormais à la distance adéquate pour lui offrir la gifle du siècle.

— On va peut-être se détendre ? propose Grayson.

Blade se lève d'un bond, le regard noir. Il s'essuie brièvement le visage avec le revers de sa manche tout en s'approchant de moi. J'ai désormais l'odeur du houblon dans le nez, ce qui me donne la nausée.

Je pensais que sa tête de chien mouillé me soulagerait un peu mais ce n'est pas le cas. Je suis entrée dans une dimension parallèle où le seul moyen de calmer ma soif de vengeance, c'est de le massacrer.

Je veux un combat à mort.

— Je pense que c'est le moment de me présenter des excuses, dit-il avec une froideur sans pareille.

Cette obsession à vouloir me faire plier l'échine

devient vraiment irritante. Blade et le pardon, c'est une grande histoire.

Comme s'il possédait un ego assez développé pour écraser celui des autres, il pense pouvoir exiger de ses adversaires qu'ils s'agenouillent face à sa toute-puissance. C'est mal me connaître.

Sans la moindre hésitation, et avec beaucoup de sang-froid, je le gifle.

Le bruit est impressionnant. L'empreinte de mes doigts ne tarde pas à s'étendre sur sa joue, telle la conséquence visible du point de non-retour qu'il m'a forcée à atteindre.

— Et ça, c'est pour tout le reste !

Comme si j'avais appuyé sur le détonateur de l'arme nucléaire, le groupe entier se mêle soudain à notre dispute : Grayson s'interpose, Savannah me tire en arrière, Sally nous demande de nous calmer, et James se passe une main accablée sur le menton. Chacun tient son rôle face à un Blade qui écume désormais de colère.

— Me « calmer » ? ! On a assisté à la même scène ?

— Tu me cherches depuis tout à l'heure, Blade ! Je devrais même égaliser avec ta seconde joue !

— Charlie..., soupire Savannah.

— Il a dit à Anssi qu'il était mon ex !

— Sérieux ? s'étonne Sally.

J'acquiesce en me dégageant de l'emprise de Savannah et ajoute :

— Apparemment, on aurait rompu et j'aurais mal vécu la chose. Anssi croit que j'essaie de rendre Blade jaloux avec lui !

— Où est Anssi, d'ailleurs ?

— Il vient de sortir, répond James à Sally, en désignant la porte d'entrée encore entrouverte.

— Il aurait pu nous prévenir…

— Je crois qu'au vu des circonstances, il a préféré se faire discret.

Sur ce, il se tourne vers moi.

— Dehors, tout de suite, me somme-t-il.

Il regarde ensuite Blade avec la même intransigeance.

— Toi aussi.

— Je n'aurai pas d'explication avec elle, James. Elle sait déjà tout.

— Ce que je sais, c'est que tu as voué ta vie à rendre la mienne impossible ! Tu n'avais pas le droit de dire à ce type qu'on était ensemble !

— Parce que je t'ai donné l'autorisation pour Marja ?

— Ça n'a rien à voir ! Je n'ai pas inventé de sentiments ! Marja n'est pas idiote, elle se doutait que tu n'étais pas cannibale !

— Donc, tu considères que Anssi est débile ?

— Ne me fais pas dire ce que je n'ai pas dit !

— Oh ! Les deux, là !

Entre l'alcool, la fatigue, la rage et les tentatives d'intervention du groupe, mes émotions deviennent chaotiques. J'aimerais simplement mettre un poing dans sa figure, c'est tout. Je voudrais que sa cloison nasale dévie sous le coup, que du sang gicle sur le mur du bar et que je puisse en ressentir la même exaltation que Uma Thurman lorsqu'elle a tué Bill.

Le problème, c'est que Savannah surveille mes mains et que James a décidé de revêtir sa tenue de père autoritaire.

— Dehors. Maintenant, répète-t-il avec plus de fermeté. Je vais payer les consommations. Gray, va faire chauffer le moteur de la voiture. Sav et Sally, bloquez-les à l'extérieur : aucun d'eux ne rentrera au chalet tant que cette histoire grotesque ne sera pas réglée.

C'est au prix d'un effort surhumain que je ravale une partie de ma folie meurtrière. Savannah m'accompagne aux vestiaires, pensant sûrement que je ne suis pas capable de récupérer mon manteau sans éventrer quelqu'un au passage. Elle n'a pas tort.

Je me rhabille à la hâte, et suis contrainte d'attendre Blade une fois dehors… Il apparaît un peu trop rapidement à mon goût.

— On joue les entremetteuses ou vous vous débrouillez seuls ? interroge Sally.

Blade inspire une bouffée de la cigarette qu'il vient d'allumer en guise de réponse. Cela donne le ton de la conversation : il nous emmerde, et il conservera le silence.

Nous sommes enfin d'accord sur une chose.

— Vous devriez mettre les choses à plat, ajoute Savannah.

À nouveau, personne ne daigne répondre.

— Vous êtes conscients que vous vous comportez comme des enfants ?

— Vous vous mettez des bâtons dans les roues sans raison.

— Vous nous forcez à écourter la soirée.

— Vous nous forcez surtout à poireauter dehors par -20 degrés, renchérit Sally, grelottante. Je vous adore, tous les deux, ce voyage n'aurait pas la même saveur sans vous. J'accepte vos disputes et j'irais même jusqu'à dire qu'elles parviennent souvent à me divertir. Mais pas ce soir.

Elle lève les yeux au ciel, comme pour implorer la pitié d'un dieu qui aurait le pouvoir de gérer les différends de ses proches. Ses prières risquent de sonner dans le vide.

— Que vous vous détestiez, c'est une chose, mais ceux qui vous aiment ne doivent pas en subir les conséquences. James attend que vous régliez vos problèmes parce qu'ils finiront par nous atteindre, si ça continue. Vous comprenez la situation dans laquelle vous nous mettez ? On ne veut pas prendre parti, ni pour l'un ni pour l'autre. Alors, soyez intelligents et laissez-nous en dehors de ça.

Savannah ne relève pas, j'estime donc qu'elle rejoint son avis. De mon côté, je réalise que mon aversion pour Blade dépasse le cadre d'une petite bagarre sans conséquence. Nous entrons désormais dans une ère où l'implication des autres devient obligatoire… et ça ne me plaît pas plus qu'à eux. Nous pourrions causer des dommages collatéraux.

Étant nouvelle, je n'ai pas à imposer mes amitiés et mes inimitiés. Plus que tout, je refuse d'être la raison d'une ambiance déplorable ; ces gens ont noué des liens véritables avant mon arrivée, je ne peux pas débarquer avec mes états d'âme et tout détruire sous prétexte qu'un imbécile me rend la vie infernale.

Forte de cette prise de conscience, je relativise. La bouffée d'air glacé que j'inspire m'est salvatrice. Mes nerfs se recouvrent d'un baume apaisant tandis que je tente de redonner vie à la femme raisonnable qui sommeille en moi.

Sentant le changement d'atmosphère, les filles jugent bon de s'éloigner. Elles rejoignent la voiture à l'intérieur de laquelle Grayson est à moitié assoupi.

Oui. Vraiment. Je ne veux rien gâcher.

— Tu me révulses.

Impossible de le regarder en face ; je délivre donc cet aveu avec les yeux fixés sur la bouche ouverte de Grayson, collée contre la vitre sur laquelle de la buée se forme et s'efface au rythme de sa respiration.

— Pas seulement par rapport à Anssi. Je ne te supporte pas dans ton intégralité, Blade. Tout chez toi me fait péter un câble.

— On est deux.

— Et on devrait rester deux.

Il coule sur moi un regard en biais, interrogateur. Pour qu'il comprenne mes intentions, je me dois d'être honnête. Or, lui raconter un aspect très personnel de ma vie me ravit à peu près autant que de fêter Noël en Laponie. Je m'y résous à contrecœur.

— La notion de groupe est assez vague pour moi. Mon environnement m'a conditionnée à être solitaire. Avoir une famille, me faire des amis, ce sont des compétences sociales basiques que je n'ai pas vraiment acquises.

L'odeur de la nicotine me parvient. Dans l'irrationalité de ce moment, j'ai la sensation qu'il m'écoute.

— Pourtant, j'ai été accueillie au Misc à bras ouverts. Sans me connaître, James, Sally et Gray m'ont offert une place parmi eux. C'est la première fois que ça m'arrive.

Je déglutis.

— Je les apprécie. Les décevoir n'est pas envisageable.

— Où veux-tu en venir ?

Sa voix émet des graves saisissants. J'en ai un frisson de surprise : il est rare que Blade s'exprime avec ce timbre posé. Avec moi, il préfère généralement l'octave du dessus, celui bourré de cynisme et de sarcasme.

— Je ne suis qu'une pièce rapportée alors que tu es leur ami de longue date. S'ils devaient en venir à faire un choix, je serais évincée.

— Viens-en aux faits.

Je prends une profonde inspiration, et, finalement, me tourne vers lui. J'aurais cru avoir affaire à un regard pénétrant, une expression typique de sa personne et destinée à me mettre mal à l'aise, mais il se contente d'observer la nuit avec un immobilisme surprenant. La fumée de sa cigarette forme des volutes blanchâtres alors qu'il reste fermement ancré sur ses pieds, une main dans la poche de son anorak.

— J'aimerais rester dans ce groupe. Si on continue de se prendre la tête, je n'en aurai pas l'occasion, admets-je.

Un sourire insolent étire ses lèvres.

— Tu veux un cessez-le-feu, déduit-il.

— Oui.

Ici, je devrais placer un « s'il te plaît », ou un « je t'en conjure », mais il me faut déjà composer avec l'impression insupportable de ramper devant lui et ma bouche refuse de pousser le vice avec une imploration supplémentaire.

Aussi détestable que soit cet homme, je respecte la place qu'il tient auprès des autres. S'il veut me virer, il y parviendra et je n'aurai pas mon mot à dire. Il est maître de la situation. Je dois malheureusement m'en remettre à sa décision.

— Qu'est-ce que tu attends de moi ?

— De nous, rectifié-je. Plus de coups bas. Plus de musique pendant la nuit. Plus de petit déjeuner abominable. Plus de remarques assassines. Plus de regards de travers. Plus de Marja ou de Anssi. Plus de guerre stérile.

— On fait comme si l'autre n'existe plus.

— C'est ça.

Il étire le cou vers le ciel, la lèvre coincée entre les dents. Je le confronte à un dilemme, j'en ai conscience.

En toute logique, et si je me réfère à notre passif, ma requête a peu de chances d'aboutir. Je l'ai insulté, lui ai cassé un plan avec une fille, ai considéré qu'il avait le potentiel d'un tueur en série mangeur d'êtres humains, je l'ai imbibé de bière et frappé sans vergogne. Et ça, ce ne sont que les échanges des derniers jours…

En ce sens, il a tous les droits de m'écarter du groupe. Sauf que j'ai foi en ma proposition : elle lui offre une existence loin de la mienne. C'est en quelque sorte la définition du paradis.

Il écrase le mégot sur le rebord de la poubelle, à côté de lui, tandis que mon appréhension va croissante. La fumée sort par son nez avec une lenteur indescriptible ; le suspense me rend impatiente, j'ai besoin d'une réponse.

— Très bien. Tu n'existes plus pour moi.

Les mains rentrées dans ses poches, il me tourne le dos puis serpente parmi les plaques de verglas afin de retrouver la voiture. Je mets quelques secondes à assimiler cette nouvelle, et finis par en avoir un sourire incontrôlable.

Ce n'est pas tant cette discussion qui me met le baume au cœur que le fait de savoir qu'à partir de maintenant Blade va disparaître de mes pensées.

Je vais être libre.

Enfin.

Chapitre 13

Blade

— Attrape !

Grayson balance son sac à dos plein à craquer à travers la pièce. Comme il n'a jamais appris à viser et que sa précision ne s'améliore pas avec le temps, le tout atterrit à un mètre de la cible, c'est-à-dire de mon bras tendu.

— Tu es conscient que tu as encore pris trop d'affaires ? dis-je, médusé par la dimension de cette chose informe, étalée au sol.

Parfois, je tends à croire que l'âme d'un vétéran a pris possession de lui. Grayson agit de la même manière qu'une personne âgée ayant connu le rationnement, la faim et le manque pendant la guerre. De fait, il embarque toujours sa maison avec lui, comme si elle était éphémère et qu'on pouvait la lui retirer en un claquement de doigts.

— On ne sait jamais ce qui peut se passer pendant un trek, Blade.

Je ramasse son sac et le jette sur mon épaule, l'air désabusé.

— Rien qui justifie ton inquiétude, rétorqué-je.

Effectuer une randonnée en pleine nature n'était pas inscrit sur notre programme. Tout est parti des brochures que Sally a trouvées dans le tiroir de la table basse du salon, avant-hier soir ; entre les photographies – exagérément retouchées – des paysages et son désir de profiter au maximum du pays, elle nous a convaincus qu'un trek au beau milieu d'un parterre de neige était une expérience à ne pas rater.

On a dit oui. Probablement sous l'emprise de l'alcool et du fromage fondu.

Elle s'est donc chargée de la réservation auprès de Marja, qui s'avère porter plusieurs casquettes : j'ai appris qu'elle cumulait plusieurs jobs, dont celui de guide de randonnées pédestres. Autrement dit, elle nous accompagnera pour la journée.

Pour être franc, j'ai pensé pendant deux secondes et demie à en profiter afin de rattraper la catastrophe de notre rencontre… puis je me suis ravisé. Ce serait par pure blessure d'ego, et non par véritable envie. Certes, Marja est une femme qui attire l'œil, mais si je suis vraiment honnête avec moi-même elle ne m'intéresse plus tant que ça. Cet échec m'a refroidi. Je suis déjà passé à autre chose, et ce n'est pas Grayson qui risque de s'en plaindre.

Il est en boucles sur elle depuis qu'on est levés, à croire que sa phase de jalousie dans le bar au sujet de Sally n'a jamais eu lieu. Je ne comprendrai jamais son fonctionnement : Grayson est capable de compartimenter ses sentiments avec une aisance qui force l'admiration. Marja dans une case, Sally dans l'autre, alors qu'elles ont toutes les deux ses faveurs – c'est en tout cas ce que j'estime.

— Au fait, pour Marja…

— On en a déjà parlé, Gray. Je me suis retiré.

— Oui, je sais. Mais j'apprécierais également que personne n'intervienne pendant que je suis avec elle.

Je lève un sourcil dubitatif.

— J'ai du retard à rattraper ! se justifie-t-il. On est ici pour une durée limitée et le séjour est déjà entamé. Si vous nous interrompez lors des seuls moments où je peux la séduire, autant que j'abandonne maintenant.

— Je ne te savais pas défaitiste.

— Moyennement confiant, tempère-t-il. On devrait déjà goûter à l'étape numéro trois de notre flirt et c'est à peine si le premier niveau est atteint.

— As-tu seulement flirté avec elle ? Là est la question.

— J'apprécie ton soutien, mec. Merci.

Je claque une main complice dans sa nuque avant de me rendre à l'extérieur. Le reste du groupe nous y attend, près de la voiture dont le moteur chauffe depuis de longues minutes.

— On a plus d'une heure de route pour arriver au point de rendez-vous, bougez-vous un peu ! lance Sally, frigorifiée.

Elle forme de grands moulinets impatients avec ses bras, comme pour nous inciter à accélérer le pas. Je dépose les sacs dans le coffre sous ses interjections et suis le dernier à prendre place à l'arrière du van.

Face à moi se joue le bal des imposteurs : Grayson et Sally, côte à côte, discutent du chemin balisé pour la randonnée, avec sourires et gestes tactiles au menu. Je persiste à croire qu'ils enfouissent leurs sentiments dans un coffre fermé à double tour, parce qu'à les voir ainsi c'est évident : ils se plaisent. Malgré son coup de cœur pour Marja, Grayson a passé la soirée au bar à lancer des regards assassins à Anssi. Quant à Sally… eh bien Sally a ri aux blagues de Gray.

C'est une preuve indiscutable de son intérêt quand on sait combien l'humour de Grayson est déplorable. Cet homme pourrait faire pleurer un clown.

— Vingt kilomètres ? Tu n'es pas sérieuse…

— Si tu cumules le nombre de pas que tu fais au Misc dans une journée, je suis certaine que le résultat est équivalent.

— Entre piétiner dans une boutique et me promener dans la toundra lapone, il y a une différence !

— Ça te fera les muscles.

Le rire de gorge de ma voisine me déconcentre un court instant, mais je m'efforce de l'oublier aussi vite. *Elle n'existe pas. Plus.*

— Pourquoi tu nous as vendu ce trek, Sally ? Imagine que l'un d'entre nous soit cardiaque !

— Tu es cardiaque ?

— Non, mais je vais le devenir. Vingt kilomètres, putain !

À nouveau, Charlie émet un bruit étrange, semblable à une bouche qui babille. Je suis tiraillé entre l'envie de la regarder pour voir à quoi elle ressemble quand elle est amusée, et celle de cracher une remarque cynique dans l'optique de retrouver nos habitudes.

Cela fait maintenant trente-six heures que nous nous évitons. Et, honnêtement, je ne pensais pas que ce serait aussi difficile.

Je n'ai plus utilisé sa télécommande. Je n'ai pas regardé dans sa direction. Je n'ai ni levé les yeux au ciel quand elle a pris la parole, ni souri avec ironie à une de ses réflexions inutiles. Je n'ai rien dit quand, hier soir, elle a mis du ketchup dans ses pâtes. Je n'ai pas fumé trois clopes d'affilée parce qu'elle me rendait fou. Je n'ai pas non plus fait fumer mes neurones pour élaborer de plan vengeur puisqu'elle reste sagement dans son coin.

Une accalmie passe dans notre ciel orageux. Le chalet s'est mué en une terre de paix et de rédemption. Cela dit, si je tiens parole en respectant sa demande, je me rends compte que ma bonté a tout de même un prix.

Elle me perturbe deux fois plus qu'auparavant. Je continue de sentir sa présence, mon corps étant toujours aussi réactif lorsqu'elle se tient à proximité, mais comme je ne lui parle plus, je n'ai aucun moyen de défouler cet excès de tension. De fait, ma frustration est à son comble.

James s'engage sur la route tandis que je cherche à m'occuper l'esprit ; environ huit heures de décalage séparent sa ville natale de la Laponie, mais je ne doute pas qu'elle réponde à mon SMS.

C'est effectivement le cas, deux minutes plus tard.

Un trek ? C'est l'idée de Sally, ça, non ?

Qui d'autre ?

Tu as pensé à mettre plusieurs couches de vêtements ?

Tes mécanismes thermorégulateurs risquent d'être mis à mal. Bouge constamment pour accroître ton activité musculaire et produire de la chaleur.

Qui écrit « thermorégulateurs » dans ses SMS ?

Une femme qui s'inquiète du peu d'intérêt que porte son interlocuteur à sa santé. Sérieux, Blade, fais attention.

Je fais glisser une main dans ma nuque avec un sourire au coin des lèvres. Son instinct protecteur a pris des proportions démentes depuis que je lui ai annoncé la destination des vacances. Elle m'a envoyé une liste comportant les conséquences physiques liées au froid et les divers moyens d'y réchapper, comme si j'avais à peu près neuf ans et que j'ignorais comment m'occuper de ma propre personne.

Comment se passe le stage ?

Tu changes de sujet.

Je m'intéresse à toi.

Tu n'as jamais su mentir. Mais tout va bien, si vraiment tu tiens à le savoir. J'aurai quelques jours de libres en janvier. Et toi ? J'ai vu les photos sur Insta…

?

La fille que tu prends dans tes bras est plutôt jolie. Elle travaille aussi au Misc ?

Sûrement pas.

Petite amie ?

Encore moins.

Sujet épineux ?

Je mets tellement de temps à trouver une réponse convenable, c'est-à-dire assez sèche pour qu'elle n'insiste pas et assez polie pour qu'elle ne soit pas vexée, qu'elle me relance avant mon intervention.

En tout cas, Blitch92200 ne semble pas l'apprécier. Elle a laissé un emoji malade en commentaire, celui qui vomit.

Depuis quand tu lis les commentaires de notre compte ?

Depuis que je passe ma vie à la BU quand je ne suis pas en stage, et que mes pauses se résument à épier ta vie palpitante.

La discussion se poursuit sans véritable fil conducteur, déviant au gré des sujets évoqués. Le fait de se parler quotidiennement induit une connaissance quasi parfaite de la vie de l'autre. Techniquement, nous n'avons pas besoin de bavasser mais l'un comme l'autre, nous n'arrivons pas à faire sans. Ce n'est qu'à l'approche du point d'arrivée que je lâche mon écran des yeux.

Je la préviens que ma batterie est quasiment à plat avant de ranger le téléphone dans ma poche… et de sentir un regard posé sur moi.

Quand Charlie s'aperçoit que je l'ai remarquée, elle détourne la tête. Ce contact visuel m'amuse plus qu'il ne le devrait : elle a l'air de peiner autant que moi à me supprimer du paysage.

Marja nous accueille dès la sortie de la voiture. J'ignore tout du nom et de l'histoire de la forêt impressionnante près de laquelle elle nous a amenés, mais après avoir passé du temps avec Anssi, je peux affirmer qu'elle est majoritairement composée de pin sylvestre et d'épicéa.

Toujours présente, la neige recouvre les branches et, parfois, tombe par tas épais au sol sous l'effet du vent. Bien que commençant à devenir habituel, le spectacle n'en est pas moins grandiose.

— La météo a annoncé une tempête en fin de journée, lance notre guide.

Elle resserre l'écharpe autour de son cou et accorde une moue cordiale à chacun d'entre nous.

— Le vent risque de s'intensifier durant la randonnée.

— Il n'y a pas de danger ? demande Savannah, qui utilise la stature de James comme d'un paravent.

— Rassurez-vous, nous pourrons faire demi-tour à tout instant, et le chemin que nous empruntons est praticable.

Elle s'éternise ensuite sur les mesures de sécurité, des règles de base comme la nécessité de rester groupés, ou encore l'obligation de protéger son visage ainsi que les extrémités du corps. Sans ça, il paraît que nous allons au-devant d'engelures et autres petits désagréments liés au froid. Je comprends alors que je ne pourrai pas retirer mes gants durant ces vingt putains de kilomètres et, donc, que fumer me sera impossible.

— Tout le monde est prêt ?

— Attendez ! Photo de groupe !

Sally donne son portable à Marja, qui se place alors à quelques mètres pour enregistrer ce souvenir. Cette fois, je m'éloigne au maximum de Charlie.

Le blizzard attaque déjà nos bonnets et nos vêtements, si bien que la plupart ne sont pas à leur avantage lors du premier essai. Il faudra trois tentatives pour que Sally soit satisfaite du résultat ; elle annonce qu'elle publiera la photo dès que nous aurons retrouvé du réseau.

— Maintenant, on peut y aller !

Avec Grayson et Marja en tête de file, le convoi entame un périple tumultueux.

La poudreuse est omniprésente, on s'enfonce jusqu'aux mollets à chaque mètre franchi. Les difficultés sont autant physiques que mentales : Savannah, James, Sally et Charlie avançant en duo, je n'ai que mes pensées comme compagnie. Inévitablement, elles m'embarquent vers de vieux souvenirs, des moments vécus à cette période précise de l'année. À Noël. Pendant le réveillon. Ou même à d'autres. Je me rappelle des visages, des réflexions, des ricanements… du dédain.

Les gens ignorent l'impact que peuvent avoir leurs propos. Les mots brisent des colosses. Un poing suscitera une douleur vive, mais le mot, lui, s'infiltrera insidieusement dans l'esprit et y causera des dommages irréparables. Il causera une plaie qui ne cicatrisera pas. Parfois, je regrette de ne pas avoir la mémoire assez défaillante pour que ces paroles soient perdues à jamais.

— Vous marchez sur la terre des Sames, le peuple autochtone qui couvre l'ensemble du territoire lapon, donc la Laponie norvégienne, suédoise, finlandaise et une très petite partie qui se trouve en Russie : la péninsule de Kola, lance Marja, par-dessus son épaule.

La neige craque sous nos pieds et le vent apporte des claques frigorifiques sur mon visage. Le boucan est tel que je dois me concentrer pour entendre ce qu'elle raconte.

— Les « Sames » ? répète Grayson.

— Cela vient de Sápmi. C'est le nom donné à la Laponie dans leur langue. Certains les appellent à tort des « lapons », mais je vous conseillerais de ne pas le leur dire : ce terme est péjoratif, il signifie « porteur de haillons » en suédois.

Grayson se prend soudain de passion pour le discours de Marja. Je doute fort que l'intention soit louable, mais notre guide semble enchantée de partager son savoir.

— C'est un peuple très proche de la nature. Dans leur ancienne religion, l'animisme, ils considéraient que tout avait une âme, depuis les montagnes jusqu'aux lacs. Le respect de l'environnement est profondément ancré en eux, jamais ils ne bousculeraient l'équilibre établi, au risque de représailles.

— C'est-à-dire ?

Elle dédie un petit sourire à son interlocuteur privilégié.

Apparemment, Grayson maîtrise assez bien la première étape de la « Conquête Marja ».

— Eh bien, nous faisons partie d'un tout, explique-t-elle. L'Homme n'est pas supérieur à ce qui l'entoure mais plutôt à égal niveau. La nature est l'équivalent d'une famille où chaque membre apporte des avantages à l'autre, et où l'autre se doit d'être reconnaissant. Les Samis remercient les animaux, les végétaux, le soleil, la lune, le vent ou même le tonnerre pour ce qu'ils leur apportent. Ils tiennent beaucoup à cette relation symbiotique.

Peu à peu, nous pénétrons dans la forêt que je distinguais plus tôt. Les bruits alentours sont alors amplifiés, comme si la végétation nous confinait dans un enclos.

Je perçois distinctement le craquement de branches qui cèdent sous le poids de la neige, le vent qui souffle dans les aiguilles de pin. Il y a un côté à la fois fascinant et dérangeant à tout ça… je me sens petit face à la nature que Marja continue de nous décrire. Elle nous inculque des valeurs sames et s'épanche plus longuement sur le chamanisme, l'une des pratiques de leur religion. Elle profite de notre passage près d'un énorme rocher pour compléter son explication.

— Ça, par exemple, c'est un Sieidi. Un lieu de culte sami. Ils considéraient que les rochers ou les pierres de forme incongrue avaient un pouvoir divin, alors ils y déposaient des offrandes, comme des bois ou du sang de renne, pour que cela leur porte chance. Les Sieidi sont situés à des points stratégiques, comme les rives des eaux de pêche ou près des lieux de campements.

— C'était un moyen pour eux d'espérer avoir du poisson à manger ou un endroit sécurisé pour dormir ? tente Grayson.

Elle acquiesce.

— Exactement. On offre quelque chose pour s'assurer les bonnes grâces en échange.

— Vous semblez particulièrement connaisseuse du sujet.

— Du sang sami coule dans mes veines, dit-elle avec une fierté contenue. Je suppose que je me sens concernée par l'histoire de mes ancêtres.

— C'est tout à votre honneur.

Si l'approche est approximative, je ne peux pas nier

que Grayson y met vraiment du sien. Il devient presque mièvre quand il cherche à toucher le cœur d'une femme.

Les explications se poursuivent alors que les bourrasques gagnent en force. Les flocons se muent en éperons qui scalpent le peu de peau que j'ai à découvert, et mes articulations souffrent du gel. J'ai l'impression de perdre mes capacités physiques.

Marja évoque désormais des « kota », des huttes traditionnelles, utilisées par les Samis pour se reposer durant la transhumance de leurs troupeaux de rennes, tandis que je vérifie discrètement l'état de fatigue du groupe.

Savannah traîne des pieds. James tente de la soutenir en portant son sac à dos, mais elle semble à bout de souffle. Si ce détail m'indique que l'épuisement nous atteint à différents stades, c'est surtout le silence de Sally qui achève de me convaincre ; sa joie bavarde, d'habitude contagieuse, a disparu. Elle est complètement éteinte.

J'ignore la femme qui marche à ses côtés, et attends que Sally soit à mon niveau pour empoigner l'anse de son sac.

— Je suis encore capable de faire un trek avec quelques kilos sur le dos, Blade, dit-elle en comprenant ma démarche.

— File-moi ce sac.

Elle n'hésite pas longtemps, consciente de son état. Le soulagement s'empare de ses traits quand les bretelles quittent ses épaules abîmées.

Le temps que je sois chargé, Charlie s'est éloignée. Sa silhouette s'efface dans les volutes de vent et de neige pour rejoindre Grayson et Marja, déjà à plusieurs mètres.

— Mes félicitations, lance Sally.

— Pour ?

— Vos efforts. Vous m'épatez.

Je souris. Personne n'aurait parié sur une trêve entre Charlie et moi.

— Tu arrives à gérer le fait qu'elle t'ignore ? relance-t-elle.

— C'est libérateur, oui.

— Vraiment ?

— Tu en doutes ?

— Un peu, admet-elle. Elle et toi, c'est comme un mauvais mélange addictif : vous n'allez pas ensemble, le rendu est indigeste, mais on ne peut pas s'empêcher de replonger sa cuillère dedans.

Je secoue négativement la tête.

— Les mauvais mélanges ne rendent jamais accro.

— Ah, oui ? Et les frites qu'on trempe dans la glace, tu appelles ça comment ?

— De la folie culinaire.

— Une fois qu'on a goûté, cela devient surtout un incontournable.

Je ne relève pas l'anomalie de ses préférences alimentaires. Ses mains tremblantes replacent son cache-nez, et elle enfonce le bonnet jusqu'au milieu de son front pour se protéger des gifles que la nature nous met dans la figure.

— J'ai longuement parlé avec elle dans l'avion. Vous avez des points communs, Blade, mais ils vous confrontent tous les deux à des souvenirs désagréables. Je pense que c'est pour ça que vous vous détestez : vous vous ramenez mutuellement et sans le savoir à du négatif.

— Ça n'a pas de sens.

— C'est très sensé, au contraire.

Son regard se fait pénétrant.

— Elle est plus sensible que tu le penses. Si tu en as l'occasion, assieds-toi sur ta fierté et prends le temps de l'écouter. Je suis sûre qu'elle a des choses à t'apprendre.

Chapitre 14

Charlie

La météo se dégrade de minute en minute, et je n'ose pas dire au groupe combien cela influe sur l'état général de mon corps.

Depuis le début de la randonnée, la neige se faufile dans mes bottes de mauvaise qualité. J'ai les pieds trempés et probablement aussi bleus que ceux d'un Schtroumpf grippé. Mes jambes, raidies par le froid, s'assimilent à deux poteaux de bois. Mais je crois que le pire se déroule au niveau de mon visage : à chaque expiration, la vapeur se transforme en givre dans l'instant, à l'intérieur même de mon écharpe. On dirait qu'un congélateur crache de l'air gelé à trois centimètres de mes lèvres, ce qui les fait craqueler et m'empêche aussi de parler.

À l'inverse, Marja et Grayson paraissent en forme. J'arrive à peine à grogner mais eux échangent des phrases construites, avec un sujet, un verbe et un complément. Grayson n'est d'ailleurs pas avare en compliments : son vocabulaire se compose majoritairement de superlatifs et, parfois, de remarques dénuées de toute subtilité.

J'ai saisi qu'il tentait de rattraper le temps perdu avec elle, mais, à la manière dont elle réagit – ou plutôt ne réagit pas, mieux vaudrait se rendre à l'évidence et capituler.

— ... ville festive. Il n'y a pas mieux que Chicago pour sortir et faire des rencontres.

— Si je voyageais à l'autre bout du monde, ce serait pour les paysages, et non pour passer du temps avec des inconnus rencontrés dans les bars.

— Idem. Ce n'est pas mon truc. J'ai une véritable passion pour la nature, et plus principalement pour les endroits reculés.

Je lève les yeux au ciel. Il n'emportera pas ce mensonge-là au paradis.

— Un peu comme ici ?

— Surtout comme ici. Je vais vous avouer un secret : c'est moi qui ai proposé au groupe de découvrir la Laponie. Certains avaient décidé de poser leurs valises vers les îles tropicales mais je suis parvenu à les convaincre du bien-fondé des décors enneigés.

Si les muscles de ma mâchoire étaient encore capables de fonctionner, je rirais à gorge déployée. Peut-être que je viens de trouver la raison pour laquelle Sally refuse d'aller plus loin que l'amitié avec lui : Grayson est un séducteur, et un bon comédien de surcroît. Elle n'a peut-être pas totalement confiance en lui. Pas au point de lui offrir ses sentiments.

— Marja !

Le cri de James me fait me retourner.

— On peut faire une pause ?

Je présume que la demande est surtout pour Savannah : je la découvre assise dans la neige, la tête penchée entre ses jambes écartées.

— Bien sûr, oui !

Le couple est rejoint au pas de course. Mon inquiétude s'accroît toujours de façon exponentielle quand il s'agit de Savannah.

— Tout va bien ? dis-je en m'agenouillant.

Son « oui » n'est pas assez appuyé pour que je le croie.

— Tu as mangé ce matin ?

— J'ai pris un yaourt tout à l'heure.

— Ce n'est pas un repas.

— C'est juste un étourdissement, Cha.

Je retire mon sac à dos et en extirpe une petite bouteille d'eau. Je n'ai pas pensé à prendre de la nourriture, supposant à tort que le trek ne serait pas éprouvant et donc, que je n'aurais pas besoin d'énergie supplémentaire. Grayson, qui apparaît à mes côtés, comble ce manque en tendant un paquet de biscuits secs.

— Si tu pouvais éviter de tomber dans les vapes, ça m'arrangerait. Je suis déjà assez en galère comme ça, dit-il avec un sourcil levé.

Tout le monde l'entend, y compris Marja. Les sourires éclosent plus ou moins discrètement sur les lèvres, hormis les siennes ; il semblerait qu'elle ait pris l'humour de Grayson au premier degré.

En silence, elle s'assure que Savannah reprend des forces, mais ses regards glacés ne sont destinés qu'à Grayson. J'en arrive à avoir de la peine pour lui ; la tempête qui nous entoure a comme pris possession d'elle. Elle est devenue aussi froide que le paysage.

— Il me semblait pourtant avoir été claire : je suis là pour m'occuper de vous de manière strictement professionnelle, dit-elle finalement.

— Et nous vous en remercions, intervient James.

— J'aimerais pouvoir faire mon travail sans qu'on m'importune.

— On comprend.

Bien qu'il essaie de temporiser, l'ambiance se détériore. Les avis de chacun ne sont pas exprimés à voix haute afin d'éviter une montée en pression inutile, mais ils se ressentent. Marja, dont la réaction me paraît exagérée – Grayson ne lui a pas non plus mis le couteau sous la gorge –, se heurte à un mur. Celui du groupe.

— Vous dramatisez légèrement la situation, si je peux me permettre, lance Sally.

L'agacement qui pointe dans sa remarque me surprend. Elle qui se caractérise par la jovialité et la compassion semble avoir attrapé le wagon de la colère en chemin.

— Que vous soyez dérangée est concevable et vous avez tout à fait raison de vous exprimer, mais vous pouvez le faire en douceur, ajoute-t-elle.

— Je ne pense pas avoir été malpolie.

— Vous donnez l'impression que Grayson vous a manqué de respect. C'est le cas ?

Cette nouvelle joute verbale, passive-agressive, en déroute plus d'un. Le côté mère poule de Sally a l'air d'avoir été piqué au vif mais Marja campe fermement sur ses positions. Elle répond avec un regard courroucé :

— Non, mais je connais les hommes et leurs méthodes.

— Qu'insinuez-vous ? Qu'il comptait vous emmener derrière un arbre sans votre consentement ?

— Sally…

— Ce n'est pas parce que des spécimens du passé vous ont déçue que vous avez le droit de juger Grayson sans le connaître.

Marja se pince les lèvres, certainement pour retenir une réflexion déplaisante. Sally n'étant pas idiote, elle devine la fausse retenue de notre guide et ça ne fait qu'ajouter de l'huile sur le feu.

— Vous n'avez pas la science infuse, bon sang !

— Vous le défendez parce qu'il est votre ami.

— Faux. S'il s'était comporté comme un imbécile fini, j'aurais pris votre défense. S'il avait eu un seul geste déplacé, je l'aurais envoyé dans un lac gelé la tête la première. Mais il n'a fait qu'essayer de nouer le dialogue avec vous.

— Sally, arrête.

Grayson lui empoigne le bras afin d'attirer son attention. Ils se regardent alors dans le blanc des yeux durant de longues secondes, et j'assiste à une véritable conversation muette, faite d'exaspération et d'irascibilité.

À voir Sally si loin de son tempérament habituel, j'en déduis qu'elle est jalouse de Marja. Ça ne peut être que ça. Je suppose que l'intérêt de Grayson pour la guide l'indispose parce qu'elle tient à lui.

— Calme-toi.

— Je n'apprécie pas qu'on se permette de tels jugements de valeur, Grayson.

— Tu te donnes en spectacle, soupire-t-il.

— Je te demande pardon ? !

James émet un sifflement sonore, interrompant un énième pic de tension.

— On a une randonnée à poursuivre et Sav n'est pas au mieux de sa forme. Il serait bon de remettre cette mise au point à plus tard.

— Je...

— Sally, ce n'est pas le moment.

À ceci, il ajoute un petit sourire, comme pour faire passer la pilule, mais même lui manque d'entrain. L'état de Savannah doit le préoccuper, il n'a probablement pas la tête à servir d'arbitre entre deux volcans prêts à exploser.

Nous reprenons la marche avec les nerfs en pelote. Marja distille les informations concernant les Sames au compte-gouttes ; les explications sont de plus en plus éparses tandis qu'elle évite Grayson et Sally.

Tracassée par Savannah, j'avance à son rythme et m'assure qu'elle dispose des forces nécessaires pour braver le froid. Je déteste quand elle est diminuée. C'est idiot, mais cela me ramène à l'image d'un pilier fissuré.

Petite, j'appréhendais l'hiver pour plusieurs raisons, et notamment à cause des nombreuses maladies véhiculées au foyer. On récupérait les microbes, on se les échangeait... Nous évoluions dans une cuve à angines et autres rhumes qui tombent sur les bronches. Une année, Sav s'est retrouvée avec la grippe carabinée de Jacob, son petit ami de l'époque. C'était un ado qui passait la moitié de son temps à inventer des théories conspirationnistes sur l'existence des aliens et l'implication de l'armée américaine pour conserver le secret. Si je me souviens aussi bien de lui c'est parce que par sa faute, j'ai passé une semaine entière sans mon amie.

Pour ne pas refiler sa maladie et sur ordre du médecin, Savannah avait été isolée du reste du foyer, y compris de moi. Je l'ai mal vécu. À cette époque, la période de Noël m'était insupportable, il me fallait un minimum de chaleur humaine pour la surmonter, et, en m'enlevant Sav, on me retirait mon ancre.

— ... tu m'en veux parce que j'ai pris ta défense, tu réalises la stupidité de la chose ?

Sally et Grayson, devant moi, recommencent à hausser le ton. Manifestement, la tension n'est pas près de se dissiper. Les effluves de leur colère m'atteignent avec force, au point que je laisse mes souvenirs de côté.

— Je ne suis pas un enfant. Tu le comprends, ça ? Arrête de toujours vouloir couver tout le monde !

— Tu plaisantes ?

— Tu me fais chier, Sally ! J'ai déconné avec Marja, point barre. Tu n'avais pas à intervenir !

Marja entend. Marja est mal à l'aise. Mais Marja opte pour une sage décision, celle de rester en retrait.

— Tu es injuste, Grayson.

— Et toi, tu es aigrie quand tu es jalouse.

Sally s'immobilise avec l'air interdit. Le choc de cette phrase semble lui porter un véritable coup.

— Tu penses vraiment ce que tu viens de dire ?

Grayson regrette déjà ses propos. Malgré tout, et sûrement à cause d'une surcharge d'ego, il n'a pas la présence d'esprit de s'excuser. De fait, Sally perd définitivement patience.

— J'ai toujours été là pour toi, Grayson. Même quand tu te tapais des nanas au QI de nouilles. Même quand tu déprimais à 3 heures du matin à cause des déboires de tes proches. Même quand tu réquisitionnais mon salon après une nuit de débauche. J'ai toujours pris ton parti et je t'ai toujours mis sur le piédestal qu'on ne t'a pas offert.

— Attends…

— Je suis comme ça. Je protège les gens que j'aime. Ça n'avait pas l'air de te déplaire quand tu avais besoin de moi.

— Mes paroles ont dépassé ma pensée, je…

— Non. Tu es juste le plus gros putain d'égoïste que porte cette planète.

Elle n'épilogue pas et ses pieds forment des traces profondes dans la neige tandis qu'elle s'éloigne. De toutes parts j'entends des « va la chercher ! », « qu'est-ce que tu attends ? » et des « tu déconnes sévère ! » mais je n'apporte pas ma contribution ; la silhouette de Sally disparaît déjà dans la tempête et je crains de la perdre. Aussitôt, je me lance à sa poursuite pendant qu'elle file à vive allure.

— Sally !

Tout part à vau-l'eau.

Depuis quand les Sally et les Grayson se prennent-ils la tête ? Ces deux idiots éprouvent des sentiments l'un pour l'autre et ils ne cessent d'agir à l'inverse de leurs envies. Grayson recherche l'attention des mauvaises femmes et Sally croit qu'elle a besoin d'alcool pour ressentir des émotions. Leur mésentente n'a pas lieu d'être, il leur suffirait d'être honnêtes pour que cette mascarade prenne fin. Voilà une belle preuve de l'effet destructeur des non-dits.

— Sally !

Le vent étouffe mon cri. Je grimace, me frotte inutilement le visage et pousse sur mes jambes pour accélérer le rythme.

— Ralentis !

Mes implorations ne rencontrent pas de réponse. Son corps épouse bientôt la forme d'une petite tache informe dans l'étendue plâtrée. Les rafales de neige l'effacent du paysage. Inquiète, je hurle à nouveau son prénom. En vain.

Au moment où elle ne m'est plus visible, mon cœur fait une embardée : Marja nous avait sommés de rester groupés quoi qu'il advienne. Et avec la tempête qui se lève bien plus tôt que prévu, son coup de sang n'arrive franchement pas à point nommé.

C'est en me retournant pour interpeller le groupe que je réalise l'ampleur de ma propre bêtise.

Chapitre 15

Charlie

— Sav ? Sally ? Il y a quelqu'un ? James ! Gray... Putain de merde !

Tous les prénoms passent une seconde fois par ma bouche avec l'espoir que quelqu'un émane du blizzard, mais mes efforts s'avèrent infructueux. On dirait bien que mon karma se retourne contre moi...

Avec ce que j'ai fait subir à Blade pendant des mois, il était évident que l'univers finirait par me tomber dessus. J'ignorais que cela se concrétiserait par le fait de me perdre au beau milieu d'un trek de vingt kilomètres tout en haut du globe, mais il convient de noter l'originalité de cette vengeance cosmique. Elle est remarquable.

N'ayant pas le temps de m'apitoyer sur mon sort, je réfléchis aussi intelligemment qu'il est possible de le faire dans ce genre de situation pour choisir ce que je vais faire. Le groupe dispose d'une guide capable de les ramener au chalet ; en revanche, Sally est seule et dépourvue de vivres puisque Blade a récupéré son sac à dos. Mon choix est vite fait.

— Sally !

J'arpente le territoire d'une immensité sans bornes avec les mains en porte-voix. Mes pieds couinent de douleur, mes chaussures s'enfoncent dans la neige, la neige rend la visibilité inexistante...

Et, elle demeure introuvable.

— Bordel, Sally ! Je te jure que si tu n'apparais pas dans les deux prochaines secondes, j'avoue à Grayson que tu veux coucher avec lui !

Mon calme s'effrite à chaque seconde de silence qui répond à ma provocation. Perdre son sang-froid n'est pas préconisé, mais la possibilité qu'il lui arrive quelque chose me terrifie. Je ne connais même pas le type de faune qui est abrité ici, Marja n'a parlé que des Samis. Et s'il y avait des ours ? Des loups ? Des animaux sauvages mourant de faim et prêts à tout dévorer, même les femmes minuscules et tatouées ?

Bon sang... et si elle se blessait ? J'ai vu trop de films pour écarter cette hypothèse. Combien de fois assiste-t-on à la chute du héros dans une crevasse ? Il s'écrase quelques mètres plus bas, hurlant de douleur et de peur. Il passe des jours sans manger, ne s'abreuve d'eau qu'avec les gouttelettes qui fondent sur le glacier, et devient fou au point de se couper des membres.

La crainte que le cauchemar rencontre la réalité envoie une décharge dans mon corps et me donne alors la force de courir.

Je tente de visualiser les endroits par lesquels je passe afin de pouvoir revenir sur mes pas par la suite, mais cela se révèle difficile puisque la neige recouvre tout.

Pierres et arbres. Herbe et terre. Le plus petit détail est enseveli sous une masse compacte de flocons. J'en arrive à ne plus savoir si j'avance en ligne droite ou si je serpente de tous les côtés. Mon unique certitude est que je suis perdue. Et qu'il fait extrêmement froid.

Froid comme jamais on ne pourrait l'imaginer.

La glace se fraie un chemin jusque dans mes muscles. Peu à peu, je ressens de vives douleurs, similaires à des crampes, que ce soit dans la nuque ou les mollets. Mon sac à dos devient un poids terrible à supporter. Je voudrais l'abandonner pour accélérer ma course, mais des bribes de lucidité me soufflent que l'idée est mauvaise. Puis je me rappelle que j'ai donné ma bouteille d'eau à Sally, que je ne dispose pas de nourriture, et que ce truc m'encombre donc pour rien. Je le pose en évidence contre un arbre ; cela fera office de remake du Petit Poucet version lapone : je sème mes affaires dans la tempête.

— Sally !

Les minutes s'étirent et mes pensées s'engourdissent. Des larmes de frustration menacent de couler, et, si je les retiens, c'est seulement pour ne pas qu'elles gèlent à même mes joues.

Etre livrée à moi-même me terrorise. De fait, j'ai le réflexe d'appeler la seule personne qui est toujours là dans les mauvais moments.

— Savannah !

Mes lèvres crient au secours, comme un dernier recours. Je devrais apprendre à me détacher d'elle, à gagner en indépendance. Mais, au fond de moi, il y a toujours cet enfant faiblard qui demande inlassablement à être soutenu.

La coquille qui me protège n'est là que pour l'apparat. Elle fait croire aux autres que j'affronte la vie avec courage, mais ce n'est qu'un leurre. La vérité est que je suis constamment morte de trouille. Sans elle, je perds toute témérité.

— Sav, s'il te plaît…

Je me mords les lèvres pour continuer de maintenir un semblant de dignité, c'est-à-dire pour bloquer mes sanglots. Ils s'agglomèrent dans ma gorge, la serrant à son maximum, tandis que je jette des regards désespérés autour de moi.

J'en suis à un stade de détresse qui me fait croiser les doigts, comme si la chance pouvait se manifester grâce à la position de nos phalanges.

— Je t'en prie…

Quand je commets l'erreur de fermer les yeux, ma carapace se fendille et fatalement les larmes s'écoulent.

Je me hais de mettre Sally dans un coin pour me focaliser sur ma petite personne. Où est-elle ? Est-elle en danger ? Pendant que je me prouve n'être qu'une saloperie d'égoïste pleurnicharde, elle est peut-être en train de se vider de son sang.

— Eh !

Je rouvre brutalement les paupières, surprise par le cri tonitruant.

— Derrière toi !

Ce n'est pas Sally. Ce n'est pas non plus ma sauveuse.

La silhouette qui fend la tempête n'a même rien à voir avec une femme.

— Putain, Charlie, je vais te buter !

Blade se dirige vers moi avec la rage au ventre. Il tient mon sac à dos d'une main, et, vraisemblablement, la colère du monde entier dans l'autre ; je l'ai rarement vu dans un tel état. Et, pourtant, je suis bien placée pour connaître l'étendue de sa folie furieuse.

Malgré son regard assassin, quelque chose en moi s'apaise. Ce n'est pas lui que j'attendais, mais me savoir en compagnie d'un autre être humain me soulage.

— Qu'est-ce qui t'a pris de partir comme ça ? éructe-t-il d'une voix cinglante, en jetant le sac à mes pieds.

Je dois combattre mes émotions pour parvenir à trouver une réponse acceptable. Je suis à fleur de peau, toujours en proie à la tristesse et il me fait me sentir horriblement bête.

— Sally est…

— Elle est revenue ! m'interrompt-il.

— Vraiment ?

La deuxième vague de soulagement est telle qu'un début de sourire point sur mes lèvres. Cela signifie qu'elle est en sécurité.

— Tu te fous de ma gueule ? Tu souris ?

— Je suis contente qu'elle…

— Les autres se font un sang d'encre ! me coupe-t-il à nouveau. À quel moment tu t'es dit que partir en solo était une bonne idée ? Tu n'es pas guide ! Tu ne connais pas ce pays ! Et il neige ! Tu es tarée !

Il s'essuie le visage détrempé d'un mouvement sec,

d'une main révoltée. Je me demande combien de kilomètres il a parcourus pour arriver à moi, il est recouvert d'une pellicule blanche qui trahit un long trajet sous les intempéries. Ses sourcils, ainsi que sa barbe de trois jours, ont disparu derrière des cloques de givre.

J'ai dû lui en faire baver, et, pour la première fois, je m'en veux. Parce que ce n'était pas intentionnel.

— J'avais peur que Sally se perde, elle n'avait plus de sac.

— Elle serait revenue, Charlie ! Elle revient toujours ! Gray et elle se prennent régulièrement la tête quand une tierce personne entre dans le jeu. Sally claque une porte, va faire un tour et finit toujours par vite revenir. Surtout quand on est en pleine tempête de neige !

— Je ne savais pas.

Il inspire profondément, sûrement pour ne pas hurler plus fort encore. C'est à ce moment qu'il s'attarde sur mes yeux ; masquer les larmes qui s'y sont agglutinées est impossible. Je sais qu'il les voit.

Bizarrement, elles ont une incidence sur son emportement. Il expire moins bruyamment, et desserre ses mâchoires crispées à l'extrême. Je pourrais presque croire que je l'attendris. Presque.

Je suis tarée, il a raison.

— Pardon.

Il me fixe avec incrédulité.

— Je suis désolée, complété-je. Je n'ai pas réfléchi, je voulais retrouver Sally et j'ai foncé. C'était idiot de ma part.

— Tu t'excuses sincèrement ?

— Je sais laisser ma fierté de côté quand je me trompe, je te l'ai déjà dit.

Je renifle ouvertement. De toute manière, je suis à bout et il le sent, ça ne sert plus à rien de jouer la comédie.

— OK. OK, répète-t-il avec plus de douceur. Il faut qu'on rejoigne les autres. La tempête prend trop d'ampleur, Marja nous a conseillé de rentrer au chalet.

Je ramasse mon sac et le replace sur mes épaules tout en acquiesçant. Je le remercie secrètement de rebondir aussi rapidement et de ne pas s'éterniser sur la catastrophe que je représente.

— Tu sais par où tu es arrivé ?

— Normalement, oui, répond-il, en pivotant la tête pour regarder derrière lui.

— Tu es sûr de toi ?

— Non. Mais tu vas devoir me faire confiance.

Chapitre 16

Charlie

Malgré l'absence de réseaux qui a été remarquée au départ du trek, son premier réflexe est de prendre son téléphone. Inévitablement, il ne peut contacter personne, et cela le fait soupirer.

— Tu as ton portable ?

— Je l'ai laissé dans ma chambre.

— Comment peux-tu partir en trek sans téléphone ?

— Je n'ai pas de forfait international, Blade, je ne voyais pas l'utilité de le prendre avec moi. Et, tu oublies qu'on n'a pas de réseau dans cette zone.

Même si la consternation se lit dans son regard, il ne dit rien et me fait signe de le suivre.

La marche se fait éreintante. Nous avançons avec le dos courbé pour combattre la puissance du vent qui nous vient d'en face. Les rafales me plantent des milliers d'aiguilles imaginaires dans la peau. Je pourrais résister mais psychologiquement, rien ne va plus. Mon esprit divague encore dans les abysses de mes souvenirs, je ne parviens pas à me défaire de leur emprise. En fait, maintenant que Sally est hors de danger, mon inquiétude se porte sur Savannah. Je n'arrête pas de penser à elle.

— Est-ce que Sav va bien ?

Je ne distingue plus son profil ni ses yeux, le tout étant masqué par son énorme capuche.

— Inquiète-toi pour toi, plutôt.

— Elle n'était pas en forme, insisté-je. Dis-moi juste si elle allait mieux avant que tu partes.

— Je ne sais pas... À ton avis, est-ce que le fait qu'elle m'ait copieusement injurié pour que j'aille à ta recherche est le signe qu'elle allait mieux ?

— Quoi ?

Il fait l'effort de tourner la tête de quelques degrés dans ma direction.

— « Sale petit morpion de mes deux, bouge ton cul et va la chercher avant que je te pende par les couilles. » Entre autres.

— Tu plaisantes ? dis-je en réprimant mon amusement.

— J'en ai l'air ?

Non, pas vraiment.

— Elle voulait y aller elle-même mais James l'en a empêchée. Il craignait qu'elle fasse un malaise.

— Donc, tu t'es dévoué.

— J'ai été contraint, rectifie-t-il. Grayson forçait Sally à ne pas te courir après et Sally l'incendiait, donc ils étaient occupés. Quant à Marja, elle exigeait que personne ne se sépare. Il ne restait plus que moi.

— Tu as désobéi à Marja ?

Il opine.

— Si tu dois mourir, Charlie, ce sera de mes mains. Je refuse de laisser ce privilège à cette putain de Laponie.

— C'est le plus beau compliment que tu m'aies jamais fait…

Je crois que nous échangeons un sourire mais, entre le brouillard causé par la tempête et le choc que j'éprouve à l'idée de partager un instant de communion avec cet homme, je n'y mettrais pas ma main à couper.

Sans montre ni téléphone qui fonctionne, la batterie de Blade ayant lâché en cours de route, il nous est impossible de calculer le temps qui passe. Seul le ciel, qui vire d'un voile bleuté à une nuit quasi complète, indique que les heures s'écoulent. Nous ne croisons personne, ni humains ni animaux. Nous ne pouvons pas appeler à l'aide. Et ce vent incessant qui siffle dans les oreilles…

Consciente que nous en sommes là par ma faute, je m'interdis toute plainte, aussi minime soit-elle. Je me contente de faire attention où je pose mes pieds et suis Blade en toute confiance… même s'il n'a pas l'air de savoir plus que moi quel itinéraire emprunter pour revenir à la civilisation.

— Tu veux faire une pause ?

— Tout va bien, mens-je.

D'autres kilomètres sont parcourus. D'autres désillusions sont digérées. Je le vois s'épuiser, déraper ou trébucher de temps à autre. À ce stade, crapahuter dans la nature n'a plus grand-chose de divertissant. Je commence à réaliser qu'il se fait tard, et que nous allons au-devant d'ennuis sérieux.

— Regarde.

Blade agrippe mon coude pour attirer mon attention. Je suis alors ses yeux, et tombe sur une forme triangulaire, à quelques dizaines de mètres.

— Qu'est-ce que c'est ?

Des rondins de bois ont été plantés selon une disposition particulière, pyramidale. Le résultat ressemble à une espèce de tipi recouvert d'une bâche précaire.

— Tu as écouté Marja ? me demande-t-il.

— Tout dépend. Elle a beaucoup parlé…

— Le mode de vie des Samis est rythmé par leurs troupeaux de rennes. Ils sont nomades, ils suivent leur élevage au travers des terres pendant l'année.

— Quel rapport avec ça ?

— Ils montaient des habitations de fortune pour se reposer entre deux trajets. Des « kotas ». Je crois que c'est l'un d'entre eux.

Surprise par son excellente mémoire, je mets un peu de temps à comprendre où il veut en venir.

— On va pouvoir s'abriter, conclus-je à voix haute.

Sans nous concerter, nous réduisons la distance qui nous sépare de l'habitation.

Je supporte les dernières crampes dans les jambes jusqu'à la porte d'entrée. Visiblement abîmée par des années d'abandon, elle n'a plus de poignée. Blade doit tirer sur une planche pourrie comme un forcené pour libérer l'espace. Elle lui reste pratiquement dans les mains lorsqu'il réussit à l'écarter des gonds sommaires.

— Quelle merde, putain !

J'entre la première et constate rapidement que le confort est à l'image de la porte : précaire.

Un vieux banc sans dossier tient piteusement sur ses pieds. Un foyer d'antan mais néanmoins utilisé il y a peu au vu des bûches à moitié consumées trône au centre de l'espace. Et une hache dont la tête est rouillée traîne à côté de mes bottes. Voilà à quoi se résument les lieux.

Pas de sol. Pas d'isolation. Le vent s'infiltre par toutes les fissures et fait taper la bâche contre les rondins. Ce n'est pas un hôtel cinq étoiles, mais il est plus que convenable. Nous avons au moins l'avantage de ne plus recevoir des kilos de neige dans la figure.

— Ton karma a pensé à la hache, dis-je en désignant l'objet du doigt. Toi qui voulais m'exterminer, tu as l'arme toute trouvée.

Il referme la porte en utilisant son épaule, puis me dédie un sourcil levé. Il est peut-être encore trop tôt pour faire de l'humour.

— J'essaie de voir le côté positif des choses, expliqué-je. Le banc permet de s'asseoir, et il reste assez de bûches pour faire du feu. Comme tu fumes, tu dois bien avoir un briquet, non ?

Il fouille dans ses poches pour en extirper le Saint-Graal. Je crois n'avoir jamais été aussi heureuse d'apercevoir un objet du quotidien aussi basique. Dès que nous rentrerons à Chicago, je bénirai tous les radiateurs de mon appartement, ma plaque de cuisson ainsi que le plaid sur le canapé de mon salon. Je tuerais pour une couverture, à l'heure qu'il est.

Blade balance son briquet que je rattrape à la volée. Frigorifiée, je n'attends pas pour embraser tout ce qui me passe sous la main.

Chaque bûche a droit à mon attention. Je ne laisse rien au hasard. Je me bats pour enflammer des cendres, des copeaux, n'importe quoi qui puisse nous procurer un semblant de chaleur. Mais n'est pas Robinson Crusoé qui veut.

— Laisse-moi faire, lance Blade, cinq minutes plus tard.

— Je me débrouille.

— À un moment, mon briquet n'aura plus de gaz. Je veux bien te laisser tester tes aptitudes de survie, mais pas aux dépens de ma propre vie. On se les pèle, Charlie, alors file-le-moi.

Il me tend sa paume avec un air intransigeant. Je remarque alors qu'il a retiré son gant et que ses doigts ont viré au bleu ; lui aussi fait face aux difficultés des températures négatives. Il souffre en silence.

C'est la culpabilité qui me fait mettre mon ego de côté. Je recule tandis qu'à son tour, et agenouillé, il s'acharne sur les bûches. La roulette du briquet est pressée un nombre incalculable de fois, mais le bois ne veut rien savoir. Il ne daigne même pas nous offrir une étincelle.

— Ça ressemble à un mauvais film, écrit par un mauvais scénariste, dis-je.

Je cale mon dos contre le pied du banc tout en continuant de l'observer.

— Notre situation ? présume-t-il.

— Mm. C'est le schéma typique du film d'horreur : des jeunes partent en vacances en pensant vivre la semaine la plus fabuleuse de leur vie. Au début, tout se passe bien, ils sont heureux et naïfs. Puis arrive le moment où quelqu'un propose une activité qui change de l'ordinaire.

— Sally joue ce rôle, confirme-t-il en s'attaquant à une autre partie de la bûche.

J'acquiesce, même s'il ne me voit pas, et continue :

— Elle nous embarque dans sa folie et on suit.

— Parce qu'on est cons.

— Profondément débiles, opiné-je. Mais, on se rend vite compte qu'elle n'avait pas tort, et que, finalement, une randonnée dans les contrées lapones a tout d'incroyable.

— Puis, le mauvais scénariste décide de corser la scène.

— Il sépare le groupe.

— Alors, on se perd de vue.

— On prend peur.

— Mais on se retrouve.

— Et on finit dans un endroit ridiculement petit, à prier pour avoir du feu.

Un sourire relève le coin de ses lèvres ; fascinant, comme l'entente est parfaite à cet instant précis. Blade a dû regarder les mêmes films que moi, ou alors, il est épuisé et n'a donc plus la force de me détester.

Je rassemble les genoux contre mon corps, et souffle dans mes mains afin de réchauffer mes paumes. Je tremble comme une feuille, c'en est presque insensé.

— Tout ça ressemble seulement à une mésaventure, pas à un film d'horreur, objecte-t-il alors.

— C'est parce que tu n'as pas connaissance de la suite de l'histoire.

— Elle est si horrible que ça ?

— Atroce, Blade. Atroce… le décor est planté : on est paumés. Je nous laisse environ une heure avant qu'un homme vienne rôder autour du kota et qu'il dégaine sa tronçonneuse pour nous découper en morceaux.

Il émet un rire de gorge.

— Qui meurt en premier ? s'enquiert-il, curieux.

— Toi.

— Pour quelle raison ?

— Dans les films d'épouvante, il faut garder la femme jusqu'au bout. Elle a des seins, ça attire l'œil du spectateur.

— L'homme a des abdos, contre-t-il.

— Peut-être. Mais je préfère la version misogyne, si tant est qu'elle me permette de rester en vie.

Ma blague n'en est pas vraiment une : je ne suis réellement pas rassurée de faire une pause ici. Qui sait ce qu'il va advenir de nous ? La tempête se déchaîne au dehors et il n'y a pas âme qui vive. Peut-être sommes-nous destinés à finir en carpaccio, tranchés par l'arme d'un lapon fou…

Et dire que les dernières heures de ma courte existence se dérouleront avec Blade. Encore, s'il portait sa tenue du matin, à savoir le bas de jogging en coton chiné qui descend sur ses hanches, j'aurais de quoi me rincer l'œil. À la place, je suis condamnée à regarder son dos, recouvert par un anorak difforme. Quelle plaie.

— Ça marche !

— Hein ?

Il se pousse afin que je puisse distinguer la cause de son enthousiasme : l'embrasement officiel d'un pan de bûche.

— Bon sang !

Extatique, je m'accroupis à ses côtés puis tends les

mains. Si la chaleur n'est pas encore diffuse, je compte sur l'effet placebo pour cesser de trembloter.

— Tu claques des dents, c'est insupportable, constate-t-il.

— J'ai froid.

Il attrape son sac d'une main, tout en continuant d'alimenter le feu de l'autre.

— Gray a foutu la moitié du chalet là-dedans, dit-il en fouillant. Ça m'étonnerait qu'il ait oublié de…

Sa phrase reste en suspens, mais j'en comprends la fin sans peine : le sweat-shirt noir qu'il pose sur mes genoux m'informe que Grayson est un ami en or. Qui penserait à remplir le sac de ses compagnons avec des vêtements de rechange ?

— Tu n'en as pas besoin ?

— Je tiendrai bon.

— Sûr ?

— Enfile-le avant que je change d'avis.

Je ne me fais pas prier.

La couche supplémentaire est accueillie avec ravissement par mon corps, même si elle ne forme qu'un rempart minime contre le reste du monde. Je place la capuche sur ma tête et me surprends à y chercher l'odeur de Blade, par simple curiosité. Je dois manquer de nutriments pour oser faire une chose pareille.

Bientôt, une lumière orangée forme un halo autour du foyer. Quelques braises tournoient dans les airs avant d'être balayées par les coups de vent qui transpercent la bâche à divers endroits. Malgré ce petit aléa, le crépitement du bois me berce. Quand je sens les premiers rayons de chaleur sur mon visage, un sourire apaisé me gagne.

— Tu fais partie du groupe.

Je cale la joue contre mon genou pour mieux voir Blade tandis qu'il fixe le feu, immobile. L'air pensif.

— Je fais partie du groupe ? répété-je, sans comprendre la nature de cette pensée, ni sa soudaineté.

— Je ne mentais pas, tout à l'heure : les filles étaient paniquées à l'idée que tu te perdes, et les gars voulaient autant qu'elles te retrouver, ajoute-t-il.

— Pourquoi tu me dis ça ?

— Parce que tu as peur qu'ils t'éjectent du groupe, et que c'est une crainte stupide. Tu as leur amitié. Tu es l'une d'entre nous.

Son aveu est touchant. D'abord parce qu'il prouve que mes confessions relatives au groupe, faites devant le bar de Rovaniemi, ne sont pas tombées dans l'oreille d'un sourd. Plus encore parce qu'il cherche à me rassurer.

— Ça t'arrache la langue de me dire ça, n'est-ce pas ? rétorqué-je, amusée.

— Tu n'as pas idée.

— Dois-je en déduire que tu accepteras ma compagnie, tous les vendredis soir, au Misc ?

— Jamais, non. Je ne peux pas te supporter, je te rappelle, dit-il en m'offrant un doux sourire.

J'en apprécie les subtilités, comme la double ride qui naît près de sa commissure droite, ou la manière avec laquelle cela illumine son visage. Il n'est pas si détestable quand il arbore cette expression.

— Pour ce que ça vaut, sache que je te hais de tout mon cœur, et que je me montre rarement aussi passionnée, souligné-je.

— Je suis un privilégié.

— Le plus déprécié de mes ennemis.

— Tu m'en vois touché. Je passe même devant ton aversion pour Noël ?

— Ne te surestime pas.

Je pivote à nouveau vers les flammes. Ma joie se tarit légèrement quand je pense à l'image que je dois lui transmettre. Mon aversion pour Noël me fait passer pour quelqu'un d'irascible et d'aigri.

— Tu dois croire qu'il me manque une case.

— Ce n'est pas nouveau…

Sa moquerie n'a pas pour but de me blesser, au contraire. C'est un peu notre moyen de communication. C'est pourquoi je consens à évoquer ce sujet si sensible à mes yeux.

— Je hais le Père Noël, Blade. Aucun enfant sur Terre déteste cet homme. Soit j'ai le cerveau monté à l'envers, soit je suis un défaut de conception.

Il fait non de la tête.

— Ce n'est pas Noël qui te dégoûte, c'est le souvenir que tu en as. Ton passé salit ton présent, et ce n'est pas une tare. Ça ne fait pas de toi une erreur, juste quelqu'un qui a un vécu. Et donc, quelqu'un de normal.

Une ride de stupéfaction se creuse entre mes sourcils. Il vise anormalement juste…

— Tu comptes aussi une sale expérience à ton actif ? m'enquiers-je avec précaution.

Il étire les lèvres avec une mélancolie amère.

— Des dizaines.

Chapitre 17

Blade

J'ignore pourquoi je lui livre cette information, ces bribes de ma vie n'ont pas à lui appartenir. Peut-être que mes barrières s'abaissent à cause de la fatigue ; le trek m'a assommé, et me taper un sprint pour elle m'a tué.

À l'heure qu'il est, mon dos exige un matelas et mon estomac crie famine. J'ai du mal à me raisonner. J'ai l'impression de me désagréger de l'intérieur tellement la faim me consume.

Manger devient obsessionnel, sauf que Grayson a préféré mettre une bouteille d'alcool bon marché dans mon sac plutôt que des barres protéinées. Son sens des priorités n'est pas des meilleurs mais je ne peux pas le blâmer : il pensait à Marja, le rhum était sûrement son plan B.

Charlie restant muette, occupée par ses pensées, je finis par me lever pour me dégourdir les jambes. Je ne tiens plus en place. Aussi, l'envie de fumer me tenaille. Il me reste quelques cigarettes écrasées dans le paquet qui m'a accompagné durant ces nombreux kilomètres.

Téméraire, je tente d'ouvrir la porte brinquebalante par laquelle nous sommes arrivés. Cet assemblage de bois et de rouille m'étonne par sa solidité, la tempête aurait déjà dû le réduire en morceaux.

— Qu'est-ce que tu fais ?

— Je vais fumer, l'informé-je, d'une voix bougonne.

À peine l'une des lattes est-elle tirée que la porte s'ouvre à la volée. Elle claque avec une puissance hors norme contre la bâche adjacente, manquant de m'éborgner au passage. De là, la neige fait irruption dans le kota, elle entre par vagues et nous glace instantanément le sang. Je ne ferai même pas état de la nuit noire : au-dehors, le ciel est si sombre qu'il dévoile un décor morbide. Si j'osais y mettre un pied, on ne me retrouverait jamais. Conclusion ? Ma clope devra attendre.

C'est donc en injuriant la planète entière que je referme cette putain de porte de merde à la con.

— Tu n'as qu'à fumer à l'intérieur.

Je jette un œil injustement courroucé à Charlie, dont la capuche est désormais constellée de flocons.

Je suis en rage. Tout ça me rend fou. Je n'avais pas signé pour ce genre de problème. De plus, la batterie de mon portable est à plat, et, si cela m'empêche de demander de l'aide, c'est également un obstacle à mes échanges avec elle.

Je ne peux pas la laisser sans nouvelles. Nous discutons tous les jours, et ce depuis des années, si bien que le rituel est entré dans nos vies au même titre que le lavage de dents ou la préparation du repas. C'est une obligation à laquelle on ne déroge jamais. J'ai peur qu'elle s'inquiète de mon silence, et je ne supporterai pas d'être à l'origine de son anxiété.

De froid ou d'agacement, mes doigts crispés m'empêchent d'utiliser le briquet comme il faut. Je dois m'y reprendre plusieurs fois pour parvenir à embraser le bout de ma cigarette.

— Est-ce que ça coupe vraiment la faim ?

Charlie observe la première volute de fumée qui sort de mes poumons avec attention. J'en déduis qu'elle envisage de s'en griller une.

— Non, mens-je.

— Tu dis ça pour préserver ma santé ou parce que tu n'as plus assez de cigarettes pour tenir la nuit ?

— Les deux.

— On peut négocier ?

Je crache la bouffée suivante vers le plafond du kota en essayant d'oublier cette histoire de téléphone et de me concentrer sur elle.

— Qu'as-tu à me proposer en échange ? demandé-je.

— Un sourire ? Une anecdote sur ma vie ? Une blague potache ? Ou mon silence… Une cigarette contre mon silence, c'est peu cher payé.

Ce n'est surtout pas suffisant pour me convaincre.

— Tu ne fumes pas, Charlie. Tu vas crapoter, ça va m'énerver, et on va se prendre la tête.

— Je suis affamée ! lâche-t-elle dans un soupir. J'en arrive à un stade où j'envisage de manger de l'écorce calcinée de bois pourri.

— Je suis persuadé qu'un chef de restaurant étoilé a

déjà tenté l'expérience. Considère que tu fais partie des précurseurs de la gastronomie américano-lapone.

Elle rejette sa tête en arrière, dépitée. J'absorbe deux doses consécutives de nicotine avant de me résoudre à appuyer sur le bouton qui active ma compassion.

— Mon sac à dos, indiqué-je d'un mouvement du menton.

— Pardon ?

— Poche avant. Ce n'est pas de la nourriture, mais ça comblera ton estomac.

Ses mains se précipitent sur la fermeture Éclair. Si elle paraissait déjà enjouée, son bonheur éclate lorsqu'elle découvre le rhum brun.

— Idée de Grayson ? suppose-t-elle.

— Il considère que l'alcool a plus de pouvoirs bénéfiques que l'eau.

— Il faudrait le canoniser.

— J'y ai pensé, mais ça impliquerait de le vénérer, et je ne suis psychologiquement pas prêt.

Elle débouche la bouteille avec un sourire radieux, puis la lève à mon attention.

— À Grayson, le pape des alcooliques notoires.

Ses lèvres pleines enferment le goulot tandis que je lui rends son sourire. L'alcool coule ensuite dans sa gorge avec un dénivelé qui la dépasse : elle se met à tousser jusqu'à en décoller la paroi de ses poumons. Je réalise dans le même temps que nous n'avons rien mangé depuis ce matin, et que nous avons des kilomètres de marche dans les jambes. Dans notre cas de figure, boire n'est pas préconisé. Mais que faire d'autre ? Quitte à risquer notre peau au bout du monde, autant le faire dans la joie et la bonne humeur éthylique.

Ma cigarette se consume tandis qu'elle se satisfait d'une autre goulée. Je me réinstalle auprès d'elle avec les poumons goudronnés et l'envie de m'anesthésier les nerfs.

— Tu sais, je pensais que je vivrais mon dernier jour avec Savannah, dit-elle en me présentant la bouteille.

J'avale à mon tour une gorgée conséquente. La brûlure qui passe dans mon œsophage est salvatrice, au point que je souhaite qu'elle s'étende au reste de mon corps. C'est pourquoi j'ajoute une seconde rasade à la première.

— Ça ne me surprend pas. L'une ne va pas sans l'autre.

L'évocation de son amie éclaire ses traits. Je sais peu de choses à propos de ces femmes, si ce n'est leur enfance en foyer. Elles sont connectées par une histoire qui me dépasse. Qui dépasse tout le monde.

Je peux comprendre cet attachement profond. La fraternité est un lien affectif que j'ai aussi avec les trois personnes qui gravitent au Misc.

— Elle est géniale, dit-elle.

— C'est ce que raconte James.

— James ne sait pas tout… Il l'aime pour ce qu'elle représente aujourd'hui, mais il n'a jamais rencontré la petite fille.

— Quel genre d'enfant était-elle ?

Comme si je tournais la bonne clé dans la bonne serrure, le coffre-fort me livre brusquement ses archives. D'après Charlie, Savannah était un véritable boute-en-train. Elle fatiguait les éducateurs et l'entraînait dans les affres de la connerie. Au début du récit, je dois me contenter de bêtises allant de la récolte interdite de vers de terre dans le jardinet à la gravure de leur tête de lit avec leurs initiales.

Puis, je découvre qu'à l'adolescence, la petite amie de James disposait d'une panoplie de séductrice équivalente à celle de Grayson.

— Elle est sortie avec notre prof de littérature anglaise.

— Un basique, souligné-je avec amusement.

L'alcool coule à nouveau dans sa gorge avant qu'elle reprenne :

— Et avec le remplaçant du module d'histoire. Et je pense qu'elle avait un faible pour le type qui touillait les légumes au self, mais on n'y mangeait pas régulièrement et rien ne s'est concrétisé. Du coup, je n'ai jamais pu infirmer ou confirmer ma supposition.

Ses yeux s'écarquillent d'un coup, comme si la foudre l'avait frappée.

— Matthew ! Il s'appelait Matthew ! s'exclame-t-elle.

— Matthew était dans la légalité ?

— Il était un peu plus vieux que nous, mais pas encore grabataire. Je veux dire, Sav aurait refusé de lui changer ses couches.

— Il faudra penser à prévenir James.

Son rire éclate si naturellement qu'il me percute. Ce son ne m'avait encore jamais été destiné, et je n'y avais même jamais prêté attention…

— Tu as un rire absolument dégueulasse, Charlie.

Des reniflements de nez se mêlent à des bruits de gorge encombrée, le tout donnant un résultat cauchemardesque.

Néanmoins, cette horreur auditive finit par devenir communicative et j'ai un mal de chien à ne pas sourire.

Après m'avoir poussé l'épaule, elle s'évade à nouveau vers d'autres souvenirs. Le rhum nous réchauffe pendant que Savannah est tantôt sur les bancs de la fac, tantôt dans l'appartement miteux d'un gars rencontré sur une appli de rencontres. Je note qu'elle ne parle pratiquement pas d'elle, du moins, pas en tant qu'héroïne de sa propre vie ; elle ne fait que relater les exploits de Savannah, comme si son existence se résumait à être l'amie de quelqu'un.

— Et toi ? demande-t-elle.

— Quoi « moi » ?

Elle déplie puis replie ses jambes endolories par la position inconfortable. Cela dit, je présume que le rhum a une influence favorable puisqu'elle ne pousse aucun gémissement de douleur.

— Comment as-tu connu le Misc ? Sally m'a dit que Grayson était ton colocataire, mais je n'en sais pas plus. Sally est arrivée avant toi, là-bas ?

— Après.

— Donc James t'a embauché en même temps que Grayson ?

— Je suis le premier à avoir signé mon contrat, corrigé-je. Grayson est arrivé deux mois plus tard, il attendait de voir si ça valait le coup ou non. Sally a débarqué l'année suivante.

— Tu as été le pionnier… Je peux te poser une question ?

— Tu ne fais que ça, lui fais-je remarquer.

— Tu préfères qu'on arrête là ? Ça ne me dérange

pas… je crois que la boisson brouille mon esprit parce que je te trouve moins désagréable que d'habitude et ça ne me plaît pas du tout.

Je lève un sourcil équivoque.

— Tu as peur de m'apprécier si on continue ?

— Si je venais à éprouver un quelconque sentiment positif à ton égard, Blade Williams, il me faudrait un thérapeute et plusieurs années pour m'en remettre.

Il y a encore une semaine, je lui aurais planté la hache dans le crâne pour moins que ça. Aujourd'hui, son second degré trouve une résonnance en moi. L'aura de ce kota apaise les tensions d'une façon étonnante.

— Pose-moi ta question.

— Tu m'assures qu'on restera ennemis après ta réponse ?

— Promis.

Soulagée, elle réunit ses genoux sous son menton et prend le temps de me détailler. J'ai l'impression de passer l'épreuve du scanner.

— Retaper de vieux objets, c'est une passion ou un job alimentaire ?

— L'un et l'autre.

— Mais encore ?

Elle saisit ma seconde de malaise. Si j'ignore pour quelle raison sa curiosité a choisi ce terrain-ci, je suis en revanche persuadé qu'elle est tombée un peu trop près d'un point sensible.

— J'aime mon boulot et mon boulot m'aide à payer les factures.

— C'est-à-dire ?

— Qu'est-ce que tu cherches ?

— La vérité, dit-elle avec aplomb. J'ai le sentiment que tu caches quelque chose mais je n'arrive pas encore à mettre le doigt dessus.

— C'est une théorie fumeuse.

— Si j'avais tort, tu ne te braquerais pas.

— Je ne suis pas « braqué ».

— Tu ne veux pas en parler ?

— Je n'ai rien à dire, Charlie, c'est tout.

Il faut lui reconnaître une certaine perspicacité : effectivement, je ne dis pas tout. Mettre des mots sur mon histoire et en faire un résumé fidèle ne sont pas des choses que je fais de gaieté de cœur. Il faut m'acculer. Me contraindre. Et, même là, je préfère trouver une porte de secours. Gray, Sally et James connaissent ma vie parce qu'ils en ont croisé les acteurs, et non parce que j'ai décidé de leur en parler en premier. Je me suis confié par obligation, afin qu'ils aient tous les éléments en leur possession pour comprendre ma façon de penser. Pour ce qui est de Charlie… je ne sais pas. Lui expliquer le pourquoi du comment me semble inapproprié.

Le niveau de rhum baisse à la même vitesse que les températures. On s'échange la bouteille jusqu'à ce que le trait de liquide en atteigne la moitié. Quant au feu, il semble perdre en intensité.

Elle se remet alors à trembler.

Ses grelottements persistent pendant de longues minutes, ce qui m'empêche de me concentrer sur autre chose qu'elle. Je crains qu'elle finisse par me claquer entre les doigts.

Alors qu'elle souffle dans ses mains, je m'adosse contre

le banc. J'ai encore espoir que les flammes lui feront récupérer quelques degrés, puis une certitude s'impose : en restant ainsi, l'hypothermie nous guette.

— Viens.

Elle ne réagit pas tout de suite. Une seconde interpellation est nécessaire pour qu'elle daigne tourner la tête vers moi. J'ai droit à un regard incertain.

— Blade, ma libido est déjà en berne quand tu es à moitié nu et dans un endroit chauffé, alors je te laisse imaginer mon degré d'excitation actuel, dit-elle en observant mes jambes écartées.

Un sourire taquin me gagne.

— Mes abdos ne te laissent pas indifférente, on le sait tous les deux.

— Tes œufs durs ? Ils sont d'une banalité affligeante. J'ai grandi avec les réseaux sociaux, mon éducation sexuelle a consisté à voir des fessiers photoshoppés et des torses sculptés, même si je n'avais rien demandé. Tu ne m'impressionnes pas. Referme ces jambes, par pitié !

Au lieu de l'écouter, je l'invite à me rejoindre d'une main tendue.

— Je ne coucherai pas avec toi, soupire-t-elle, usée de devoir le préciser. Le rhum te rend plus séduisant, mais un soupçon de lucidité traîne encore entre mes neurones grisés.

— Même si j'avais envie de toi, il ne serait pas question que je retire une seule couche de vêtement.

Elle plisse les yeux, de plus en plus perplexe.

— Pourquoi es-tu assis comme un rustre en rut, dans ce cas ?

— Pour que tu te cales entre mes jambes.

Elle ne comprend pas.

— Pour qu'on se réchauffe mutuellement, Charlie.

Sa bouche forme un « oh » adorablement niais.

Je ne devrais pas m'attendrir, elle me voit comme un pervers. Mais, quelque chose me touche dans son expression ; peut-être que ce sont ses joues, désormais deux fois plus rouges. Ou le « merde, pardon ! » que je lis dans son regard. Ou la réserve qu'elle met dans sa manière de glisser jusqu'à moi.

Son corps tente de se mouler au mien, d'abord sans trop m'effleurer. Son dos touche à peine à mon torse, à croire que je suis porteur d'une maladie contagieuse.

— Je ne vais pas te sauter dessus.

— Je suis mal à l'aise, grogne-t-elle.

— Considère-moi comme une couverture.

— Tu n'es pas aussi confortable.

— Peut-être que si tu te détendais, ce serait plus agréable.

Elle fait l'effort de se rapprocher. Nos anoraks crissent l'un contre l'autre pendant qu'elle cherche le meilleur angle afin de se reposer. J'attends patiemment qu'elle ait terminé son manège pour resserrer mes jambes de part et d'autre d'elle.

Désormais collés, je ressens plus que jamais ses tremblements… et j'étais loin du compte : elle n'a pas froid, elle est gelée.

— J'ai l'impression d'enserrer un marteau-piqueur.

— C'est la fatigue, se défend-elle piètrement.

Je l'enferme entre mes bras pour contrer les courants d'air et lui permettre d'être un minimum protégée.

— Je te promets que ça va !

— La ferme.

— Blade, je n'ai pas...

— J'ai autant besoin que toi de cette chaleur, OK ? Alors, prends sur toi. Imagine que je suis Anssi. Ou Sav. N'importe qui, je m'en fiche : on restera comme ça le temps qu'il faudra.

Je ferme les yeux et cale mon crâne contre le rebord du banc, tout en essayant d'apaiser ses frissons. Ce qui me sidère le plus, c'est que, contrairement à ce que j'aurais pensé, cette proximité n'est pas désagréable. Au contraire.

Chapitre 18

Charlie

Je couve quelque chose. Il va de soi que mon système immunitaire subit l'attaque d'un virus malveillant, sans quoi je ne me sentirais pas à l'aise entre ses bras.

Enfin, « à l'aise » est un grand mot. Disons que j'accepte exceptionnellement un contact physique, sous peine de dépérir. Le vent polaire a eu raison de moi. Je suis en passe de me métamorphoser en Mister Freeze et, avec la tempête qui sévit, nous ne sommes pas près de retrouver le cocon chaleureux du chalet.

— Tu crois qu'ils s'inquiètent pour nous ?

Blade ne bouge plus depuis un moment. Je me fie aux mouvements réguliers de sa cage thoracique pour m'assurer qu'il est toujours en vie.

— Certainement, oui, répond-il d'une voix lointaine.

— Tu crois qu'on va passer la nuit dans ce kota ?

— Probablement, oui.

— Pourrais-tu dire au maître zen qui sommeille en toi de prendre congé ? J'aimerais ne pas stresser toute seule.

Rien qu'au petit souffle que je sens à travers mes

cheveux, je sais qu'il se moque de moi. Nous avons retiré bonnets, écharpes et gants pour les faire sécher au coin du feu, l'anorak restant le dernier vestige humide de notre escapade dans la forêt.

— Il n'y a pas de raison de t'en faire : dès que ça se sera calmé dehors, on repartira.

— Pour se perdre à nouveau ? Nous n'avons plus de Marja à disposition, donc plus de boussole.

— Si Marja ne me pensait pas cannibale, peut-être que ma disparition l'aurait affolée au point d'alerter tous les secours environnants pour organiser une battue. On nous aurait déjà retrouvés.

— Et vous auriez passé la nuit ensemble.

— Sans doute.

— C'est étonnant que ton ego parvienne encore par passer les portes…

Je devine qu'il sourit à nouveau.

— Je lui plaisais, ça n'a rien d'égocentrique. Avant que tu me taxes de fou furieux auprès d'elle, je peux t'assurer que j'avais mes chances.

— C'est une supposition bien présomptueuse.

— Absolument pas. Si tu affirmais qu'Anssi a des vues sur toi, je ne l'assimilerais pas à de la prétention mais juste à une vérité établie.

Je rejette ma tête en arrière, ahurie. Il baisse alors le visage vers moi et me permet d'accéder à la lueur amusée dans ses prunelles.

— Je lui plaisais à ce point ?

— Il te jetait pas mal de regards, oui.

— De quel genre ?

Il hausse les épaules.

— Intéressés, je dirais. Il a maté tes seins plusieurs fois.

— Quoi ?

Ma stupéfaction a l'air tordante.

— Charlie, ce type vit avec des chiens, dans un pays où tu as six couches de fringues sur les épaules en permanence. Il aurait sûrement lorgné les pecs de Grayson s'il avait été en débardeur !

— Je te remercie de réduire mon capital séduction aux tétons de ton ami.

Je reprends ma position de départ et observe la danse des flammes pendant qu'il rit doucement.

— Tu étais pas mal, ce soir-là.

Le choc m'abasourdit. De la bouche de Blade, ce compliment ne peut pas être considéré comme tel… l'ironie et le sarcasme sont les fondements de notre relation, il doit forcément y avoir une moquerie dissimulée derrière la sympathie.

— J'aurais pu y croire si tu m'avais regardée.

— Je l'ai fait, assure-t-il. Mon statut d'ex se devait d'être plausible, alors je t'ai regardée comme si tu avais été à moi par le passé.

J'ignore pourquoi mon ventre se noue. La sensation n'est pas commune. Je devrais l'insulter pour s'être adonné à ce genre d'imbécilité mais, à la place, je perds mes moyens. Depuis quand l'attention de Blade me met-elle dans cet état ?

— Je ne vais pas te mentir, Charlie : ça m'étonnerait qu'Anssi ait eu un coup de foudre. Si ça avait été le cas, il m'aurait écarté de son chemin pour te séduire. Mais, quoi qu'il en soit, ta tenue te mettait en valeur. N'importe quel homme te dirait la même chose.

Deuxième vague de chaleur dans mon bas-ventre. C'est à ne plus rien y comprendre.

— Continue de le répéter et je vais finir par croire que tu es secrètement tombé sous mon charme.

— Il faudrait d'abord que j'aime ton caractère, et on est loin du compte.

— Mais tu me trouves jolie.

— Il paraît que j'ai mauvais goût.

Le sourire dans sa voix m'ébranle un peu. Derrière cette montagne de railleries, je le pense sincère. Et cela me force à admettre que ses œufs durs ne me débectent pas tant que ça. Je pourrais même avouer que la couleur de ses yeux n'est pas tout à fait identique à celle des sacs de tri sélectif... Mais je n'irai pas jusque-là. Cela reviendrait à remettre toute notre histoire en question.

— Tu regrettes ce que tu as fait, par rapport à Anssi ? m'enquiers-je.

— Franchement ? Non. Tu le méritais. Tu regrettes ce que tu as fait, par rapport à Marja ?

— Honnêtement ? Pas le moins du monde. Mais, si je ne meurs pas d'une hypothermie cette nuit, ce sera grâce à toi. Du coup, et en supposant que nous arrivions à retrouver les autres, je pourrai peut-être rectifier le tir...

— Comment ça ?

J'utilise ses bras comme une écharpe, les positionnant contre le bas de mon visage. En plus de ne pas s'en plaindre, il m'aide à former cette alcôve protectrice. Sa douceur à mon égard est troublante. Et bienvenue.

— Si elle te plaît vraiment, je pourrais lui expliquer que tu manges tes congénères uniquement aux heures perdues et que le reste du temps, tu ressembles à peu près à un être humain normal.

— Ce serait une façon de te repentir ?

— Disons que je rattraperais ma bavure.

— Pourquoi ferais-tu ça ?

— Parce que je n'ai pas un si mauvais fond que tu sembles le penser.

Un petit silence perdure. Puis, il resserre sa prise autour de moi et mes frissons s'en trouvent calmés.

— Remballe tes remords, Charlie. Marja n'est pas la future mère de mes enfants, c'est une personne lambda que j'ai croisée à un instant T et avec qui j'aurais pu passer quelques heures. C'est tout.

— Tu n'as pas envie de compter pour elle ?

— Pourquoi ? Tu as envie de compter pour Anssi ?

— Non, je... Enfin, ce n'est pas...

Je ne vois évidemment pas Anssi dans le paysage d'un futur solide. Il n'entre pas dans le cadre d'une vie à Chicago, avec des soirées cocooning et des problèmes du quotidien à surmonter, tels que les taxes à payer ou la disposition des yaourts dans le frigidaire. Malgré tout, j'aimerais qu'il se souvienne de moi.

A vrai dire, j'aimerais laisser une empreinte dans la vie des gens. Comme une preuve que j'y ai eu mon importance. Cela vaut aussi bien pour Anssi que pour le caissier du supermarché à l'angle de Pershing Road, la libraire de North Lawndale ou la dog-sitter qui promène les chiens du quartier voisin dans mon pâté de maisons. Chaque personne que je croise, à qui je souris ou avec laquelle j'échange quelques mots alimente mon quotidien. Je me souviens d'elles et j'adorerais qu'il en soit de même de leur côté.

— Je trouve dommage que les gens s'utilisent les uns les autres. J'ai parfois l'impression que le problème de la société de consommation infecte aussi les relations humaines : on prend ce dont on a besoin chez quelqu'un puis on le jette, comme une denrée périssable.

— Marja ne m'a pas utilisé, Charlie.

À son ton, je le sais perdu par mes réflexions.

— Sans doute... mais tu lui as porté de l'intérêt. Tu as voulu d'elle à un moment et ça ne s'est pas fait.

— Où veux-tu en venir ?

— Ça ne te fait rien d'avoir espéré pour... rien ? Ça ne te fait pas... mal ?

Je pense aussi à mon cœur en disant cela ; je me rappelle les désillusions qu'il a endurées et qui l'ont abîmé. Les expériences ont été comme des coups de massue qui ont, à chaque fois, apporté une nouvelle fissure. Avec le temps, j'ai su en reboucher la plupart, mais l'une d'entre elles s'est muée en une brèche impossible à refermer.

— Que s'est-il passé ? fait-il dans un murmure.

Nous dévions sensiblement vers un terrain escarpé. Il parle de ma vie, et non plus de Marja ou de Anssi.

Ne souhaitant pas alourdir l'ambiance, je bloque les ondes négatives et tente de conserver un peu d'entrain. L'alcool qui se diffuse bienheureusement dans mes veines y contribue.

Puis, je me confie.

— J'ai rencontré Joseph et Nora à l'âge de six ans. La première chose qui m'a frappée, ce sont les dents de Joseph : il travaillait dans un cabinet dentaire et je pense que les kits de blanchiment lui étaient offerts. Quand il me souriait, j'en avais mal aux yeux. Quant à Nora, elle ne portait que des robes resserrées à la taille. Ça lui faisait un corps en forme de sablier. D'ailleurs, c'est drôle, quand on y pense, parce que le temps avec eux était compté.

Des souvenirs surgissent dans le brouillard. Des flashs plus ou moins précis. Je vois les couleurs pastel de ses robes. Le cuir lustré de ses chaussures. La constellation de grains de beauté sur ses bras. La prestance avec laquelle ils s'installaient dans les fauteuils du salon principal. La jalousie des autres enfants. Ils formaient un couple superbe, un pur produit de la classe moyenne américaine, telle que l'industrie du cinéma en schématise dans ses films à gros budgets.

Je me sentais à l'aise en leur présence.

— Nora était douce, poursuis-je. Quand son mari et elle me rendaient visite, elle me faisait toujours une accolade interminable à son arrivée et une autre à son départ. Elle sentait les fleurs de la campagne et elle ramenait des brownies faits maison. Tu imagines ?

Penser à de la nourriture fait soudain gronder mon ventre.

— La valse des visites a duré tellement longtemps que j'avais l'impression d'avoir déjà été adoptée.

— Ça ne s'est pas concrétisé ? demande-t-il avec une prudence que je ne lui connais pas.

— Si.

Il ne peut pas voir mon sourire et tant mieux. Il est bien trop faux pour être joli.

— Toutes les démarches administratives ont été effectuées. Les papiers ont été remplis. J'ai fait mes bagages et je les ai défaits dans la penderie de la chambre au premier étage de leur maison. Ils avaient même préparé une pièce spéciale pour entreposer des jouets que je n'avais pas, ça te laisse une idée du niveau de perfection parentale. Ils habitaient une demeure mitoyenne dans le quartier de Streeterville, avec une vue sur le lac Michigan. La première fois que j'ai foulé leur pelouse parfaite, j'ai su que j'avais une chance folle. Rêver mieux aurait été indécent.

— Charlie, tu me permets une question ?

— Je la connais déjà.

Je prends une profonde inspiration.

— Tu te demandes pourquoi Sav et moi avons toujours dit que nous n'avions jamais été adoptées, n'est-ce pas ?

Je déglutis et, inconsciemment, recherche sa chaleur. Aussi bizarre que ça paraisse, il me préserve d'un flux émotionnel difficile à gérer. C'est un peu comme si ses bras me maintenaient en place, qu'ils m'empêchaient de glisser sur ce fameux terrain escarpé.

— J'étais préparée à partir du foyer, mais on ne m'a pas appris à vivre avec des parents. À avoir des règles différentes. Leur éducation était très formelle, je devais réciter le bénédicité avant de manger, ne jamais répondre au père en le regardant droit dans les yeux, et surtout oublier mon passé. C'est ce point-là qui a entraîné la mésentente.

— Savannah, murmure-t-il.

Je confirme.

— Ils m'empêchaient de la voir. Pour eux, elle faisait partie d'une triste histoire. Ils estimaient que pour mon bien, je devais la supprimer de ma vie. Ils voulaient que j'efface ce que j'étais et que je me transforme en quelqu'un d'autre, en quelque sorte.

— Vaste programme.

— Je ne te le fais pas dire. Je ne supportais pas la distance avec elle… C'est Savannah, tu comprends ? M'offrir un père et une mère est une chose, me retirer ma famille en est une autre. À cause des disputes incessantes, Joseph et Nora ne m'ont pas gardée. J'ai vécu chez eux pendant sept mois, mais la relation n'a pas fonctionné. Ça s'appelle un échec d'adoption, si tu te poses la question.

Je lui épargne toute la déception, puis la colère, qui m'ont dévorée les mois qui ont suivi ; peut-être faut-il compter en années. Cette rage ne se manifestait pas par des crises de larmes ou de violence, mais plutôt par une perte de confiance envers les autres. Je ne l'ai compris que plus tard.

La seule personne ne m'ayant jamais fait faux bond n'est autre que Savannah. Elle a cherché des activités pour m'occuper l'esprit et des bêtises à faire pour entendre mon rire de nouveau. Elle a également développé une aptitude à me valoriser qui dépassait l'entendement : les compliments fleurissaient tous les jours, comme pour me remonter le moral. Comme pour me dire que ce raté ne devait pas influer sur l'estime que j'avais de moi.

— Ils m'ont renvoyée au foyer le 24 décembre.

Chapitre 19

Blade

Son problème avec Noël prend tout son sens. Et, force est de constater qu'il suscite en moi un profond sentiment d'empathie.

— Avoue que je te parais moins désagréable maintenant que tu sais tout ça, chuchote-t-elle.

— Tu deviens plus humaine.

— Ce n'est pas une raison pour m'apprécier, Blade. Tu m'as promis qu'on continuerait à se détester, j'espère que tu tiendras cet engagement.

J'aimerais garder la même réticence à son égard. Notre relation, quel que soit le nom qu'on lui donne, est devenue une habitude. J'enrage quand elle me regarde, j'anticipe le shoot d'adrénaline lorsqu'elle s'apprête à me lancer une pique ; Charlie est l'ennemie parfaite. C'est une adversaire à ma taille et avec qui j'aime abattre mes pires cartes.

Mais c'était avant de la voir telle qu'elle est.

Recroquevillée ainsi entre mes bras, je fais connaissance avec l'enfant blessé. Et ça me touche.

— Je te hais, ne t'inquiète pas.

Un petit sourire satisfait court sur ses lèvres. Elle n'est pas capable de voir le mien et c'est une bonne chose parce qu'il est un peu troublé.

La fatigue jouant, elle se tait. Le feu devient mon unique occupation ; j'écoute le craquement du bois et observe les flammes qui me procurent un semblant de bien-être. De temps en temps, je jette un œil par-dessus mon menton pour vérifier qu'elle s'est endormie et, à chaque fois, je la trouve en train de fixer les flammes.

Nous restons silencieux. Détendus. Peu à peu, il n'y a plus de gêne à utiliser le corps de l'autre pour se réchauffer. Elle s'entoure de mes bras comme elle le souhaite, et je la bloque entre mes jambes comme je l'entends. On ne pourrait pas être plus proches qu'en ce moment, et je me sens bien.

— Tu n'imagines pas combien j'aimerais être dans un lit. Au point où on en est, je crois que même Mariah Carey me manque.

Une pointe de culpabilité me saisit en me remémorant le contenu de la playlist que je lui ai imposée pendant la nuit. Si je pouvais retourner en arrière, je la rendrais folle avec d'autres morceaux, sûrement moins chargés émotionnellement.

Cela dit, je ne m'apitoie pas sur son sort. Sans la connaître par cœur, je peux affirmer savoir à qui j'ai affaire : Charlie est une femme forte. Elle relate son passé sans larmoyer. Elle évoque des moments compliqués avec simplicité. Son discours n'a rien de plaintif, elle ne recherche en aucun cas ma compassion.

Je suis intimement persuadé qu'elle ne s'effondrera pas. Alors, je me comporte avec elle comme je l'ai toujours fait. Avec sarcasme. Elle veut Mariah Carey ? Elle aura Mariah Carey.

Les notes de All I Want for Christmas is You se mettent à voler dans le kota. Et dans ses oreilles. Je siffle en respectant la mélodie tant bien que mal. Il ne faut que quelques secondes avant qu'un coude atterrisse dans mes côtes.

— Tu siffles faux, Blade !

— Tu préfères ça ?

Je m'attaque à un autre cliché. Rudolph the Red-Nosed Reindeer est massacré par mes cordes vocales. Dean Martin se retournerait dans sa tombe s'il entendait ne serait-ce qu'un écho du carnage que je propage.

Charlie s'agite contre moi. Tout en contorsions et en insultes, elle se retourne puis parvient à plaquer une main horrifiée sur ma bouche.

— C'est un cri de ralliement entre cannibales frustrés, ça, pas une chanson !

J'écarte les bras… puis chante encore plus fort. Elle en vient à écraser sa deuxième main au-dessus de la première, pendant que j'extermine tous les tympans présents à deux kilomètres à la ronde.

— Blade !

Elle peine à retenir son rire alors que ses doigts m'étouffent.

— Arrête !

Telle la rock star que je ne suis pas, je hurle à m'en

exploser la gorge. C'est libérateur. Quant à son rire abominable que je finis par entendre, il est vivifiant.

— Tais-toi, bon sang ! Tu sais que tu produis exactement le même son que le bêlement d'une chèvre ? ! dit-elle en relâchant son entrave.

— Je suis bourré de talent, tu n'étais pas au courant ?

Ses lèvres s'élargissent dans un sourire resplendissant, et durant cette brève seconde, je savoure le charme qui s'en dégage.

Un novice ne reconnaîtrait pas l'attrait d'une ride mal placée, entre son œil gauche et sa pommette. Il ne remarquerait pas cette ligne de taches de rousseur, près de l'arête de son nez. Un imbécile ne penserait pas à la regarder de plus près, parce qu'il préférerait émettre une conclusion sur l'allure générale, plutôt que de s'attarder sur les détails.

— Tu me regardes étrangement…

— Ton genou écrase mes testicules.

Elle piétine vraiment mes attributs, l'excuse est donc plausible. C'est sans douceur ni pardon qu'elle prend appui sur mes épaules pour pivoter, et récupérer sa place au creux de mes jambes. Un pachyderme n'aurait pas eu plus de grâce.

— Il faut qu'on signe un contrat pour que tu me promettes de ne plus jamais chanter. C'est une atteinte au monde de la musique, reprend-elle.

— Les chants de Noël ne sont pas vraiment de la musique, souligné-je.

— Pas faux. Je qualifierais ça de soupe commerciale.

Tu y crois, toi, aux familles qui diffusent ça durant leur réveillon ? C'est à en perdre l'appétit.

— Il me semble que nous y aurons aussi droit.

— Sérieusement ?

— Sally ne manquera pas l'occasion de créer une ambiance « parfaite », dis-je, amusé par son soupir désespéré.

— Bien. Je vais donc devoir détruire tous les appareils électroniques et électriques du chalet avant le jour fatidique.

— N'oublie pas le four.

Elle se raidit soudain.

— Tu penses qu'elle cuisinera un chapon farci ? lance-t-elle avec effroi.

— Si elle en trouve, j'imagine que oui.

— OK. Tu me feras penser à kidnapper tous les coqs de Rovaniemi.

— C'est noté.

— Que fait-on pour les cadeaux ? On les brûle dans la cheminée ?

— « On » ? Tu m'inclus dans tes manigances ?

— C'est un plan d'envergure, Blade. Un complice ne serait pas de trop.

Je lève les yeux au ciel. Le rhum a une influence délirante sur son cerveau.

— Les ennemis ne sont pas autorisés à s'épauler, lui rappelé-je.

— Le règlement des relations conflictuelles stipule que les exceptions sont tout à fait possibles. Je suis sûre qu'on pourrait s'entendre à ce niveau-là, insiste-t-elle.

— Auquel ? Celui de détruire Noël ?

— À celui de se venger pour les mauvais souvenirs que fait remonter cette période.

— Je ne t'ai jamais dit que…

— « Ce n'est pas Noël qui te dégoûte. C'est le souvenir que tu en as. » Ce sont tes mots, Blade, pas les miens.

Touché.

— Oui, et ils t'étaient destinés.

— Tu es tombé trop juste pour que nous n'ayons pas ce point en commun. Je respecte le fait que tu ne souhaites pas parler de ta vie, mais ne me crois pas idiote : toi aussi, tu as vécu une injustice. Peut-être plusieurs. Et, comme tu l'as si bien dit, cela gâche l'image que tu as de Noël.

Elle hausse les épaules.

— Pour une fois qu'on s'accorde, ce serait dommage de ne pas en profiter.

Elle s'approche d'une vérité avec une justesse confondante.

La connexion nouvelle qui s'établit entre nous est surréaliste, tant par sa soudaineté que par sa puissance. Là, tout de suite, j'ai l'intime conviction que personne d'autre qu'elle ne pourrait me comprendre. Je n'ai rien avoué, je n'ai rien admis, mais elle a pourtant créé ce lien complice entre nous avec facilité. J'en viens à penser que, si notre première rencontre n'avait pas été aussi laborieuse, nous nous serions peut-être attachés l'un à l'autre.

Le rhum influe aussi sur mon cerveau.

— De plus, je vais être honnête : je n'ai pas encore

acheté de cadeaux. Ça m'arrangerait donc d'autant plus qu'on mette ceux des autres au bûcher.

Arrive-t-elle à me faire sourire pour la centième fois ? Oui.

Vais-je capituler ? Je suis en train.

Tu pars en vrille, mec...

— Quelle autre horreur veux-tu éliminer de cette journée ?

— Ta question fait office de consentement à collaborer ? dit-elle, ravie.

— Ce sera la première et dernière fois.

Je n'ai pas le temps de regretter mes propos qu'elle s'embarque déjà dans un monologue de serial killer version Noël. Tout y passe, depuis les branches du sapin à foutre au feu, jusqu'au Père Noël en plastique, duquel il faudrait retirer les piles pour qu'il « la ferme ».

Je ne réprouve aucune de ses envies, j'en valide même la plupart. Au fond, elle n'est pas sérieuse et je sais qu'elle restera polie et souriante, le 24 décembre. Cette discussion n'a pas pour but de saccager un moment qui permettrait au groupe de se souder un peu plus, c'est juste une façon pour elle de se défouler.

Elle a été abandonnée. Puis récupérée. Et abandonnée une deuxième fois. Même si elle n'en dévoile rien, la cicatrise doit être douloureuse encore aujourd'hui.

— ... couvertures. Ce « Merry Christmas from Lapland » me donne des convulsions. Je suggère qu'on s'en serve pour nettoyer les jantes de la voiture de location.

Elle déblatère sans interruption, et ce durant des heures. J'assiste aux battements de ses paupières, à ses blancs plus récurrents, et bientôt à l'apaisement qui la gagne lorsqu'elle tombe de sommeil.

Mes bras ne se décrochent pas d'elle. Je la garde contre moi, lui évite d'avoir trop froid. Je la surveille.

Et je sais pertinemment que désormais, plus rien ne sera comme avant.

Chapitre 20

Charlie

J'aimerais posséder un don, comme la capacité de voler ou encore celle de lire dans les pensées. Combien de quiproquos seraient évités grâce à une incursion dans la tête de son interlocuteur ? Cela permettrait d'anticiper ses réactions, ou même de le contrecarrer si d'aventures il s'apprêtait à commettre un acte malveillant.

Oui. C'est un don qui me plairait. Bien plus que celui que je viens de me découvrir…

L'œil entrouvert, j'observe la porte du kota s'écarter dans un grincement. Le vent pourrait en être responsable, mais il n'a fait que détruire les gonds, avant de se taire au milieu de la nuit. Mon esprit me rappelle alors – et avec taquinerie – que j'ai évoqué l'existence potentielle d'un tueur en série, hier soir. Quelqu'un qui rôderait autour du kota… J'aurais donc un don de voyance.

Quand une silhouette massive apparait dans l'embrasure, je blêmis. De peur, mes doigts s'enfoncent dans le torse de Blade, qui dort à poings fermés.

— Réveille-toi…

La nuit a été plus difficile pour lui que pour moi. J'ai pu me servir de ses pectoraux comme d'un oreiller et de ses bras comme d'une couverture, alors qu'il a passé des heures entières adossé au pied du banc. J'aurais aimé lui permettre de rattraper ces heures perdues, mais il me semble qu'en situation de danger, mieux vaut être alerte.

— Blade...

Mon murmure ne passe pas la barrière de ses ronflements. Je suis d'ailleurs étonnée qu'il parvienne à se reposer alors que ses cordes vocales jouent actuellement une symphonie lyrique.

Pendant qu'il revisite le répertoire de Mozart, la silhouette se mue en un homme d'une stature terrifiante ; s'il n'a pas de poussière sur sa peau luisante ni de cicatrice au sourcil, je l'assimile tout de même à Khal Drogo.

— OK. C'est le moment de te lever...

Mes suppositions de la veille ont l'air de se vérifier : il ne manque que la tronçonneuse à ce type pour juxtaposer son image à celle d'un assassin. Si j'étais en pleine capacité de mes moyens, peut-être oserais-je l'affronter : les films sont assez pauvres en figures féminines fortes qui se débrouillent sans l'aide de personne et qui, par la suite logique des choses, en viennent à sauver le monde. Sauf que, premièrement, nous ne sommes pas dans un film. Et, deuxièmement, j'ai une demi-gueule de bois. Tenir le rôle de l'héroïne badass n'est donc pas à l'ordre du jour.

— Blade, putain...

Les battements de mon cœur accompagnent la marche silencieuse de Khal Drogo. Vu le peu d'intérêt qu'offre notre campement de fortune, il se dirige machinalement vers l'unique point titillant sa curiosité, c'est-à-dire nous.

À nouveau effrayée, j'en viens à planter mes ongles dans les côtes de Blade. Puis, dans son ventre. Il s'agite mollement lorsque je passe ma main sous son manteau pour aller chercher ses tétons… c'est alors que Khal prend la parole.

Enfin, tout est relatif.

Sa voix provient des tréfonds d'un monde souterrain. Elle est éraillée et caverneuse, typiquement faite pour donner la chair de poule. S'il prononçait des mots compréhensibles, je pourrais éventuellement cesser d'hyperventiler, mais la langue qu'il emploie m'est inconnue. Il pourrait très bien me demander un bilan sanguin afin de s'assurer que je suis comestible tout comme mon prénom, je n'en saurais foutre rien.

Mon absence de réponse semblant l'indisposer, il se penche en avant pour baragouiner quelque chose près de mon oreille.

— Ne me touchez pas !

Mon mouvement de recul fait grogner Blade.

— Je suis américaine ! Mon corps est bourré de cholestérol, je suis indigeste !

Je perçois quelques sons gutturaux, des syllabes hachées. De l'allemand ? Du slovaque ? Du dothraki ? Sa main tendue achève de me faire réfléchir.

Je recule si violemment que Blade émerge enfin de son coma nocturne.

— Arrête de bouger…

— Lève-toi !

Mon appel de détresse est enfin entendu.

Je reste suspendue à cette seconde de latence durant laquelle son cerveau s'allume et que ses neurones prennent conscience de la situation. Ses iris glacés jaugent Khal, puis nos positions respectives. La main que l'intrus enserre au niveau de mon poignet le fait tiquer.

Si je souhaitais une réaction de sa part, je n'étais pas préparée à celle qui suit : sans le moindre ménagement, il me balance sur le côté. J'accuse la douleur au niveau de mon flanc tandis qu'il se lève d'un bond.

— Tu es qui, toi ?

Il défie Khal d'un regard menaçant, ce que ce dernier n'apprécie pas. S'ensuit un mélange de mots plus ou moins compréhensibles, mais je flaire le dialogue de sourds.

— Je ne comprends rien à ce que tu racontes, s'agace Blade, tout en l'acculant dans le coin du kota.

Le ton monte. Les visages deviennent durs. Blade fait reculer Khal avec une hostilité qui me stupéfie. Je ne l'ai jamais vu perdre son sang-froid de cette manière : il peut se montrer sarcastique, voire cinglant dans ses propos, mais l'utilisation des mains est une limite qu'il ne franchit pas, d'habitude. Le problème, c'est que Khal mesure une tête de plus que lui, il prend donc des risques irréfléchis.

— Qu'est-ce que tu lui veux ? lâche-t-il en jetant son menton dans ma direction.

— Blade, tu...

Khal le bouscule, visiblement irrité d'être ainsi pris à parti.

— Qu'est-ce qu'il fiche ici ?

Cette fois, la question m'est destinée. Je n'ai cependant pas le temps d'apporter mon grain de sel, l'échange s'envenimant de lui-même. Les réflexes typiquement masculins, ceux faits d'orgueil et de testostérone, se développent des deux côtés. Blade n'apprécie pas que Khal lui tienne tête, et Khal tient à montrer son agacement en le poussant par les épaules. La barrière de la langue n'est bientôt plus un problème : ils échangent des borborygmes interrogatifs ou exclamatifs, tels deux animaux face à une impasse.

Puis, c'est le drame.

J'assiste, impuissante, au poing qui s'enfonce dans la mâchoire de Blade. Je n'en comprends pas plus la cause que lui.

— Merde ! Blade ! m'exclamé-je, sous le choc.

Il serre les dents et étire la nuque, comme pour encaisser le coup. Le kota se gorge alors de tension brute, d'une sauvagerie sur le point d'imploser. Si j'ose espérer que Blade réagisse en qualité de personne sensée, je réalise rapidement que mes espoirs s'avèrent vains. Cette attaque réveille ses instincts primaires.

Les anoraks sont tantôt empoignés avec force, tantôt tirés avec rage. Si aucun coup ne part à nouveau, ce n'est pas l'envie qui leur manque. C'est au sein de cette cacophonie qu'une nouvelle personne pénètre dans la cahute.

À nouveau, j'entends des paroles dont les mots m'évoquent un pays lointain. L'homme se précipite pour séparer Khal de Blade, sans grand succès. Je tente de l'aider, moi aussi, mais une bonne cinquantaine de kilos de muscles me fait défaut pour les maîtriser.

— Qu'est-ce qui se passe ? !

Je prête à peine attention au troisième arrivant. Lui a la décence de s'exprimer dans ma langue, mais la scène le saisit tellement qu'il n'a pas la présence d'esprit d'intervenir. Lorsqu'un quatrième inconnu pénètre dans mon champ de vision, je commence à percuter.

Contrairement aux autres, il empoigne deux espèces de bâtons de ski. Je fais une embardée vers ses pieds, où des raquettes sont encore accrochées.

À vrai dire, tous en portent. Même Khal Drogo.

— Blade !

J'attrape ses épaules pour le tirer en arrière. En voulant se dégager, il me porte un coup involontaire dans l'estomac.

La douleur se propage à l'ensemble de mon torse, alors qu'il m'écoute à moitié.

— C'est un touriste !

J'ai droit à un bref regard. Transcendant. Khal envahit encore son esprit mais mes paroles semblent traverser la brume de sa folie pour atteindre sa raison.

— Quoi ?

— Tu t'énerves sur un touriste, répété-je, en me tenant le ventre.

— Que croyez-vous que nous étions ? intervient l'unique anglophone.

Blade ne prend pas la peine de s'intéresser à lui et pivote complètement vers moi. L'adrénaline qui se déverse dans ses veines le fait haleter ; sa poitrine monte et descend à une vitesse folle.

— Tu ne pouvais pas me le dire avant ?

— Je ne pensais pas que vous en viendriez aux mains !

— Tu avais l'air effrayée !

— On ne s'énerve pas sur les gens sous prétexte qu'une imbécile prend un air effrayé, Blade !

— J'ai cru qu'il t'avait fait du mal !

Je m'immobilise net, comme assommée. Ce jour est à retenir comme celui où Blade Williams a pris ma défense, et de façon radicale.

Nous nous dévisageons sans réellement nous voir. Il subit le revers de sa colère et n'arrive donc pas à se focaliser sur moi. De mon côté, je suis stupéfiée par son geste.

— Pourrait-on avoir une explication ? s'impatiente l'un des hommes.

Blade attrape ses cheveux des deux mains tout en se retournant. La première chose qu'il fait est de s'excuser auprès de Khal. Ensuite, il partage notre mésaventure avec une exaspération palpable.

Je les observe en retrait, aux prises avec l'envie féroce et inappropriée de le serrer dans mes bras. La trivialité de son comportement n'enlève en rien la reconnaissance que j'éprouve envers lui.

À part Savannah, personne n'aurait accepté de prendre des coups à ma place.

— Notre 4x4 est à une demi-heure de marche. On peut vous raccompagner, si vous voulez, entends-je avec une politesse qui tranche avec la rage émise ces dernières minutes.

Finalement, Khal Drogo et ses fidèles Dothrakis nous sauvent la mise. Ils nous abreuvent d'eau, volontiers acceptée, puis nous récupérons nos affaires et quittons l'abri de fortune. Je ne prononce pas un mot durant le trajet jusqu'à leur 4x4 alors que Blade discute à n'en plus pouvoir ; il a le contact plus facile que moi, et certainement un besoin impérieux de s'excuser pour la scène précédente.

Au moment où mes fesses rencontrent l'un des sièges arrière du véhicule, je crois rêver. Les yeux fermés, en extase, je savoure le confort qui m'a fait défaut cette nuit. C'est incroyable comme une chose aussi simple peut se révéler aussi précieuse. Jamais je n'avais senti mes muscles se délasser à ce point.

Alors, quand Khal – qui s'appelle en réalité Henry – allume le chauffage, j'entre dans un état de méditation proche de l'orgasme tantrique.

— Putain...

Blade, à mes côtés, pousse un soupir d'aise. Je rouvre les yeux pour assister au relâchement de ses traits et me repais de son sourire. Serait-ce l'effet des retrouvailles avec la civilisation ? Je ne sais pas. En tout cas, mon cœur palpite étonnamment fort.

— Tu sens le truc que ça fait dans la colonne vertébrale ? dit-il, lui aussi galvanisé par une dose brutale de plaisir.

— On dirait des fauteuils massants.

La sensation de bonheur est telle qu'il en oublie l'épisode du kota. Pour une fois, il aurait pourtant raison de m'en mettre plein la tête. Je le mérite.

En l'espace d'une journée, et uniquement parce que je fais partie de sa vie, il s'est perdu en Laponie, a manqué trois repas, a dormi à même le sol, a combattu les assauts d'une hypothermie et s'est battu contre un Dothraki. La blessure sur sa pommette atteste l'impact que j'ai dans son quotidien.

— La douleur est surmontable ?

Il sait à quoi je fais allusion.

— Si je te disais que non, tu t'excuserais ?

— Même si tu disais oui, je le ferais.

Ses iris plongent dans les miens, reflétant un mélange d'ironie et de surprise.

— Charlie qui s'assoit sur sa fierté pour la deuxième fois ? Je suis curieux de voir ce que ça donnerait.

— Ça ressemblerait à quelque chose comme : « pardon d'avoir cru que Henry allait nous tuer alors qu'il portait des raquettes aux pieds ».

Il hausse un sourcil dubitatif.

— Les meurtriers n'ont pas de raquettes aux pieds, Blade. Leur confort importe peu, ils concentrent tous leurs efforts sur le procédé d'élimination de leur victime.

— Je ne sais pas si ton sens de la déduction doit me rendre admiratif ou m'atterrer.

Le moteur gronde sous nos pieds et la voiture quitte son emplacement pour rejoindre la route. Je pense immédiatement aux kilomètres qui me séparent de Savannah et du reste du groupe. J'ai hâte de les retrouver.

— Excuse-moi pour ton ventre. Je ne voulais pas te blesser.

J'intercepte sa moue contrite. Elle est diaboliquement efficace mais tout aussi inutile, puisque je lui ai pardonné une demi-seconde après que son poing a percuté mon estomac.

— Ce n'est rien. Je trouverai bien un moyen de me venger. Demain, sûrement, quand j'aurai retrouvé mes esprits et que tu ne m'apparaîtras plus comme un preux chevalier.

— L'opinion que tu as de moi aujourd'hui ne changera plus, tu sais. C'est trop tard. J'ai gagné trop de points.

— Ton ego reprend du service, Blade, fais attention…

Il cale son crâne contre l'appui-tête, l'air satisfait.

— Au fond, tu ne me vois déjà plus comme ton ennemi, et le sentiment est partagé : la personne que tu caches derrière ta carapace de peste mérite d'être connue. Tu devrais la laisser s'exprimer plus souvent.

Chapitre 21

Blade

Lorsqu'un cri hystérique retentit à peine après avoir ouvert la porte du chalet, je sais que c'est Sally.

Elle fonce droit sur nous, suivie de près par une Savannah hystérique, et manifestement débarrassée de son mal-être de la veille.

— Vous êtes enfin là !

Avec un désintérêt total pour ma personne, cette dernière embrasse Charlie de toutes ses forces, et je vois un véritable sourire illuminer le visage de cette dernière. Ça me fait un truc étrange dans la poitrine.

— Vous nous avez fait une de ces peurs !

J'ai droit à l'accolade bourrue de Sally avant que les filles se lancent dans une discussion sans queue ni tête. Le bonheur des retrouvailles les a montées sur un ressort.

Grayson et James, moins démonstratifs, me tapent le dos, comme une marque réservée d'affection. Ou de soulagement.

Entre nous, les gestes ne sont pas aussi vibrants que les regards. Tout se fait dans le silence et la retenue.

— Joli, me lance Grayson en désignant ma pommette. Vous avez donc fini par en venir aux mains ?

Si seulement il savait…

— Il s'est surtout attaqué à un homme de deux fois sa taille, intervient Charlie.

Le clin d'œil qu'elle me dédie n'échappe à personne. Étant moi-même perturbé par la complicité qui nous relie, je peux comprendre que la troupe soit démunie. Aux dernières nouvelles, nous nous imposions une trêve. Si depuis, nous avons gravi plusieurs échelons pour aboutir à cette entente inédite, eux en sont toujours au même point.

— Il nous a déposés ici, complété-je.

J'explique brièvement l'intervention de Henry et de ses amis allemands, afin qu'ils puissent mieux comprendre la situation, et cesser de nous dévisager avec ces airs d'ahuris. De là, ils réalisent que nous avons passé la nuit à l'extérieur.

— Attendez… vous avez dormi dehors ?

— Dans un kota, rectifie Charlie.

— Une habitation same, dis-je.

— Une sorte de tipi.

— Avec du feu.

— Et une hache.

— C'était une nuit de merde.

James lève un sourcil suspicieux.

— On va avoir besoin d'un récit détaillé. J'aimerais comprendre comment vous en êtes venus à compléter les phrases de l'autre.

La cuisine devient officiellement notre QG. Tous

s'affairent à préparer un petit déjeuner gargantuesque pendant que Charlie retrace notre parcours depuis le début. Malgré le court laps de temps, il y a beaucoup de choses à raconter et elle n'est pas avare en détails, si bien que je finis à la fenêtre avec une cigarette au coin de la bouche, pendant que le bacon crépite dans les poêles.

Grayson me rejoint au moment où les explications dévient sur la violence de la tempête qui a sévi.

— Marja s'en veut à mourir, m'apprend-il.

— Il n'y a pas de raison.

— Elle vous a perdus, Blade. On était sous sa responsabilité.

— C'est un concours de circonstances, rien de plus.

— Elle a peur que Charlie ou toi portiez plainte.

Mon étonnement le fait sourire.

— La réputation de l'hôtel est en jeu, sa réaction est normale. Vous comptez vous retourner contre elle ?

Ça ne m'a pas effleuré l'esprit. Je ne suis pas quelqu'un de procédurier et, de toute manière, ces dernières vingt-quatre heures n'ont pas été le supplice qu'il s'imagine. Du reste, je me contrefiche des états d'âme de Marja, je souhaite juste que chacun reprenne le cours de sa vie.

— Non, réponds-je.

— Et de son côté ? dit-il en observant Charlie.

— Ce n'est pas son genre.

— Ah ? Parce que tu la connais assez bien pour pouvoir parler en son nom, maintenant ?

Il cherche des informations, j'en mettrais ma main à couper. Je tire une latte de ma cigarette avec une lenteur volontairement insupportable, il peut bien attendre une minute.

— Il ne s'est rien passé, Gray.

— Et ce bleu ? dit-il en pointant ma pommette.

— On te l'a dit, je me suis retrouvé face à une armoire à glace.

— Pour quelle raison ? Tu ne perds ton sang-froid qu'après un verre de trop.

Je repense à la bouteille de rhum que nous avons sifflée, et juge bon de ne pas lui en parler. Il s'imaginerait un tas de scénarios tordus, dont la plupart aboutiraient à une partie de jambes en l'air en pleine nature. Je n'ai pas le courage de démentir de telles allégations avec l'estomac vide.

— Charlie a cru qu'on se faisait attaquer, éludé-je.

— Par une armoire à glace ?

— Elle l'a confondu avec un assassin.

— Et tu l'as crue ?

— J'étais réveillé depuis deux secondes et demie, Gray. Elle m'aurait dit qu'une licorne venait d'accoucher sur le pas de la porte, ça ne m'aurait pas paru suspect.

— Ça ne justifie pas ton geste.

Je soupire face à son entêtement.

— Que voulais-tu que je fasse ?

— Hier encore, tu l'aurais jetée dans les bras de ce type pour qu'il la massacre plus vite. Peut-être même que tu aurais glissé un billet dans sa poche pour que la torture soit plus douloureuse.

— Il n'a pas tort, dit James, d'un mouvement de tête approbatif.

J'ignore depuis quand il nous écoute, mais il me regarde avec attention, les bras croisés contre son torse. Cette observation prolongée doit certainement être motivée par l'envie de me soutirer des informations, à l'instar de Gray ; chose qui n'arrivera pas puisque je n'ai aucune révélation à lui faire.

— Je sais ce que vous pensez, et vous vous trompez. Réjouissez-vous que je sois toujours en vie plutôt que de me prêter une fausse relation.

— Il y a anguille sous roche, insiste Grayson. En temps normal, tu te comportes comme un salaud avec elle.

Ma mâchoire se contracte avec dureté. Je n'apprécie pas cette remarque, bien qu'elle soit justifiée.

— Ne me regarde pas comme ça, dit-il avec un sourire goguenard. Tu l'as éloignée d'Anssi avec une technique plus que douteuse et tu lui mènes la vie impossible depuis que tu la connais. Certes, elle sait se défendre, mais admets que ton comportement laisse à désirer.

— Je te rafraîchis la mémoire sur ton comportement avec Sally avant que tu poursuives, ou ça va aller ?

— C'est différent. Sally et moi ne nous tirons pas dans les pattes, dit-il avec un sérieux retrouvé.

— Ah ? Donc, tu trouves normal d'avoir séduit Marja sous ses yeux alors qu'au fond ce n'est pas la guide que tu veux ?

— Tu mélanges tout.

— Tu la rends jalouse et tu le sais très bien, Gray. Elle te plaît. Tu fais n'importe quoi avec elle, il est temps que ça entre dans ton crâne.

— Sally est ma pote.

— Sally t'attire.

— Il n'a pas tort, intervient James.

Malgré la tension grandissante, il arbore une moue teintée de moquerie. Il ajoute :

— Vous avez tous les deux des problèmes avec la gent féminine. Coucher à droite et à gauche n'est pas une preuve de talent : cela montre combien vous êtes incompétents en matière de sentiments.

— Je n'éprouve rien d'autre que de l'amitié pour Sally, insiste Grayson.

— Tu te voiles la face. Cette femme est la seule à qui tu t'es confié. La seule avec qui tu as couché plusieurs fois. La seule que tu gardes auprès de toi. Arrête de tout faire de travers et assume ce que tu ressens.

Grayson se redresse en perdant les derniers morceaux de légèreté qu'il possédait.

— Tu délires, James !

— Pourquoi penses-tu qu'elle a mal vécu ton rapprochement avec Marja ? Parce qu'elle tient à toi, espèce d'idiot. Elle est partie par ta faute. À cause de toi on a passé vingt-quatre heures à se ronger les sangs.

James affiche à présent un profond mécontentement. Étant la figure paternelle du groupe, il édulcore généralement ses discours afin de nous faire avaler ses leçons de morale avec plus de facilité. Que sa patience s'effrite démontre que la coupe est pleine.

— Je vous laisse tester vos limites et commettre des erreurs. Mais j'ai des limites et vos conneries ne doivent pas menacer les autres membres du groupe. C'est ce qui s'est passé hier, avec Sally : ton écart a eu des conséquences désastreuses, Grayson.

— Tu…

— Ne me coupe pas la parole. Pas maintenant.

Il inspire calmement et reprend :

— Ose t'ouvrir à cette femme, ça ne diminuera pas ton taux de testostérone et je t'assure que tes couilles resteront intactes. Si je n'avais pas été franc avec Sav, elle ne serait pas à mes côtés. Tu peux rire de mon romantisme, de la rapidité avec laquelle nous nous sommes mis ensemble, mais sois honnête : la relation que j'ai avec elle aujourd'hui te donne envie. Toi aussi, tu souhaites être comblé.

Grayson opte pour le silence. C'est la réponse la plus sage face à un argument qu'on ne peut pas contrer.

— Ne vous déchirez pas pour si peu. Fais le premier pas.

— J'y penserai.

Résolument buté, il s'en va. Cette réaction pourrait paraître puérile, mais quand on connaît son passé, on ne se permet pas de le juger.

Il n'a pas eu d'enfance ponctuée de discussions raisonnables et à cœur ouvert. Entre sa mère cherchant désespérément l'attention d'hommes qui ne la méritaient pas, et ses beaux-pères tous plus barges les uns que les autres, Gray n'avait pas l'habitude qu'on remette sa façon d'être en question. Il a souvent été seul, il s'est fait lui-même. Personne ne lui a donné de conseils. Avec James, c'est différent. Il faut simplement qu'il comprenne que ses conseils ont pour but de le rendre heureux.

— Ne fais pas la même bêtise que lui, Blade. Il s'est tellement menti à lui-même qu'il ne trouve plus le chemin de la vérité. C'est dommage, parce que Sally est une femme qui lui correspond.

La fumée s'échappe par la fenêtre en de grosses volutes opaques. Je me retiens de lui dire que, contrairement à Grayson, je suis habitué aux sermons. Leurs effets ne m'atteignent plus.

— Ne fais pas de parallèle avec Charlie, s'il te plaît.

— Je ne dis pas que vous êtes faits pour vous entendre plus que ce n'est déjà le cas. En revanche, j'ai des yeux.

Un soupir exaspéré émane de mes lèvres.

— Écoute, on est parvenus à faire front pendant quelques heures, uniquement pour ne pas mourir de froid. On n'avait pas le choix. Ne nous considère pas comme des amis ou des proches, tu émets des conclusions beaucoup trop hâtives. On peut déterrer la hache de guerre à tout moment.

— J'en suis persuadé, oui. Mais si elle était aussi banale que toutes celles que tu as croisées, jamais tu ne lui aurais accordé autant de temps et d'énergie.

— On a passé une nuit ensemble, James ! Une seule ! Tu brûles une bonne cinquantaine d'étapes, là !

Quelques heures ne suffisent pas à modifier la perception que l'on a d'une personne. On peut remettre un principe ou deux en question, si la conversation porte à la réflexion. Mais pas la totalité.

Si les relations humaines étaient représentées par une jauge, l'indifférence correspondrait au niveau zéro, l'amour au niveau 100, et la haine à l'exact opposé, c'est-à-dire à – 100. Charlie et moi avons démarré au plus bas, notre relation était dans le négatif. Pour que la barre remonte, des jours, voire des semaines, seraient nécessaires. Alors, je veux bien admettre que l'épisode du kota ait accéléré le processus, mais il nous a ramenés au niveau zéro. Certainement pas au-dessus.

— Blade, j'ai des yeux depuis bien plus longtemps que ce matin.

— C'est-à-dire ?

J'ai du mal à saisir la nature de son sourire car il me laisse perplexe.

— Je me souviens très bien de votre rencontre.

— Tu étais accaparé par Savannah, James. Tes yeux ne voyaient qu'elle.

Il pose une main compatissante sur mon épaule.

— Je pense que tu ne l'as jamais vraiment détestée.

Il jette un œil près du plan de travail, où les filles continuent de savourer leurs retrouvailles. Je m'arrête inconsciemment sur l'une d'entre elles et ne décroche plus : Charlie dévore ses céréales avec une absence criante d'élégance. Sa main passe du paquet à sa bouche, puis de sa bouche au paquet, avec une rapidité telle que je me demande comment les corn-flakes parviennent à être mâchés entre-temps. Cela devrait me répugner mais cette façon d'être me plaît. Sa simplicité est une qualité.

— Au fait, il faut que tu envoies un message à Madison.

Je détourne vivement les yeux des filles.

— Pourquoi ?

— Elle n'a pas reçu ton SMS quotidien, ça l'a inquiétée

et elle m'en a fait part. J'ai dû lui raconter ce qui se tramait.

— Tu lui as dit que je m'étais perdu ?

Il hoche la tête. Madison possède les numéros de chaque membre du Misc au cas où il lui arriverait quelque chose et que je ne sois pas joignable. Elle fait cependant très peu usage de ce privilège.

— Comme je viens de te l'expliquer, elle s'inquiétait. Je ne suis pas entré dans les détails, mais je l'ai prévenue que tu l'appellerais dès que tu serais de retour parmi nous.

Je le regarde avec surprise.

— Tu ignorais quand je rentrerais, ni si je rentrerais, dis-je.

— Si Henry ne t'avait pas trouvé, l'un de nous l'aurait fait. Il était inconcevable que les choses se passent autrement.

Chapitre 22

Charlie

Je ne suis pas du genre à me servir des difficultés comme d'une excuse. Par exemple, je n'évoque pas ma peur des insectes à l'approche du printemps : si une abeille me tourne autour, je légitime mon cri d'une autre façon. Je ne pleure pas non plus parce que je suis triste, je pleure à cause d'une poussière dans l'œil. Je ne regarde pas le ciel en me demandant si l'étoile qui brille est celle d'un parent perdu que je n'ai jamais connu, non : je me délecte de la beauté de l'univers.

La liste n'est pas exhaustive. J'aurais des centaines d'autres exemples à donner. Enfin, « j'aurais eu ». La conjugaison de ce verbe est désormais à faire au passé puisque j'ai très récemment changé d'avis sur ma manière d'être. Et par « très récemment », j'entends « il y a cinq minutes ».

Avec ce que les filles ont prévu, il n'est plus question pour moi d'avoir des principes.

— Tu mens, soupire Savannah pour la deuxième

fois tandis que nous nous engageons dans une rue du centre-ville.

Rovaniemi est étonnamment vivante, aujourd'hui. Les touristes, sortis des hôtels à une heure matinale, se promènent dans les rues ensoleillées, apportant bruits et effusion à l'habituel silence.

Sally pouffe de rire quand j'affirme être tout à fait sincère.

— Dormir à même le sol m'a traumatisée. J'aimerais prendre un peu de temps pour moi afin de réfléchir, de réaliser une introspection, dis-je.

— Une introspection ? Une introspection de quoi ? Tu nous balades depuis tout à l'heure, Charlie !

— J'ai failli mourir !

— Tu es parfaitement en forme !

J'exagère une moue fatiguée.

— Il se peut que je sois en plein choc post-traumatique.

— Charlie ! lance Sally dans un nouveau rire.

— M'allonger dans un lit, au chalet, loin du tumulte, me serait bénéfique…

Savannah m'agrippe le bras sans compassion aucune. J'hésite à invoquer le Sarlie, il ne me reste plus que cette option pour espérer me sortir de cet enfer.

— Cesse d'être de mauvaise foi, Charlie. On a besoin de cadeaux, c'est l'une des traditions de Noël. Alors, à moins que tu parviennes à en confectionner d'ici demain avec les rideaux ou les planches de bois du chalet, tu n'as pas le choix : il faut faire les boutiques.

J'aimerais contester. À vrai dire, je rêve de prendre le volant de la voiture garée à quelques mètres, d'abandonner les filles à leur sort, de faire mes valises et de rentrer à Chicago.

Elles ont réussi à me convaincre de nous rendre en centre-ville pour une soi-disant « virée post-kota-de-la-mort ». Dans ce terme, j'y voyais des flâneries et des boissons chaudes. Certainement pas la corvée de cadeaux qui précède le 24 décembre.

— On marchande ? Je vous offre mon amitié éternelle contre un renvoi expéditif de mon corps à l'hôtel.

Le « non » est collégial.

— S'il vous plaît ?

— Ça va bien se passer, m'assure Sav.

Tu parles.

Je suis quasiment poussée sur le trottoir enneigé. On m'aurait mis des boulets aux pieds que ça reviendrait au même. J'ai l'impression de monter à l'échafaud pendant que Savannah prépare le collier de chanvre à me passer autour du cou. Vraiment, Noël et moi ne formons pas une belle addition.

Plus encore ces derniers jours.

Depuis le retour du kota, je suis contrainte et forcée de vivre au rythme des fêtes. Le groupe pense à tort que la liesse de cette période est un bon moyen de me faire oublier la nuit en pleine nature, et ils mettent énormément de cœur à l'ouvrage. Notamment Sally.

Sa culpabilité la ronge au point de s'excuser deux ou trois fois par jour. Elle est convaincue que, sans son coup de sang, Blade et moi n'aurions jamais dormi à l'extérieur, ce qui est faux.

Soit il n'y a pas de coupable, soit nous le sommes tous.

Si j'avais un sens de l'orientation aguerri, je ne me serais pas perdue. Si Grayson n'avait pas parlé à Marja, Sally n'aurait pas perdu patience. Si Blade n'avait pas écrit « Laponie » sur le papier, nous ne serions peut-être pas ici. Rien ne sert d'accuser l'un d'entre nous plus qu'un autre. De plus, tout s'est bien terminé, alors autant aller de l'avant dès à présent.

Cela dit, grâce à ce couac, j'ai pu voir combien mon intégration était actée : que ce soit Grayson, qui s'est mis à la cuisine, ou James, qui me jette régulièrement des regards protecteurs, l'ensemble de cette famille m'a donné ce qui m'a souvent fait défaut : de l'attention.

Savannah et Sally me traînent dans les divers commerces ouverts ; ce sont majoritairement des boutiques de souvenirs ou des marchands de viande séchée et de conserves. Nous sommes loin des centres commerciaux démesurés, où les promotions sur les jouets sont vociférées dans un micro grésillant. Pourtant, l'excitation ne les quitte pas. Leurs mains envahissent les étals et elles s'émerveillent du plus petit bol à l'effigie d'un renne.

— James va détester ça ! lance Savannah, hilare, en brandissant une reproduction miniature du président américain déguisé en Père Noël.

Son panier se remplit de boules à neige en plastique, de chaussons kitsch à souhait, et de toutes sortes de présents d'une violence inouïe pour les yeux. Je sourcille plus particulièrement à la vue du panier de Sally...

— Tu as une idée de la personne à qui tu comptes l'offrir ? demandé-je en désignant le moule à gâteaux en forme de pénis.

D'après l'étiquette, ce sont des cerises, mais je pense sérieusement qu'un problème de proportion a eu lieu lors de la confection. Personne ne mange des cerises aussi mal fichues.

— Grayson.

— Vous vous êtes réconciliés ? dis-je, étonnée.

Ils ne se sont pas parlé depuis des jours, l'histoire avec Marja a fait des ravages.

Campant sur leurs positions, ils préfèrent s'éviter plutôt que de crever l'abcès. Du moins, c'est l'interprétation que j'ai de leur comportement. Si Sally accepte à présent de dépenser quelques pièces pour lui, je présume que cela signe le début d'une réconciliation.

— Pas le moins du monde, non. C'est un enfant incapable de reconnaître ses torts.

Sav et moi nous jetons un coup d'œil en biais.

— Je pense qu'il s'en veut, tu sais.

— Quand bien même, ce n'est pas à moi de lui tendre la main, je l'ai assez fait.

Je me retiens de mentionner le moule en forme de pénis ; s'il ne représente pas un pont qu'elle tente d'établir entre eux, je n'aurai décidément rien compris à la nature humaine.

— Ne me regarde pas comme ça, Charlie. Tu n'es pas en position de me juger.

— Je ne te juge pas, assuré-je. Mais vous vous appréciez trop pour gâcher votre histoire, tu ne crois pas ?

— Je sais ce que je veux. Et pour l'instant, ce n'est pas lui.

Quand Sally l'aura décidé, elle nous parlera et nous

répondrons présentes. Mais pour le moment et afin de ne pas assombrir une sortie qui se veut amusante, je me consacre à l'étude des lieux. Me voilà donc à la recherche de cadeaux dans les dédales d'un magasin aux allées biscornues, et la morosité ne tarde pas à pointer le bout de son nez. Cette tâche est une épreuve.

Faire les magasins à Chicago, c'est l'assurance d'entendre la moitié des clients se perdre dans les méandres du doute. J'ai perçu bon nombre de « je ne sais pas quoi lui offrir, il a déjà tout », de « ça va finir avec un livre, je n'ai pas d'autre idée », « tu crois que ça lui ferait plaisir ? ». Ces phrases paraissent anodines, mais elles résonnent en moi d'une tout autre manière. Car il me manque ces souvenirs-là. Ceux où je passe vingt minutes dans le rayon des bouquins historiques sans savoir lequel prendre, puisque les goûts de mon grand-père m'échappent. Celui où je râle sur les cadeaux sexistes mis en avant par les enseignes pour les mères de famille. Celui où j'envoie tout valdinguer et je rentre chez moi pour composer des paniers maison à base de savons à l'odeur nauséabonde.

— Ce serait pour qui ?

Savannah observe l'étagère de boules à neige devant laquelle je divague. Elle en attrape une et la fait tourner entre ses doigts ; le décor en plastique se pare de flocons factices.

— Ça pourrait plaire à Sally, ajoute-t-elle.

— Mm.

— Ou à moi. Ou à Grayson. Même à James ou à Blade.

Elle repose doucement l'objet avant de me considérer

du regard. S'il y a bien une personne qui me comprend, c'est elle.

— Je sais que c'est difficile, mais tu n'es pas cette râleuse compulsive qui crache sur toutes les jolies choses qu'elle a la chance de vivre, Charlie.

— Là tout de suite, je ne trouve rien de positif dans le peu de souvenirs qui remontent.

— Crée-t'en de nouveaux.

Elle hausse les épaules, tout simplement.

— Tu te rappelles constamment cette année-là parce que tu n'as qu'elle dans la pellicule de tes souvenirs. Crée-toi d'autres images. Sers-toi d'aujourd'hui pour remplacer le négatif par le positif. Comme ça, l'an prochain, tu ne verras plus les photos de ton enfance mais celles d'ici, et je peux te garantir que tu auras le sourire aux lèvres.

Elle reprend la visite de l'échoppe encombrée, me laissant à ma réflexion. Sally n'étant pas loin, elles finissent par exploser de rire face à un objet que je ne distingue pas depuis ma position.

J'inspire.

J'expire.

Je me mords l'intérieur de la joue.

Et je saisis la boule à neige avant de changer d'avis.

Sacs remplis à ras bord, papier cadeau, ruban adhésif… je jette le tout sur mon lit après des heures à arpenter les plus petits recoins de Rovaniemi. Je découvre d'ailleurs qu'il est possible de transpirer même quand le thermostat frôle des températures critiques.

— Wow…

Alors que j'ôte mon anorak, Blade, surpris par le désordre, s'arrête devant ma porte grande ouverte.

Nous n'avons pas eu d'échanges depuis le trek. Ni long ni bref. Pourtant, l'ambiance a radicalement changé entre nous : la guerre est terminée. Lui arracher les testicules afin d'en faire un mobile pour bébé ne me vient plus à l'esprit. Je souris – discrètement – quand il fait une blague vaseuse à l'intention de Grayson, et il m'arrive également de sentir mon ventre se tordre lorsqu'il me regarde.

OK. Le dernier point est étrange. Je ne le comprends pas moi-même.

Ses yeux rencontrent souvent les miens ces derniers temps. Chaque fois, on garde le silence. Chaque fois, on échange un petit sourire indéchiffrable. Chaque fois, je me demande pourquoi on fait ça.

— Virée entre filles, expliqué-je.

Mon matelas est passé au crible. Lorsqu'il tombe sur les rouleaux de papier cadeau, l'un de ses sourcils se lève avec ironie.

— Ne me dis pas que c'est ce que je crois…

Je soupire avec emphase.

— Elles m'ont eue, Blade. J'ai sombré du côté obscur de la force.

Rieur, il cale son épaule contre le chambranle.

— Je pensais qu'on avait un deal, tous les deux. Tu sais ? Destruction de Noël, cadeaux au feu…

— J'en meurs toujours d'envie !

— Mais ?

— Mais je suis face à un dilemme : si je flambe les

cadeaux des autres, il faudra bien que les miens y passent aussi. Or, j'ai dépensé une somme folle dans ces futilités.

— Tu t'es retrouvée dans les magasins d'attrape-touristes ?

— Toi aussi ? dis-je, étonnée.

Il opine.

— Il n'y a que ça ici. Tu me montres ?

Son menton pointé vers les sacs me déconcerte. La découverte des cadeaux avec un jour d'avance est probablement interdite par le décret d'un lutin ou de tout être attaché aux respects des règles noëlesques.

— À part pour Savannah, je connais les goûts de chacun. Mon expertise te permettrait de savoir si, oui ou non, ces « futilités » méritent d'être brûlées, s'explique-t-il.

— Tu ne préfères pas garder la surprise ?

— J'aime autant Noël que toi, Charlie. Je me fiche des surprises.

Il pénètre dans la chambre suite à mon autorisation muette. Je suis comme paralysée. Une vague de chaleur m'envahit agréablement tandis qu'il s'assied sur le rebord du lit et extirpe les premiers objets de leur emballage en papier journal.

Il observe le mug en forme de barbe de Père Noël sous toutes ses coutures.

— C'est pour James, dis-je, anormalement troublée par sa présence.

— Tu voulais lui rappeler son âge avancé ?

— C'est un parallèle avec son instinct de philosophe, corrigé-je. Socrate, Platon et Aristote portaient la barbe.

— Tu l'as bien cerné, admet-il avec un petit sourire.

— Ce cadeau-ci reste intact, du coup ?

— Il semblerait, oui.

Le cadeau destiné à Sally obtient la même validation. J'ai remarqué qu'elle portait souvent des couleurs osées ; de fait, rien ne me paraissait plus logique que de prendre le bonnet le plus exubérant du magasin. Quant aux présents destinés à Grayson et Savannah, ils semblent l'amuser. Ce ne sont que des gadgets insignifiants, mais à mon plus grand étonnement, il y décèle un symbole leur correspondant assez pour que je sois fière de leur trouvaille.

Je pose ma main sur le dernier sac. Il réalise assez vite la cause de ma crispation soudaine.

— Tu ne sauras pas ce que c'est avant demain, dis-je en mettant le paquet en question derrière moi, en sécurité.

Il croise les bras sur son torse avec l'air cynique.

— Je suis sidéré que tu aies pensé à moi.

— Il paraît que la résilience fait partie de l'esprit des fêtes, je n'ai pas pu faire autrement.

Je ne veux pas qu'il sache de quoi il retourne. Pas maintenant.

Techniquement, ce cadeau ne m'a rien coûté. Mais si je ramène sa valeur à l'effort que j'ai dû fournir pour le faire, c'est probablement le plus précieux d'entre tous.

— J'espère qu'il n'apportera pas la preuve que tu m'apprécies, reprend-il.

— Ne t'inquiète pas. Quoi qu'il arrive, tu resteras toujours un crétin à mes yeux.

Il sourit. De ce sourire indéchiffrable qui fait se propager quelque chose dans mon bas-ventre. J'en ressens bientôt les effets dans tout mon corps.

J'ai le sentiment que l'ironie cache autre chose. Ses phrases – autant que les miennes – ont un double sens que je perçois de plus en plus nettement : nous n'usons plus de la moquerie pour nous faire du mal. On s'en sert pour transmettre des messages.

Lorsque je dis qu'il aura toujours l'image d'un sombre imbécile, ce n'est pas sur l'insulte qu'il faut s'attarder, mais sur le « toujours » ; aussi incohérent que ça paraisse, je veux le garder à mes côtés et pour longtemps. Je n'arrive pas à imaginer mon quotidien sans cette dose insupportable de Blade Williams qui le rythme, parce que j'y suis tellement habituée que sa disparition me provoquerait un vide.

Peu à peu, il prend de la place. Trop pour que je souhaite vraiment me pencher sur la question.

Chapitre 23

Charlie

Les préparatifs vont bon train depuis le réveil. Le chalet s'apparente à une fourmilière où chaque ouvrière ne cesse d'aller et venir avec divers objets. Je ne compte plus le nombre de « qui a pris les ciseaux ? » ou de « non, tu ne rentres pas, je suis en train de les emballer ! » ; doucement mais sûrement, le pied du sapin s'efface derrière les paquets maladroitement emballés de James, Sally ou des miens.

Me créer de nouveaux souvenirs. Cesser d'être sarcastique.

Je me répète ces mantras en donnant un coup de main en cuisine. Une playlist accompagne la découpe des légumes, et je remercie Savannah de l'avoir créée à partir des préférences de chacun : bien que nous soyons le 24 décembre, Mariah Carey et ses comparses ont été boycottés. Les morceaux passent des Fugees à Macklemore, en faisant quelques détours vers la talentueuse Joan Osborne ou encore les Bee Gees.

Cet éclectisme est revigorant. Et je le pense encore

malgré les notes de Ice Ice Baby qui inondent la pièce, trois minutes plus tard. Je dois vraiment être de bonne humeur…

— Qui a mis cette horreur ? lance Sally, affairée à préparer les amuse-bouches près du plan de travail.

— Probablement Grayson, répond Sav, tout aussi occupée.

L'intéressé apparaît depuis le couloir. Les paroles proférées par Vanilla Ice le font sourire.

— Ça ne vient pas de moi, dit-il cependant.

À son tour il dépose plusieurs présents sous l'arbre enguirlandé. Je suis surprise du soin qu'il a apporté à l'aspect général : venant de lui, jamais je n'aurais misé sur des rubans. Puis, je remarque l'effort au niveau de sa tenue vestimentaire, ainsi que l'élégance de sa coiffure, et je trouve finalement que l'ensemble est harmonieux.

Ses yeux dévient vers Sally lorsqu'il nous rejoint. Tout en retroussant les manches de sa chemise, il lui dédie une attention exacerbée… ce qu'elle ne remarque pas – ou refuse de remarquer.

— Besoin d'aide ?

La question est implicitement adressée à Sally. De fait, ni Sav ni moi ne répondons. Je pèle les pommes de terre comme si ma vie en dépendait, tandis que Savannah s'échine à former les plus belles rondelles de carottes.

— James s'est déjà porté volontaire. Il doit revenir avec les dernières courses d'une minute à l'autre.

— Ça ne m'empêche pas de vous assister.

— Avec la neige, James mettra sûrement plus de

temps que prévu à rentrer, intervient Savannah avec une innocence feinte.

Le blanc qui s'impose est étouffant.

— On n'est jamais de trop, relance alors Grayson.

Qu'il tente de rétablir le contact m'émeut et me soulage. J'ignorais lequel des deux ferait le premier pas et, en voyant à quel point Sally s'est montrée obstinée ces derniers jours, j'avais peur que la situation reste éternellement figée dans cet agrégat de mauvaises ondes.

J'envoie une moue engageante à l'adresse de Grayson, en guise de soutien moral. Ensuite, je regarde Sally avec insistance… et je l'agace tellement qu'elle se met à soupirer.

— Il y a une tonne de préparations à faire, dis-je.

— La cuisine, ça tache. Il est déjà habillé.

— J'ai des chemises de rechange.

Elle se replonge dans la confection des toasts au pâté de renne, la bouche furieusement pincée. Je crains alors que cette tentative de réconciliation prenne fin, mais Grayson est plus déterminé que jamais : sans lui demander son avis, il s'empare d'un couteau, le plonge dans le pot, et tartine consciencieusement une tranche de pain de mie. Sav et moi cessons de les dévisager afin de leur laisser un peu d'espace, mais nos oreilles restent aux aguets.

— Tu n'en mets pas assez, Grayson.

— Au vu de l'odeur que ce truc dégage, je préfère assurer nos arrières. On a qu'une seule toilette pour six.

— C'est délicieux, tu n'y connais rien.

— Je suis certain que non, mais ma position de

végétarien m'empêche de te contredire puisque je n'y ai jamais goûté. Et, accessoirement, on est en froid.

— Heureuse que tu t'en souviennes.

— Alors, on est vraiment en froid ?

— C'est l'expression que l'on donne quand deux personnes ne peuvent plus se saquer. Donc oui.

— Tu me détestes tant que ça ?

— Oui.

— Même si je m'excuse d'être un énorme enfoiré ?

— Ça ne changera rien.

— Et si je te disais que je m'en veux, que je n'arrive plus à faire semblant de t'ignorer et que tu me manques ?

— Je te répondrais que c'est trop facile.

Un bruit de ferraille retentit soudain. En pivotant, je vois qu'il a reposé le couteau sur la planche ; dans un geste à la fois vif et décidé, il lui attrape la main.

— Eh !

— Viens avec moi.

— Lâche-moi, Grayson ! dit-elle en tentant de se dégager.

Il n'obéit pas, la traînant contre son gré vers la porte d'entrée. Il semblerait qu'il soit passé au plan B.

— Qu'est-ce que tu fiches ? !

Sav et moi délaissons nos occupations respectives, captivées par la tournure de la scène.

— Ils vont se taper dessus, tu crois ? me demande-t-elle à voix basse.

— Sally cognera la première.

— Je parie sur un poing dans le ventre.

— Trop violent. J'opte pour une claque sur la joue.

— Simple et efficace, approuve-t-elle.

— Grayson, merde !

Il l'emmène dehors avec une inflexibilité spectaculaire. Aucun des deux n'est vêtu en circonstance, si bien qu'ils mettront moins de cinq minutes à tomber malade. Je me rappelle aussi que la colère incendie les nerfs et sert de centrale thermique au corps : en se basant sur ce principe-là, Sally ne risque pas d'attraper une pneumonie…

— On devrait peut-être intervenir, dis-je, préoccupée.

— Au dernier moment.

— Et s'ils se battent vraiment ?

— La guerre entre Blade et toi nous a habitués à ce type de situation. Par expérience, je t'assure qu'il vaut mieux laisser la rage sortir. Agir maintenant ne ferait qu'envenimer les choses.

Son argument tient la route : crier sur Blade me défoulait. Quand bien même, j'espère qu'ils n'iront pas aussi loin que nous.

Nous nous précipitons près de la porte d'entrée encore entrouverte, depuis laquelle ils viennent de s'échapper. Grayson lâche Sally sous le porche. Il descend ensuite les marches pour s'enfoncer dans la poudreuse. Son pantalon de costume se détrempe à la vitesse de l'éclair.

— C'est quoi ton problème ? hurle-t-elle, furieuse.

Il s'arrête à une dizaine de mètres et enfonce un regard assuré dans le sien. Je ne le reconnais pas. Grayson est un homme drôle, léger. Il ne s'encombre pas d'un tel sérieux, d'ordinaire.

— Je suis désolé, Sally.

Elle serre les poings, toujours aussi mécontente.

— Pitié… Tu vas réellement faire ça ici ? Devant tout le monde ? C'est ridicule !

— Je suis désolé, répète-t-il.

— J'ai compris ! Mais sois-le à l'intérieur !

— Je suis désolé de m'être comporté comme une merde avec toi. Je suis désolé d'avoir dit que tu étais jalouse de Marja. Je suis désolé de ne pas m'être excusé sur-le-champ.

Les épaules de Sally se crispent un peu plus, mais ses doigts se desserrent. Je ne sais pas comment interpréter ce langage corporel, c'est une contradiction à lui tout seul. En revanche, je perçois la sincérité dans la voix de Grayson. Son émotion se ressent. Qu'ils en viennent aux mains me paraît soudain impossible.

— Tu es ma meilleure pote, Sally. On est tellement proches que, parfois, j'oublie de prendre soin de toi. De temps en temps, je ne me souviens pas que tout n'est pas acquis, que tu peux péter un plomb ou t'en aller sur un coup de tête.

Savannah se colle à moi. Je sens qu'elle retient sa respiration.

— C'en est une ? me chuchote-t-elle.

— Ça y ressemble, dis-je, moi aussi bouleversée par cette déclaration.

La voiture de location fait irruption dans le paysage. Les pneus tassent la neige dans un crissement doux, mais aucune de nous ne détourne les yeux de Grayson. Nous sommes toutes les trois pendues à ses lèvres, même si lui n'est rivé que sur Sally.

— Je n'ai jamais cherché à te faire du mal. C'est même l'inverse.

James tire le frein à main. Il s'extirpe de la voiture sans réaliser l'importance du moment, d'où le fait qu'il laisse la portière claquer dans un bruit affreux. Le deuxième son diablement assourdissant, provoqué par la portière du côté passager, indique que Blade est de la partie.

Sav et moi mettons tout en œuvre pour les implorer de ne plus bouger : gros yeux, grimaces, signes de la main… je suis prête à faire des yakitoris de leurs corps s'ils menacent de détruire les prochaines minutes, qui seront décisives.

Blade est le premier à comprendre. Il retient James par le coude, près du coffre. Ils froncent alors les sourcils à l'unisson, derrière un Grayson au summum de la vulnérabilité.

— Je suis un imbécile, Sally. Tu le sais. Tu as vu de quoi j'étais capable et jusqu'où je peux aller dans la bêtise. J'ai commis un million d'erreurs, et je t'en ai toujours parlé. On a toujours tout partagé, parce que je ne sais pas faire sans toi. Je ne peux pas passer une journée sans tes critiques, tes conseils, et tes remarques débiles sur mes piercings.

Il rentre les mains dans les poches de son pantalon, sûrement par gêne. Je voudrais lui insuffler encore plus de courage qu'il n'en a déjà afin qu'il poursuive, mais ce serait inutile parce qu'il ne nous voit plus. Il n'y a qu'elle.

James et Blade restent en retrait, eux aussi conscients que des années de non-dits sont enfin prêtes à être révélées au grand jour.

— Je suis désolé de m'être persuadé que ça fonctionnerait de cette façon. Je suis désolé d'avoir cru que nos rapprochements ne devaient pas se reproduire. Je suis désolé de t'avoir ouvertement menti… parce que tu ne le mérites pas.

Il étire la nuque vers le ciel, comme pour trouver la force nécessaire pour continuer.

— Je tiens à toi comme à personne d'autre. Ce que je ressens à ton égard, c'est différent… ça me touche vraiment.

— Tu es obligé de faire ça dehors ?

Il acquiesce sans le moindre doute.

— Je n'arrête pas de cacher la vérité. À tout le monde. À toi. Même à moi. Je ne voulais pas m'avouer que tu étais plus que ça. Je crois que je suis tombé amoureux de toi dans cette boîte de nuit dégueulasse… au bout de dix secondes.

Le silence se fait lourd. Tous les regards se tournent désormais vers Sally, qui ne remue pas d'un centimètre. Je suis choquée des émotions qui traversent mon cœur pendant cet arrêt sur image.

Je veux leur bonheur. Un foutu happy end.

Inconsciemment, je jette un œil derrière la scène, en direction de Blade. Il est focalisé sur Sally. Sally qui finit par faire un pas. Puis un autre. Elle réduit la distance tandis que Grayson sort les mains de ses poches.

Le temps se suspend à nouveau quand elle parvient à son niveau.

— Est-ce une déclaration, Gray ?

— Oui. Et je n'en retire aucun mot.

Je décompte quatre secondes et deux sourires avant que leurs bouches n'entrent en contact. Mes commissures s'étirent alors et la joie se lit sur tous les visages.

J'emmagasine chaque expression, chaque démonstration de bonheur et chaque image que mes yeux me permettent d'observer. Je me nourris de cet instant à la fois si simple et pourtant si mémorable.

Pour la première fois de ma courte vie, un beau souvenir vient se greffer à Noël.

Chapitre 24

Blade

— Avoue que c'est toi.

— Tu m'as déjà vu écouter du Ace of Base ?

— Ça ne me surprendrait pas…

— C'est une atteinte à mon intégrité musicale, Sally.

Je passe devant Grayson et Sally, en pleine querelle, avec un large sourire aux lèvres. Les promesses de douceur et d'amour n'auront duré que le temps de la déclaration, ils sont déjà en train de se crêper le chignon à propos de la playlist. Le seul détail me faisant dire que leur relation a pris un nouveau tournant, ce sont les mains baladeuses.

Dispute, OK. Mais dispute avec supplément.

À l'extérieur, James est affairé à la confection d'un feu de camp. On a ramené des bûches de notre escapade en ville et on s'est mis au boulot après s'être assurés auprès de Marja que les feux sauvages étaient autorisés.

Techniquement, ils ne le sont pas. Il faut remplir de la paperasse et envoyer la demande des jours à l'avance, le tout sans être certain d'obtenir une réponse positive. J'ai négocié sévèrement avec Marja, et, parce qu'elle regrette toujours l'histoire du trek, j'ai pu avoir gain de cause.

Je jette du combustible sur le tas de bois avant d'allumer une cigarette.

— Il faudra sortir les lampes frontales, on ne verra plus rien dans moins d'une heure, lance James.

— Je les ai préparées, elles sont dans le salon.

— Pour la musique…

Je tapote ma poche du plat de la main.

— J'ai une appli sur mon portable.

Il croise les bras sur son torse, un peu dubitatif.

— Je ne t'avais encore jamais vu mettre la main à la patte pour célébrer Noël.

— Si Gray est capable de porter ses couilles, je peux bien faire un effort, moi aussi.

Je cale ma cigarette au coin de la bouche pour l'aider à embraser le foyer, et poursuivre mes actions philanthropiques. Par rapport à Charlie, j'ai moins de soucis relatifs à cette journée, mais certains souvenirs ne sont quand même pas des plus agréables. J'essaie de ne pas y penser afin de gérer au mieux l'organisation du repas.

— C'est bien, ce que tu fais.

— Comment ça ?

— C'est bien, c'est tout. D'ailleurs, tu devrais pousser cet élan de gentillesse un peu plus loin.

Des flammes prennent rapidement naissance. Rien à voir avec les difficultés expérimentées au kota. Ici, le brasier s'étend en quelques secondes. Je me redresse en jetant à James un regard interrogateur.

— C'est-à-dire ?

— Tu es passé sur notre page Instagram ? s'enquiert-il.

— Pas depuis un moment. Il y a un problème ?

Il se gratte la barbe, manifestement tracassé.

— Blitch92200 y laisse pas mal de commentaires, m'apprend-il. Sally en a supprimé quelques-uns mais je pense que tu devrais prendre connaissance de ceux qui ont été postés aujourd'hui.

Bien qu'elle écrive ponctuellement quelques remarques sous les photos où j'apparais, je ne connais pas cette utilisatrice. Je préfère éviter tout contact après avoir eu un aperçu des images qu'elle a envoyées par message privé, par le passé ; les nudes ne sont pas dérangeants en soi, mais mieux vaut qu'ils soient désirés par les deux parties. Cette femme attend de moi des choses que je n'ai pas l'intention de lui donner.

Perturbé par le sérieux de James, je me connecte sur le compte. Le chaos des notifications me fatigue immédiatement, je ne suis pas adepte de la vie virtuelle.

— Va voir les photos avec Charlie, m'indique-t-il.

Je fais défiler la page, me rendant compte dans le même temps que Sally n'y est pas allée de main morte : notre voyage est partagé en long, en large et en travers.

Nos souvenirs sont placardés, depuis l'aéroport de Helsinki, où je suis pris en flagrant délit d'achat de boisson caféinée jusqu'au chalet, près du sapin illuminé, où Grayson éclate de rire pour une raison obscure. Blitch92200 se manifeste à chaque fois avec des émojis en rapport avec la situation. Rien de méchant.

La photo où j'étouffe Charlie, prise aux abords du bâtiment bétonné de O'Hare, avant d'embarquer dans l'avion à destination de New York, est la première qui m'interpelle vraiment. Un sourire involontaire s'étend sur mes lèvres en redécouvrant sa grimace abominable. Fameux moment. Blitch92200 n'a pas manqué de commenter en s'interrogeant sur la nature de ma relation avec cette femme. Ici encore, la politesse est de rigueur, même si j'apprécie moyennement qu'on cherche à épier ma vie de cette façon.

Sous une des photos de la randonnée, où Charlie et Anssi se tiennent côte à côte, je lis : « encore un homme... ». Le ton se veut plus piquant. Sous celle où Savannah et elle échangent une accolade que Sally qualifie de « fraternelle » dans la légende, je découvre : « À moins que les foyers soient capables de modifier la génétique, elles ne sont pas sœurs. »

— Attends...

— La photo avec Savannah ? suppose-t-il, ce à quoi j'acquiesce.

— Comment peut-elle savoir pour le foyer ? Ce n'est pas une info qu'on découvre en cliquant sur un site quelconque.

Il hausse les épaules, aussi démuni que moi.

— Internet est une mine d'informations à ciel ouvert, il se peut qu'elle ait passé quelques heures à éplucher la documentation du HHS[1].

— Dans quel but ?

— Y en a-t-il seulement un ? Cette femme tente d'attirer ton attention depuis des mois, me rappelle-t-il.

1. United States Department of Health and Human Services : département de la Santé et des services sociaux des États-Unis.

Le fait que tu aies l'air de porter de l'intérêt à Charlie ne doit pas lui plaire. Elle la considère comme une rivale.

— De là à mener une enquête sur son passé ? fais-je, peu convaincu.

— Elle estime probablement que c'est un point sensible, et donc une attaque capable de l'atteindre. Les réseaux sociaux accentuent les défauts et le sentiment d'insécurité des gens. Ils s'autorisent des choses grâce à la protection de l'écran qu'ils n'oseraient jamais faire dans la réalité. La situation n'est pas dramatique, mais je pense que cette femme a besoin de comprendre qu'elle n'agit pas de façon appropriée.

Je le fixe, imperméable à ses explications.

— Elle va trop loin, dis-je, contrarié.

— Oui. Et il me semble qu'elle ne s'arrêtera pas tant que tu ne seras pas intervenu. C'est à toi d'engager la conversation, Blade.

James n'a pas les tenants et les aboutissants de l'histoire : s'il connaît l'existence du foyer, il ne sait rien de l'échec d'adoption de Charlie – si c'était le cas il se montrerait bien moins magnanime.

— Il paraît que vous voulez cuisiner du poisson au feu de bois ?

Dans un timing parfaitement imparfait, Charlie débarque, emmitouflée dans son épaisse écharpe en laine. Je reconnais le sachet plastifié des saumons qu'on a achetés tout à l'heure, et qui se balancent depuis chacune de ses mains.

— C'est assez étrange pour un repas de Noël, non ? Je veux dire, la tradition exige de la dinde et un four.

James récupère ses esprits plus vite que moi. Je suis encore perturbé par un sentiment d'injustice ; de quel droit Blitch se permet-elle d'utiliser ce moyen contre Charlie ? Ce n'est certainement pas en s'amusant d'une situation aussi délicate qu'elle parviendra à ses fins.

— Blade souhaitait casser le côté strict du réveillon et l'idée me semblait bonne : tant qu'à faire, autant fêter Noël en pleine nature. Le lieu s'y prête bien de surcroît.

Je suis effectivement à l'origine de ce changement de dernière minute : j'ai suggéré une soirée autour d'un feu de camp, avec de la nourriture simple et quelques bières à boire au goulot. L'aspect guindé des fêtes ne nous ressemble pas. James m'a suivi sans protester.

— Par contre, tu t'y prends avec un peu d'avance. L'apéritif n'a pas encore démarré, lui dit-il.

— Les petites mains à l'intérieur ont encombré le frigo de petits-fours, on manque de place. Je me suis dit qu'on pourrait laisser le poisson dans la neige en attendant.

— C'est judicieux, souligne-t-il avec un petit sourire.

— On m'appelait Mac Gyver dans une autre vie, répond-elle avec un clin d'œil.

Insouciante, à mille lieues des attaques dont elle fait l'objet sur Instagram, elle s'agenouille et enfouit les sachets sous un monticule de neige. Je me surprends à l'observer d'un regard protecteur.

Je l'ai détestée. Moquée. J'ai voulu sa mort un nombre incalculable de fois. Et je réalise que c'était contre-productif, parce qu'à la seconde où on essaie de lui faire du mal, je ne peux pas m'empêcher de vouloir prendre sa défense.

Quand elle se relève, après avoir épousseté son jean, une rencontre s'opère entre nos regards. Elle comprend vite que je ne suis pas dans mon état normal.

— Tout va bien ?

J'acquiesce, même si je ne suis pas tout à fait certain que ce soit le cas. Une pression me serre la poitrine tandis que j'intensifie notre connexion.

La reléguer au rang d'ennemie m'a mis des œillères si larges devant les yeux que j'ai fini par croire qu'elle n'avait que des défauts. Mon jugement a été faussé par la haine que je lui vouais.

Le constat est simple : je ne suis pas insensible à elle.

— Ne bouge pas.

Elle plisse le front, perplexe, mais reste en place. J'en profite pour transmettre mon téléphone à James et me poster à ses côtés.

— Photo pour le Misc, dis-je pour me justifier.

— Quoi ? Maintenant ?

James prépare déjà le portable, complice d'un plan que je n'ai pas eu besoin de lui préciser en amont. Cet homme doit porter en lui l'âme d'un voyant, ou celui d'un devin. Sa capacité à cerner nos caractères et nos désirs me fascinera toujours.

— Il n'y a pas d'images de vous depuis que vous êtes revenus du kota. Les abonnés se demandent ce qu'il advient de votre sort, précise-t-il.

Mensonge. Les abonnés se fichent comme de l'an quarante qu'on ait failli congeler.

— Vous leur avez fait état de la situation ? fait-elle, étonnée.

— Ils se sont rendu compte eux-mêmes de votre disparition.

— Vraiment ?

— Blade est une égérie sur Instagram, dit-il, un poil sarcastique. Quand il se fait discret un peu trop longtemps, c'est le branle-bas de combat.

— Ne nourris pas son ego, James.

— Il dit la vérité, souris-je. J'ai une communauté active. Dans quelque temps, tu trouveras des comptes « Blade addict » ou « show me your abs, baby Williams », avec le résumé quotidien de mes faits et gestes.

— Comptes parodiques, j'imagine.

— Mon physique n'a rien d'humoristique. Je suis une œuvre d'art, Charlie.

Elle contient un rire féroce.

— Tu comptes m'annoncer que les statues grecques ont été moulées à partir de ton corps, aussi ? raille-t-elle.

— Juste les meilleurs morceaux.

— Je comprends mieux pourquoi elles ont toutes de petits pénis.

James pouffe, cet imbécile. Quant à Charlie, elle glisse sa main dans mon dos avec l'œil qui pétille.

— Faisons cette photo, l'Adonis raté.

J'encadre ses épaules de mon bras et fixe l'objectif sans forcer mon air heureux. Exagérer mes émotions n'est plus nécessaire avec elle, elles sont désormais naturelles.

L'odeur de son parfum me parvient le temps du flash, et je m'apaise… avant de me souvenir qu'elle ne porte pas ces effluves, en temps normal. D'habitude, Charlie sent Charlie. Un mélange de shampoing de supermarché ultrasaturé en fruits sucrés, et de lessive censée reproduire le vent d'été. Ou quelque chose comme ça. En tout cas, elle ne dégage généralement pas une odeur aussi puissante.

— Tu as mis du parfum ?

— Tu as remarqué ? L'emballage vantait les mérites d'arômes suaves et sexy. Je pense que j'ai été dupée par le marketing.

Elle se détache de moi avec une moue étonnamment contrite.

— On dirait que je me suis aspergée de désodorisant pour les toilettes publiques.

Elle rougit. Cette teinte est celle qu'elle arborait régulièrement lors de nos disputes, mais jamais ses joues n'ont chauffé à ce point dans un moment aussi paisible.

— Tu veux la vérité ?

— Je pue ?

— Non, dis-je avec un sourire. Ça te va bien.

— Ça ne me dit pas si je libère quand même des vagues odorantes de cuvettes mal lavées…

— Tu sens bon, Charlie. Que tu aies du parfum ou non, tu sens toujours bon.

Un flash apparaît dans ma vision périphérique ; James baisse le téléphone un instant plus tard sans même se donner la peine d'avoir l'air coupable.

— Désolé, mon doigt a ripé.

Charlie nous regarde tour à tour, les joues toujours aussi colorées, avant de désigner l'intérieur du chalet du menton.

— Je vais aider les autres. Si vous avez besoin de moi, n'hésitez pas.

Elle s'enfuit au pas de course. Je tente de détourner les yeux de sa silhouette qui disparaît bientôt par la porte du chalet, mais la tentation est telle que j'échoue lamentablement. Et j'y prends du plaisir.

La neige craque sous les pas de James, qui s'arrête alors à mon niveau.

— Regarde les photos, et ose me dire que tu n'éprouves rien pour elle.

Je récupère mon téléphone sans un mot, et il retourne à la surveillance du feu, avant que la vérité ne me frappe en pleine tête.

Les photographies capturent l'éphémère. Elles permettent de détailler à l'infini une brève seconde de vie. Si James n'avait pas appuyé sur le bouton, je n'aurais pas eu la preuve factuelle de ce que Charlie provoque chez moi.

Il a raison. Je ne la regarde pas comme une ennemie et encore moins comme une amie.

Je sélectionne le dernier cliché pris par James, puis me rends sur le compte du Misc et fais ce que j'ai à faire. Que ce soit Blitch92200 ou une autre, plus personne ne s'attaquera à elle. J'en fais une affaire personnelle.

Chapitre 25

Charlie

La féerie embaume l'atmosphère. Je ne saurais dire si cette impression est due au paysage enchanteur qui nous entoure ou à l'enthousiasme qui règne, toujours est-il que je me sens légère.

Installée près du feu dont les bûches émettent des craquements réconfortants, j'écoute les conversations d'une oreille distraite. Le vent siffle dans les pins qui encerclent l'hôtel, et nous avons la chance de ne pas subir le revers d'une nouvelle tempête de neige. Les assiettes, qui débordent d'amuse-gueules préparés dans la matinée, passent de main en main, tandis que le couple Grayson-Sally alimente toutes les conversations. Moqueries et rires ne cessent d'éclater.

Je les trouve adorables, tous autant qu'ils sont. Mais en dépit de mon amitié sincère à leur égard, je ne suis pas concentrée sur les anecdotes partagées, et c'est en grande partie à cause de mon voisin.

Blade est assis sur un vieux rondin, genoux écartés et sourire adorable fiché sur le visage.

Il m'obsède.

Je ne parviens plus à m'intéresser à autre chose que sa personne. C'est un peu comme les femmes enceintes qui se mettent soudain à croiser d'autres femmes enceintes à chaque coin de rue, alors qu'aucune ne se trouvait sur leur chemin avant la découverte de leur grossesse. Elles voient des signes partout, des enfants par centaines, des messages codés sur les enseignes des magasins… Je subis le même phénomène.

Tout me ramène à lui.

Le jus d'orange dans le frigo me rappelle le petit déjeuner que je lui ai préparé. Le feu qui crépite me ramène au kota. La bière ? Celle que je lui ai jetée dans la figure avec virulence. Je suis intimement convaincue qu'un virus de source inconnue m'a contaminée, et qu'il entraîne une perte partielle de la raison.

Le plus frustrant est que je semble être la seule à pâtir de cette maladie.

Entre deux sourires qui m'attirent irrémédiablement, Blade est rivé sur son téléphone. À l'évidence, il ne partage pas mes questionnements ; pendant que je cherche à comprendre les causes expliquant le déraillement de mes neurones, lui voyage entre sa messagerie et Instagram – oui, j'ai fureté par-dessus son épaule, mais c'était très furtif et très involontaire.

Je suis irraisonnée. Et, si ça continue, j'ai peur de devenir déraisonnable.

Je poursuis la dégustation de l'apéritif en repensant aux hommes avec lesquels j'ai eu une aventure par le passé. Si je décèle des similitudes entre eux et lui, j'ose espérer que cela me refroidira. Il le faut. Ce que je ressens n'a pas lieu d'être. Cela doit disparaître.

Ma vie amoureuse défile alors dans mon esprit, et le film n'est pas glorieux. J'ai souvent eu le béguin pour des hommes bien sous tous rapports. Des gens qui tiennent une ligne de conduite et n'abandonnent pas les autres en cours de route.

Ben, Tyler et Josh auraient pu plaire à n'importe quels parents – même si Ben portait des chaussettes avec ses tongs, un choc visuel d'autant plus violent que je n'ai jamais compris comment il se débrouillait pour marcher avec. Ils étaient sympathiques. Légèrement prévisibles, mais j'y suis allée en connaissance de cause, me plaindre est donc impossible. Ce qui a mis fin à ces trois relations, c'est la routine.

L'ennui et la monotonie étaient de mise. Certes, les disputes étaient épisodiques, mais j'avais la conviction intime qu'il nous manquait quelque chose. Un grain de folie, peut-être. Une étincelle. Sur ce point-ci, Blade est à leurs antipodes.

— Que penses-tu des chaussettes avec les tongs ?

Il cesse de rédiger son SMS pour me dédier un regard en coin.

— À quoi ça sert de mettre des tongs si c'est pour recouvrir tes pieds avec des chaussettes ? Ça n'a pas de sens.

Bonne réponse. *Merde.*

Je réfléchis alors aux habitudes de Tyler et de Josh, mais mon cerveau n'a pas conservé assez de détails pour que les souvenirs aient de la consistance. Je revois des dîners paisibles, quelques épisodes dans les rues de Chicago, ou encore des discussions à rallonge sur la nécessité ou non d'avoir une télévision dans la chambre. Le reste est assez flou, plutôt plat. Pourtant, je suis respectivement restée quatre et cinq mois et demi avec eux. Ils m'ont si peu marquée que j'en suis moi-même surprise.

À l'inverse, les moments passés avec Blade sont mémorables, en bon comme en moins bon. Des années entières ne suffiraient pas à les effacer, ils ont chacun comporté des émotions vives. Et ça, ça ne se supprime pas.

Re-Merde.

D'un autre côté, j'ai de nombreuses choses à dire sur Grayson ou James, et il est clair que je n'éprouve pas le moindre sentiment autre qu'amical à leur égard. De fait, cet argument peut tout à fait être invalidé.

— Pourquoi cette question ?

Blade scrute mon visage avec attention.

— Je te cherche des défauts, dis-je avec franchise.

— Tu n'en avais pas déjà assez en ta possession ?

— Si, mais je m'attaque désormais à la partie immergée de l'iceberg.

La lueur d'amusement qui fait pétiller ses yeux m'atteint de plein fouet.

Merde merde merde !

Mes critiques ne devraient pas le divertir. C'est une preuve d'autodérision et l'autodérision est une qualité. Or, je ne veux pas qu'il en ait. Ni d'autodérision. Ni de qualités.

Bon sang ! Ne pourrait-il pas redevenir l'être imbuvable qu'il était aux États-Unis ? Tout serait tellement plus simple ! Où est mon ennemi ? Pourquoi notre entente me paraît si naturelle, brusquement ?

L'écran de son portable, qui signale l'arrivée d'un nouveau message, détourne son regard du mien. Je note son changement d'expression, et la précipitation avec laquelle il répond à « Madison », le prénom de l'émetteur que je distingue non sans mal depuis ma position.

Charlie, ressaisis-toi ! Arrête de l'espionner !

Laisser traîner un œil sur son portable me fait me haïr, mais je ne parviens pas à m'y soustraire. La curiosité mal placée est en passe de devenir mon défaut principal. Je remarque alors qu'ils ont échangé de nombreux messages, et cette idée me comprime bizarrement l'estomac.

L'effet est semblable à celui que provoque la jalousie, sauf que je ne suis évidemment pas jalouse… pas pour si peu. Pas pour lui, si ?

Qui dit jalousie, dit attachement.

Qui dit attachement, dit… putain, non !

Je bois plusieurs gorgées de bière d'affilée, en priant pour que le liquide pétillant désagrège cette boule désagréable, coincée sous mon diaphragme.

Madison. Je ne connais qu'une seule Madison, et c'est une danse créée à la fin des années 1950, mettant en scène des corps élancés remuant à un rythme enjoué.

Toutes les Madison sont-elles des ballerines au physique avantageux ? Ont-elles un capital séduction qui dépasse celui du commun des mortels ? Pourquoi cela m'importe-t-il autant ?

— Un toast ?

James, à ma gauche, me tend une assiette à moitié

vide. Je me sers en espérant désormais que la nourriture fasse le travail que la bière ne parvient pas à mener à bien, à savoir l'élimination de cette foutue boule.

Malheureusement, mes efforts s'avèrent vains. Mon ventre se tord comme s'il avait été meurtri. *Tu es ridicule, ma pauvre fille !*

— Je reviens, annonce soudain Blade.

Tout en portant le téléphone à son oreille, il disparaît vers la forêt de pins avec de grandes enjambées. Comme la luminosité diminue fortement, il se pare de sa lampe frontale, si bien que je le vois bientôt effectuer des allers et des retours entre les troncs dressés vers le ciel obscur.

— James ?

— Non, Charlie. Si tu veux savoir quelque chose, c'est à lui qu'il faut le demander.

Il enfourne un toast avant de rendre le plat à Savannah, puis se munit à son tour d'une lampe. Je n'insiste pas, de peur de paraître attachée à un homme pour lequel je désire ne rien ressentir.

Bientôt, chaque front est doté de sa propre lumière. Le groupe s'apparente à une colonie de cyclopes réunie autour d'un feu mystique. Blade réapparaît quelques minutes plus tard et je donne tout ce qui est en mon pouvoir pour occulter la sensation déplaisante qui persiste dans mon ventre.

Il accorde son temps à qui bon lui semble. Il n'est personne pour moi et je ne suis personne pour lui. C'est aussi simple que ça.

— C'est le moment d'ouvrir les cadeaux, non ?

Sally empoigne déjà un paquet, qu'elle présente à

Grayson avec une moue joyeuse. Il enfonce alors sa bière entamée dans la poudreuse pour s'en emparer à pleines mains ; à peine le papier est-il déchiré qu'une moue indécise le gagne.

— C'était un message subliminal, au cas où je ne te déclarais pas ma flamme ?

Le moule en silicone rose remue mollement entre ses doigts. J'aimerais ne pas avoir l'esprit tordu, mais même une cerise qui aurait poussé sans OGM et sous le soleil d'un pays prônant une culture biologique n'aurait pas une forme aussi confondante. Je suis désolée, mais cette chose n'est ni plus ni moins qu'un énorme chibre.

— Ne prends pas cet air, Gray. L'an dernier, j'ai eu droit à une raquette de ping-pong de ta part. Tu me connais assez pour savoir que je ne joue pas au ping-pong.

— Faux.

Il pose le moule sur ses genoux avec un sourire franc.

— La première fois qu'on s'est rencontrés, tu m'as dit que tu adorais ce sport.

— Impossible, non.

— Tu étais ivre, tu ne t'en rappelles pas. Mais je t'assure que tu me l'as dit. Je t'ai répondu que c'était une lubie curieuse, et tu as rétorqué que tu avais une passion pour les sports de boules.

Elle cligne des paupières, abasourdie.

— Non. Non, je ne suis pas à ce point rentre-dedans.

— Pourquoi crois-tu qu'on a couché ensemble aussi vite ?

Savannah fait diversion en déballant le présent que James pose sur ses cuisses. Elle permet ainsi de dévier l'attention vers des places de concert de son groupe favori, un cadeau plus ordinaire mais qui la touche sincèrement.

— Mais je croyais que toutes les places avaient été vendues en quelques heures ! s'exclame-t-elle, en observant les billets sous toutes les coutures. Comment as-tu fait ?

— J'ai passé une nuit entière à actualiser le site de ventes, le mois dernier. La touche F5 du clavier m'a été utile.

— Oh ! James…

La séance d'ouverture s'éternise, et je ne suis pas en reste. Gray et James ont dû se rencarder auprès de Savannah pour dénicher les miens, ils sont tombés trop près de mes goûts pour que le hasard ait été l'unique maître de leurs choix. Ce qui m'émeut tout particulièrement, c'est le fait que ces vêtements ont été achetés en Amérique, et non ici, au dernier moment. C'est bête, mais cette préméditation me prouve que je compte pour eux depuis plus longtemps que ce voyage.

Ce n'est pas le cas de Blade, néanmoins.

Le tas de présents s'amenuise jusqu'à ce qu'il ne reste plus rien. Je comprends alors qu'il n'a pas souhaité m'offrir de cadeau, à l'inverse des autres, qui ont reçu une attention de sa part.

Loin d'être matérialiste, je fonctionne encore moins selon le principe de réciprocité : je n'ai pas besoin qu'on me donne quelque chose pour répondre en retour. Ce qui m'attriste n'est pas l'absence de présent, mais la symbolique cachée derrière cet acte manqué : en refusant volontairement de m'offrir un cadeau, il affirme avoir moins d'estime pour moi que j'en ai pour lui.

Parce que j'ai son cadeau, moi. Je l'enserre fermement dans la poche de mon anorak depuis tout à l'heure. J'attendais le moment propice pour le fourrer dans ses mains.

Peut-être par manque de courage, et sûrement portée par une pointe de déception, je retire les doigts de ma poche. Avec ce que j'avais prévu et ce que je réalise à l'instant, il est tout bonnement inenvisageable de passer à l'acte.

— Le saumon est prêt !

J'essaye d'enterrer mes désillusions. Ce n'est que Blade ! Que m'arrive-t-il ? Je réagis avec la maturité d'une adolescente. Mon comportement serait excusable si j'avais de profonds sentiments pour lui, mais ce n'est pas le cas…

Ce n'est pas le cas.

Je n'ai pas eu de coup de foudre. Peut-être un coup de haine, à la limite. Mais cela n'explique pas que j'éprouve autant de difficultés à me remettre d'un cadeau inexistant. Ou que je porte du parfum, aujourd'hui. Ou bien, que ses compliments me restent en mémoire.

Agacée par ce surplus d'incompréhension, je prétexte un besoin urgent afin de m'enfuir. Quelques minutes à l'écart sont requises pour recouvrer une raison qui me fait cruellement défaut.

Chapitre 26

Charlie

— Je me demandais combien de temps tu tiendrais avant de nous faire faux bond.

Je redresse vivement la tête. Posté à l'entrée de ma chambre, Blade m'observe avec ironie.

— L'excuse des toilettes ? Tu n'avais pas mieux en stock ?

Depuis le lit sur lequel j'étais allongée, j'essaie de mimer l'indifférence. Autant dire que c'est peine perdue.

Cela doit bien faire dix minutes que je tourne le problème dans tous les sens et que j'aboutis toujours à la même conclusion : je crois que Blade me plaît.

Soixante secondes m'ont suffi pour réaliser qu'il accaparait mon énergie. Au bout de cent-vingt, j'ai estimé qu'on ne pouvait pas être obsédé par quelqu'un de la sorte sans finir chez un psychiatre. La minute suivante, j'ai imploré mon cœur pour qu'il retrouve ses fonctions habituelles, à savoir pomper du sang, et non battre pour un autre humain. À environ deux cent quarante secondes, j'ai senti les odeurs de poisson grillé à travers l'interstice d'une des fenêtres de l'igloo de verre, et je me suis imaginé ce que ça ferait de dîner avec Blade à la belle étoile. Lorsque les trois cent soixante secondes ont sonné, j'ai cessé de divaguer et me suis insultée pour le fait de fantasmer sur un projet aussi peu ambitieux. Manger avec Blade... quel triste programme à prévoir pour une vie. À quatre cent vingt secondes, je me suis demandé ce qu'on ressentait quand on tombait amoureux. Puis ce que je ressentais à l'égard de Blade. Ensuite, j'ai comparé les deux situations et j'en ai déduit qu'elles avaient de sacrés points communs.

Dix minutes. Six cents secondes. Et une conclusion qui m'affole.

— Je te manquais tant que ça pour que tu partes à ma recherche ? dis-je avec le peu de sarcasme qu'il me reste.

— Apparemment, c'est une habitude chez moi.

Il entre dans la pièce avec sa nonchalance habituelle. Mon cœur part dans une cavalcade, effrayé par la distance de sécurité qui s'amenuise.

Je suis venue ici pour me remettre les idées en place et je n'y suis pas encore parvenue. Il débarque trop tôt.

— Tu sais qu'en restant ici tu vas finir par inquiéter tout le monde ? Les gens à l'extérieur sont particulièrement chiants quand il s'agit de toi. Je crois qu'ils t'aiment bien.

— J'arrive, Blade.

Au pied du lit, il me présente sa main.

— Debout, ordonne-t-il.

— Laisse-moi deux minutes.

Je me rallonge avec l'espoir qu'il décampe au plus vite. Mes sentiments partent en cacahuètes, j'ai besoin de réfléchir dans un environnement calme, où la source de mes angoisses n'est pas présente. Sauf que Blade se contrefiche que j'erre en eaux troubles.

Après un silence bienvenu, je perçois un son bizarre. Comme des cloches qui tinteraient au sommet d'une église.

Je fronce les sourcils, le crâne toujours posé contre l'oreiller, quand d'autres instruments s'ajoutent à la mélodie. Il ne me faut pas longtemps pour distinguer le rythme insupportable d'un chant de Noël.

— Si c'est ce que je crois, sache qu'il te reste environ douze secondes avant de te prendre un poing dans la figure, annoncé-je entre mes dents serrées.

— Il n'y a que ça pour te faire te lever. Aux grands maux les grands remèdes.

Le son augmente. Je présume qu'il provient de son téléphone. Je trouve là une raison de le détester à nouveau, et peut-être un moyen d'annuler l'affection nouvelle que je lui porte, puis la voix de Dean Martin envahit ma chambre… et je reconnais Rudolph the Red-Nosed Reindeer. C'est la musique qu'il a chantée à tue-tête dans le kota. Elle m'évoque un souvenir positif, un des nombreux moments en sa compagnie et qui ont aidé à améliorer considérablement notre escapade de l'enfer. Comment haïr un type qui s'est plié en quatre pour essayer de me faire sourire ?

— Éteins ça, Blade !

Il sourit largement en faisant non de la tête. Ici aussi, je pourrais l'égorger, mais sa tête de crétin bienheureux m'amuse – malgré moi.

— Blade !

— Arrête de crier mon prénom, ils vont finir par s'imaginer des choses.

Je roule des yeux et rampe sur le matelas afin de récupérer son téléphone. Mon but ? Le jeter par l'une des fenêtres ouvertes.

— La torture est punie par la loi, le préviens-je.

Il se dresse de toute sa hauteur et lève le bras lorsque je parviens à lui. Le portable, à présent intouchable, crache des notes irritantes au-dessus de nos têtes.

— Fais taire cette chose !

Une seconde durant, il s'immobilise. Celle d'après, le téléphone effectue un vol plané à travers la chambre ; je le vois qui atterrit brutalement à côté de mon oreiller, et rebondir sur le rebord en bois du lit.

Si je pensais que la nouvelle technologie était trop sensible pour survivre à un tel choc, je me suis lourdement méprise : un chant diabolique suit le précédent, une espèce d'horreur auditive avec autant de cymbales.

— What Christmas Means to Me, de Stevie Wonder, m'apprend-il. J'ai créé une playlist spécialement conçue pour emmerder les noëlophobes.

Je fais demi-tour afin de m'emparer de l'objet, mais la main qui attrape la mienne m'en empêche. Dans l'élan, mon corps se retrouve plaqué contre le sien.

— Qu'est-ce que...

— Je t'ai chanté Noël. Je vais te faire danser Noël.

Libéré de toute inhibition, il m'entraîne dans une danse énergique. La folie qu'il avait dans le kota, lorsqu'il s'égosillait au travers de paroles de chansons, se retrouve ici aussi, dans ses pas anarchiques. C'est son côté Mister Hyde, un dédoublement de personnalité qui réveille la part délirante de son caractère.

Je devrais le détester, mais quand il se montre ainsi, je ne sais pas faire autrement que de rire.

— Blade, c'est n'importe quoi !

Il me fait faire des tours, me prend, m'éloigne et me rattrape. Des jurons jaillissent de ma bouche, entre des sourires et autres éclats de joie.

— Laisse-toi aller !

Je me débats sans vraiment souhaiter qu'il me lâche. En vérité, j'aime ce Blade-là. Et je crois savoir pourquoi il a quitté le groupe pour me rejoindre : il veut me créer de beaux souvenirs, lui aussi. Il pense à tort que je suis cloîtrée ici à cause de la symbolique de cette journée spéciale, il ne se doute pas que mon mal-être est dû aux sentiments troublants que j'éprouve à son égard.

— Suis-moi !

Nos pieds ne sont pas coordonnés. Nos bras n'écoutent pas les ordres de nos cerveaux. La playlist se poursuit avec Sleigh Ride, de The Ronettes et je me retrouve embarquée par son entrain, à gesticuler comme si je maîtrisais les figures acrobatiques du rock à ses heures de gloire. Cela vire fatalement à la catastrophe.

De danse, ce moment n'en a bientôt plus que le nom. Je m'accroche à ses épaules comme un koala à sa branche, tourbillonnant telle Cendrillon sous l'emprise de LSD.

Incroyable mais vrai, je n'écrase pas une seule fois ses orteils. À vrai dire, je n'en ai pas l'occasion : un mouvement plus maladroit que les autres me fait perdre l'équilibre. En tentant de me rattraper, Blade s'emmêle les pieds, et, inévitablement, nous chutons, son corps recouvrant le mien.

J'accuse le choc au niveau de ma colonne vertébrale dans une grimace.

— Pour le bien de tes congénères, bannis toute activité artistique de ta vie, Blade.

— Ton genou.

— Ne remets pas la faute sur mon genou une deuxième fois, tu as la souplesse d'un arbre et l'agilité de Sally quand elle a bu un verre de trop !

— Ton genou me broie vraiment les parties !

— Oh…

J'allonge la jambe comme je peux tandis qu'il bloque sa lèvre inférieure entre ses dents. La souffrance qui se peint dans ses yeux déclenche mon rire ; c'est une chose que je ne pourrai jamais connaître, la douleur des testicules meurtris. Autant je peux souhaiter la mort de celui qui tamponne malencontreusement ma poitrine, autant mon entrejambe est protégé de la plupart des coups involontaires.

— Je ne me ferai jamais à ton rire, j'ai l'impression d'entendre le rot d'un cochon malade et le bruit de l'ouvre-boîte en même temps, dit-il.

— J'ai un rire de princesse !

— Elle a été mangée par Shrek et recrachée par le mauvais tuyau, ta princesse.

Son poids étant supérieur au mien, j'ai un mal fou à le dégager, et il ne m'aide pas : ses coudes restent posés de chaque côté de mon visage, comme pour former une alcôve. Une fois la douleur dissipée, il lève un sourcil narquois, comme pour me mettre au défi d'aller plus loin.

La proximité de nos visages est dangereuse. Je ne ferai pas état de celle de nos bouches.

— Tu m'expliques pourquoi mon cadeau est toujours dans ta poche ?

— Comment sais-tu qu'il est dans ma poche ? dis-je.

— Tu as voulu me le donner tout à l'heure, avant de changer d'avis.

— Tu m'espionnes ?

Il sourit.

— Je ne suis pas le seul. Tu as les yeux baladeurs, notamment quand j'ai mon portable en main.

Je pensais avoir été discrète.

Les pulsations de mon cœur augmentent en puissance tandis qu'il laisse le silence se distiller entre nous. Si j'étais honnête envers moi-même, je dirais probablement qu'un « truc » se passe. Cela se traduit par la façon dont il me regarde, et le fait que je voudrais plus que « ça ».

— Tu me le donnes ? murmure-t-il.

— Où est le mien ?

Son visage est gagné par une moue taquine.

— Tu l'as déjà eu, Charlie.

— Je l'aurais remarqué.

— Seulement si tu es observatrice, mais ça n'a pas l'air d'être le cas.

Son pouce erre sur ma peau. Parce que je ne sais pas si cet effleurement est voulu ou non, je fais mine de ne pas le sentir. Pourtant, cette caresse sur ma tempe est le contact le plus érotique de ces dernières années.

— Noël et toi font deux. Mais Noël est aussi un moment important pour les autres. Le seul moyen que j'ai trouvé de concilier les deux était de transformer cette journée pour qu'elle corresponde à tes préférences.

Je fronce les sourcils.

— Pas de chapon farci. Pas de four. Une playlist sans rapport avec Mariah Carey...

Je réfléchis en même temps qu'il parle.

— Ice, Ice Baby et All That She Wants viennent de toi ? dis-je, interloquée.

— On peut dire ce qu'on veut, mais les chansons les plus horribles sont souvent celles qui font passer le meilleur moment. J'ai fourni la liste de chansons à Savannah, me confie-t-il.

Mon Dieu. Je passe outre le fait que Sav ait des comptes à me rendre. Ce qui m'importe actuellement, c'est le cadeau de Blade. Il est... parfait.

— Tu t'es confiée à moi dans le kota, Charlie. Je sais combien tu hais cette période et je veux que tu l'oublies. Ce putain de 24 décembre, je voudrais que tu l'effaces de ta mémoire.

— Blade...

— Tu ne méritais pas ça. Personne ne le mérite. Tu n'as sûrement pas envie d'en parler mais sache que je suis là. Essayer de modifier un peu les traditions, c'est ma contribution.

Il vient de dissiper tous les doutes que je pourrais encore avoir à son encontre. J'étais venue dans la chambre pour retrouver la raison, et il me donne soudain envie de la perdre complètement.

Je m'emmêle brusquement les pinceaux. Émotions et sentiments se mélangent. Mes lèvres me piquent. Mes nerfs s'embrasent. Je n'arrive même plus à savoir pourquoi j'ai un jour détesté cet homme.

— Merci, Blade.

— Je t'en prie.

— Non, vraiment : merci.

Je ne reconnais pas ma voix faiblarde et vacillante. Pour la première fois, je pense le considérer à sa juste valeur, à savoir comme quelqu'un de bien.

— On devrait y aller, chuchoté-je.

Son pouce forme à nouveau un dessin sur ma peau, et, cette fois, je sais qu'il est volontaire. Son souffle parcourt mes joues et ma frustration va croissante. Parce qu'il m'écoute et se recule de quelques centimètres. Parce que j'aurais préféré qu'il me désobéisse et fasse le premier pas.

— Tu as raison.

Me rassoir près des flammes ? Une idée grotesque. Blade est l'unique source de chaleur qui pourrait me satisfaire, à l'heure actuelle. Pourtant, je ne l'empêche pas de se relever…

Il me faut du poisson et de la bière. Des conversations légères et autres occupations afin d'éteindre la flamme qui s'est allumée dans ma poitrine.

Je ne cautionne pas ce désir irrationnel de l'embrasser.

Chapitre 27

Blade

La soirée s'éternise jusqu'au petit matin, et j'en suis le dernier survivant.

Incapable de dormir, je passe une heure à entrer et à sortir du chalet pour arranger le bazar que les autres ont laissé ; en plus de conserver la caution, ma mansuétude m'aide à ne pas réfléchir.

Mon crâne est sur le point d'imploser. J'ai trop de choses à gérer, trop d'incertitudes avec lesquelles composer. La première et la plus importante concerne Madison : Noël n'est pas aussi terrible à vivre quand je suis à Chicago puisqu'elle n'est pas loin et que la communication est possible sans le problème du décalage horaire. Ici, les deux ou trois SMS auxquels je dois me restreindre me frustrent. M'assurer qu'elle va bien, qu'elle passe de bons moments est vital pour moi. De fait, l'attente de ses réponses est une des raisons pour lesquelles je suis en pleine nuit blanche.

La deuxième chose qui me porte sur les nerfs se rapporte également à une femme, mais la cause est différente.

Charlie ne me rend pas anxieux, elle me donne plutôt envie de me claquer la tête contre un mur… histoire de remettre de l'ordre dans mes neurones.

Pendant la soirée, quand mes préoccupations n'allaient pas à Madison, elle envahissait mon esprit. De toutes les façons possibles et imaginables. Je pourrais relier cette obsession soudaine à un manque de sexe ou à un dérèglement de mon taux de testostérone, mais un détail met ces hypothèses à mal : mon attirance pour elle n'a pas seulement de rapport avec son physique.

Les femmes ont toujours retenu mon attention à partir d'un atout « visuel » ; on ne va pas se mentir, à part les sacro-saints coups de foudre, il y a peu de chance pour que deux personnes s'abordent sans ressentir un minimum d'attraction physique. C'est ce qu'il s'est passé avec Marja, d'ailleurs. Son visage a fait une apparition remarquée dans mon champ de vision.

Ensuite, seulement, je m'attarde sur le caractère, mais pour être tout à fait honnête, mes relations sont rarement parvenues à ce stade.

Avec Charlie, tout fonctionne à l'envers.

Ce qui se passe à l'intérieur de sa tête attise ma curiosité. C'est son histoire personnelle et sa façon horrible de rire qui parviennent à me retenir. Pas la couleur de ses yeux ou la forme de ses courbes. Son physique passe au second plan, et ça m'effraie. Parce que cela va à l'encontre de mes habitudes.

La cigarette qui se consume entre mes doigts ne m'apporte aucun éclaircissement quant à la situation.

Je goudronne mes poumons sous le porche, frigorifié, et pas le moins détendu.

Elle m'attire. Mais pas comme les autres. Que suis-je censé faire de cette révélation ?

— Tu n'arrives pas non plus à dormir ?

Je pivote la nuque, surpris par la voix curieuse qui émane de l'intérieur. Quand je découvre sa propriétaire, un sourire désabusé point sur mes lèvres ; ça fait une demi-heure qu'elle embourbe ma tête de réflexions, et voilà qu'elle apparaît avec un verre d'eau à la main. Saloperie d'ironie du sort.

— J'ai dû boire trop de bière, je mourais de soif, se justifie-t-elle en désignant son verre.

Je la fixe en me demandant quel sortilège vaudou elle a invoqué pour que ma colère à son égard se soit dissipée. Il n'y a plus rien de négatif en moi. Zéro.

Parce que je reste silencieux, elle finit par refermer doucement la porte. Elle doit me penser maussade ou agacé. Je savoure les bouffées de nicotine en rivant à nouveau mon regard sur le paysage encrassé de noir. La nuit est sombre. Muette. La seule source de lumière provient des crachas d'étoiles qui parsèment le ciel. N'importe qui trouverait le spectacle sublime, mais, parce que je suis profondément idiot, je ne peux m'empêcher de jeter un œil derrière mon épaule au lieu d'en profiter.

La porte close m'indispose. La distance entre nous aussi.

Une fois le mégot écrasé dans le bol prévu à cet effet, je retrouve le séjour.

Tu dérailles, mec, tu dérailles…

Affairée dans la cuisine, elle ne me remarque pas tout de suite. Le halo qui émane du frigidaire est recouvert par sa silhouette ; on dirait qu'elle pique des restes dans le frigo.

— Sally serait vexée de voir que tu n'as pas assez mangé.

Elle sursaute, surprise. Il lui faut quelques secondes pour me trouver dans la pénombre.

— Fringales nocturnes. Et toi, quelle est ton excuse pour être encore debout ?

— Je cogite.

— Cela impliquerait l'existence d'un cerveau, Blade. Donne-moi une excuse plausible.

Sa fourchette racle les bords de l'assiette pendant qu'elle me nargue de sa moue joueuse. Elle est loin, la femme qui rougissait de mon corps pressé sur le sien. À croire que plus les mètres nous séparent, plus son caractère s'affirme. Je réponds alors avec franchise :

— Je pense à toi.

Sa bouche cesse de mâcher, comme figée par le choc de mon aveu. Je ne suis cependant pas étonné qu'elle se reprenne dans la foulée.

— Tu me laisses entrer dans ton esprit ? Je pourrais y faire un massacre, c'est risqué : coup de pied dans le lobe temporal, petit uppercut dans le cervelet et ça ne me déplairait pas de planter un doigt dans ton lobe frontal. Il paraît que c'est l'aire qui contrôle la parole, entre autres… que tu te taises une bonne fois pour toutes me ferait des vacances.

J'avance calmement dans sa direction, amusé malgré

moi par sa répartie. Elle dévore à nouveau ce qu'elle a dans son assiette sans me lâcher des yeux. La flamme d'assurance qui y crépite s'amenuise à mesure que je me rapproche.

— J'aurais préféré dormir plutôt que de me poser des questions à ton sujet.

— Quelles questions ?

Je sais que je vais commettre une erreur. Tout m'indique de quitter cet endroit et d'aller me coucher, ce n'est pas à cette heure-ci que des décisions doivent être prises. Surtout pas. Mais elle est là, à portée de main, et il faut que je sois fixé.

— Quel est le lobe qui perçoit les sensations ?

Elle plisse le front, perplexe.

— Le lobe pariétal, je pense, pourquoi ?

— Dis au monstre qui est dans ma tête de le laisser tranquille pour les prochaines minutes, je vais en avoir besoin.

Je prends son assiette, sa fourchette, et pose le tout sur le plan de travail. Elle me regarde faire avec circonspection, de plus en plus indécise.

— Tu m'expliques ?

Je fais non de la tête.

J'ai besoin de vérifier si elle provoque vraiment quelque chose en moi. Alors, je la regarde, les sens en éveil.

Mes yeux voyagent sur son visage comme si c'était la première fois. Je m'attarde sur le plus infiniment discret de ses traits ; j'essaie de rester objectif. Je me fie aux pulsations de mon sang pour savoir si, oui ou non, elle déclenche quelque chose d'anormal.

— Blade…

Mon prénom résonne un peu trop fort. Les vibrations se propagent dans ma poitrine alors qu'elle l'a prononcé dans un murmure. Je m'oblige à effacer cette sensation parasite, elle n'a pas de rapport avec mon expérience.

La peau de son cou se colore légèrement quand je flâne dessus. Ne descendant pas plus bas, je reviens à ses lèvres, désormais entrouvertes.

— Regarde-moi dans les yeux.

Surpris par ce ton assuré, j'obéis. Elle semble avoir perdu toute envie de sourire. Comme moi. Mon connard de cœur s'emballe sans mon consentement.

— Tu te méprends totalement, chuchote-t-elle.

— À quel sujet ?

— Ce à quoi tu penses, ce n'est pas ce que tu veux. On se déteste, d'accord ? Notre relation est viable grâce à la haine.

Elle a deviné mes intentions… et ça ne fait qu'intensifier mon envie délirante d'aller plus loin.

— Je ne vois pas de quoi tu parles.

— Tu sais très bien.

— Explique-moi.

Inconsciemment – ou pas –, sa bouche m'appelle à nouveau. Je résiste au désir de plonger dessus, attendant qu'elle débite un argument suffisamment logique pour me faire changer d'avis.

— Tu ne me supportes pas, Blade. Si tu crois l'inverse, c'est parce que ta perception de moi est tronquée. Tu es marabouté par la Laponie, par Noël, par le groupe, par Sally et Grayson… Je t'apparais moins énervante grâce aux circonstances, mais je t'assure que dès notre retour à Chicago, tu me détesteras avec autant de certitudes qu'avant.

— C'est ce que tu penses de moi ? Je t'agace moins parce qu'on est ici ?

— J'en suis convaincue, oui.

— Tu me hais donc toujours ?

— Je pense.

— Pourquoi tu ne me repousses pas, dans ce cas ?

— Parce que tu vas le faire tout seul.

Je reculerais si elle me le disait. Je n'hésiterais pas. Mais elle comme moi savons qu'elle ne le souhaite pas ; elle espère que j'agisse raisonnablement pour deux, chose qui n'arrivera pas.

— Tu ne le veux pas, me répète-t-elle quand je fais un pas en avant.

— Et toi ?

Elle inspire difficilement. C'est invraisemblable, mais nous sommes pareils. On se déteste et on s'attire de la même façon. Quels que soient les sentiments en jeu, Charlie et moi sommes toujours sur la même longueur d'onde.

— Je voudrais… ne pas le vouloir.

Mon pouce effleure ses lèvres sans qu'elle se braque. Si je fais le premier pas, deux scénarios peuvent se produire : dans le premier, ma joue tremble sous une claque avant qu'elle ne disparaisse dans sa chambre et me maudisse jusqu'à la fin des temps. Le second ? Je vais le découvrir.

— Dis-moi d'arrêter.

Ma main glisse sur sa joue, puis dans son cou. Jamais je n'entends une objection. Alors, poussé par une force qui vient du fond de mes entrailles, je pose ma bouche au coin de la sienne.

La torture devient douce amère.

À chaque seconde qui défile, une part de moi me hurle de dégager. Je vois le mot « connerie » qui clignote dans mon crâne aux lobes ravagés. Mais je n'en suis pas capable. Mon sang bat une mesure frénétique contre mes tempes. Le désir est bien là.

— Dis-le-moi, murmuré-je contre sa bouche.

Elle ne m'écoute pas, à mon plus grand regret. Je prends alors possession de la situation. De son corps. De ses formes et de ses lèvres. Mes mains l'emmènent contre une surface dure. Un mur. Ou le frigo. L'un des deux, je m'en fous. Je l'embrasse en oubliant ce que nous sommes censés représenter l'un pour l'autre. Je n'en ai plus rien à cirer de cette histoire d'ennemis, de ce qu'on s'est envoyé dans la figure pendant des mois. Là, tout ce que je veux, c'est ressentir la puissance de notre connexion. Et elle est violente.

Je subis les vagues d'adrénaline, véritables flammes qui consument mes veines. Nos langues se trouvent dans des soupirs incontrôlés, et je sens qu'elle ne se retient pas plus que moi. Ses doigts s'arriment à mes cheveux. Il n'y a plus de réserve. Plus rien, à part ce truc qui nous pousse dans les bras de l'autre.

Est-ce à ce moment-là que je suis supposé reprendre le dessus sur mon lobe pariétal et me défaire des sensations dingues qui me submergent ? Sans doute, oui. Mais ça n'arrivera pas.

Parce que me battre est inutile.

Je continue de l'embrasser en subissant des rafales dans mon bas-ventre, la souffrance se mêlant bientôt à un plaisir addictif.

En fait, c'est là. C'est là que je réalise.

Charlie est un puzzle où chaque pièce qui s'imbrique me rend un peu plus fou d'elle. Dans tous les sens du terme. J'ai découvert son caractère et me suis laissé prendre au piège. Je le savais depuis le début. Les premières minutes de notre première rencontre devaient aboutir à ce moment-là.

— Blade.

Entre deux souffles, je m'offre à mon tour. Je ne veux pas d'un baiser sans conséquence. Alors je brise mes barrières. Ma paume se plaque à côté de sa tête tandis que je deviens plus doux. Plus profond. J'essaie de lui transmettre une vérité.

Bizarrement, c'est à partir de là que la magie n'opère plus.

— On fait n'importe quoi…

Elle baisse le visage dans un angle assez compliqué pour que je ne puisse plus l'atteindre. Je n'ai pas d'autre choix que de subir ce retournement de situation.

— On va le regretter.

Sous-entendu : elle va le regretter. Cela m'étonnerait que je garde un mauvais souvenir d'un moment aussi intense, pour ma part.

Nos fronts se touchent un instant alors qu'elle détourne

les yeux. J'ai encore la respiration saccadée, mais mon envie d'elle est intacte. C'est donc à contrecœur que je m'écarte de quelques centimètres. Elle se faufile à travers cette brèche afin de s'enfuir. J'en ai un sourire de frustration.

Le point positif, c'est que je suis fixé : je suis condamné à nourrir une obsession totale et irrémédiable pour sa personne. Et pour son corps.

Chapitre 28

Charlie

Qui aurait cru que quitter Rovaniemi me rendrait triste ? Ce matin, c'est avec un pincement au cœur que j'empaquète mes affaires.

Notre premier vol est prévu à 6 h 30, il fait donc encore nuit quand je vérifie n'avoir rien oublié dans ma chambre et fais ensuite les cent pas avec le sweatshirt de Blade dans les mains.

Je ne le lui ai pas rendu après notre épopée en pleine nature. J'aurais dû. Cela m'aurait évité de devoir m'y résoudre maintenant, c'est-à-dire après une magnifique erreur de parcours me donnant envie de me tirer une balle.

Je l'ai embrassé. Non, il m'a embrassée. Pour être franche, nous nous sommes embrassés dans un consentement mutuel.

Je ne peux même pas me défendre sur ce point. Le repousser était la chose à faire, mais, cruche comme je suis, j'ai laissé mes hormones prendre le dessus, et me voilà désormais avec des souvenirs impérissables de sa bouche sur la mienne.

J'y ai repensé à peu près deux cents fois ces dernières heures. Puis, je me suis insultée. Je crois avoir épuisé mon quota de jurons tant j'ai craché sur ma propre personne.

Je ne me comprends pas. Je ne veux pas m'attacher à lui et, plus que tout, j'aimerais que cet écart de conduite ne se reproduise pas… mais je dois lui rendre ce fichu sweatshirt, ce qui augmente considérablement les risques de le croiser à nouveau.

Je peux me tenir. Je veux dire, je ne suis pas un animal, et je n'en suis pas au stade où mon corps me crie de le rejoindre quoiqu'il m'en coûte. Le souci, c'est que mon cœur palpite comme un fou rien qu'en imaginant l'approcher.

Il me faut un thérapeute, il en va de ma dignité.

Allez, Charlie. Tu vas dans sa chambre, tu poses le sweatshirt sur son lit, et tu disparais.

Et s'il est là ?

Tu lui souris et tu disparais.

Et s'il me parle ?

Tu hoches la tête et tu disparais.

Et s'il me regarde avec le même air que celui dans la cuisine ? Ses yeux me dévoraient… je me remémore la sensation de ses doigts sur mon cou, les frissons que cela a provoqué en moi et ce désir absolument ignoble qu'il les pose à un autre endroit de mon anatomie.

Tu fermes les yeux, tu serres les jambes et tu disparais.

Je déteste discuter avec ma conscience. Savannah ou Sally m'auraient semblé plus à même de m'aiguiller, mais pour expliquer mon problème, il faudrait qu'elles connaissent la situation dans sa globalité. Or, je ne me sens pas capable de leur avouer que la langue de Blade s'est retrouvée dans ma bouche et que j'ai aimé ça. De fait, je me résous à traverser le couloir, tout en priant pour qu'il ne soit pas là.

Manque de bol, son corps est la première chose que je vois une fois la porte poussée.

Comme moi, il réunit ses effets personnels, et je constate combien il est bordélique. Des habits traînent çà et là, dont un T-shirt qui recouvre sa lampe de chevet. Sa chambre correspond à l'archétype d'un champ de bataille.

Arrête de gagner du temps. Parle-lui.

Je me racle la gorge, à défaut de mieux, et regrette que son ouïe soit aussi fine puisqu'il se retourne dans la foulée. Mon estomac se tord quand son regard s'arrête sur moi.

— Ton pull, dis-je en le lançant dans les airs.

Il le rattrape avec un petit sourire. J'ignore si c'est parce qu'il est content de récupérer son vêtement, ou parce que mon malaise évident le divertit.

— Merci.

— Il n'y a pas de quoi.

Je quitte la chambre sans geste brusque, comme préconisé par ma conscience. En vérité, je me retiens de ne pas courir comme une dératée afin de ne pas éveiller de soupçons. En outre, ma chambre est à moins de cinq mètres, donc autant économiser mon énergie.

Ravie de cette victoire contre mes saloperies d'hormones, je m'empresse de zipper ma valise pour déguerpir au plus vite… sauf que mon karma semble abattre ses dernières cartes.

— Besoin d'aide ? dit-il en sortant lui aussi de sa chambre, et me voyant peiner.

— Je suis dotée de deux bras, eux-mêmes munis de biceps incroyablement robustes, tu sais.

— Tu as l'air en difficulté.

— C'est juste une impression.

Je masque la douleur provoquée par la brûlure de l'effort, et avance droit devant, telle une conquérante. Xena la Guerrière n'aurait pas plus de prestance que moi à cet instant précis.

— Je sais très bien ce que tu fais, Charlie.

J'accélère comme je peux, c'est-à-dire laborieusement.

— Tu ne pourras pas m'éviter éternellement !

Je mettrai tout en œuvre pour ne pas sombrer une deuxième fois. Envisager de goûter à nouveau à cette bouche diabolique ? Sans façon. Cet aparté n'aurait pas dû voir le jour, mon système nerveux est tombé en panne pendant quelques minutes, et Blade en a profité. Voilà. Je ne suis qu'à moitié responsable. Maintenant que j'ai recouvré une santé neuronale de fer, je vais m'atteler à rester le plus loin possible de cette tentation.

Parce que c'est ça, le plus effroyable : je meurs d'envie de recommencer.

Ce baiser s'est imprimé sur la page des souvenirs à glorifier. Non qu'il ait été original ou exubérant, mais il m'a marquée. Il est rare d'être en osmose parfaite dans un moment aussi fébrile, et c'est pourtant ce que j'ai ressenti.

Il existe des milliards de façons d'embrasser. Selon l'intention qu'on y met, des messages sont transmis ; un baiser langoureux aura pour lui d'inciter à poursuivre la nuit. Un baiser tendre dévoilera des sentiments plus intimes. Une langue peut dominer ou suivre le mouvement. Une lèvre peut être mordue par erreur ou dans le but de provoquer le désir de l'autre. Les baisers sont des équations complexes basées sur l'assemblage de deux inconnus, et dont le calcul peut donner des centaines de milliers de résultats différents. Tomber sur le nombre parfait du premier coup est exceptionnel.

Blade ne m'a pas embrassée comme j'aurais pu l'imaginer. Il n'y a pas eu de précipitation ou de temps mort. Ça s'est fait avec une puissance désarmante et une connexion flagrante. Je me suis sentie au bon endroit, avec la bonne personne. En confiance.

— Tout va bien ?

Savannah m'aperçoit depuis le salon. Vu la manière dont elle scrute mes joues, je les suppose rouge écarlate.

— J'ai peur d'être en retard.

— On part pour l'aéroport dans une heure…

Je fais mine d'être rassurée, même si l'horaire de départ ne me préoccupe pas le moins du monde.

— Tu es sûre que c'est la seule chose qui te tracasse ?

Son regard dévie brièvement dans mon dos avant de revenir à moi. Blade doit être là. Je crains qu'elle découvre le pot au rose : Savannah sait me décrypter, plus encore quand le secret concerne cet homme.

— Vous vous êtes disputés ? susurre-t-elle.

— Non. Pas encore.

— Vraiment ? Parce qu'il sourit comme si la balle était dans son camp, là.

— C'est l'apanage des prétentieux, ils pensent toujours avoir l'avantage.

Elle fronce les sourcils, perdue, avant que Blade ne passe à côté de moi. Je pourrais jurer que l'air se charge d'électricité ; un détecteur à attraction humaine serait passé dans le rouge. Ironiquement, nous ne nous regardons même pas, c'est l'environnement qui se métamorphose, comme s'il subissait les répercussions de notre proximité.

Savannah patiente autant qu'elle peut, c'est-à-dire le temps que Blade entame la conversation avec James et Grayson, sous le porche.

— OK. Il s'est passé quoi ?

— Rien.

— Ça pue les secrets inavouables, Charlie.

Elle me dévisage avec insistance et je résiste, à l'instar d'une digue de fortune menacée par un tsunami d'envergure. Devoir lui cacher la vérité n'est pas facile, Sav et moi partageons tout. Mais, comme expliqué tout à l'heure, je n'ai pas les épaules assez larges pour assumer mon attirance envers Blade. Quelque chose en moi me demande de ne rien révéler. Alors je me tais, même si ce n'est pas une réaction sensée.

— C'est si grave que ça, pour que tu préfères conserver le silence ?

— Pas du tout.

— Tu as couché avec lui ?

— Sav !

— Je pose simplement la question, fait-elle en haussant les épaules.

— C'est Blade !

— Tu sais ce qu'on dit : de l'amour à la haine, il n'y a qu'un pas. Si ça marche dans un sens, cela fonctionne inévitablement dans l'autre.

— Tu n'envisages quand même pas qu'on se soit rapprochés, si ?

— Honnêtement ? Ça ne me surprendrait pas. Vous vous ressemblez, et je trouve que vous vous complétez assez bien. Si un jour tu m'avouais qu'il a fait trempette dans ta maison du bonheur, je devrais feindre l'étonnement.

— On peut revenir deux secondes sur cette expression ?

Elle me sourit avec malice.

— J'aurais aimé dire « faire l'amour », mais cela impliquerait des sentiments à son égard que tu n'assumeras jamais. Je préfère qualifier ton vagin défraîchi de maison du bonheur, remercie ma poésie.

— Mon vagin n'est pas défraîchi ! lancé-je, vexée.

— Charlie... tu as réussi à écarter les jambes pour un type qui portait des chaussettes avec ses tongs. À ce niveau-là, c'est du désespoir.

— Ben avait des qualités, contré-je.

— Ben était aussi peu qualitatif que Tyler ou que Josh. Tu les as choisis parce qu'ils te promettaient de rester à tes côtés quoi qu'il arrive.

Elle soupire et reprend :

— Tu as peur qu'on t'abandonne, et je suis bien placée pour connaître ce sentiment mais ce n'est pas une raison pour brader ton amour.

— Ça n'a rien à voir !

— Ça a tout à voir, justement. Je me suis tapé la planète entière parce que j'avais peur de m'engager, Charlie.

D'avance, je sais que la tournure de la conversation va me déplaire.

— Moi non plus, on ne m'a pas adoptée, dit-elle. Moi aussi, je me suis demandé pourquoi. Pourquoi a-t-on porté son dévolu sur un autre enfant que moi ? Pourquoi ma mère ne m'a-t-elle pas gardée ? Qu'ai-je fait de mal pour qu'on me foute dans une baraque du gouvernement au lieu de me donner une famille ?

Elle secoue la tête, désabusée.

— Tu sais quoi ? Il n'y a pas de réponse toute prête à ces questions. La seule chose que je peux t'assurer, c'est que tu ne vaux pas moins qu'un autre. Tu n'as pas besoin de prouver ta valeur pour être aimée, on t'aimera pour ce que tu es, avec tes qualités et tes défauts, comme n'importe qui.

— Tu dévies du sujet de base…

— Pas tant que ça. Ne choisis pas la sécurité par peur qu'on te quitte, Charlie. Ben, Tyler et Josh t'offraient le confort d'une vie à deux, certes, mais étais-tu heureuse ? Si c'était le cas, tu n'aurais pas mis un terme à ces relations.

— Je…

— Tu crois que je voyais James comme mon cordon de sécurité quand je l'ai rencontré ? J'étais morte de trouille ! Je n'ai pas compris pourquoi mon cœur s'emballait. Je doutais de sa sincérité. Je me suis dit mille fois que ce coup de foudre était la plus grosse connerie de mon existence. Mais je n'avais pas envie de vivre une demi-vie à cause d'une enfance pas comme les autres. Mon passé me fait appréhender le futur d'une certaine manière, OK. Mais il est hors de question qu'il m'empêche d'en profiter pleinement. Tu as le droit au bonheur.

Elle pince furieusement les lèvres.

— Enfin, je dis ça uniquement s'il se passe un truc avec Blade et que tu refuses de le vivre. Tout ça n'est que supposition.

Synchrones, nous jetons notre dévolu sur la fenêtre adjacente à la porte d'entrée. Les garçons enfument leurs poumons en compagnie de Sally, à l'extérieur. Enfin, j'imagine que c'est elle, je ne distingue que le haut d'un crâne rasé parmi le groupe.

Mon cœur repart dans une cavalcade lorsque Blade éclate de rire. Son charme m'a empoisonnée.

— Si tu as des sentiments pour lui...

— Je n'ai pas de sentiments pour lui.

— Je sais. Mais si jamais tu en avais quand même...

— Savannah !

— ... je trouverais ça génial.

Chapitre 29

Charlie

Pas d'aurore boréale. Pas de tempête de neige. La Laponie ne tente rien pour nous retenir plus longtemps. Marja nous accompagne à l'aéroport flanquée de son éternel professionnalisme, même si l'épisode du trek a laissé des traces : Sally ne s'efforce plus de paraître sympathique et Grayson l'évite consciencieusement.

— J'espère que le séjour vous aura plu, lance Marja. À nouveau, je vous présente mes excuses pour le fâcheux incident survenu durant la randonnée. J'ai manqué de tact et j'en suis désolée.

— Il n'y a pas de mal, rétorque James. Tout le monde se porte bien.

C'est le seul à s'exprimer. Les visages restent fermés et les regards fuyants. Toucher de près ou de loin à cette famille revient à en être évincé sans demi-mesure.

Marja sent la tension ambiante, si bien qu'elle ne s'éternise pas.

— En espérant vous revoir sur le territoire. Faites bon voyage.

Il faut attendre que sa silhouette s'estompe dans la brume matinale pour que la vie reprenne son cours normal. Enfin, tout est relatif ; la nostalgie frappe soudain le groupe. C'est une émotion indissociable des fins de voyage, mais je ne pensais pas qu'elle m'atteindrait aussi de la sorte.

Pendant l'enregistrement des bagages, Sally relate quelques souvenirs de nos premiers jours au chalet et, fait inédit, tous les sourires s'accordent sur une note positive. Même le mien. Pourtant, Dieu sait que Blade m'en a fait baver !

Au passage de la douane, Grayson prend le relai pour s'embarquer dans un récit retraçant les détails de notre journée à traîneau. À ce moment-là, je considérais Anssi comme une aventure grisante. Autant dire que je n'avais pas le moindre discernement : cet homme est apparu dans ma vie aussi vite qu'il en a disparu. Encore une fois, Blade a été responsable de cette débandade, mais je ne lui en tiens pas rigueur… Aller plus loin avec le musher aurait été synonyme de regret. Vu la manière dont il s'est échappé de la soirée et le fantôme qu'il a été durant le séjour, je ne pense pas avoir manqué le coche avec l'homme de ma vie.

L'histoire de Gray et Sally, les anecdotes de Savannah… tous discutent jusqu'à l'embarquement. Forcément, je ne peux réchapper à l'escapade en pleine nature. Cette fameuse nuit dans le kota restera dans les annales.

Je traverse la passerelle, puis cherche ma place dans l'avion, les pensées encombrées. De lui. De ses bras qui m'entouraient. De ce baiser mémorable qu'il m'a donné.

Il ne manquerait plus que je fasse un rêve érotique et la panoplie de l'idiote de service sera complète.

— Quand je disais que tu ne pourrais pas m'éviter éternellement…

Les mains encore dans le coffre à bagages, je retiens un soupir. Tourner la tête n'est pas nécessaire : je sens l'aura de Blade, qui patiente juste derrière moi.

— On est assis à côté, c'est ça ?

— Tu as dû être une personne horrible dans une autre vie pour être aussi malchanceuse dans celle-ci.

Cela veut dire oui.

Moqueur, il me regarde me dépatouiller avec mon bagage à main. Je suis rouge pivoine, foutrement gênée, et prédis déjà une longue heure à discuter de ce que nous avons fait sans que j'aie de moyen de m'enfuir. À moins de m'enfermer dans les toilettes. Ou de m'inventer un malaise. Il faudrait impérativement que je reste inconsciente jusqu'à l'atterrissage à Helsinki. De là, nous emprunterons alors un autre avion et je respirerai enfin puisque me retrouver une seconde fois installée à côté du même passager est statistiquement peu probable. Même ma poisse n'est pas aussi sadique.

Je m'assieds en usant de stratagèmes divers pour ne pas le frôler : je ne fais pas confiance à mon abrutie de maison du bonheur en friche, elle est capable de s'emballer pour moins que ça.

— Tu ne…

— Non, le coupé-je.

Il lève un sourcil interrogateur face à mon intransigeance.

— Je ne parle jamais avant le décollage, dis-je en observant le dos du siège devant moi.

— C'est une règle que tu suis depuis longtemps ?

— Je viens de la ratifier.

— Tu me…

— Non.

— Je…

— Non.

— On pourrait…

— Non plus.

Il n'est pas question que nous évoquions ce bouche-à-bouche. Je m'y emploierai jusqu'à la fin du vol. Voire la fin des temps, pour peu que je ne sois pas morte de frustration d'ici là.

Par bonheur, il n'insiste pas. J'attends donc avec impatience les consignes de sécurité délivrées par l'hôtesse tandis qu'il se met à pianoter sur son téléphone.

Ne regarde pas ce qu'il fait. Ne regarde pas ce qu'il fait !

Il y a constamment ce prénom qui flotte dans mon esprit dès qu'il passe du temps sur son portable…

Madison. Qui est cette femme ? Durant nos vacances, j'ai remarqué que son attention était parfois dirigée ailleurs que sur le groupe. Blade n'a jamais passé une journée sans mobile entre les mains. Que ce soit pendant le déjeuner, avant de se lancer sur un traîneau ou en sortant de sa chambre, il a eu le nez rivé sur l'écran. Si son interlocutrice est bien elle, cela me fait dire qu'un lien fort existe entre les deux.

Pour quelle raison ?

Pourquoi personne n'a jamais évoqué Madison ? Par

exemple, je sais que les fesses de Grayson ont été mordues par un Rottweiler, ou encore que les parents de Sally ont une ouverture d'esprit qui laisse perplexe mais, en ce qui concerne Blade, c'est le néant.

À part le fait que nous ayons une aversion commune pour Noël, tout chez lui n'est que secret.

Je résiste à l'envie de faire traîner mes yeux par-dessus son épaule, non sans mal. Comme l'hôtesse met un temps fou à arriver, je manque d'occupations et me rabats donc sur les alentours ; conversations dans un italien chantant, fascination soudaine pour le paysage nocturne qui émane du hublot… le plus petit détail que m'offre l'environnement est réquisitionné afin de ne pas succomber à la tentation.

Le problème, c'est qu'il écrit énormément. Il ne s'arrête pas. Ses doigts bougent dans ma vision périphérique et, tel un papillon attiré par la lumière, je finis par craquer.

Première information : il n'est pas dans sa messagerie. Je reconnais l'interface d'Instagram. Plusieurs secondes sont nécessaires pour que je comprenne qu'il discute par message privé via le compte du Misc.

Deuxième information : son interlocuteur est connu comme le loup blanc. Le « Blitch92200 », en haut de l'écran, me porte un coup désagréable à l'estomac.

Si mes souvenirs sont exacts, cette cliente de la boutique n'est autre que celle qui lui faisait parvenir des photos dénudées. J'ignorais qu'il avait établi un véritable contact avec elle.

La douleur dans mon ventre devient alors significativement identique à celle d'une lame de couteau imbibée d'acide. Là, c'est une certitude : je ressens de la jalousie.

En soi, notre baiser n'avait pas de valeur. Mais mon estime de moi se retrouve perturbée par le fait qu'il ait mis sa langue dans ma bouche hier, et qu'il sextote avec une autre aujourd'hui.

Je m'adosse à nouveau au siège, refoulant mon agacement. Incroyable, comme être vexée peut me faire monter dans les tours rapidement.

— Madame, monsieur, bonjour et bienvenue à bord...

Depuis le micro, le commandant s'annonce, et une hôtesse se poste à quelques mètres, prête à agiter les bras pour désigner les sorties de secours en cas de problème. Blade ne décroche pas de sa séance de sextotage.

— La représentation qui va suivre concerne votre sécurité à bord, merci de nous accorder votre attention...

Rien n'y fait. Il est englué dans les paroles de Blitch92200. Est-ce que cela m'énerve ? Un peu, on ne va pas se mentir.

— Le taux de survie à un crash d'avion est infiniment faible, tu ferais mieux d'écouter.

Il lève un œil détaché vers moi.

— Les consignes de sécurité, dis-je alors. La dame qui bouge dans tous les sens avec un sourire crispé, juste là, pourrait te sauver d'une mort affreuse.

Les explications débutent sur le signal lumineux exigeant le port de la ceinture, puis la façon de l'attacher et de la détacher ; évidemment, face à la simplicité de ces consignes, Blade ricane.

— Je pense savoir comment me débrouiller.

— Si le nez de l'avion pique vers le sol en dépassant la vitesse du son, ne viens pas te plaindre de finir en pâte à crêpe ensanglantée.

— Tu t'inquiètes pour moi ?

— J'ai peur que tu salisses mes vêtements. L'hémoglobine, ça tache.

Il me fait alors l'honneur de lâcher son téléphone. Un étrange soulagement m'envahit, mais il est de courte durée : quand l'hôtesse entame ses mouvements relatifs au masque à oxygène, il retrouve Blitch et ses réponses aussi longues que des romans.

Je n'arrive pas à passer outre. Une sensation d'asphyxie me prend à la gorge rien que de le savoir préoccupé par cette femme.

Je ferme les yeux. Inspire. Les rouvre. Expire… et ne retiens bientôt plus mon sarcasme.

— Ton pénis est un bijou de technologie.

Bravo, Charlie. Très mature.

— Je te demande pardon ?

Je devrais me taire, mais le contrecoup de cette fichue jalousie est violent.

— Je trouve fascinant que ce membre soit capable de livrer une importance vitale à des choses futiles dans les moments les plus inopportuns. Là, par exemple, on t'expose le fait que tu peux mourir à tout instant, mais ton pénis préfère se focaliser sur son bon plaisir plutôt que sur la sécurité de son propriétaire.

Mon comportement est déplorable. Ce sont mes entrailles qui parlent, celles qui vibrent depuis quelques jours pour lui.

— Tu n'aurais pas essayé de lire les messages que j'envoie depuis tout à l'heure, par hasard ? demande-t-il en connaissant pertinemment la réponse.

Foutue pour foutue, je garde ma ligne de conduite, c'est-à-dire la franchise.

— Oui. Tu n'as aucun sens de la discrétion.

— Je n'imaginais pas que tu serais jalouse.

— Ce n'est pas le mot exact.

Il cale son coude sur l'accoudoir, posant le menton sur sa paume pour me dévisager avec une intensité troublante, et patiente sagement jusqu'à ce que je reprenne la parole.

Je ne me démonte pas. Je suis bien trop embourbée dans ma bêtise, de toute façon.

— Sally m'a expliqué ton histoire avec Blitch92200, dis-je.

— Elle m'a déjà fait parvenir deux ou trois photos explicites, oui. C'est pour ça que tu prends la mouche ?

— Non. Je me pose juste la question de savoir ce qu'il se passe entre elle et toi pour qu'elle prime sur des consignes de sécurité.

Son pouce glisse avec lenteur sur ses lèvres étirées. Je lui donne le bâton pour me faire battre, j'en ai conscience. Ma sincérité est un aveu dont il s'amuse.

— En quoi ça t'intéresse ?

— Tu veux que je sois honnête ?

— J'apprécierais, oui.

Le sujet dont on ne doit pas prononcer le nom est sur le point d'éclater.

Je me répète une énième fois que ce baiser n'avait pas de sens. Peut-être qu'en l'évoquant sans avoir l'air de faire une syncope, il verra combien ce moment était insignifiant à mes yeux.

— Tu es décevant.

— Je suis décevant, acquiesce-t-il posément. Continue.

— On a fait ce qu'on a fait, et ça n'a absolument aucune importance. Mais, imagine que je sois une femme pour qui « embrasser » a une véritable signification ? Si j'étais sensible, je t'en voudrais de m'être donnée à toi pour que tu ailles en séduire une autre la seconde d'après.

— Mais tu n'es pas ce genre de femme.

— Non. Je parle au nom de celles qui n'osent pas lever la voix.

— C'est valeureux de ta part.

L'ironie transpire de son visage bienheureux.

— Ton comportement laisse à désirer, Blade, je ne vois pas ce qu'il y a d'hilarant.

— Tu viens de me dire que m'embrasser ne voulait rien dire pour toi, je peux donc séduire qui bon me semble sans que ça te vexe, non ?

— Bien sûr.

Je suis une piètre comédienne quand mes émotions entrent en jeu.

— Alors pourquoi me fais-tu une scène ?

— Tu n'y es pas, contré-je.

— Tu t'enfonces.

— Tu ne comprends pas.

— Tu es jalouse.

— Non !

— Tu le caches mal.

— Je ne suis pas jalouse !

Il pose son portable sur les genoux, en évidence. Je distingue les bribes de leur échange et, malgré moi, l'agacement continue de croître.

— Je vais te résumer la situation, dit-il en se penchant vers moi.

Son regard assuré, ses lèvres joueuses… tout me frôle dangereusement. L'effet qu'il produit augmente littéralement la température de mon corps.

— Tu as encore envie de m'embrasser.

— Tu te plantes sur toute la ligne.

— Ce que tu ressens en ce moment, ça s'appelle du désir.

J'éclate d'un faux rire. Même moi, j'entends comme il sonne creux.

— Blade, sans vouloir heurter ton ego, ce baiser n'était pas mémorable au point que j'en redemande.

Ses yeux s'assombrissent tandis qu'il se mord la lèvre. Pourquoi fait-il soudain un geste aussi érotique ? Ou alors c'est moi qui perçois des appels au sexe dans ce geste d'une banalité affligeante.

— J'en ai autant envie que toi, et ça m'emmerde autant que toi, murmure-t-il.

Il penche la tête vers l'hôtesse pendant que j'absorbe cette confession incendiaire.

— Cette femme devrait me plaire, mais elle ne déclenche absolument rien en moi. Il doit y avoir d'autres représentantes de la gent féminine dans cet avion, mais je n'en ai regardé aucune. Je me fous de tout ce qui m'entoure. Tu as maté un mec depuis qu'on a embarqué ?

Non. Bon sang… non. J'étais trop occupée à le chasser

de mon esprit, puis à râler sur lui dans mes pensées, puis à me concentrer uniquement sur sa personne.

Mon silence lui offre la réponse dont il a besoin.

— Ils ne t'intéressent pas, Charlie.

— Ce n'est pas le lieu, c'est tout.

— Je sais que j'envahis ta tête parce que tu fais la même chose de mon côté. Je pourrais énumérer les fois où tu as passé ta langue sur tes lèvres depuis ce matin avec une précision qui t'effraierait.

Mon cœur apprécie un peu trop cette confession. Je le sens qui part dans un rythme effréné, à la limite de sortir de ma poitrine pour aller tamponner son homologue, positionné quelque part derrière les pectoraux de Blade.

— Je ne comprends pas non plus pourquoi tu m'attires, Charlie, mais c'est là. Si tu n'essayais pas de maintenir une barrière entre nous, je ne me retiendrais pas. Et si je ne suis pas en train de t'embrasser à cet instant précis, c'est seulement parce que je respecte ton choix. Même s'il est merdique.

Qui sommes-nous devenus pour nous livrer à de tels aveux ? Je pourrais remettre la faute sur la dépressurisation, mais nous ne sommes pas encore en altitude. Nous avons chacun nos neurones et notre raison. Pire, nous sommes à jeun.

— Tu as fourni le même discours à Blitch92200 ?

Il accepte remarquablement bien mon cynisme. À l'heure actuelle, je suis pourtant la pire des enfoirées. Le porter en dérision est mon unique moyen de défense.

Le portable, précédemment posé sur sa cuisse, atterrit entre mes mains ; il m'incite à lire leur conversation.

— Oui, elle veut coucher avec moi. Non, ce n'est pas réciproque. Remonte dans notre discussion et passe faire un tour sur le compte du Misc : une des photos te fera comprendre pourquoi elle me harcèle, et pourquoi ce qu'elle attend de moi n'arrivera jamais.

Il se consacre enfin aux consignes de sécurité, alors que j'hésite à plonger au cœur de cette discussion intime. Aussi bipolaire, énervante, frustrée et jalouse que je suis, j'éprouve une certaine gêne à l'idée de lire une histoire qui ne me concerne pas. *Dit celle qui a fureté par-dessus l'épaule de Blade il y a moins de cinq minutes…*

Pervertie par ma mauvaise foi et mes mensonges, je finis par capituler. Autant tenir ma ligne de conduite jusqu'au bout.

Rapidement, Blitch92200 me choque dans ses propos. Je suis pour la libération de la parole mais je n'imaginais pas qu'elle puisse être aussi explicite. Elle évoque ses parties intimes dans des termes assez crus, ajoute des smileys supposément adorables, et s'adonne aux selfies érotiques. Je tombe de temps en temps sur un cliché dans la pénombre, pixellisant des décolletés plus que fournis. Elle a au moins la chance d'avoir été gâtée par la nature.

Souvent, elle évoque une photo précise du compte. Elle pose des questions, demandant s'il est avec « elle ». Je présume vite que « elle », c'est moi ; Blade ne répond jamais par la négative, préférant des tournures de phrases plus ambiguës que celles pouvant affirmer une relation assumée.

Par curiosité, je vais voir la photo en question. C'est

celle que James a prise de Blade et moi, près du feu, le 24 décembre. L'image est percutante.

Nous nous sourions avec une complicité évidente. J'ai l'air heureuse… et irrémédiablement charmée. Cette image donne à voir la proximité de deux êtres captivés l'un par l'autre, et la légende confirme cette impression : « quand tu trouves ton alter ego ».

Touchée, je ne laisse cependant rien paraître et dirige mon attention vers les échanges de messages.

Plus je fouille, plus je note des piques à mon encontre. Blitch me méprise. Elle s'amuse notamment à critiquer mon physique, en douceur, le tout avec des smileys souriants, comme si cela permettait de mieux faire passer la pilule.

— Elle a un souci avec moi.

— On peut dire ça, oui, me dit-il.

Si je n'injure pas cette femme ouvertement, c'est grâce aux interventions de Blade. Il prend à chaque fois ma défense et ses remarques m'attendrissent. Il me valorise au détour de compliments qu'il n'avait pas l'obligation d'écrire.

« Elle a plus de qualités qu'une seule photo pourrait en montrer » ; « Elle fait partie du Misc » ; « Je t'invite vraiment à arrêter de la critiquer » ; « Si tu t'attaques à elle, tu t'attaques à moi » ; « C'est la dernière fois que je te le dis : ne touche pas à Charlie ».

— Merci de prendre ma défense, dis-je avec une voix un peu tremblante.

— C'est normal.

L'ultime message de Blitch est une invitation : « Si

jamais ça ne va pas trop, je suis là. Beaucoup de mes amis sont sortis avec des femmes qui n'en valaient pas la peine. Envoie-moi un message quand tu veux ».

Blade n'y a pas donné suite. Ne pas me mêler de cette histoire serait la réaction la plus sensée à avoir, mais sa ténacité, cumulée à cet acharnement contre moi, finit par me pousser à agir.

— Blade ?

Il se tourne vers moi avec un air concerné.

— Je peux lui répondre ? demandé-je.

— Pour lui dire quoi ?

— Tu me fais confiance ?

Son hochement de tête est franc. Je rédige alors un paragraphe digne d'un roman épistolaire, certaine de bien faire.

L'hôtesse et le commandant achèvent leurs explications tandis que je rends le téléphone à son propriétaire. Le décollage est imminent, et je m'apprête à laisser sur le sol lapon une trace écrite de mon attachement envers Blade.

Chapitre 30

Blade

Deux semaines plus tard.

« Salut, c'est Charlie. Je suis la femme “qui n'a rien d'exceptionnel” sur les photos.

Premièrement, je te remercie de faire part de mon état à Blade. Il a pourri mes nuits pendant l'intégralité de mes vacances. Mes “airs fatigués” viennent de lui, tu t'es plainte auprès de la bonne personne.

Deuxièmement, je ne suis pas “à la recherche d'un homme à tout prix et donc indigne de confiance”. J'aurais aimé, mais les températures négatives de la Laponie ont porté préjudice à ma libido.

Troisièmement, tu as raison : il me manque deux tailles de bonnet et à peu près le même taux de graisse au niveau des fesses pour espérer correspondre aux standards de beauté actuels. Mais j'ai l'avantage d'avoir un cerveau, qui, lui, se distingue par sa profusion de neurones fonctionnels. Il me permet notamment de ne pas tomber assez bas pour critiquer une personne sur la seule base de son physique.

Quatrièmement ? Je trouve dommage que tu descendes quelqu'un pour te valoriser aux yeux d'un homme. Tu es peut-être passée à côté du Girl Power ? C'est un truc sympa, une espèce de secte positive entre nanas. Fais quelques recherches sur Internet, tu découvriras une belle communauté, et, sûrement, des idées qui t'aideront à combler un manque cruel de confiance en toi.

Dernièrement : Blade n'est pas un bout de viande. Il ne t'appartient pas. Il ne m'appartient pas non plus. Mais, si tu t'avises de l'allumer encore une fois, je pense qu'on va avoir un problème, toutes les deux. »

— Arrête de relire ce message.

Sally passe du comptoir à l'arrière-salle avec un énorme miroir rectangulaire entre les bras. J'ignore comment elle peut voir mon portable alors qu'elle peine à regarder devant elle.

Le Misc ne désemplit pas depuis sa réouverture ; James était dans le vrai, nous croulons sous les cadeaux de Noël abandonnés pour quelques dollars par des propriétaires peu scrupuleux. Je n'ai pas à m'en plaindre, cela me permet de bosser, et, surtout, d'avoir quelque chose d'autre à penser que la Laponie.

Le voyage me paraît loin. Désormais, je me tue à la tâche du matin au soir avec de la caféine dans les veines, du goudron dans les poumons, et une envie folle d'offrir une seconde vie à tous ces bibelots qui s'entassent dans les recoins poussiéreux de la boutique.

— Blade ! Viens m'aider !

Je range le téléphone dans la poche arrière de mon jean, et pénètre dans la pièce encombrée – c'est une façon polie de décrire ce dépotoir.

— Ce miroir est trop abîmé pour le retaper, non ? dit-elle, postée devant lui dans une expression similaire à celle d'une galeriste.

— Il a bien vécu, oui. Je peux toujours récupérer des débris de verre et les fixer sur un vase ou un abat-jour.

— Ça risque de faire kitsch.

— On trouvera preneur, lui assuré-je.

J'étudie l'aspect de ce nouvel objet sous toutes les coutures. C'est une habitude que j'ai prise en arrivant ici : je passe un temps incommensurable à m'imprégner des plus petits détails pour ne rien manquer du potentiel global.

Les gens jettent ce qu'ils possèdent sans réfléchir. C'est dommage. Ils se cantonnent à l'utilité première de l'objet sans imaginer un instant qu'il peut être réemployé. On ne donne pas assez de secondes chances aux objets.

Mes phalanges glissent sur les aspérités du cadre en bois brut pendant que je réfléchis au meilleur moyen de lui redonner vie. Avec de la patience et du ponçage, cette partie-là pourra certainement servir à la réparation d'un pied de table, ou à combler le trou d'une vieille horloge à coucou.

— Le cœur que tu mets à l'ouvrage est vraiment lié à ton travail ou c'est une manière de ne pas penser à elle ?

L'ironie de son timbre de voix me fait vite comprendre qui se cache derrière le “elle”. Je préfère éviter de répondre.

— C'est connu, Blade : les gens plongent à corps perdu dans leur boulot pour oublier les tracas du quotidien.

— Je vais bien.

— Je me doute, oui. Mais puisque je te surprends à lire son message à peu près une fois par jour, et ce depuis deux semaines, j'en déduis que tu n'arrives pas à te la sortir de la tête.

À nouveau, je garde le silence. À quoi bon tenter une défense alors qu'elle m'a percé à jour ? Sally m'a attrapée à de nombreuses reprises en train de décrypter les mots que Charlie a fait parvenir à Blitch. Je pourrais les réciter les yeux fermés tant ils me sont familiers.

On s'est quittés à l'aéroport de Chicago en plus ou moins bons termes – difficile de savoir. Depuis, elle n'est pas réapparue. Que ce soit le vendredi soir ou même lors de la soirée du nouvel an, elle a avancé des excuses bancales pour ne pas se joindre au groupe.

Elle m'évite. C'est une évidence.

Son ego n'arrive pas à accepter le fait qu'on se soit embrassés et surtout, qu'elle ait aimé ça. Si j'allais plus loin, je dirais aussi qu'elle est terrifiée par l'attirance qu'elle éprouve envers moi, et que l'unique façon de gérer la situation, c'est de mettre le maximum de distance entre nous.

— Tu te mêles de ce qui ne te regarde pas, dis-je en guise de piqûre de rappel.

Elle me concède un hochement de tête affirmatif.

— C'est vrai. Mais je t'ai vu à l'aéroport, je te vois en ce moment, et ton état de semi-dépressif me gonfle beaucoup trop pour te laisser tranquille.

Je lève les yeux au ciel. On en a déjà parlé. Après l'escale à Helsinki, je me suis retrouvé dans un autre avion, à destination de Chicago, assis à côté d'un illustre inconnu. J'ai vécu le vol complet à écouter les ronflements de ce père de famille ravi d'avoir acquis une place loin de ses enfants en bas âge. Si lui semblait heureux d'avoir été séparé de ses proches, je ruminais le fait d'être à distance de Charlie.

Il se passe quelque chose entre nous, et j'aimerais le lui faire admettre. On ne peut pas mentir pendant un baiser. C'est un acte intuitif. Feinter une connexion aussi intime n'est pas possible.

Une fois à O'Hare, j'ai eu du mal à ne pas l'observer. Sally en a été témoin, je me suis rassasié de tout ce qui fait d'elle une anomalie addictive, jusqu'à ce rire horrible. Je n'ai pas cherché à la contacter suite à notre retour au pays. Bêtement, je comptais sur une soirée pour imposer des retrouvailles. Grand mal m'en fasse, puisqu'elle a disparu des radars. Du coup, je me contente de ce fichu message, dans lequel elle avoue à demi-mot sa jalousie.

— Sav m'a raconté un truc…

Je poursuis l'étude du miroir, même s'il m'a déjà révélé la majeure partie de ses secrets.

— … elle estime que Charlie ne vient plus parce qu'elle a peur.

— OK.

— Elle a peur de l'attachement, précise-t-elle.

— OK.

— Elle a peur de se donner à quelqu'un et d'être déçue, poursuit-elle, insensible à mon impassibilité. Je n'ai pas toutes les informations en ma possession, mais ça me semble logique de ne pas faire confiance à n'importe qui quand tu as vécu plus de vingt ans à espérer une adoption qui n'est pas venue.

Je feins l'ignorance, même si ses paroles résonnent avec justesse. Les blessures d'enfance restent souvent ouvertes, quelle qu'ait été la qualité du pansement qui s'est posé sur la plaie.

— À mon avis, elle a besoin d'être rassurée sur tes intentions, de savoir que tu es une personne saine et que tu ne la laisseras pas sur le carreau à la première occasion. Tu vois ce que je veux dire ?

C'est très clair : elle s'imagine que nous avons couché ensemble et que, parce que les relations stables ne sont pas mon fort, je ne réitérerai pas l'expérience. Elle se trompe sur plusieurs niveaux, notamment celui mettant en jeu mon absence totale de sérieux.

Se donner physiquement ne tatoue pas le mot « couple » sur ton front. Premier point. Les parties de jambes en l'air ne font pas office de contrat marital scellé par une signature. Le plaisir de la chair est une chose, les sentiments en sont une autre. Mes partenaires l'ont toujours su en amont.

Aussi, je ne suis pas un étranger à l'amour. Deuxième point. Je ne crains pas d'en parler sous peine de perdre mes testicules, je n'ai pas honte d'avoir un cœur, de ressentir des émotions, et de vouloir, comme n'importe quel humain, avancer dans la vie avec une personne qui me correspond.

Si je n'ai pas eu d'histoire sérieuse, c'est parce que

je n'ai jamais trouvé la bonne personne. Me mettre avec quelqu'un pour dire d'être avec quelqu'un ? Ça ne m'intéresse pas. Je ne m'engagerai pas dans une aventure qui n'a pas d'avenir. Je veux que les choses soient bien faites, que cela fonctionne sur la durée. Sally attend une réaction de ma part… qui ne vient pas.

— Bonjour, il y a quelqu'un ?

— Tu as de la chance qu'un client interrompe ce moment de vérité, mais nous n'en avons pas fini.

Elle lâche un soupir de frustration et retrousse ses manches avant de se parer d'un sourire commercial. Typiquement le genre d'expression qu'elle arbore au Misc : celle de l'employée modèle. Je lui emboîte le pas, mais m'arrête aussitôt trois mètres franchis, pris par l'étonnement.

— Madison ?

J'aurais pu prononcer ce prénom en premier.

Sally dévisage la grande brune avec les yeux écarquillés, aussi choquée que moi de la voir dans l'enceinte de la boutique. Le visage de Madison s'illumine ; elle reconnaît mon amie comme si la dernière fois qu'elle l'avait croisée ne remontait à pas plus tard qu'hier.

— Tu t'es rasé la tête ? Je croyais que tu garderais tes dreadlocks bleues jusqu'à la fin des temps !

Sans gêne aucune, elle contourne le comptoir et l'enserre dans ses maigres bras.

Elle a perdu du poids. Elle a grandi, aussi. C'est un détail auquel les photos ne me donnent pas accès, même si j'aurais dû me douter de cette prise de centimètres ;

elle a toujours eu une prédisposition à doubler tout le monde par la taille.

Passé la surprise, Sally lui rend son accolade.

— Qu'est-ce que tu fiches ici ? Ça fait des lustres qu'on ne t'a pas vue dans les environs ! s'exclame-t-elle.

Et pour cause…

Je n'ai pas le temps d'être joyeux. Sa présence me ramène immédiatement au négatif, si bien que mon corps se bourre d'anxiété. Elle n'a techniquement rien à faire à Chicago.

— J'avais envie de rendre une petite visite à cet énergumène.

Elle me dédie une moue taquine que je n'arrive pas à lui rendre. La remettre dans le présent est difficile. On a beau se parler tous les jours, la proximité virtuelle est un leurre auquel la vérité n'accroche pas ; j'ai l'impression de retrouver une partie de ma vie d'antan. Un monceau de mon passé. Cela fait des années que nous ne nous sommes pas tenus dans la même pièce.

— C'est de toi que je parle, Blade.

Si je ne comprends pas la raison de sa visite, je sais qu'elle est exceptionnelle. Alors, mes lèvres finissent par s'étirer, poussées par deux fils invisibles.

Quand elle lâche Sally, son sourire s'agrandit au centuple. Elle me saute dessus avec une force inimaginable ; je subis la pression de ses bras qui encadrent mon cou sans se soucier du manque d'oxygène qu'ils entraînent.

— Mais qu'est-ce que tu fous là…

Le nez niché dans mon cou, elle fait durer le suspense. Je ne peux faire autrement que de lui rendre sa tendresse, et je note toutes les différences avec nos dernières retrouvailles.

Elle a changé de parfum. Elle n'a plus la même couleur de cheveux. Ses talons réduisent drastiquement notre différence de taille. Mes phalanges touchent des omoplates visibles ; elle n'est pas nerveuse de nature, mais j'ose espérer que c'est le stress qui l'a rendue aussi fine, et pas autre chose.

— La page Facebook du Misc annonçait votre retour. Je me suis dit que tu serais content de me voir. Je t'avais dit que j'avais quelques jours de vacances en janvier, en plus.

Ses immenses yeux bleus se plantent dans les miens. J'avais oublié combien elle était jolie. L'intelligence est un trait qui ne se voit pas, mais il peut se transmettre au travers d'un regard. C'est ce que j'ai toujours pensé d'elle.

— Tu aurais dû me prévenir, ajouté-je.

— Tu n'aurais pas voulu que je vienne.

— Et j'aurais eu de bonnes raisons.

Elle enroule farouchement un bras autour de ma taille, comme si je pouvais m'évaporer d'une minute à l'autre. J'aimerais la gronder, mais toute animosité m'a quitté.

— Tu es libre ? Je voudrais passer un peu de temps avec toi, si c'est possible…

Je jette un œil à Sally, qui observe la scène à distance. Sans surprise, elle me fait signe de décamper alors que l'heure de fermeture n'a pas encore sonné. Voir Madison est troublant pour tout le monde, cela n'augure rien de bon, et Sally en a conscience.

— Ça peut éventuellement se faire, acquiescé-je alors.

— Maintenant ?

— Tu me laisses le choix ?

— Tu n'es pas en train de bosser ?

— Vu le peu d'intérêt qu'il a pour son travail en ce moment, qu'il quitte le Misc plus tôt ne sera pas une grande perte, intervient Sally.

Fière de son sous-entendu, elle m'octroie un clin d'œil.

— Je dirai à James que tu as une excuse de taille, termine-t-elle.

Madison me permet juste d'enfiler un manteau avant de s'agripper à nouveau à mon flanc. Fut un temps où elle ne supportait pas ma proximité, je devrais peut-être le lui rappeler. Mon biceps a encore en mémoire le jour où ses dents s'y sont enfoncées.

— Tu vas me coller comme ça toute la soirée ?

— Tu m'as manqué, dit-elle en guise de justification.

Elle est l'une des seules personnes auxquelles je tiens et qui brillent par leur absence. Il faut bien admettre que cela me bouffe de l'intérieur.

— Je présume que tu as une mauvaise nouvelle à m'annoncer ?

— On en discute autour d'un burrito ?

Chapitre 31

Charlie

Assise dans le noir, face à la télévision éteinte, je me sens jugée par mon appartement.

Il me connaît bien. Il m'a vue exagérer un rhume pour grappiller une demi-journée de repos, manger du fromage sur du pain beurré pendant mon rééquilibrage alimentaire ou regarder une série au lieu de récupérer le retard accumulé dans mon travail. Mon appartement est le témoin de mes vices cachés. Il assiste à mes petits mensonges sans conséquences, ainsi qu'à ma fâcheuse tendance à me défiler. S'il était doué de parole, il pourrait me causer du tort. Révéler mes secrets. Ou pire : me faire la morale.

Là, par exemple, il me dirait : « Charlie, tu n'as absolument rien de prévu ce soir. On est vendredi. Savannah t'a envoyé deux messages pour que tu la conduises au Misc. Qu'est-ce que tu attends ? »

Je ne lui ai pas encore répondu. Jouer au chauffeur ne m'engage à rien, à part la mener d'un point A à un point B, mais il se peut que Blade soit présent au point B et cela m'angoisse.

C'est la réaction que je pourrais avoir face à lui qui me fiche les jetons, pour être plus précise. La différence est notable… et elle explique pourquoi je fixe inexorablement le vide.

Cela fait deux semaines que la Laponie est derrière nous. J'ai pu faire le deuil de ces vacances et retrouver le quotidien répétitif d'une vie citadine. Je me réveille chaque matin avec le programme de la journée en tête, je porte la tenue préparée la veille sur la commode de la salle de bains, et je mets un point d'honneur à servir un café chaud à mes collègues.

Je suis le rythme sans anicroche. Pas de suspense. Aucun imprévu. C'est exactement le genre de routine à laquelle j'aspire, cela m'assure une solidité sur laquelle j'ai besoin de m'appuyer pour avancer sereinement. Mais je pense à Blade. C'est la note qui fait tache dans ma partition.

Je voudrais le revoir. Mais j'ai peur.

Je voudrais assumer mon obsession. Mais j'ai peur.

Je voudrais oublier ce foutu baiser et tout ce qui en découle.

Malgré mes efforts, des sentiments grossissent en moi. Ils s'imposent comme une évidence au point de me faire paniquer. Je refuse d'autoriser une partie de mon cœur à se laisser aller, de crainte qu'il se retrouve à nouveau piétiné par la déception.

Un SMS me sort de ma transe philosophique.

La soirée est annulée, tu as de la chance.

Je déplie mes jambes, envahies de fourmillements à cause de ma mauvaise position, et tente de ne pas interpréter le message de Savannah. J'essaie donc de ne pas m'imaginer que ce vendredi soir, pourtant sacré, a été décommandé parce que Blade ne veut pas me voir.

Il s'est passé quelque chose ?

Blade n'est pas dispo. Sally et Gray en profitent pour sortir à deux. James nous propose un restau à trois. Tu es partante ?

Je les adore, tous les deux, mais les accompagner revient à tenir le rôle de la troisième roue du carrosse, et ce n'est pas ma passion première.

C'est gentil, mais je n'ai pas le courage.

Certaine ? Ce serait l'occasion de cesser de fixer l'écran de ta TV.

Comment peut-elle me connaître aussi bien ?

Je médite dans un environnement propice à la relaxation. Et oui, merci. Tu sais pourquoi Blade est absent ?

OK. Aucune idée. Il est peut-être en train de s'envoyer en l'air avec une femme qui ne médite pas dans un environnement propice à la relaxation.

Cette réflexion, qui vise à m'atteindre, n'est pas la première qu'elle me lance. Même si nous n'avons pas encore parlé clairement du « Blade Gate », Savannah n'a pas besoin des mots pour me comprendre : elle sait qu'il occupe mon esprit.

C'est une plaisanterie de mauvais goût que tu peux considérer comme une tentative désespérée pour que tu te bouges les fesses. J'ignore où est Blade ce soir, mais si tu as envie de le voir, il suffit de lui dire. Pas compliqué.

Je lui épargne une réponse à rallonge, un condensé de SMS qui dirait qu'admettre une attirance envers lui est, au contraire, d'une difficulté sans nom. Par souci de simplicité, j'opte pour la mauvaise foi.

Il me plaît autant que les fesses mordues de Gray.

Dupe qui tu veux, Cha, mais pas moi. Si tu veux parler, bourre ma messagerie de pensées contradictoires : je me ferai un plaisir de te prouver que tu tiens à cet homme en détruisant tes arguments un à un, dès mon retour du restau.

Ne voulant pas accaparer son temps plus que de raison – et parce que craquer est une option plausible –, je dissimule mon portable sous les coussins du canapé. La technique, bien que discutable, fonctionne une bonne partie de la soirée.

À vrai dire, j'ai l'esprit ailleurs jusqu'à ce que je me rappelle l'existence du compte Instagram. À partir de là, c'est la débandade.

Que Blade y détaille ses nuits de débauche au travers de photos équivoques me paraît peu probable. Cela dit, je compte sur Sally pour qu'un détail fuite : elle s'occupe du Misc comme s'il abritait ses propres enfants. Son omniscience devrait me permettre de dénicher au moins un renseignement sur l'un de ses louveteaux.

Motivée par cette quête, je décortique les derniers posts. Ils font état de la rentrée des employés. Blade est présent sur plusieurs clichés, dont un qui met ses biceps en avant, et je me sens succomber comme l'accro bipolaire que je suis.

Concentré, il effleure un vieux miroir du bout des doigts, à l'instar d'un chineur dans une brocante. La ride entre ses sourcils, témoin de son application, le rend terriblement séduisant.

Son métier n'est pas banal. Il n'a pas de salaire mirobolant grâce à une maîtrise du cours de la Bourse. Il ne sauve pas des vies. Il ne tient pas le monde dans le creux de sa main, tel un chef d'entreprise dont le costume de luxe expose autant sa richesse que son talent pour la manipulation. Blade transforme de vieux objets, voilà tout. Son don est manuel. Artistique. Il offre des secondes chances et j'apprécie cette philosophie.

Tu fais une rechute, Charlie.

Pour ne pas m'extasier plus longtemps – et le complimenter à outrance –, je fais un tour parmi les commentaires. Blitch92200 semble avoir déserté le champ de bataille. Elle ne fait état ni de son biceps affûté ni de ses cheveux désordonnés. La fin d'une ère semble avoir sonné.

Si je note quelques remarques tendancieuses de la part d'autres comptes, elles ne manquent jamais de respect. J'assiste juste à l'éloge du dieu Blade, rien de nouveau sous le soleil. En revanche, le fait que plusieurs messages soient rédigés par une certaine « Madison » me taraude.

Madison, qui a donc orthographié son pseudo avec cinq « i ». Comme s'il fallait absolument appuyer sur la voyelle de son prénom.

Supposant qu'il s'agit de la femme qui lui envoie des textos, je clique avec appréhension sur son profil.

Son nombre d'abonnés est relativement correct, si tant est qu'elle ne cherche pas à devenir l'une de ces influenceuses de renom. Aussi, elle ne photoshoppe pas ses photos, à moins d'exceller en la matière. Et, je pense qu'elle se fiche de ce qu'elle publie ; son compte expose aussi bien les images de son voyage au Kansas que ses fiches de cours. Les mêmes têtes reviennent souvent, des femmes joyeuses avec un verre ou une cigarette à la main, qu'elle définit comme son « squad ». J'aurais pu être franchement jalouse si elle avait exploité son physique au détour d'un angle avantageux, ou si ses courbes étaient mises en valeur par un bikini trop petit, mais elle fait preuve de simplicité.

C'est une jeune femme comme une autre, entourée d'amies extraverties, adepte du jean, et aussi souriante que la moyenne.

Elle n'en est pas moins jolie.

Ses yeux bleus transpercent les selfies. Elle n'essaie pas de plaire, elle capte naturellement le regard. Ses fossettes lui confèrent un charme certain. Idem pour les mèches rebelles encadrant son visage ovale, et qui donnent à chaque fois l'impression de l'avoir prise sur le vif.

Est-ce la Madison de Blade ? Je pense, oui.

À force de recherches, je recense de nombreux commentaires du Misc sous ses photos. Ce sont des réactions positives, parfois des smileys à double sens. Le Misc la connaît-elle ou est-ce que Blade se sert du compte de la boutique à des fins personnelles ?

Ne va pas t'imaginer tout et n'importe quoi !

Trop tard. Le mal est fait.

Maintenant que je sais à quoi elle ressemble, la jalousie fait un retour fracassant. Je les vois s'embrasser, se câliner, se sextoter. Mon pervers de cerveau pousse le vice jusqu'à créer une scène de débauche torride. J'en pousse un cri d'impuissance.

— Non, non et non !

Des détails affluent. Des positions que ne peuvent tenir que les gymnastes. Des expressions de visages. Des traces sur la peau… Je me découvre un talent dans la réalisation de films pornos. Magnifique. L'encyclopédie du sexe défile dans mon crâne, si bien que j'allume la télévision en urgence ; le documentaire sur la reproduction des abeilles ne calme pas du tout mon imagination déviante.

L'ont-ils déjà fait dans une voiture ? Comme Sally ? Est-ce si inconfortable qu'elle le prétend ? L'endroit le plus loufoque où j'ai fait l'amour, c'est dans un lit aux draps dépareillés. Mais c'était avec Ben. L'homme tongs-chaussettes. Mon coup de folie compte donc double.

Il y a bien eu cette fois, avec Tyler, où nous avons voulu tester la douche, mais le défi n'a pas été relevé. Ce genre d'acrobatie requiert une forme physique olympique. Or, entre les bras de Tyler, dont la seule activité physique se limitait à attraper des gâteaux apéros, et moi, dont l'activité principale était de remplir le bol de gâteaux apéros, nous avons vite déchanté.

Il n'arrivait pas à me porter. Je ne parvenais pas à m'agripper. Qui plus est, et à cause du savon, le carrelage glissait, exactement l'inverse de ce qui se déroulait entre mes jambes ; au risque de paraître pragmatique, l'eau et le vagin ne font pas bon ménage. C'est à peu près aussi agréable que de se frotter contre des fils barbelés.

Tyler est bien entré dans ma maison du bonheur, mais il en est ressorti fissa et avec une mesure d'éloignement à effet immédiat. Suite à cet échec cuisant, nous nous sommes cantonnés aux endroits secs et confortables.

Madison est-elle capable de jouir dans l'eau ? A-t-elle un visage angélique lorsqu'elle pousse son soupir orgasmique ? Parce que c'est ainsi que je me la représente : parfaite, les cheveux à peine ébouriffés et la bouche en cœur. Je suis certaine qu'elle ne fait pas partie de la caste des gens normaux, c'est-à-dire ceux qui ont l'air d'avoir mené une conquête contre des barbares en pleine époque médiévale.

Nous, les gens normaux, on hurle comme le soldat à l'agonie. Elle, elle sourit avec candeur, élégamment recouverte d'un drapé de soie qui glisse sur son corps dénué de toute goutte de transpiration.

Elle me déplaît de plus en plus.

Masochiste, je commets l'erreur de regarder à nouveau ses photos. Je voulais lui trouver un défaut afin de la ramener à un statut d'humaine de base, mais sa beauté me fait grincer des dents.

Finalement, elle se photoshoppe. Je le décrète.

Ceci est un message de détresse : je suis en train de virer barjot.

Mon texto est délivré auprès de Savannah avant que j'aie eu le temps de regretter son envoi. Cet aveu devrait me permettre de recouvrer la raison, c'est un peu comme si je déchargeais mon trop-plein d'agacement dans ces quelques mots.

Sauf que je fulmine. Contre Madison. Contre moi. Contre mon incapacité à contrôler mes émotions.

Je suis perdue. Ça me rend folle ! Je ne devrais pas être jalouse. Je ne suis pas jalouse. Je ne comprends pas pourquoi je suis jalouse ! On est jaloux quand on a peur de perdre quelque chose, non ? Je n'ai rien à perdre !

La définition de la jalousie, que je viens de trouver sur un dictionnaire en ligne, indique que c'est un « sentiment douloureux de crainte d'être remplacée, trompée, qui naît chez une personne ayant le désir d'exclusivité de la personne aimée ». C'est absurde. Je ne ressens rien de tout ça. Je ne suis pas jalouse.

Je crois que je suis jalouse, Sav. C'est la merde. J'ai été voir le profil de Madison, une fille qui commente les photos du Misc sur Instagram et à qui il écrivait des SMS en Laponie. Quand j'imagine qu'elle est avec Blade, ça me pince la poitrine.

Tu as déjà regardé le reportage sur la reproduction des abeilles ? La reine se tape une armée de bourdons, et après avoir copulé, ils sont jetés en dehors de la ruche parce qu'ils ne servent plus à rien. Les abeilles ont tout compris.

Madison est magnifique. Ce doit être le genre de femme à rester fraîche même pendant une gueule de bois. Je suis sûre qu'elle ne ronfle pas. Et que son rire est beau à entendre. Le mien ressemble au reniflement d'un troll. J'en ai marre de l'injustice.

Blade couche avec elle, c'est sûr.

Je ne sortirai plus avec aucun homme. Je songe à devenir nonne.

Le reportage est passé à la mise en lumière des veuves noires. Il y a du mouvement féministe du côté des insectes.

J'ai envie de le voir.

Oublie mon dernier message.

On s'est embrassés en Laponie. Je ne devrais pas te le dire parce que tu vas croire que c'est un détail important, alors que pas du tout.

Il m'attire, Sav.

Oublie mon dernier message.

Je ne l'aime pas. Je ne veux pas me donner à quelqu'un. Joseph et Nora… j'ai eu l'impression d'être un CDD pour eux. Imagine que ça recommence ?

Il faut que je me trouve quelqu'un de différent. Un autre Anssi. En mieux. On aura une vie parfaite, sur un traîneau, avec des chants de Noël et des sapins enneigés.

Oublie tout ce que j'ai dit. Sauf pour les veuves noires et les abeilles.

Chapitre 32

Charlie

Je suis dans un état pitoyable quand la sonnette de l'entrée m'arrache du sommeil. Aucun rapport avec mes tergiversations de la veille – qui me reviennent instantanément en mémoire et me filent une migraine du diable. C'est le canapé défoncé, qui m'a servi de lit d'appoint, que je mets en cause. Ça, et l'heure matinale.

Qui a le culot de sonner chez moi avant le petit déjeuner, un samedi ? !

— J'arrive !

Le malotru se permet de signifier une seconde fois sa présence, tandis que je me masse les cervicales. Le règlement de la copropriété devrait interdire l'existence des voisins au sein de l'immeuble ; ce texte est capable de prohiber la détention de barbecues, d'empêcher de faire marcher son lave-linge avant 10 heures et de dire que les animaux de compagnie ne sont pas les bienvenus dans les parties communes, mais pour ce qui est de l'enfoiré de voisin de palier qui maltraite ma sonnette, il n'y a plus personne !

Lorsque le troisième son retentit, je perds mon sang-froid.

— J'ai dit « j'arrive » !

Débraillée et mal lunée, je déverrouille le loquet pour tirer la porte.

— Il n'est même pas 8 heures ! Vous… Blade ?

Blade ?

Blade.

La colère laisse place à la surprise. Son petit sourire en coin me déstabilise. Hier encore, je menais une guérilla contre mes sentiments et voilà qu'il se matérialise sur mon palier, comme pour me rappeler qu'il existe vraiment, et qu'il n'a rien perdu de son charme.

— Que fais-tu là ?

J'aurais également pu lui demander comment il a eu mon adresse, et par quel tour de force il est parvenu à pénétrer dans l'immeuble sans utiliser l'Interphone. Pour seule réponse, il pose un bref regard sur mon corps. De grâce, je me suis endormie avec les vêtements de la veille, ce qui me donne l'air à peu près présentable.

— J'ai apporté le petit déjeuner, dit-il ensuite, en me présentant un sachet de viennoiseries.

Ça n'explique pas pourquoi il débarque chez moi à l'improviste. Les personnes normales appellent avant d'organiser des visites de courtoisie.

— D'où te vient cet intérêt soudain pour le bien-être de mon estomac ?

Il pose la main contre le chambranle de la porte d'un air désinvolte. J'aimerais détester cette attitude, mais elle ne fait qu'amplifier mon désir pour lui. Je suis définitivement bonne à interner.

— Je sais que tu as envie de me voir, alors abrège tes souffrances et fais-moi entrer.

— Je te demande pardon ?

Un brasier inonde ses iris glacés alors que son sourire s'étend jusqu'aux joues.

— Savannah m'a transmis tes messages.

Je me statufie. Non. Même pas : je crois que la vie vient de quitter mon corps.

Si je n'ai pas un souvenir précis du contenu de mes textos, je peux tout de même assurer qu'ils évoquaient une part de mes doutes concernant mes sentiments envers cet homme.

Elle n'aurait pas osé ? !

Je crois bien avoir admis qu'il m'attirait. Et que j'étais jalouse. Et que notre baiser n'était pas une histoire si enterrée que ça.

Mon Dieu.

Je vais trucider Sav.

— Je pense qu'il y a un malentendu, dis-je en m'agrippant à la poignée de toutes mes forces.

— Ah ? Donc, le Blade dont tu parlais faisait référence à quelqu'un d'autre ?

— C'est ça, oui. C'est un prénom courant.

Il s'appuie désormais de l'épaule contre le chambranle, fasciné par mon inaptitude à me défendre. Cela dit, il peut toujours courir pour que j'admette la vérité : il est trop tôt et je suis bouffie. Ce n'est pas le moment pour une confrontation musclée.

— Tu as évoqué un baiser en Laponie…
— Et alors ?
— C'était aussi avec un Blade qui me ressemble ?
— Exactement, oui.
— Tu as embrassé mon jumeau en Laponie…, poursuit-il, impassible.
— C'était un fâcheux hasard.
— Il était doué ?
— Un as dans le domaine.
— Les Blade ont un talent certain pour ce genre de choses, je te le concède.

Il incline légèrement la tête, l'air songeur. J'envisage sérieusement de fermer la porte et d'appeler la police ; je suis prête à tout pour que ce terrible moment d'humiliation prenne fin.

— Il connaissait lui aussi une Madison ?

Pitié… J'en arrive à un tel état de gêne que mes joues doivent être cramoisies.

— L'un ne va pas sans l'autre, acquiescé-je pourtant, incapable de mettre un terme à ce mensonge. C'est comme Vénus et Adonis, sans le côté glauque de l'inceste. Ou Bonnie et Clyde. Ou Roméo et Juliette… Tous les Blade ont une Madison.
— Toutes les Charlie en sont jalouses ?
— Les Charlie sont lucides. Elles savent lire entre les lignes.
— De quelle histoire ?
— Celle qui unit les amants.

Il frotte doucement sa barbe naissante, savourant la chute de mes remparts. Je ne suis pas fière d'avoir pris Madison en grippe pour le simple fait qu'elle soit proche de lui. C'est honteux. Je m'en veux d'être une teigne pareille.

Cette journée commence très mal.

— Écoute, Blade. J'ai eu un moment de faiblesse, hier soir. J'ignorais que Sav t'en ferait part. Normalement, les amies gardent les secrets, ça devait rester entre elle et moi.

— Tu aurais pu venir m'en parler directement.

— Pour quoi faire ? Je suis certaine que Madison est une femme avec laquelle tu t'épanouiras.

Il rit doucement.

— Tu crois ce que tu dis ?

— Évidemment. On s'est embrassés alors que tu étais avec elle, ça fait de toi un sacré con... et de moi une briseuse de ménage. Je ne connais pas votre histoire, mais tu peux être certain que notre erreur n'aura pas de répercussions : il est hors de question qu'elle souffre pour ça.

— Tu ne lui diras rien ?

— Non. On a fait une connerie, et crois-moi sur parole, je n'interférerai pas entre vous. C'est oublié.

— Je t'ai pourtant dit que j'avais envie qu'on recommence...

— Tu ne le pensais pas.

— Si, Charlie.

— Non. Tu es un séducteur, tu ne peux pas t'empêcher d'aller butiner à droite et à gauche, mais au fond, si tu t'es mis en couple, c'est parce que cette femme-là en valait la peine. Alors, arrête de faire des bêtises et respecte-la.

Un coup d'œil vers ses viennoiseries me fait prendre conscience de l'absurdité du moment.

— Tu n'as rien à faire ici, Blade. Rentre chez toi, ou chez elle, et réveille-la avec ces croissants. Ce que j'ai raconté à Savannah n'a aucune valeur. Que tu me plaises ou pas, que tu m'attires ou non, on s'en fiche. Va la retrouver et fais comme si tout ça n'avait jamais existé, parce que ça n'a jamais existé.

Je repousse la porte avec une conviction inébranlable. Quel monstre serais-je si je continuais à discuter avec lui ? Une femme l'attend quelque part ! Je suis horrifiée d'avoir le mauvais rôle, que ma bêtise profonde puisse faire souffrir quelqu'un d'autre. Évidemment que Madison ne mérite pas un tel traitement, elle n'a rien demandé !

Cette révélation me prouve par-dessus tout que Blade n'est pas un homme de confiance. Il a succombé à une minute de plaisir au risque de sacrifier plus gros. Pour moi, en plus. Quelle blague !

Il est comme tous les autres : instable. La nature humaine me fait de la peine, ce n'est qu'un condensé de menteurs et de manipulateurs qui se jouent de leurs comparses. Joseph et Nora ne voulaient pas être parents. Si tel était le cas, ils se seraient battus pour me garder. Ces gens cherchaient simplement à se créer une famille parfaite, et parce que je ne correspondais pas à leur idéal, ils m'ont évincée. Quant à Blade ? Il ne m'a pas embrassée pour me prouver que je comptais à ses yeux. Non, ce n'était pas un acte symbolique, ni une déclaration d'amour. Il s'est juste laissé aller à une seconde de perdition. Parce qu'au final, et comme toujours, je ne suis que de passage dans la vie des autres.

Je tente de claquer la porte avec la déception qui m'anime, mais son pied la bloque.

— On n'a plus rien à se dire, lancé-je dans un grognement.

— Tu veux bien me laisser argumenter ?

— Je regrette tout, Blade, c'est la conclusion de cette histoire ! Enlève ton pied de là !

J'écrase sa chaussure comme si elle n'était qu'un vulgaire cloporte. Je ne veux rien avoir à faire avec lui. À la limite, nous étions mieux quand nous nous détestions. L'insulter de tous les noms ne me faisait pas culpabiliser alors que j'ai maintenant le sentiment d'être la plus infâme des salopes.

— Va-t'en !

— Et le petit déjeuner ?

Je pousse un soupir exaspéré.

— Tu es sérieux ? Je viens de t'expliquer que Madison…

— Madison ne verra aucun inconvénient à ce qu'on passe du temps à deux.

— Blade, tu…

— C'est ma sœur.

Chapitre 33

Blade

Bizarrement, mon pied n'est plus malmené.

Le visage de Charlie apparaît une fois qu'elle rouvre la porte, et j'y vois son trouble. Je m'efforce de ne pas me moquer en sachant que ça ne pencherait pas en ma faveur : même si elle a mal jugé l'intégralité de ma relation avec Madison, son ego serait encore capable de m'en foutre plein la figure.

Lui, ou son poing. On ne sait jamais avec elle.

— Tu emploies ce mot dans le sens strict du terme ?

Elle est si mal à l'aise que c'est un exploit qu'elle parvienne à me regarder dans les yeux sans flancher.

— Oui, confirmé-je avec amusement.

— Ce n'est pas une amie que tu aimes au point de la considérer comme un membre de ta famille ?

— Non.

— Madison est ta sœur ? Une vraie ?

J'acquiesce.

— Bien…

Les jointures de ses doigts blanchissent tant elle serre

la poignée de la porte. Le contraste entre son calme apparent et le déluge dans son cerveau est saisissant. J'imagine que les informations se mélangent et la perdent.

— Pourquoi personne n'a jamais parlé d'elle ?

Je désigne l'intérieur de son appartement du menton, je n'ai pas envie de livrer mon histoire sur un palier, et elle accède à ma requête.

Le séjour est inondé de lumière, ce qui est étonnant pour un petit appartement dans l'est de Chicago. Elle bénéficie de plusieurs fenêtres donnant sur la rue. Je dépose les viennoiseries sur un des meubles de la cuisine ouverte pendant qu'elle met la cafetière en route.

— Tu en veux un ?

— Tu comptes y ajouter des épices ?

— Nous ne sommes plus en Laponie, réfute-t-elle. Et, accessoirement, je me sens trop honteuse pour te torturer.

Elle me présente lait et sucre. Je ne prends ni l'un ni l'autre, optant pour une dose de caféine pure. Durant la préparation, et sans jamais quitter la machine des yeux, elle se mord les lèvres à six reprises. Je compte. Cela fait six preuves de plus à ajouter sur la liste de son embarras.

— Tu préfères que je brise la glace de quelle manière ? Je me fiche de toi ou je t'explique en détail qui est Madison ?

Mon sourire reste poli jusqu'à ce qu'elle me regarde. À partir de là, il se pare de sarcasme.

— Madison, lance-t-elle à voix basse.

Elle me tend une tasse brûlante et, de nouveau, concentre son attention ailleurs que sur moi. Dire que son expression quand elle est gênée me plaît ferait de moi un malade, mais je suis persuadé qu'elle m'a fait perdre la tête il y a un bon moment déjà. Je ne suis plus à ça près.

— Elle a trois ans de moins que moi, dis-je. Même père, même mère. Si les autres ne t'en ont pas parlé, c'est parce qu'ils savent que le sujet est épineux.

— Vous avez une relation conflictuelle ?

— C'est plutôt le contraire, réfuté-je. Madison compte beaucoup pour moi, et si je m'en tiens à ses déclarations d'amour bourrées de mots savants, j'ai aussi une place dans sa vie.

J'avale une gorgée fumante, le temps pour elle de s'intéresser à mes propos et d'en faire germer des interrogations.

— On a grandi dans la plus pure tradition du cliché familial : en tant que grand frère, je mettais un point d'honneur à la protéger. Personne ne devait lui faire de mal. Que ce soit ses amis ou ses petits amis, ils passaient tous par moi avant… sans vraiment le savoir.

J'ai toujours été sur son dos. Elle me l'a reproché un nombre incalculable de fois, notamment lorsque j'ai éloigné deux ou trois gros nazes de son cercle de connaissances. C'était pour son bien, j'agissais dans son intérêt. Il n'était pas concevable qu'un dragueur compulsif la prenne dans ses filets. Si on voulait Madison, il fallait le mériter. Et peu de monde arrive à sa hauteur.

— Je suppose qu'elle n'a pas apprécié.

— Pas vraiment, non. On était chien et chat à cause de ça, elle pouvait dormir dans ma chambre un soir de déprime et me jurer de me haïr jusqu'à sa mort le lendemain matin.

— Tu as le don pour rendre les gens tarés, dit-elle avec une moue bien à elle.

Je savoure cette touche d'ironie en dégustant une autre gorgée de café.

— Elle m'a détesté quelques fois, concédé-je.

— Et vous vous êtes perdus de vue ? Je te le demande parce qu'en l'espace de six mois, je n'ai pas eu l'occasion de la croiser au Misc…

Je m'adosse à l'évier, puis, pour me donner une contenance, fais tournoyer le café chaud dans la tasse. La période qui me vient en tête n'est pas glorieuse.

— Je l'ai volontairement éloignée, rectifié-je. Quand j'ai commencé à prendre mon indépendance, je me suis démerdé pour qu'elle reste à distance. C'était mieux pour elle.

— Pour quelle raison ?

— Je ne voulais pas qu'elle pâtisse de ma relation compliquée avec nos parents. Si on était restés en contact, ils auraient estimé qu'elle ne valait pas mieux que moi et, par conséquent, ils auraient coupé le cordon… Madison les aime, ça l'aurait fait souffrir.

En silence, elle se place à mes côtés. Aucune réflexion ne fuse. Je sais qu'elle boit son café avec un détachement feint, que c'est une façon de me dire qu'elle m'écoute.

Alors, je poursuis.

— Elle est attachée à notre famille, et notre famille le lui rend bien. Ma mère est fière de la fille qu'elle a toujours été, une ado studieuse. Quant à mon père, il voit en elle un modèle de réussite. Elle excellait dans les matières scientifiques avant de se vouer à des études de médecine. Madison est une tête bien faite, c'est ce à quoi aspirent tous les parents.

J'admire ma sœur. Elle est à elle seule une déléguée de classe aux discours sensés, une majeure de promo, une bosseuse reconnue de ses professeurs et une externe en chirurgie générale. La prendre en exemple ne pourrait que rendre ce monde meilleur.

— Moi, je suis différent. Mes notes étaient lamentables. Je me fichais d'à peu près tout ce qui avait trait à la scolarité. Je n'ai jamais trouvé de plaisir dans les leçons apprises par cœur, et je séchais la moitié des cours.

— Un cancre dans toute sa splendeur, opine-t-elle avec amusement.

— Mon père en avait des nausées. Il était persuadé que je finirais à la rue, à quémander pour avoir de quoi manger.

— Il doit être fier de ce que tu es devenu.

Je voudrais rire de bon cœur tellement elle fait fausse route, mais l'amertume me gagne.

— Tu es loin du compte, dis-je, ma rancœur rendant ma voix plus grave. Il ne supportait pas mon intérêt pour les travaux manuels. Utiliser ses mains est indigne, selon lui.

Elle fronce légèrement les sourcils, comme déroutée. Je peux la comprendre, les pensées de mon père sont aussi aberrantes pour moi.

— Plus jeune, je chopais des matériaux sur les chantiers et j'en faisais des objets. Le rendu final ne m'importait pas, je savais juste que ça me faisait du bien d'enfoncer un clou ou de taper avec un marteau… Quand on était dans le kota, tu m'as demandé si retaper de vieux objets était une passion ou un job alimentaire, tu te souviens ?

Elle fait oui de la tête, le rebord de la tasse contre sa bouche.

— C'est une passion ? tente-t-elle.

— C'en est une.

J'ignore comment ce passe-temps s'est mué en une part essentielle de ma vie. Un psy aurait sûrement une explication rationnelle à fournir, mais je n'intellectualise pas ce qui me prend les tripes ; je suis heureux dans ce domaine. Point. J'ai la chance de me lever tous les matins sans compter les heures jusqu'au retour dans mon lit. Je n'espère pas être malade pour rester chez moi. Je ne pense pas à la vie idéale qui m'attend pendant que je ponce une étagère, parce que je me trouve à l'endroit exact où j'ai toujours voulu être. Je n'ai pas besoin de plus et je ne rêve pas de mieux.

— Le Misc est l'une des plus belles choses qui me soient arrivées. J'évolue dans un monde où j'ai ma place. Mais c'est un choix de vie que mon père n'a pas accepté.

Les engueulades étaient quotidiennes. Avant même que j'aie un emploi, il me pourrissait la vie. On se criait dessus du matin au soir. Ma mère en était malade, et, à force, Madison ne savait plus quel camp choisir. L'ambiance s'est détériorée, atteignant des niveaux de plus en plus délirants chaque année.

— Noël était un putain de calvaire, expliqué-je. Il profitait de la présence de la famille pour régler ses comptes en public. Je ne suis pas mal élevé, il se doutait que je ne dirais rien si d'autres personnes écoutaient. Alors, il se défoulait.

Verre de vin à la main, il relayait mes galères avec un rictus de dédain. Personne ne me défendait. Jamais. Je le revois rire en disant que je n'étais pas foutu d'avoir un diplôme. Je me rappelle ses remarques assassines sur mon manque d'ambition, le fait que j'étais voué à l'échec. Ou la comparaison humiliante entre Madison et moi, la fille prodige et le moins-que-rien.

— C'est de là que vient ton problème avec Noël, réalise-t-elle.

Je confirme par un léger sourire amer.

— Se faire insulter par un inconnu, ça pique s'il vise juste, mais tu peux passer outre. Quand c'est ta propre famille qui te descend, et ce pendant des années, ça fait l'effet d'une brûlure au fer rouge.

Elle me presse doucement le bras, avec compassion.

— Je suis désolée, Blade.

— Tu n'as pas à l'être. De nous deux, c'est moi qui suis chanceux : j'ai le passif le plus sympa.

— Disons qu'on est sur un pied d'égalité, tempère-t-elle en dodelinant de la tête.

Je ne suis pas d'accord. Elle minimise son histoire.

— Tu as fini par couper les ponts avec tes parents, n'est-ce pas ? reprend-elle.

— Ce n'était plus supportable, oui. J'ai stoppé les études avant d'entrer à la fac, et avec l'amoncellement de petits boulots, j'ai pu économiser pour louer une chambre dans un T3 du South Side. C'est comme ça que j'ai connu Grayson.

— Et de la colocation est née une amitié, dit-elle dans un sourire.

— C'est ça.

Le silence qui suit met mon récit en pause. Gray et ses exigences de végétarien me reviennent en mémoire, tout autant que son goût prononcé pour le corps de la femme ; vivre ensemble nous a forgé des souvenirs impérissables. Des beuveries de renom et des dérapages dont je préfère taire les détails. Charlie ne s'en remettrait pas.

Je pose la tasse, désormais vide, sur le plan de travail, balayant ces moments agréables de mon esprit pour en revenir au point de départ. Madison.

— Pour ce qui est de ma sœur, j'ai préféré la préserver en réduisant nos contacts au maximum.

— Vous ne vous voyez jamais ?

— On se parle quotidiennement au téléphone.

— Ça vous suffit ?

Je hausse les épaules, n'ayant pas envie de lui mentir. Elle me manque, c'est sûr, mais son bonheur passe avant le mien. Je nous empêche de vivre une relation normale parce qu'elle a besoin de l'amour de ses parents plus que du mien. Parce que je sais combien ça fait mal d'être rejeté.

— Plus pour elle, apparemment.

— Comment ça ?

— Elle est arrivée hier soir en ville pour me dire que la situation ne lui convenait plus, avoué-je.

— C'est plutôt honorable de sa part, non ?

— Mm.

Elle me pousse de l'épaule, m'obligeant à créer un contact visuel.

— Je crois que ta sœur te montre qu'elle t'aime, chuchote-t-elle, ses yeux plongés dans les miens.

Elle a raison. Sauf qu'elle n'a qu'une partie de l'histoire en sa possession.

Madison vit encore chez nos parents, sa fac étant à deux pas de la maison. Elle voit mon père tous les jours et n'a accès qu'à ses bons côtés. Pour elle, notre querelle date d'une autre époque, elle estime que la rancœur s'est diluée avec le temps. Or, le contraire s'est produit.

Me retrouver de nouveau à un repas de famille ? Je n'ai plus l'âge. Être rabaissé m'a longuement fait douter de mes capacités, et je ne souhaite plus vivre ça. Madison voudrait que je fasse table rase du passé en ayant une discussion avec le paternel. Hier soir, elle m'a expliqué qu'elle aimerait nous voir à nouveau unis, que je sois présent aux moments importants, comme n'importe quel frère… Je ne l'envisage même pas.

Il m'a souvent dit qu'il avait honte de m'avoir pour fils. Je lui ai simplifié la tâche en me rayant de sa vie, et rien ne me fera revenir en arrière. Pas même les supplications de ma sœur.

— Si elle te manque, Blade, ne campe pas sur tes positions.

— C'est plus compliqué que ça.

— Ton père ne doit pas être un obstacle, insiste-t-elle en douceur. Je ne peux pas te donner de bon conseil, d'abord parce que je suis mauvaise pour ça, et ensuite parce que je n'ai que ta version de l'histoire pour me faire une idée. Mais une chose est sûre : tu as la chance de connaître ta famille. On ne s'en rend pas forcément compte, mais c'est un luxe.

— Je ne suis pas capable de tout excuser, Charlie.

— Même pour elle ?

— J'ai mes limites. Si je pardonnais à mon père, ce serait une défaite. J'ai mis du temps à lui dire d'aller se faire foutre, je ne veux plus de son influence négative.

— Je comprends. Enfin, autant qu'une femme sans père le peut.

Elle dépose sa tasse dans l'évier et me retourne un petit sourire attendrissant. Comment ai-je fait pour ne pas tomber sous le charme de ce visage ? Tous les vendredis soir, il se tenait à quelques mètres. Je l'ai observé sous toutes ses coutures et le déclic ne s'est jamais produit. C'est une aberration.

Mon humeur change quand je me rappelle être chez elle. Mon père passe brusquement au second plan, et je retrouve le goût du jeu.

Charlie assiste à cette métamorphose, si bien qu'elle perd son assurance.

— Blade, non…

Je m'appuie d'une main au meuble tandis qu'elle dépose la seconde tasse dans l'évier.

— On ne s'embarquera pas sur ce terrain-là.

— Lequel ?

— Tu me regardes différemment.

— Vraiment ?

Elle entreprend un nettoyage d'envergure, excuse bidon pour se soustraire à mon regard. Le liquide vaisselle imbibe une éponge trempée qu'elle frotte frénétiquement contre les récipients. J'en profite pour prendre place dans son dos, ce qui la fait se raidir.

— Alors, comme ça, je t'attire ?

Je réunis ses cheveux dans le creux de ma main pour libérer son cou. Elle frémit lorsque ma bouche la frôle.

— Recule, Blade.

Je souris contre sa peau, puis respecte sa demande. En m'éloignant de deux centimètres.

— Tu pensais à moi, hier. Tu as perdu les pédales parce que tu voulais être avec moi.

Elle violente la tasse qui menace de perdre son émail plutôt que de me remettre à ma place. Preuve que je suis dans le vrai.

— Tu sais ce que je pense ? dis-je en savourant l'effet que ma présence lui fait.

— Que tu ne connais pas la signification du mot « reculer » ?

— Qu'on devrait s'embrasser une deuxième fois.

— Avaler du cyanure me paraît plus plaisant.

— Tu en as ?

— Non. Et si tu savais comme je le regrette…

Mes doigts descendent dans sa nuque, effleurant son chemisier pour aller se poser au niveau de son flanc. La tasse lui échappe des mains et se brise dans l'évier.

— À mon avis, c'est un signe de l'univers.

— « Je n'ai pas de cyanure à mettre à ta disposition, mais je te propose de goûter à la bouche de ton ennemi parce que le résultat reviendra au même » ?

Elle entreprend de ramasser les débris un à un, mais

je l'arrête en posant ma main sur les siennes. Notre position me permet de sentir l'étendue de son trouble, l'anarchie de sa respiration.

— Teste-moi, murmuré-je contre son oreille. Tu n'as rien à perdre.

— Je tiens à mon intégrité…

— Tu m'embrasses, tu vois si ça te plaît, et ensuite tu me vires de chez toi. Le deal me semble honnête.

Je la fais doucement pivoter. Son dos rencontre bientôt le rebord de l'évier et nous nous retrouvons l'un contre l'autre, mais elle met un point d'honneur à éviter mon regard. Tant mieux, parce qu'elle y verrait l'étendue de mes sentiments, et ça risquerait de l'inquiéter.

— Si tu ne ressens rien pendant ce baiser, tu seras fixée. J'aurais juste été une erreur de parcours.

— Je le sais déjà.

Mon pouce se glisse sous son menton et remonte son visage vers moi. Nos corps se moulent à la perfection, je peux sentir jusqu'aux battements puissants de son cœur.

— Je ne t'oblige à rien, Charlie. Fais ce que tu veux de moi.

Ma proposition la fait réfléchir. Au fond, je sais qu'elle essaie de gagner du temps, parce que son choix est déjà arrêté : elle en a envie.

L'électricité qui crépite, ce truc qui me fait vibrer le torse, ce n'est rien d'autre que la conséquence logique d'une attirance réciproque.

On se plaît. On se plaît, putain…

Stoïque, je patiente jusqu'à ma sentence. On m'a dit

qu'elle avait besoin d'être rassurée, d'où ma retenue. Je veux que cela vienne d'elle, qu'elle fasse le choix de me toucher en premier. C'est à elle de décider si, oui ou non, j'en vaux la peine.

— Je suis tout à toi, Charlie.

Elle vogue entre mes yeux et ma bouche. Plusieurs fois. Et chaque aller-retour forme une brèche dans sa carapace.

— Je le sais déjà…, répète-t-elle, en empaumant mon visage.

Elle m'attire à elle et je me laisse faire. Mon pouls accélère comme un dératé, anticipant ce que mon cerveau a eu le culot de prédire. Puis elle souffle sur mes lèvres :

— C'est juste un test.

Nos respirations se mélangent.

Elle ferme les yeux.

Nos bouches se rencontrent et, dans un désir de lui laisser les rênes, je m'adapte à son rythme.

Ce baiser est probablement le plus doux que j'aie reçu de mon entière existence. Elle m'emprisonne dans un cocon où tout est fait avec une lenteur insupportable, comme une explosion vécue au ralenti.

Nos lèvres s'explorent, s'apprivoisent. Ce n'est pas ma manière d'opérer, j'ai l'habitude de prendre les devants sans vraiment réfléchir à mes gestes, et je réalise à l'instant ma stupidité : la puissance qui émane ici est deux fois plus violente. Un feu me ravage de l'intérieur, un feu que Charlie porte et temporise selon son bon vouloir.

La magie s'installe et je pars totalement ailleurs. Sa langue découvre ma bouche dans une torture douce et j'en subis des dégâts irrémédiables.

Je suis amoureux d'elle.

Chapitre 34

Charlie

Bouleversée par la force de mes émotions, je suis incapable de dire un mot. Blade est en train d'éradiquer tous mes doutes.

Mon baiser devient le sien. Le nôtre. Je ne suis plus tout à fait moi-même lorsqu'il se détache de mes lèvres.

Sa bouche est rougie par notre déclaration, plus attirante que jamais. Je prie pour qu'elle se pose à peu près partout où ma peau est à nu. Je voudrais ressentir ces frissons à nouveau… je me surprends même à vouloir quelque chose de plus brut.

Enfer et damnation ! Je veux me taper Blade.

C'est pire que ça, d'ailleurs. J'ai envie d'un épisode où nos corps se découvrent pendant des heures. En terme technique, on appelle ça « faire l'amour ». Un des deux mots me donne le vertige.

Choquée, je pose les doigts sur ma bouche. Qui sait ce qu'elle serait capable de débiter comme connerie : « On recommence ? » ; « Je ne saurai pas me passer de ça plus longtemps » ; « Je suis amoureuse de toi ».

Tais-toi, Charlie !

Blade finit par briser notre parenthèses charnelle en émettant un très bref sourire. D'un geste doux, il me caresse la tempe, avant de susurrer à mon oreille :

— Tu es belle quand tu rougis.

Je le remercie de ne pas employer le mot exact, c'est-à-dire « écarlate ». Dans mon état actuel, je pourrais alimenter toutes les chaudières de la ville. Une plancha serait moins efficace que mes joues pour cuire un œuf.

Si ne pas savoir maîtriser mes émotions est un problème, ça n'est rien comparé au fait de le voir partir ; idiote que je suis, je le laisse quitter la cuisine dans l'immobilisme le plus total. Il suffirait que je lève la voix et je suis certaine que mes désirs seraient assouvis… sauf que mes cordes vocales demeurent inertes. Quand la porte claque, je n'ai même pas de sursaut. Je crois que ce baiser m'a anesthésié les nerfs. Et le cerveau.

Désormais seule, je dois affronter ma conscience. Elle me fustige pour mes actes et j'accepte sa colère puisque ce second baiser était approximativement l'idée la plus débile du siècle : si le premier m'a plu, il était évident que le suivant aurait le même impact.

Je ressasse cette bêtise toute la journée. Lorsque je ne m'insulte pas, mes gros mots finissent dans la messagerie de Savannah – si nous étions en couple, sa trahison serait un motif de rupture. Comme elle ne me répond pas, je remonte dans nos anciennes conversations afin de récupérer des détails gênants sur ses pensées envers James, dans le but de les transmettre à son petit ami. Le souci majeur, c'est qu'elle l'a élevé au rang de dieu, je ne lis que des compliments ; à mon avis, ça ne la dérangerait pas qu'il sache combien son « cul est sexy comme un chipmunk dopé aux stéroïdes ». Mon plan tombe donc à l'eau, et je recommence à m'injurier jusqu'à la nuit venue.

La soirée est laborieuse. J'erre entre deux courants de pensée : me persuader que je ne suis pas amoureuse, et proposer à Blade de revenir ici. Si je ne le fais pas, c'est uniquement parce que je n'ai pas son numéro de portable.

Le dimanche matin, j'ai la tête dans un étau. Les dessins animés pour enfants font office de fond sonore tandis que je passe en revue mes rêves érotiques. J'en dénombre trois. Trois scènes où le corps de Blade, magnifié par mon inconscient, se retrouve sur le mien. Ou sous le mien. Ou dans le mien. Dans tous les cas, je prends un plaisir monstre. Mon avenir de cinéaste porno reprend du service, semblerait-il.

La reprise le lundi est difficile. J'ai la chance d'évoluer dans un univers où les tensions sont absentes. Mon lieu de travail est une machine bien huilée où chaque collègue obéit scrupuleusement à son devoir, sans jamais écraser son voisin. Cela ne m'empêche pas de ramer… j'ai l'esprit tellement ailleurs que restituer le contenu d'une réunion sur l'ordinateur s'apparente à une épopée.

J'ai des nouvelles de Sally le mardi après-midi. Étrangère au chambardement qui fait rage entre Blade et moi, elle prend juste de mes nouvelles. Je n'évoque pas mon appétit bladesque – qui va croissant, préférant m'inquiéter de sa relation avec Grayson ; je n'ai pas eu l'occasion de suivre leur retour à Chicago, j'ignore si leur couple se renforce ou se dissout. De fait, je me rencarde.

On s'adapte au changement. C'est étrange de bosser avec l'homme qui a été ton ami pendant des années.

Mais tout va bien ?

J'ai l'exclusivité sur son ampallang, ça te donne une idée de mon degré de satisfaction. Et toi ? On te voit vendredi ?

Si j'ai le temps, oui.

Comme si j'en manquais… Je suis tellement libre que je pourrais prendre un deuxième boulot, me lancer dans la chanson, écrire le scénario de la prochaine série en vogue, et finir en une de *Forbes*. Du temps, je n'ai que ça. Mais, parce que je n'ai aucun courage et qu'en ce moment je n'assume rien, je me cache derrière l'excuse d'une vie palpitante pour justifier ma disparition des radars.

Mercredi signe une amélioration dans ma semaine cataclysmique. Je me lève avec un seul rêve sexuel à mon actif, et il se révèle étonnamment chaste : Blade et moi faisons l'amour dans le kota. Simple. Basique. Ce n'est qu'un enchevêtrement d'images de son visage pédant, de ses sourires indécents, et de mon corps qui convulse de plaisir sous les assauts du sien. Comparé au folklore de notre partie de baise dans ma cuisine, dans sa voiture, dans le patio du Misc, au chalet de Rovaniemi, dans le sauna, dans la neige et au centre d'une arène romaine destinée aux gladiateurs, je considère être en pleine rémission.

Jeudi, je l'oublie au détriment de Savannah. Elle ne

m'a toujours pas donné signe de vie malgré mes relances, et cela me rend folle. Non que j'attende des excuses de sa part, notre amitié a largement dépassé ce genre d'exigences, mais quand même…

Je n'arrive pas à comprendre pourquoi elle s'est permis de bafouer la règle du secret, celle qui régit les lois de l'amitié. Blade n'est pas son meilleur ami, elle ne lui doit rien. Mes textos n'auraient jamais dû se retrouver entre ses mains. Pis encore, je suis convaincue qu'elle lui a fourni l'adresse de mon immeuble, et qu'elle est à l'origine de toute cette débandade.

J'aimerais obtenir des explications. Malheureusement, elles ne viennent pas, et je peste dans mon coin jusqu'au vendredi soir ; ce n'est qu'après des jours de silence qu'elle daigne se souvenir de mon existence.

Je suis en train de tester un masque au charbon quand mon téléphone s'illumine à l'arrivée d'un texto.

Coucou. Tu peux passer me chercher ?

Je grogne tel un taureau aux narines dilatées. Elle n'a pas été foutue de remplir son rôle d'amie et je devrais la conduire auprès de James ? Elle se fiche de qui ?

J'ai des choses plus importantes à faire.

Comme quoi ?

Me désobstruer les pores et te détester.

?

Ce point d'interrogation est aussi violent qu'une déclaration de guerre. Elle sait très bien de quoi je parle !

C'est parce que je t'ai vendue auprès de Blade ?

Au lieu de me poser la question, tu devrais saturer mon portable d'excuses vaseuses !

Tu me pardonnerais ?

Non ! Bien sûr que non ! Mais j'apprécierais que tu tentes pour que je puisse te hurler virtuellement dessus. Tu me dois bien ça !

Je ne fixe mon écran que très brièvement, sa réponse ne se faisant pas attendre.

Excuse-moi, Cha.

Tu peux mieux faire… ça ne me calme pas.

Je suis désolée d'avoir agi dans ton dos. Je suis une amie lamentable. Brûle-moi sur le bûcher.

Le masque me tiraille la peau, si bien que je ne parviens pas à grimacer. C'est d'autant plus frustrant que je ne peux pas crier non plus. Les disputes par SMS sont terriblement fades.

Tu m'as fait un coup dégueulasse, Savannah.

Je t'ai dit que je te prouverais que tu tiens à cet homme.

En me sermonnant, oui !

Les mots ne t'atteignent pas. Tu avais besoin d'un électrochoc. Comme Blade. Vous êtes tellement butés tous les deux qu'aucun n'ose faire le premier pas. Je suis sincèrement désolée, mais il fallait vous confronter, et je n'ai rien trouvé de mieux. Ça a marché ?

Je bous intérieurement… tout en me demandant ce qu'elle a vu pour croire que Blade et moi vivions dans la tourmente de sentiments non avoués.

C'était nul de ta part.

Je suis ton amie, Cha. Si tu fonces dans le mur, tu crois vraiment que je vais te laisser faire ? Je ne suis pas là pour valider tous tes choix, je suis là pour te dire quand ils sont bons et quand ils craignent. Je suis là pour te sauver la mise ou pour te mettre un coup de pied au cul. Même si mes méthodes sont discutables, j'ai agi dans ton intérêt.

C'est une façon de me dire que tu as fait le bon choix en me trahissant ?

Oui.

Tu n'es pas croyable !

Blade te plaît. Je l'ai vu autant que je l'ai senti. Et j'espère qu'on ne se dispute pas pour rien : vous avez concrétisé ?

Mon soupir est bruyant. Las. Défaitiste. Savannah est une enfoirée, mais une enfoirée au grand cœur. Quelque part, il m'est impossible de lui en vouloir de s'être comportée ainsi. Elle ne veut que mon bien.

Je suis en colère.

Vous avez concrétisé ?

Ne me refais jamais ça.

Vous avez concrétisé ?

Tu es insupportable !

Est-ce que vous avez concrétisé ? !

À cet instant précis, je visualise distinctement le sourcil qui se lève sur son front agacé. Et, comme si sa rage avait un effet apaisant sur la mienne, je me détends dans la seconde. C'est peut-être à ça que ressemblent le Yin et le Yang : une osmose parfaite dans les pires moments.

Tu sais quoi ? Je suis sûre que vous l'avez fait.

On n'a rien fait.

Donc, vous vous êtes vus ?

Je me mords la lèvre, hésitant à tout lui raconter, avant de me souvenir de la présence du masque sur ma peau et de constater qu'il a débordé sur les lèvres en question. Le goût charbonneux – et bien plus chimique que la composition sur l'étiquette du produit le laisse entendre, pénètre dans ma bouche. J'en ai un haut-le-cœur.

Le temps que mon visage soit lavé à l'eau claire, Savannah m'envoie pas moins de neuf textos. Ils montent en puissance, le dernier s'apparentant à un hurlement démentiel.

JE TE JURE QUE JE TRESSERAI TES TROMPES DE FALLOPE AVEC DES AIGUILLES ROUILLÉES SI TU NE ME RÉPONDS PAS ! IL EST VENU CHEZ TOI OU PAS ? !

Cette question prouve qu'elle a bien joué un rôle, vendredi dernier. J'étais certaine qu'elle avait donné mon adresse à Blade. Il n'y avait qu'elle pour se permettre de la divulguer.

Mon programme de la soirée se retrouve soudain modifié.

Premièrement ? Je vais la trouver. Ensuite ? Je la tuerai. Puis, je la ressusciterai, parce que je n'ai pas une foule d'amis et que ce serait dommage de terminer ma vie sans cet exemplaire défectueux à mes côtés.

Aussi, je compte assumer. Tout assumer.

Si tu veux tout savoir, sois prête devant ta porte, dans quarante minutes.

Tu viens me chercher ?

Oui.

Tu as compris que je voulais retrouver James ? Et qu'on est vendredi soir ? Ça implique de se rendre au Misc.

Je ne suis pas idiote.

Donc, il va se passer ce que je pense qui va se passer ?

Devant ta porte. Dans 40 mn.

Chapitre 35

Blade

— Albuminurie.

Madison porte le goulot de la bouteille de bière à ses lèvres, tandis que Sally enregistre ce mot barbare.

— C'est en rapport avec l'albumine ? dit-elle.

— Oui.

— Le truc qu'on trouve dans le blanc d'œuf…

Ma sœur sourit face à son air concentré. Le Misc a officiellement fermé il y a une demi-heure, et, depuis, nous avons investi le patio. Comme d'habitude, l'alcool est roi et la musique jaillit des basses dans une rythmique accueillante. En somme, la soirée est identique à toutes les précédentes, si ce n'est la présence d'une étudiante en médecine et de ses connaissances ahurissantes.

— C'est une maladie ?

— Oui, acquiesce Madison.

— Humaine ?

— Oui.

Sally repart dans ses tergiversations. Rechercher la définition de termes médicaux lui provoque un plaisir irrationnel. Elle a lancé Madison sur ce terrain après qu'elle a sorti un mot qui n'appartient pas à la liste de ceux que prononce le commun des mortels. J'ai pu entendre « camptodactylie », « phlébographie », « kaliémie », « trismus » et « otoplastie » avant que « l'albuminurie » devienne le centre de l'attention.

— C'est un manque de protéines ?

Madison réfute.

— Un parallèle avec les poules ?

— Non plus.

— Un déficit musculaire ?

— C'est le passage de l'albumine du sang dans les urines à cause d'un dysfonctionnement des reins.

Sally lève les yeux au ciel, une fois de plus agacée d'être à côté de la plaque.

— Tu vois ? C'est pour ça que les médecins sont considérés comme des spécimens étranges. Vous avez votre propre vocabulaire, on dirait que vous évoluez dans une secte.

— Ou que vous avez des problèmes d'élocution, intervient Grayson.

— Une dysarthrie, tu veux dire ?

Il plisse le front, désemparé.

— À quel moment donne-t-on un nom pareil à une maladie pareille ?

— La plupart ont des racines grecques ou latines, c'est un héritage de l'Antiquité. Quand on décortique les syllabes, tout devient logique. Par exemple, le préfixe « dys » émet l'idée d'un mauvais fonctionnement.

« Arthrie » est quant à lui un dérivé de « arthon », qui veut dire articulation en grec ancien.

— Parce qu'en plus tu parles des langues mortes ?

— Je suis quelqu'un de particulièrement barbant.

— Tu me fais surtout me sentir incroyablement con.

Il fait couler la boisson dans son œsophage avec un désespoir notable. Alors que le jeu reprend de l'autre côté de la table, je m'étonne de voir Grayson si affligé ; ma sœur impose une certaine forme de respect, mais son intelligence ne rend généralement pas maussade.

— Tu as un problème avec Madison ?

— Non, mec.

Je lève un sourcil interrogateur. Cette réponse laconique n'est pas suffisante.

— C'est moi le souci, dit-il alors.

Il se frotte le crâne en poussant un juron étouffé et boit une gorgée avant de s'expliquer.

— Depuis que je suis avec Sally, je me sens… putain, ne te fous pas de moi, OK ?

— Il faudrait que tu me parles pour ça.

Il soupire.

— Je nage en plein délire, Blade. Il se passe des choses étranges dans mon cerveau, en ce moment.

— Comme quoi ?

Il me montre Madison du menton.

— Ta sœur, par exemple. Elle est sympa et depuis qu'elle est ici, je n'ai pas un seul défaut à lui donner. Elle s'exprime bien, elle est naturelle et polie. C'est une nana parfaite.

— Mais ?

— Mais tu as vu comme Sally s'intéresse à elle ?

— Quoi ?

Je le dévisage, sidéré. Cette remarque n'a aucun sens.

— Je me doutais que tu ne comprendrais pas…

— Je suis désolé, Gray, mais tu es en train d'insinuer que ta petite amie a des vues sur ma sœur ?

— Non… non. Non, ce n'est pas ça. Pas du tout.

— OK…

— J'essaie de t'expliquer que c'est difficile pour moi de voir Sally se passionner pour d'autres personnes, surtout quand ces personnes-là ont des talents que je ne possède pas.

Je ne réalise pas tout de suite qu'il me fait une magnifique crise de confiance en soi.

— Madison a le cerveau d'une machine de guerre, et elle n'est pas la seule à me doubler. Tu n'imagines pas le nombre de clients au Misc qui ont des connaissances folles et des dons incroyables. On côtoie tellement de gens…

— … pourquoi Sally resterait avec toi alors qu'il y a plus fascinant ailleurs ? C'est ça que tu tentes de me dire ?

Il acquiesce. Cela ne me surprend qu'à moitié.

Nous côtoyons pas mal de monde au quotidien. Dans notre job, le sourire et la sympathie sont maîtres. Un bon vendeur ne tire jamais la tronche, il se montre avenant et patient ; j'ai déjà surpris Grayson en train d'observer les échanges de Sally, toujours cordiaux, d'un œil différent. Comme s'il les appréhendait.

Il est aveuglé par ses sentiments. Il voit les autres

comme des concurrents. En un sens, il a peur que Sally lui échappe.

— Ne te prends pas la tête, dis-je.

J'étends un bras derrière lui, sur le dossier du canapé rafistolé avec de vieux tissus fleuris, et désigne Sally du goulot.

— Fais-lui confiance.

— C'est ça, ton conseil ?

— Je te fais un résumé pour que tu n'en retiennes que le plus important.

— Tu es le pire de mes potes, sache-le.

J'amène la bière à ma bouche pour avoir une autre occupation que celle de me foutre de lui. Il devient mignon lorsqu'il doute de lui.

— Elle t'a choisi. Tu es l'élu, Gray. Tu considères peut-être être en dessous des autres, mais pas aux yeux de Sally. Si tu veux mon avis, elle commet une terrible erreur alors profites-en.

— Enfoiré !

— Elle a porté son dévolu sur un type à qui il manque un morceau de fesses, quand même.

— Je t'emmerde !

— Troué de partout, de surcroît.

— Ce détail-là entre dans la catégorie des avantages.

— Si tu me parles de ton gland-passoire et de ses pouvoirs magiques, je m'en vais.

Plutôt crever que d'endurer sa théorie sur le bien-fondé des parties intimes percées. J'étais là quand il a pris la décision de se faire passer une tige de fer dans son attirail, et comme je suis un ami, et que les amis se soutiennent, je l'ai accompagné chez le perceur.

Un des souvenirs les plus traumatisants qui errent encore dans ma mémoire. C'est à partir de ce jour que j'ai su qu'il manquait une case à Grayson Griffin.

— Je t'assure que le résultat vaut la souffrance. C'est un ticket direct pour l'entrée au panthéon des bons coups.

— Je préfère rester en bas de l'échelle.

— Pauvre Charlie. Elle mérite tellement mieux.

Bien que décontenancé par son arrivée dans la conversation, je n'en montre rien. Je n'ai pas encore partagé le bordel de notre histoire avec Gray, ni avec personne d'ailleurs. Ce secret me plaît, il me laisse croire qu'elle et moi vivons quelque chose à l'abri des regards.

Notre dernier baiser a bousculé ma façon d'être et de penser. Il a imprimé des sentiments sur mon cœur. Il a aussi placardé cette femme dans tous les recoins de mon esprit ; je ne passe plus une minute sans penser à elle.

Désormais, c'est sûr : elle va vraiment me pourrir la vie jusqu'au bout. Et je ne demande que ça.

— Je ne couche pas avec elle, Gray.

— Ce n'est qu'une question de temps.

Il se délasse les épaules, savourant la prise de pouvoir dans notre discussion.

— On a tous remarqué votre rapprochement, en Laponie. Sav est certaine que vous avez déjà passé le cap, Sally a opté pour une « mise en bouche ». Tu imagines bien que James ne s'est pas prononcé, mais son silence fait office d'approbation. Quant à moi, j'ai vu que tu n'en avais plus rien à faire des nanas qui grouillent à la boutique.

Il sourit d'un air insupportablement pervers.

— Tu as maté un nombre incalculable d'arrière-trains depuis qu'on se connaît, Blade. On t'aurait proclamé fessionomiste que ça ne m'aurait pas étonné.

Je lève les yeux au ciel. Il exagère.

— Tu étais un chevalier de l'Ordre des postérieurs. Le magistrat des culs. Et quand elles étaient face à toi, tu devenais le marabouteur des décolletés.

— C'est presque vexant.

— C'est la vérité. Tu voguais de sein en sein avec ton petit sourire en coin. Ce n'est pas pour rien que tu avais ton harem, avec Blitch92200 en tête de file... mais depuis nos vacances, tu as changé. Charlie t'a transformé. Elle t'attire, n'est-ce pas ?

— Que veux-tu que je te réponde ? Si je disais non, tu me taxerais de menteur.

Il opine, amusé.

— Mon flair de meilleur ami se doute d'une entourloupe. Je parierais mon ampallang que vous avez déjà été plus loin que le jeu de séduction.

— À tes risques et périls.

— Je suis aussi convaincu que tu arrives au bout de ta résistance.

— Crois ce que tu veux.

— Tu vas craquer, Blade. Et ça se passera ce soir, dit-il avec un sourire en coin.

Sur ce, et en réponse à mes sourcils froncés, il pointe son menton vers la porte donnant sur la salle principale de la boutique ; je ne l'ai pas entendue grincer, bien que les gonds souffrent de leur vétusté. Sally nous tanne pour qu'on les badigeonne d'huile depuis des jours, ce qu'aucun de nous n'a fait puisqu'on avait d'autres choses à penser, comme la paperasse pour James, le défaut de confiance en soi pour Gray, et Charlie pour moi.

À chaque fois qu'elle apparaissait dans ma tête, c'était vêtue d'une combinaison de ski informe. De temps en temps, elle portait la tenue avec laquelle elle m'a accueillie à son appartement, l'autre jour. Dans les deux cas, son naturel me transcendait. Je l'ai déshabillée et touchée pendant des heures, nourrissant mon appétit d'elle avec ferveur. Néanmoins, je ne l'ai jamais imaginée en robe. Une erreur que mes yeux sont actuellement en train de rectifier.

Elle entre dans le patio avec Savannah – je ne lui consacre pas assez d'attention pour pouvoir l'affirmer avec certitude, mais je suppose que c'est elle. Mes yeux sont accrochés au corps magnifique qui se courbe pour saluer Sally et Madison.

Elle dégage un charme fou. Sa robe légère ne concorde pas avec la saison, mais je pourrais implorer des dieux pour qu'elle la garde sur elle éternellement. Hiver comme été. Nuit comme jour. C'est simple : elle éclipse tout le monde.

Madison et elle font rapidement connaissance, le temps pour moi de réunir mes pensées et de me donner un air détaché.

— Décoince-toi, entends-je sur ma gauche.

— La ferme.

— Ne la dévore pas des yeux, au moins.

— La ferme.

— Je te donne une heure avant de céder, et c'est uniquement parce que je suis sympa.

Il s'en tire bien, puisqu'elle regarde dans notre direction. Mon troisième « la ferme » reste donc coincé dans ma gorge, entre une boule de frustration et une autre d'excitation.

Le tout retombe comme un soufflé quand elle se contente de nous saluer de la main, à distance. C'est un geste beaucoup trop formel comparé à ce que j'attendais. Il manque du toucher. De l'odeur. Du goût. Quelque chose qui parvienne à contenter mes sens un minimum.

Je lève toutefois ma bière pour y répondre. Me sourit-elle ? Même pas. Elle se tourne afin d'écouter ma sœur, ce qui me permet de comprendre un peu mieux Grayson : être relégué au second plan développe un sentiment d'injustice terrible.

— Une heure, Blade, me rappelle-t-il avec ironie.

En réalisant que la chute de reins de Charlie envahit mon champ de vision, et que je n'aurai que ça à observer, je réduis la durée à trente minutes.

Et je vise large.

Chapitre 36

Charlie

Si je devais présenter Madison, je ne pourrais le faire autrement qu'avec une métaphore. Quand je la regarde, elle me fait aussitôt penser aux champs de coquelicots qui fleurissent au printemps : sa beauté est bucolique. Elle libère un vent de fraîcheur donnant envie de sourire sans véritable raison. Ce genre de personne, capable de distiller du plaisir par sa simple présence, est rare. Je comprends pourquoi Blade la couve, parce que c'est exactement ce que je ferais si nous nous connaissions depuis plus longtemps.

Cela dit, j'émets mes réserves quant à un supposé manque de caractère : elle est loin d'être faible, et encore moins naïve. Son cerveau recèle une quantité hallucinante d'informations sensées, de réflexions justes et de savoirs qui me sidèrent.

Elle est admirable. Quand je ne cherche pas le regard de Blade, je suis pendue à ses lèvres. J'aimerais qu'elle m'inculque le dixième de ce qu'elle a appris grâce à ses études, mais parce que je suis distraite, les notions de chirurgie générale et de philosophie platonicienne entrent par une oreille et ressortent par l'autre.

L'attention de son frère m'empêche de me concentrer.

Blade ne m'a pas lâchée des yeux depuis mon arrivée. Je sens son regard dans mon dos, sur mon profil… il n'y a plus la retenue que nous nous imposions avant ces baisers. Nous embrasser a brisé des forteresses érigées depuis des mois, cela nous a servi d'aveu, en quelque sorte. Je suis certaine de ce que j'avance puisque jamais il ne m'aurait fixée ainsi, auparavant. Ses iris glacés, intenses et bruts, sont révélateurs de ses pensées : ma robe l'encombre.

Pour la première fois de ma vie, un regard me déshabille. J'ai la sensation d'avoir perdu la protection du tissu. Blade fixe ma silhouette comme si elle était nue, mes hanches me paraissent soudain être une arme de séduction massive, au même titre que ma taille ou que mon cou.

Portée par ce regain d'assurance, j'ose le considérer à mon tour. Plusieurs fois. Je m'amuse de cette attirance réciproque, presque suffocante. Je lui fais croire qu'il n'obtiendra rien de plus que ce qu'il a déjà, c'est-à-dire un spectacle visuel.

Savannah m'a soufflé l'idée de le faire languir, après mes confessions dans la voiture. Ma réaction ? Lui rire au nez. À mon sens, je n'ai pas le caractère adéquat pour dominer une partie d'échecs aussi subtile qu'est celle de la séduction. Je pensais que de prendre les devants me rendrait grotesque, parce que ce n'est pas « moi ». Grand mal m'en fasse.

L'attention assidue de Blade me donne des ailes. De ce fait, j'arrive à user de mes sourires en coin et de mes regards ambigus.

Bientôt, je deviens son point d'ancrage. Il boit en me fixant. Il parle avec Grayson en m'observant. Fait étrange, il ne sort pas une seule fois afin de s'en griller une.

L'air de la pièce s'alourdit à chaque pièce déplacée sur l'échiquier. Fous, tours et cavaliers mènent une bataille sans merci pour infliger un échec et mat à l'adversaire. Et je finis inexorablement par tomber dans mon propre piège.

J'aime un peu trop sa nonchalance, cette façon qu'il a de pencher la tête sur le côté tout en posant une cheville sur le genou de sa jambe opposée. D'attendre mon prochain coup avec un plaisir à peine dissimulé.

Nous ne nous sommes jamais complu dans la facilité. Blade et moi nous cherchons. Constamment. C'est le fondement de notre relation. C'est dans cette optique que je mets en place ma tactique suivante.

Je quitte le patio sans un regard en arrière. L'avantage de traîner au Misc depuis des mois est d'en connaître les plus infimes recoins. Je peux marcher dans le noir jusqu'à l'arrière-salle, tout en évitant à mes tibias de cogner dans un coin de table ou d'armoire. Me suivra-t-il ?

La pièce où je pénètre est la plus sombre de la boutique. Le velux, où la nuit se dessine, forme un mince puits de lumière ; je ne distingue qu'un bout d'établi où les outils sont recouverts de sciure. C'est là-bas que je me rends, et que j'attends. Sur le qui-vive.

Pas un bruit. Pas un son ne se détache du silence, si ce

n'est les basses d'une sono qui crache du rap de l'autre côté du bâtiment. Je m'assieds sur le rebord de la table, le regard perdu dans le noir.

Mon rythme cardiaque devient l'aiguille des secondes qui passent. Mon sang tambourine à un rythme régulier contre les parois de mon crâne… et je continue de patienter.

Jusqu'à un grincement.

La porte s'ouvre lentement et je présume sa fermeture. Mes yeux ne voient rien, mais je sens une présence dans la pièce, comme si quelque chose subtilisait soudain tout l'oxygène ambiant.

— C'est un espace interdit au public.

Les graves de sa voix font courir un frisson le long de ma colonne vertébrale. Consciente que la lueur de la rue me met à découvert, je m'efforce de rester immobile. Je n'ai pas envie d'être trahie par les expressions de mon visage.

— J'ai une dérogation.

Le craquement du parquet m'informe qu'il se déplace, mais jamais il n'apparaît. Il est englué dans la pénombre, assez loin pour je ne puisse pas distinguer les contours de sa silhouette, et juste assez proche pour que je me les imagine avec précision.

Une minute interminable s'écoule avant qu'il ne reprenne la parole.

— Madison te plaît ?

— Elle est géniale, réponds-je.

— Tu passes une bonne soirée ?

— Excellente.

— Tu es magnifique.

Je souris. Le calme dont il fait preuve renforce la véracité de ce compliment : il pense vraiment ce qu'il avance. Il me trouve belle.

— J'aimerais en dire autant de toi mais tu n'as pas allumé la lumière avant d'entrer.

Deux pas. Il exécute deux pas avant d'émerger de la pénombre.

Mon Dieu…

Les effets d'ombre et de lumière lui confèrent un charme supplémentaire. Il en déborde. Sa bouche, capable de délivrer des insultes abominables, est désormais close. Quant à ses yeux, que je me suis échinée à détester, ils brillent d'un désir sauvage. Je ne donnerais pas cher de mon corps s'il lui venait l'idée d'en prendre possession.

— J'aime ce que je vois, murmuré-je.

— Fais attention à ce que tu dis.

— Je suis consciente de la portée de mes propos.

Il prend lentement appui sur l'établi, ses bras se tendant de part et d'autre de mon corps.

— OK. Dans ce cas, on va la jouer honnête.

— Je t'écoute.

Il passe de mon œil à l'autre, sûrement pour vérifier que je suis prête à répondre à ses questions.

— Cette robe : achetée pour l'occasion ?

— Enfouie dans mon placard depuis des années. Tu m'as suivie ou ta présence est due au hasard ?

— Je t'ai suivie. Tu as ressenti quelque chose quand on s'est embrassés chez toi ?

— Oui. Tu penses toujours que les autres femmes ne t'intéressent plus ?

— Sans aucun doute. Développe ton « oui ».

C'est absurde, mais parce qu'il me frôle, je suis obligée d'inspirer par à-coups. Mes poumons refusent de s'emplir convenablement. On réagit de cette manière pendant un effort physique ou sous le joug de la peur. Or, je suis immobile, et mes émotions sont à l'opposé exact de la crainte. Mes difficultés sont liées à un flot d'adrénaline qui se déverse violemment dans ma poitrine.

— Ça m'a dévastée. J'ai eu envie de plus et j'y pense chaque minute de chaque journée depuis. Est-ce que je m'apprête à commettre une erreur ?

— Tu me fais confiance ? demande-t-il après un instant de silence.

— Si tu n'envisages pas de suite à ce chapitre, alors non.

Mes conditions sont claires ; à lui de décider.

On ne m'a pas vendu Blade comme un homme sur qui compter, du moins, pas sur le plan sentimental. Il aime batifoler et je ne le condamnerai pas pour ça : nous avons tous un mode de fonctionnement différent. S'il préfère vivre le moment présent plutôt que de construire un futur, c'est son choix. Je ne le jugerai pas. Mais, dans ce schéma où les aventures sans lendemain sont légion, je ne serai pas la personne qu'il lui faut. Et il ne sera pas la mienne.

Mon cœur bat pour lui. Le fait que je me mette à nu, en ce moment, en est une preuve. Simplement, je stopperai tout s'il n'est pas de taille à me prendre tout entière : moi, mon corps, mes sentiments et mes attentes.

— Je ne peux rien te garantir, dit-il enfin. Tu me rends fou, j'ai une prédisposition à t'emmerder et j'aime ça. Je n'arrive pas à voir un futur où on se promène dans Chicago main dans la main, parce qu'on finirait par se broyer les doigts. Je ne nous imagine pas dans le cadre d'un dîner aux chandelles, parce qu'il y a fort à parier que tu me balancerais la cire chaude en plein visage.

Il inspire une goulée d'air conséquente.

— Toi et moi, c'est illogique. Mais demain, après-demain et les jours qui suivent, je veux qu'ils soient faits de toi. De ton caractère exécrable. De nos disputes. Je ne sais pas lire l'avenir, mais une chose est sûre : tu es incluse dedans. Invariablement.

Ses mots sont prononcés près de ma bouche. J'en déguste la franchise, et ne peux m'empêcher de sourire… il parvient à me toucher.

— Fais-moi confiance sur un point, Charlie : j'ai aimé tes défauts avant tes qualités. C'est une bonne base pour démarrer une histoire solide, tu ne penses pas ?

J'acquiesce.

Je le crois.

Ses sentiments me désarment autant qu'ils me décomplexent. Cet aveu, c'est tout ce que je demandais, et, maintenant que je l'ai entendu et enregistré, les dernières vagues d'inquiétude s'envolent.

Je prends possession de ses lèvres en arrêtant de réfléchir aux conséquences. Sans me dire que je fonce droit dans le mur.

Blade ne ressemble pas aux hommes de mon passé et

j'ai l'intime conviction qu'il ne bafouera pas la confiance, si chère à son cœur, que je suis en train de placer en lui.

Ce baiser en toute connaissance de cause en devient d'autant plus précieux, bien plus encore que les précédents. J'ai l'impression que chaque seconde, que chacun de ses gestes est comme un murmure à mon oreille, une façon détournée de me répéter : « je ne t'abandonnerai pas ».

Il plaque son front au mien. *Je ne t'abandonnerai pas.*

Il embrasse la courbe de ma mâchoire. *Je ne t'abandonnerai pas.*

Ses doigts se crispent dans ma nuque. *Je ne t'abandonnerai pas.*

Ses pouces se promènent alors sur mes joues, s'accaparant les reliefs de mon visage, avant que nous nous retrouvions plus intensément.

La fougue entre dans la partie. Entre les demi-sourires et les soupirs incontrôlables, nos corps se rapprochent.

Je ne le freine pas quand il se plaque contre moi. Au contraire. Je veux tout sentir. J'ai besoin qu'il me touche. Qu'on continue de développer cette connexion aberrante jusqu'au bout.

— Ta robe…

— Fais ce que tu veux de ma robe.

Qu'il la déchire et se serve des lambeaux pour confectionner des rideaux, je m'en fiche. J'en arrive à un point où me promener les fesses à l'air dans l'enceinte du Misc me passe par-dessus la tête.

Il sourit contre ma bouche, tandis que sa main passe sous le tissu pour empoigner ma cuisse.

— Elle restera intacte, dit-il en remontant doucement. Je ne l'abîmerai pas, ça n'est pas nécessaire. Pas maintenant.

Tout en posant ses lèvres dans mon cou, à l'endroit où ma veine pulse violemment, il me fait m'allonger. Sa douceur tranche avec la dureté du bois ; je ne sais pas combien de temps je tiendrai dans cette position, mais j'en ressortirai avec des égratignures dans le dos, ça, c'est une évidence.

— Blade, la porte…

— Le verrou est fermé.

— Tu as pensé à la fermer à clé mais tu as oublié d'appuyer sur l'interrupteur pour qu'on ait de la lumière ? dis-je, pendant qu'il disparaît de mon champ de vision.

Ses doigts se fraient un chemin sur mes cuisses. La différence de température entre sa peau et la mienne – je meurs de chaud – me fait frissonner.

— Je connaissais l'ordre de mes priorités.

— Sous-entendu ?

Il embrasse l'intérieur de mon genou, puis sa bouche glisse un peu plus haut, pour y délivrer un supplice identique. Ma tête s'allonge sur l'établi, et, submergés par le plaisir, mes yeux se ferment ; finalement, je me contrecarre des sous-entendus.

À quel moment peut-on considérer que deux personnes ne font qu'une ? Quel est l'élément déclencheur qui permet à nos barrières de tomber pour de bon ? Quand peut-on dire « oui, je l'aime » en étant certain que ce sentiment correspond bien à de l'amour ? Avec la tête de Blade qui se dirige actuellement entre mes jambes, je suppose que ce n'est pas le moment pour développer une thèse philosophique. Mais je crois que je l'aime.

D'une manière non conventionnelle.

J'aime le détester et j'aime apprendre à le connaître. J'aime m'être trompée à son sujet et j'aime découvrir ses qualités. J'aime l'enfoiré qu'il est. J'aime ses yeux. J'aime nos déboires. J'aime ses imperfections. J'aime ce qu'il me fait ressentir. J'aime qu'il me rassure. J'aime ce qu'on est quand on est à deux. Bordel, et j'aime vraiment ce qu'il est en train de me faire !

Comme encouragé par cette pensée, il redouble d'attentions. Je me tends à plusieurs reprises, frémissant sous ses doigts et cherchant piteusement mon souffle.

Entre les émotions du cœur et les sensations du corps, tout se mélange, s'accumule, et augmente en puissance.

Ma peau me brûle, ma gorge me fait mal tant j'y contiens mes gémissements.

— Blade, attends…

Il n'attend pas. Il fait pire.

Il me redresse en glissant la main sous mon dos, et je ne sais pas si me retrouver de nouveau face à ses lèvres me rend heureuse ou me contrarie ; gonflées et luisantes, elles appellent au crime. Techniquement, elles devraient être plus bas, en train de me rendre folle. Pourquoi a-t-il tout stoppé ?

— Il me semble que l'interruption volontaire de préliminaires est passible de prison.

— Ça s'appelle « faire durer le plaisir », rétorque-t-il dans un chuchotement lascif.

Suis-je faible ? Oui. Parce que dès lors que l'on s'embrasse à nouveau, je l'excuse pour cet affront.

L'établi ne le satisfait plus. Il me porte jusqu'à une surface verticale, probablement une porte de penderie en pleine rénovation ou quelque chose qui s'y apparente, puisque le bois brut érafle encore une fois mes omoplates. Je ne lui en fais pas la remarque, la douleur étant annihilée par ma libido.

Un autre pan de mur. Le dessus d'une commode. Un fauteuil… Il me donne tout ce que je désire, me faisant balbutier son prénom et perdre la raison. Quand il me plaque contre la porte d'entrée, je ne suis plus que bouillonnements. Ses baisers sont ravageurs. Je l'agrippe de toutes mes forces en l'implorant d'arrêter la torture.

— Arrête de jouer, Blade.

Si sa chemise n'existait pas, les ongles que j'enfonce dans son torse le grifferaient jusqu'au sang.

— Qu'est-ce que tu veux ? dit-il tandis que je devine son sourire prédateur.

— Toi. Nous. Un orgasme.

— Maintenant ?

— Tout de suite.

Mon impatience l'amuse.

— Je n'ai pas ce qu'il faut avec moi, Cha. Je suis clean, mais je n'ai pas envie de déconner avec toi, je veux que les choses soient bien faites.

— « Cha » ? L'intimité me donne droit à un surnom ?

— Tu devrais te concentrer sur le reste de ma phrase, dit-il dans une moue craquante.

Il n'a pas de préservatif, j'ai compris. Cela réduit mes

chances de créer un souvenir mémorable dans cette pièce. Néanmoins, je suis capable de lire entre les lignes.

— Mais ? relancé-je.

Focalisé sur mes yeux brillants d'espoir, il écarte mes jambes à l'aide de son genou.

— Mais je peux facilement contourner ce problème.

Les minutes qui suivent, Blade – ses doigts, plus précisément – fait en sorte que je ne veuille plus jamais qu'un autre homme que lui me touche. Il met mes ex à l'amende et désintègre mes neurones un à un. Son audace fait voler ma réserve en éclats, envoyant balader les derniers restes de fille sage qui dormaient en moi.

Je songe à ne porter que des robes, désormais. L'aspect pratique est indéniable.

Libérée, j'ose me laisser aller. Des nœuds se forment et se défont dans mon bas-ventre sans que je n'aie plus aucun contrôle dessus. Lorsque Blade ajuste ma position en plaçant ma jambe sur son épaule, je sais qu'il ne me reste plus longtemps. Quelque chose d'incroyable se passe alors en moi, comme une succession de moments d'apaisement profond et d'euphorie totale. C'est à la fois indéfinissable et démentiel. Cela s'intensifie avec force.

Sauf que la montée est interrompue de la manière la plus brutale qui soit. On toque à la porte. Blade est parti tellement loin qu'il n'entend pas, c'est ma soudaine crispation qui l'alarme.

— Je t'ai fait mal ?

Qu'il se préoccupe de mon bien-être est adorable, mais je suis trop horrifiée par les coups portés derrière moi pour m'en attendrir.

— Blade ?

C'est James.

Sa voix me fait l'effet d'un coup de jus. Je pense immédiatement à ma foutue bouche et aux gémissements indécents qui en sont sortis : ai-je été trop bruyante ? Pour que je sois audible malgré la musique, il faudrait vraiment que mes vocalises défient celles d'une cantatrice.

— Charlie ? Écoutez, je sais que vous êtes à l'intérieur.

Appelez-moi « couverte de honte ».

Blade se redresse avec le bas de ma robe encore serrée dans son poing. S'il est agacé, je suis mortifiée.

— Ne dis rien, il va partir, me murmure-t-il.

Oui, et il emportera ma dignité avec lui.

— Vous avez sûrement mieux à faire que de m'écouter, mais on a besoin de vous. Blade, ton père est là.

Chapitre 37

Blade

Je ne suis pas certain d'avoir bien compris mais je ne demande pas à James de répéter. Le terme « père » me dégoûte déjà assez, pas besoin de l'entendre deux fois.

« Il est là »... au Misc. Chez mon patron. Chez nous. Par quel foutu moyen a-t-il trouvé l'adresse ? Quand il veut quelque chose, il met généralement tout en œuvre pour l'obtenir, quitte à user de méthodes crapuleuses, mais il ne se casserait pas la tête pour moi. Je ne le vois pas prendre sa Mercedes rutilante un vendredi, à cette heure-ci, pour rendre une visite de courtoisie à son raté de fils.

— Blade.

Charlie pose les deux mains sur mes épaules tendues, elle doit sentir que je bous. J'essaie de me détendre, je ne veux pas qu'elle ait accès à cette partie négative de moi, surtout après ce qu'on s'est dit. J'aurais aimé que notre histoire soit installée avant que mon paternel s'interpose.

Il a réussi à intervenir pendant que je m'attelais à la faire jouir. Il me suivra jusqu'en enfer.

— Va lui parler.

Je ne décèle plus d'étincelle dans son regard. Ça me fait royalement chier. Il y a encore cinq minutes, ses pupilles étaient dilatées. Elle acceptait de s'en remettre tout entière à moi et je me démenais pour lui offrir l'orgasme du siècle. À la place, je ne pense maintenant qu'à massacrer mon patriarche pour m'en avoir empêché.

— Je suis désolé.

Elle secoue doucement la tête.

— Va lui parler, répète-t-elle avec plus d'aplomb. Si ta sœur tient à lui, c'est qu'il doit posséder au moins une qualité humaine, non ? Alors écoute ce qu'il a à te dire. Et ensuite tu aviseras.

Avec une moue pleine de tendresse, elle décroche mes doigts de sa robe. J'ignorais que je serrais le tissu avec autant de hargne. Aussi, je réalise que Madison se tient dans l'autre pièce, à quelques pas de notre géniteur. C'est cette image désagréable qui me fait réagir.

Je vérifie que je suis présentable, ce qui me prend trois secondes à tout casser. Charlie s'acharne un peu plus longtemps sur ses cheveux, et je regrette que mon empreinte disparaisse aussi vite de son allure. J'y remédierai, j'en fais le serment. Mais, pour l'instant, j'ai un enfoiré à retrouver.

James est toujours là quand on ouvre la porte. Il ne s'attarde pas sur les joues cramoisies de Charlie ou sur mon air meurtrier, ce sont des indices dont il n'a pas besoin pour savoir qu'on était sur le point d'écrire une nouvelle page de notre histoire.

— Il est dehors, m'indique-t-il.

Je le suis avec la rage au ventre. Avec appréhension aussi, peut-être. Baldwin Williams a fait de moi ce que je suis aujourd'hui. Il a flingué mon assurance en espérant façonner le caractère d'un fils à son image. Je ne vais pas mentir, j'ai souffert de son jugement, et j'ai cru pendant un moment que j'étais aussi misérable qu'il me le laissait entendre.

Aujourd'hui, j'ai évolué. J'ai réussi à le dégager de mes pensées, mais le lavage de cerveau a fait subsister des traces.

— Tu le trouveras sur le trottoir.

— Il n'est pas entré ? demandé-je, surpris.

— Le Misc est notre maison, Blade. Personne n'y entre sans mon autorisation.

Je suis d'autant plus étonné qu'il m'accompagne à l'extérieur d'un pas résolu. James est partisan de l'échange pacifiste, il n'apprécie pas les haussements de ton. Autant dire qu'il risque de ne pas apprécier ce qui va suivre.

Charlie reste à ses côtés, près de la vitrine. Elle aussi assistera à la scène, manifestement. Leur présence, bien que silencieuse, me sert de soutien moral et m'aide à ne pas exploser immédiatement.

Sa voiture à la carrosserie étincelante fait tache dans la simplicité modeste de notre quartier. Le halo des réverbères s'y reflète comme si la peinture était composée d'un alliage de pierres précieuses. C'est triste qu'il revendique sa réussite professionnelle dans l'apparat, il aurait mieux fait de bosser sur son esprit de famille.

J'ai un pincement au cœur en voyant Madison discuter avec lui ; emmitouflée dans son cache-nez, près du capot, elle n'a pas idée de la souffrance que cet échange me provoque. Faire la part des choses est une notion que j'ai acquise avec le temps, d'où mon désir de la laisser être aimée par ceux à qui elle tient. Mais cela n'enlève en rien la douleur de les voir réunis.

Je rentre les mains dans mes poches et me résous à les rejoindre. Mes yeux croisent trop vite ceux de mon père. Bleu contre bleu. J'ai hérité de sa couleur translucide, celle qui est un atout charme pour la majorité des gens, et une malédiction pour moi. J'ai mis du temps avant d'accepter pleinement ce reflet dans le miroir.

— Je vous laisse, entends-je Madison prononcer.

Elle presse son épaule, comme s'il avait besoin de sa force, puis passe devant moi avec un sourire contrit aux lèvres.

— Je ne suis pas loin.

Ses chaussures claquent en rythme sur le macadam givré quand la confrontation débute.

Il a pris un coup de vieux, c'est le premier constat qui s'impose. Des rides, chacune marquant une étape de sa vie, vallonnent son visage sévère. Lui qui ne sourit jamais en voit désormais les conséquences : sa bouche a l'air de tomber, il arbore une expression maussade. Je ne peux pas dire si la rougeur de ses pommettes est due au froid ou au vin qu'il se siffle tous les week-ends, mais ça me change radicalement de celle de Charlie.

— Comment vas-tu ?

Sacrée question quand on connaît sa propension à se foutre de mon bien-être.

Pas de bonjour. Pas d'effusion. Ne pas avoir eu de

contact pendant des années a conditionné notre façon d'être avec l'autre : nos bonnes manières ont disparu.

— Pourquoi tu es ici ?

— Madison a quitté le domicile familial la semaine dernière, je commençais à m'inquiéter. Elle m'a laissé un message pour m'informer qu'elle était à Chicago.

— Elle est chez moi, oui.

Il acquiesce sèchement.

— Elle m'a dit où tu travaillais. Je suis là pour qu'elle rentre à la maison.

— Bravo. Tu réagis comme un vrai père.

Rien ne filtre sur son visage, pas le moindre putain de remords. Il lui a fallu sept jours pour traverser la centaine de kilomètres qui le séparent de sa fille alors que son fils attend toujours un signe de sa part, des années plus tard. Je ravale ma fureur pour éviter un esclandre.

— Madison est majeure et vaccinée, elle rentrera quand bon lui semblera.

— C'est ce que je pensais mais l'air de l'Illinois lui a donné des idées, dit-il en jetant un œil par-dessus mon épaule. Elle a insisté pour que nous ayons une conversation, tous les deux.

Il crache ce mot comme s'il était ni plus ni moins qu'une insulte.

— Elle ne partira pas tant que nous ne nous serons pas expliqué, ajoute-t-il.

— Sans déconner… Tu es prêt à me demander pardon ? Parce qu'à moins de reconnaître tes fautes, le retour de l'enfant prodigue au pays me paraît fortement compromis.

— Ne parle pas de ta sœur de cette manière, Blade.

— Ah ? Tu te rappelles mon prénom ?

Le sarcasme lui plaît moyennement. À sa posture qui se rigidifie, je comprends qu'il se braque.

— Je n'ai pas d'excuses à t'offrir, reprend-il avec une impatience grandissante. Il semblerait que tu éprouves de la rancœur à mon égard, mais je n'y suis pour rien. J'ai essayé de t'inculquer mes valeurs, comme n'importe quel chef de famille l'aurait fait. Tu les as rejetées et tu as préféré voler de tes propres ailes. Me blâmer pour une décision que tu as prise, c'est faire preuve de mauvaise foi.

Reste calme. Je cherche un peu de sérénité du côté du ciel ; mes yeux restent rivés à la voûte étoilée pour me permettre de voir autre chose que ce visage tristement malhonnête.

— Je suis parti parce que tu m'étouffais, dis-je. Normalement, aucun enfant ne pense à quitter sa famille. Il faut un élément déclencheur pour que l'idée germe.

— N'exagère pas, tu n'as jamais été battu, dit-il avec un soupir las.

— Non, et je n'ai jamais dit le contraire. Tu m'as descendu pendant toute mon enfance, c'est là où je veux en venir.

— Tu vas vraiment remettre ça sur la table ?

Est-il nécessaire de remuer le couteau dans la plaie ? Certainement pas. Retourner dans le passé me gonfle, mais vu qu'il n'a pas l'air de réaliser l'ampleur de sa bêtise...

— Quand je rentrais de l'école avec un contrôle loupé, tu te souviens de tes réactions ?

— Je te disais de travailler plus, c'est le conseil le plus banal qui soit.

— Tu me disais que j'étais médiocre, et que je n'arriverais à rien dans la vie avec un cerveau aussi vide.

— C'est peut-être trop franc pour un cœur fragile, mais c'est la vérité.

— J'avais six ans. Tu me disais que j'étais idiot, que je devais tenir ça de mon grand-père ou d'un autre raté de la famille.

— Encore une fois, je ne vois pas où est le mal : Léopold manquait cruellement de réflexion. Le but de l'éducation est également de t'endurcir, Blade. Le monde n'est pas rose, tu as besoin d'une armure solide pour l'affronter. Je m'y suis employé.

— Les cadeaux de fête des Pères que tu as jetés à la poubelle devant mes yeux, c'était aussi pour m'endurcir ?

— On sait tous que les enfants ont un talent artistique qui frôle le néant ! s'agace-t-il. Certains parents font semblant de faire tomber leur cadeau en pâte à sel. Moi, j'ai simplement été honnête. Les laisser dans la cuisine aurait fait peur à nos invités.

Son humour le fait doucement rire. Pas moi. Je me souviens de la question de la maîtresse, le lendemain, pour savoir si mon père était content de son présent. J'ai répondu que oui. Je préférais mentir plutôt que de lui avouer que j'étais « sacrément retardé pour créer un truc pareil à mon âge ».

— Je ne te savais pas aussi sensible, garçon. Tu as eu une enfance facile, ne t'en plains pas.

— Tu m'as payé les frais de scolarité, ouais, mais ce n'est pas…

— Cesse ces jérémiades, me coupe-t-il d'un mouvement sec de la main. Je me suis épuisé à la tâche pour monter mon entreprise et la faire fructifier afin que tu ne manques jamais de rien. Ta sœur se trouve dans la branche la plus prestigieuse des études supérieures. Et tu te présentes à moi avec tes doléances de gamin incompris ? Bon sang, Blade, tu es un homme ! Comporte-toi en tant que tel !

Le sang tape furieusement contre les parois de mon crâne. Nous y voilà. On en revient à ce fameux discours passif agressif. À son talent pour me ramener dans la case de l'incapable plaintif.

— J'ai un appart. Un job. Un salaire. J'ai une vie stable. Je me suis construit sans aucune aide financière ni soutien familial.

Il ricane.

— Tu es employé dans une boutique indépendante, je t'en prie… Qu'est-ce que tu fais, là-dedans ? Tu coupes du bois ? Quel est le mérite que tu en retires ? Aie au moins le courage d'être franc envers toi-même : ton « métier » est celui qu'on donne à ceux qui n'ont pas de diplôme, qui ont abandonné avant même d'essayer. Peut-être que tu gagnes ta croûte, mais quel genre de vie as-tu ? Celle d'un paumé qui redoute les fins de mois ? Ce n'est pas ce que j'appelle un parcours prestigieux. C'est la destinée de quelqu'un qui n'a jamais eu d'ambition. Tu te contentes du minimum.

— Je vis de ma passion.

— Très bien. Donc, tu es quoi ? Un artiste refoulé ? Si tu avais suivi tes cours, tu saurais que tous ceux passés avant toi s'y sont cassé les dents. Du peintre au chanteur, il a fallu attendre leur mort pour qu'ils aient un peu de reconnaissance. De leur vivant, ils n'étaient que des parias, des fous pleins de rêves irréalisables et absurdes.

— Ils manquaient peut-être juste de soutien.

Cette intervention n'est pas la mienne.

Charlie prend position à mes côtés, avec l'air d'une Amazone prête à le menacer de sa hache pour en faire un serviteur docile. J'ai rarement eu l'occasion de voir autant d'animosité dans son regard, même quand on était sur le point de s'étriper, et cela a le mérite de me distraire un instant.

— Les gens n'aiment pas la nouveauté, la différence. Elle leur fait peur. Ils préfèrent rester sur leurs acquis, là où tout n'est que sécurité. Si le talent d'un Van Gogh, d'un Vermeer ou d'un Gauguin n'a pas été reconnu à temps, c'est parce que personne n'a eu le courage de leur faire confiance. Pas même leur famille.

Baldwin l'étudie avec curiosité.

— Vous êtes amatrice d'art ?

— Pas du tout. Ce sont les seuls noms que je connais. Et ce n'est pas le sujet, on était sur la notion de soutien et de confiance.

Ils se regardent en chiens de faïence. J'ai immédiatement le réflexe de faire un pas en avant, histoire que mon père se focalise à nouveau sur moi. Je refuse qu'il distille sa haine sur elle. Il peut m'atteindre s'il veut, mais il ne la touchera pas.

— Tu ferais mieux de t'en aller, lui dis-je.

— Je crois que ce serait une bêtise, intervient Charlie.

À mon plus grand étonnement, elle ne lâche pas l'affaire.

— Monsieur Williams, vous êtes-vous déjà intéressé au travail de Blade ? Je veux dire, avez-vous pris le temps de regarder ce qu'il fait ?

Il ne s'encombre pas d'une réponse. Je ne suis même pas sûr qu'il sache en quoi consiste mon job.

— Blade récupère ce qui est destiné aux ordures. Il utilise son expérience et ses connaissances pour offrir une deuxième chance à ce que personne ne voudrait. Là où tout est bon à jeter, il sait repérer la beauté, le potentiel. Il donne un second souffle à ces objets, il se bat pour ça. Vous devriez être fier d'avoir élevé un enfant aussi talentueux, aussi altruiste, c'est une qualité rare.

— Ce ne sont que des objets, vous allez un peu loin dans l'interprétation.

— S'il est capable de prendre soin d'un objet, imaginez ce qu'il peut faire auprès d'un être humain.

Sa prise de position me stupéfie. Je n'ai pas nécessairement besoin qu'on me défende, du moins plus aujourd'hui, mais la voir monter en première ligne pour moi me fait vraiment quelque chose.

— Il est à l'écoute. Vous pouvez lui raconter vos déboires pendant des heures et il restera silencieux, attentif. Il ne profitera jamais de votre récit pour embrayer sur une de ses histoires personnelles, il veut juste que vous vous débarrassiez de toutes les émotions négatives.

Le parallèle avec ses révélations dans le kota me vient en mémoire. Je n'ai pas beaucoup parlé, ce soir-là. J'ai préféré la laisser se délivrer d'un passé qui lui serrait la gorge. J'ai manifestement bien fait.

— Il est franc. Il ne se cache pas derrière une sympathie feinte en espérant vous plaire. Blade est Blade : si vous l'insupportez, il vous le fera comprendre.

« Il est attentionné. Quand vous allez mal, il fera tout ce qui est en son pouvoir pour vous changer les idées, quitte à donner de sa personne. »

« Il est fidèle. Les gens qu'il aime ne sortent pas de sa vie. Jamais. Il a les mêmes amis depuis des années, et je les ai assez vus ensemble pour affirmer qu'il n'en changera pas. »

« Il est travailleur. Vous le sous-estimez. Un métier de passion n'en est pas moins un métier éreintant. Blade n'a jamais pris de vacances. Pas un seul jour. Et vous ne l'entendrez pas s'en plaindre. »

« Il est protecteur. Vous n'avez qu'à voir comme il s'occupe de votre fille, comme il la sauvegarde tout en ne cherchant que son bonheur. »

Je la sens de plus en plus sensible pendant le défilé de compliments. Elle perd le masque d'inébranlable qu'elle a revêtu avant de confronter Baldwin. Ses émotions sont trop fortes pour qu'elle les contrôle et je peux le comprendre, parce qu'elle est en train de me faire une déclaration.

— Mais ce qui me sidère le plus, et ce que je trouve le plus beau à mes yeux, c'est son esprit de famille.

Elle désigne la boutique du menton, par-dessus son épaule.

— Les gens derrière moi pourront vous le dire : ils sont soudés. Blade est l'un des membres de cette famille recomposée, et en tant que tel, il en respecte toutes les valeurs : honnêteté, compréhension, apprentissage, compassion, responsabilités… et vous devriez l'applaudir, puisque personne ne les lui a inculquées.

Mon père tente de rebondir mais elle l'arrête d'un mouvement de la main.

— Vous avez devant vous un adulte accompli, ce dont tout parent rêve. Quelqu'un de débrouillard et de profondément humain. Et il a réussi cet exploit malgré votre ombre qui planait au-dessus de sa tête. Soyez heureux que l'exemple déplorable que vous représentez ne soit jamais parvenu à déteindre sur lui.

Son boulot d'assistante dans une agence de pub est une erreur de parcours considérable : je la verrais bien porter la robe, et effectuer une plaidoirie devant une juridiction médusée par son talent d'oratrice.

Si ce n'était pas déjà fait, je tomberais amoureux de la femme pleine de convictions qui atomise mon paternel. Elle est vibrante. D'ailleurs, ce dernier ne trouve plus aucun plaisir à la situation, c'est à peine s'il la regarde.

— À qui ai-je affaire ? demande-t-il finalement.

Probablement à la femme de mes futurs enfants, à ce rythme-là.

— Charlie. Mais ne vous évertuez pas à retenir mon prénom, il y a peu de chances pour qu'on se recroise un jour.

Elle est toisée un long moment, mais les critiques ne fusent pas. Pour être honnête, je ne sais pas ce qui traverse son esprit à ce moment-là ; mon père respecte qu'on lui tienne tête, c'est une forme de bravoure à son sens. Mais, en temps normal, il déploie un arsenal d'arguments pour se donner raison parce qu'il ne peut pas vivre sans être certain d'avoir le dernier mot.

Qu'il ne dénigre pas Charlie peut être dû à deux raisons : la première nous ramène à une époque d'arriérés où la parole d'une femme est tellement peu considérée qu'on ne prend même pas la peine d'y répondre. La seconde raison ? C'est Madison.

Elle est là. Elle entend. Elle regarde. Il ne supporterait pas que la chair de son sang soit déçue par son comportement. De fait, il préserve l'amour qu'elle lui voue en gardant le silence.

— Rentre chez toi, Baldwin.

Mon ordre est sec. Nous avons eu l'explication que ma sœur espérait, les cartes ont été posées sur la table. Si le résultat était prévisible, il confirme en même temps que nos chemins doivent se séparer. Définitivement. Je n'ai plus de père et il n'a plus de fils. Que le cordon soit coupé pour de bon.

Il a l'air de comprendre ma décision et elle ne l'ébranle pas. Fidèle à son habituel dédain pour ma personne, il ne me jette qu'un bref coup d'œil, à la fois froid et informel. Je ne suis qu'un problème rayé de sa liste. Un pion éjecté du tableau. Ni plus ni moins. Voilà comment on supprime vingt-huit ans d'existence chez les Williams.

— Madison, tu viens ?

Charlie a le réflexe de passer la main dans mon dos. Je présume que mes mâchoires serrées l'aident à voir combien ça me coûte que ma sœur parte avec lui.

Sauf que Madison ne rétorque pas.

— Madison, allez, insiste-t-il.

— Je crois que je vais rester ici encore un peu, finalement.

La stupéfaction l'abasourdit, si bien que la seule chose qu'il trouve à faire est de rire froidement. Perso, je réalise que cet acte de rébellion est sa manière à elle de me soutenir.

De l'extérieur, ce n'est peut-être qu'une décision banale, mais dans notre famille, elle signifie énormément. Madison a toujours été comme une balance, elle a donné un peu d'elle à chacun de nous pour maintenir l'équilibre. Elle a distribué son amour à juste dose. Cette fois, elle a tranché en ma faveur.

— Ne sois pas ridicule ! Tes vacances sont terminées, tu ne peux pas manquer ton stage.

— Je retournerai à l'hôpital par mes propres moyens. J'ai envie de voir mon frère plus longtemps.

Désabusé, il se tourne vers moi et m'offre ce que je considère être son regard le plus expressif depuis nos retrouvailles. Incroyable comme la rage lui va bien au teint.

— Dis-lui qu'elle commet une énorme erreur !

— Pour ce qu'il en reste, tes enfants font ce qu'ils veulent de leur vie.

— Tu te fiches de moi ? Voilà ce qui arrive quand je

la laisse entre tes mains pendant quelques jours ! Ton imbécilité est contagieuse !

Les doigts de Charlie empoignent ma chemise afin d'éviter que je me jette sur lui. C'est une excellente idée puisque ma patience arrive à bout. Je pourrais envisager une fin plus désastreuse que celle en cours sans l'ombre d'un remords.

— Ne nous approche plus jamais, Blade, tu m'entends ? Jamais !

Sur ce, il traverse le trottoir pour rejoindre Madison. Charlie me retient fermement, elle m'incite à garder mon calme alors qu'une tempête intérieure me bouleverse.

— On est tous là, ne t'inquiète pas.

Effectivement, les spectateurs deviennent soudain acteurs : Grayson se place juste devant ma sœur, faisant rempart contre le taureau qui déboule dans leur direction. Mon sang tape contre ma poitrine avec fureur.

— Vous devriez vous en aller, monsieur.

— Je ne sais même pas qui tu es, toi, alors fais-moi le plaisir de t'écarter, que je puisse récupérer ma fille.

Grayson étire doucement les lèvres.

— Je me suis tapé une brochette de beaux-pères ravagés du cerveau, et ce n'était pas la meilleure époque de ma vie. Mais je dois admettre qu'ils m'ont appris une chose : ne pas céder face à la menace.

— Laisse-moi passer !

Savannah et Sally restent aux côtés de Madison, qui assiste à la débandade, plus médusée que jamais. Je suppose qu'elle ne connaissait pas le côté « docteur Jekyll et mister Hyde » de son père, celui qui sourit cyniquement tant qu'il a l'avantage et qui oublie son masque d'homme éduqué une fois qu'il le perd.

— Madison, tu viens maintenant !

C'est au tour de James d'intervenir. Avec un pacifisme respectable au vu de la situation, il l'invite à retrouver sa voiture.

— Vous causerez plus de dégâts que vous n'en avez déjà faits si vous continuez.

— Vous êtes combien ? Vous avez formé une ligue contre moi ? raille Baldwin.

— Vous vous êtes fait des ennemis tout seul. Vous avez déjà perdu l'amour de votre fils, essayez au moins de préserver celui de votre fille.

— Je n'ai pas de leçon à recevoir.

— Vous êtes sur mon trottoir, devant mon commerce. Vous menacez mes employés, Baldwin. Ici, je donne les conseils et les ordres. Vous pouvez ne pas les écouter, mais cela impliquera plus de fermeté de ma part.

— Que dois-je en déduire ? Que vous allez appeler la police ? C'est absurde !

— Nous n'irons pas jusque-là, non. J'aurai perdu mon sang-froid avant.

Une. Deux. Trois. Quatre. Les secondes défilent tandis que James vient d'avouer qu'un poing pourrait éventuellement atterrir dans une mâchoire. Je mettrai du temps à me remettre de cette info : mon patron, le panda inoffensif par excellence, peut user de la force. C'est une facette de son caractère qu'il nous avait cachée.

Baldwin, sentant qu'il se heurte à un mur, décide de passer chaque personne en revue. J'ignore quelle tête il fait étant donné que je me tiens derrière lui, mais j'ai accès aux expressions inflexibles de mes amis.

Que ce soit Sally, Gray, James ou même Savannah, tous lui font comprendre qu'en touchant à l'un d'entre nous, il s'attaque au groupe entier. C'est dans ce moment de flottement que je me sens soudain complet.

Ma famille est juste là. Elle peut paraître débraillée, un peu excentrique, voire carrément déjantée, mais je ne la modifierais pour rien au monde. C'est mon histoire qui m'a amené à eux, et la leur qui nous a unis.

Baldwin abdique en silence, se recule en assassinant tout ce qu'il peut du regard. Même si Madison est émue, elle le laisse faire demi-tour sans rien dire. J'imagine qu'elle retournera à la maison un de ces quatre. Ils auront une discussion intelligible une fois qu'elle aura tout digéré, et je ne l'en empêcherai pas. Parce que, malgré tout, je sais qu'ils s'aiment. J'espère simplement que mon père aura appris de ses erreurs, que je lui aurai servi de leçon.

Quand le moteur de sa Mercedes vrombit, personne ne bouge. La voiture descend du trottoir et file dans la rue à une vitesse délirante. Est-ce qu'il me manquera ? Pas le putain de moins du monde. J'éprouve même du soulagement lorsque la carrosserie disparaît irrévocablement du paysage.

— Je propose qu'on se mette une mine, lance Grayson.

— On a ce qu'il faut, ajoute Sally.

Madison acquiesce. Elle me sourit ensuite comme si nous étions seuls, c'est-à-dire sans pudeur. Elle est contente d'avoir agi de la sorte et elle ne m'en veut pas. C'est tout ce qui m'importe.

— OK. Mais tout le monde dort ici, intervient James. Il doit y avoir des lits de camp qui traînent dans la réserve.

— Vendu !

Doucement mais sûrement, le programme de la soirée détend l'atmosphère. Je pense que personne n'a envie de rester sur une note négative, et je les remercie d'embrayer sur quelque chose de plus jovial.

— Attendez !

Savannah lève les bras en l'air pour attirer l'attention.

— Avant qu'on rampe tous au sol, est-ce qu'on pourrait évoquer un point important de ce qui vient de se passer ?

Elle hausse un sourcil amusé à l'adresse de Charlie.

— Selon toi, Blade serait à l'écoute, franc, attentionné, fidèle, travailleur et protecteur ?

Elle réussit à faire converger tous les regards dans notre direction. Pour mon plus grand plaisir, les joues de Charlie rosissent. Je savoure sa retenue, le sourire qu'elle tente de masquer. Elle est tellement mauvaise dans le jeu de comédienne…

— Il se peut qu'il ait certaines qualités, dit-elle en haussant les épaules.

— C'est tout ?

— C'est tout ? répété-je.

J'attrape son menton du bout des doigts afin qu'on se confronte. Les mots me manquent pour exprimer ce que je ressens, cette femme… Elle m'aura surpris de bout en bout.

— On leur dit ? murmuré-je.

— Nous dire quoi ?

— Rien ! lance-t-elle, mal à l'aise.

Je laisse échapper un sourire, attendri. C'est fou qu'après tout ce temps elle soit encore timide. Il serait peut-être bon de lui rappeler où se trouvait ma bouche la demi-heure précédente. Quoique. Elle pourrait encore nier les faits et faire passer ce moment exceptionnel pour un dérapage sans conséquence.

— Je suis amoureux de Charlie.

Mes yeux plongés dans les siens, je lui dévoile mes sentiments.

— Je suis dingue d'elle. Je n'arrête pas de penser à elle. Je l'ai embrassée, j'ai envie de recommencer et ça n'est pas près de s'arrêter.

Les sifflements emplissent la rue tandis qu'elle peine à masquer son émotion.

— Je t'ai détestée de tout mon cœur et je t'aimerai de la même façon. Je ne sais pas faire les choses à moitié quand il s'agit de toi.

Son ultime sourire a raison de moi. Je m'empare de sa bouche sans lui laisser la chance d'y échapper, sous les acclamations d'un public insupportablement bruyant.

Je la rendrai heureuse. Je lui ferai assumer notre couple. Je la rendrai aussi fière de moi que je le suis d'elle. Je la soutiendrai. Je lui ferai l'amour. Je l'écouterai dans ses moments de doute et je serai là pour la soutenir. Quoi qu'il arrive.

Elle fera partie de tous les chapitres de mon histoire, jusqu'au dernier.

Épilogue

Charlie

Le plaisir s'enroule dans mes reins. Chair contre chair. Peau contre peau. Je m'agrippe aux draps sombres en me laissant inonder par une cohorte de sensations indescriptibles.

Mon cœur bat trop vite, mes poumons refusent de s'oxygéner. Je peine à maintenir un état vital acceptable, pendant que ses dents s'enfoncent sans demi-mesure dans mon cou.

Il décharge toujours son surplus de folie sur ce petit carré de peau, en dessous de mon oreille droite. C'est l'endroit le plus accessible après ma bouche, et comme ma bouche est « insoutenable », il s'en éloigne pour que le moment dure le plus longtemps possible.

Ce qu'il a encore du mal à comprendre, c'est que ce truc me fait perdre pied.

Ma tête vacille en arrière, dans les oreillers propres de la veille. L'odeur de la lessive se mêle à celle de sa peau, de nos ébats. Tout n'est que sensations, bruit, sourires, mordillements, souffles saccadés et suppliques murmurées.

— Blade...

Il passe la main sous mon dos pour me soulever légèrement, l'autre lui sert d'appui à côté de mon visage. Et les vagues de plaisir reprennent. Plus violentes. Plus nombreuses. Moins gérables. Son regard se voile à chaque gémissement qui m'échappe.

Parce qu'il me l'a dit le mois dernier, je sais qu'il aime quand je m'exprime, et il m'a fait promettre de ne jamais cesser d'être démonstrative. J'aurais pu en être gênée si ça n'était pas lui. Si je ne lui faisais pas pleinement confiance. Mais Blade est devenu mon double, j'ai foi en sa franchise et je me sens en sécurité avec lui.

Emportée par sa fougue, je me laisse aller ; plusieurs secondes durant, le monde qui m'entoure disparaît. Je n'entends plus rien. Je ne suis plus rien, si ce n'est un amas de nerfs en fusion. Mes joues chauffent à outrance pendant que ma gorge se serre. Je plane dans un univers fait de tout et de rien. De silence et de perfection. D'exact et de néant. J'ai l'impression de rester ainsi une éternité avant de reprendre mon souffle, et d'être à nouveau parachutée dans la réalité.

Pantelante, je me délecte pourtant de son visage. La veine de son front forme un sillon jusqu'à ses sourcils. Cet afflux de sang traduit normalement de la colère, mais, chez Blade, c'est annonciateur d'un orgasme qu'il contient depuis trop longtemps.

Je donne un énième coup de reins, et il se tend à l'extrême. Ses muscles se rigidifient au-dessus de moi, pendant que sa bouche fonce à nouveau dans mon cou, à son endroit fétiche. Il pousse un grognement d'outre-tombe tout en se libérant à son tour d'une tension qu'il ne contrôlait plus.

Cela faisait huit heures qu'on ne s'était pas vus, ce sont quatre cent quatre-vingts minutes de trop dans notre monde.

On s'est manqué. C'est une constante depuis qu'on assume notre relation : rester loin de l'autre est une punition. Je pense à lui chaque seconde de chaque journée, que je sois au travail, sous la douche, devant la télé ou en plein déjeuner avec Savannah. Est-ce que ça change par rapport à avant ? Pas tellement. Blade a toujours parasité mon esprit, sauf qu'aujourd'hui, ce n'est plus lié à la haine.

— Ton cœur bat lentement, susurre-t-il contre ma poitrine pendant que mes doigts glissent paresseusement sur la peau luisante.

— Ça me rassure d'être avec toi.

Ce ne sont pas des paroles en l'air. Notre relation me comble.

Quand il passe me chercher au boulot, on refait le monde dans sa Range Rover – que j'ai désormais le droit de toucher. On évoque Grayson, obnubilé par Sally, et Sally, sous le charme de Grayson. On parie sur le temps qu'il faudra avant que Sav nous annonce être enceinte de James, et on émet des hypothèses sur le genre de père que James ferait. Il nous arrive souvent de commenter l'actualité, de critiquer la politique en dents de scie du pays, les problèmes d'écologie ou la dernière taxe en vigueur. On s'arrête au bord de la route avec un Burger King dans les mains, argumentant sur les théories scabreuses de l'existence des Illuminati, et on s'envoie en l'air comme deux adolescents incontrôlables.

J'aime qu'il m'invite de plus en plus dans son appartement et qu'il me demande d'y rester. Qu'il me concocte un petit déjeuner surprise et qu'il y glisse quelques gouttes de tabasco, avec Mistletoe and Holly ou You and me and Christmastime en guise de fond sonore.

J'aime l'imperfection qu'on représente. Elle est belle à mes yeux.

— Tu restes ici, aujourd'hui ?

— Chez toi ou dans ton lit ?

Il picore mon décolleté de baisers doux. Je ne peux pas voir son sourire, mais je l'imagine parfaitement.

— Les deux, murmure-t-il.

— Tu ne déjeunes pas avec Madison ?

— Elle a annulé. Son agent immobilier a trouvé un bien qui entre dans son budget et près de la fac. Elle doit le visiter rapidement au cas où il intéresse d'autres locataires potentiels.

Après l'évolution de notre relation, Madison est peut-être le changement le plus radical de sa vie.

Elle est restée quelques jours à Chicago suite au débarquement de son père. Elle avait besoin d'espace, et, surtout, de réfléchir à ce qu'elle voulait – ou ne voulait pas – pour son futur, quitte à manquer quelques cours. À force de discuter avec Blade, elle en a conclu qu'elle adorait ses études, et surtout, qu'il n'était pas possible de faire son externat dans un autre hôpital universitaire que le sien. Comme elle ne souhaitait plus vivre chez ses parents, elle s'est mise en quête d'un studio.

Cela fait des semaines qu'elle rame. Ses recherches nous sont racontées tous les vendredis, puisqu'elle effectue le trajet complet pour rejoindre son frère. C'est devenu une habitude, elle fait désormais partie des soirées hebdomaires.

Je me suis rapprochée d'elle à une vitesse folle. Avec Sav et Sally, nous profitons de ces moments de partage pour nous confier sur nos vies respectives. C'est de cette manière que j'ai appris qu'elle avait un petit ami. Lucas. Un infirmier qui, d'après les photos, possède un air de Bradley Cooper et la musculature de Magic Mike. Un combo gagnant dont Blade n'a pas encore eu vent. On craint une recrudescence de son instinct de protection si jamais il apprend son existence, donc on garde le secret.

— Ça veut dire que tu es libre ? lancé-je avec un sourcil levé.

— Entièrement, oui. On pourrait commencer par reprendre où on s'est arrêtés.

Déjà, ses mains se font baladeuses. Je résiste tant bien que mal aux assauts de sa bouche, mon corps n'étant apparemment pas encore rassasié de lui.

— Je préférerais discuter du syndrome d'effondrement des abeilles.

— Quoi ?

Il se redresse sur ses coudes, perturbé d'avoir été coupé dans son élan.

— Le CCD, le phénomène de mortalité élevée des

colonies d'abeilles domestiques, dis-je. Il existe plein de causes potentielles mais aucune n'est plus validée que l'autre. C'est un problème que personne ne soulève mais qui pourrait porter un préjudice considérable à l'homme. Les abeilles pollinisent, Blade, et la pollinisation est responsable d'un tiers des aliments qu'on consomme. Sans elles, on ne pourrait pratiquement pas vivre.

— OK... on en parle après ?

Il rejette la couverture derrière lui et entreprend d'embrasser ma peau, depuis ma poitrine jusqu'au nombril. Ce serait donc le moment pour moi de me taire, mais je tiens à remettre ce second round à plus tard. Ce matin, je suis arrivée avec une idée bien précise en tête, et elle n'était pas liée au sexe. J'aimerais vraiment faire redescendre sa jauge de libido afin de parvenir à mes fins.

— Tu savais que les requins n'ont pas de paupière ? Certaines espèces ont une membrane nictitante, c'est une sorte de troisième paupière translucide, elle leur sert à se protéger les yeux pendant la chasse. D'autres espèces, comme le grand requin blanc, roulent leurs yeux en arrière une seconde à peine avant d'attaquer leur proie. Ça évite que des débris leur blessent la cornée.

— Charlie. Il faut que tu arrêtes de regarder National Geographic.

— Mais c'est passionnant ! Les veuves noires ont...

La suite de ma phrase meurt dans un soupir. Je tente de rassembler mes esprits pendant qu'il s'occupe de mon bas-ventre.

— Les fourmis « ninjas pillardes » lancent des...

Sa langue me contraint au silence un court instant.

— ... raids dans les fourmilières de leurs cousines pour les réduire en esclavage...

— C'est excitant.

— Pas autant que les... mon Dieu... bourdons qui...

Je déclare forfait quand il s'empare à nouveau de mon entrejambe. Mes insectes passent à la trappe, au même titre que ma retenue. Un jour, je lui résisterai. Je trouverai un moyen de ne pas succomber à mon désir, mais, pour l'heure, je fais route vers un deuxième voyage orgasmique.

La matinée est largement entamée quand nous délaissons enfin son lit. Il roule sur le côté afin d'attraper son jean, en boule au sol, et de l'enfiler à la va-vite.

— Vu l'heure, le petit déjeuner va se transformer en brunch.

— Tu n'es pas obligé de me faire à manger à chaque fois que je suis ici, Blade, dis-je avec un sourire fatalement attendri.

Il dépose un baiser délicat sur ma tempe, avec une moue similaire à la mienne.

— Je prendrai toujours soin de toi. Satisfaire ton estomac fait partie de mon job de petit ami exemplaire. Et je sais que faire l'amour te donne faim.

Ai-je tiré le jackpot ? Je pense que oui.

Je me rhabille avec le sourire aux lèvres. Blade a mis sa playlist en route dans l'autre pièce, une espèce de pot-pourri mêlant pop underground et chansons saturées en carillons. Je le retrouve affairé dans sa kitchenette minimaliste.

Tu l'aimes, Charlie.

Oui. Mes sentiments ont parcouru l'équivalent du trajet entre l'Enfer et le paradis pour aboutir à ce résultat. Avec lui, mon cœur revient de loin.

Sentant que je le regarde, il relève la tête. De la complicité passe entre nous. De la douceur, aussi. Ce sont dans ces instants-là que nous nous déclarons ouvertement notre attirance… sans jamais pousser le vice jusqu'à un « je t'aime » audible. Les regards suffisent.

— Tu veux m'aider ? dit-il en désignant la poêle qui chauffe sur la plaque.

Je le rejoins avec une main dans la poche de mon gilet. Le papier, qui s'y trouve plié en deux, effleure mes doigts, et me rappelle que je n'ai toujours pas réussi à le lui donner. Cela fait des semaines que je le trimballe avec moi, et après l'échec cuisant dans sa chambre, il est temps que je passe à l'acte.

Lorsque la playlist passe à Frosty the Snowman, de Ella Fitzgerald, je prends ça comme un signe.

— Blade ?

— Tu peux aussi t'asseoir et me regarder. Si mes talents de chef sont capables de nous faire retourner dans le lit, je suis partant pour t'offrir le plus beau spectacle culinaire de ta vie.

— Tu es en train de faire cuire des œufs…

— Je peux tout transformer en quelque chose de sexuel. Même une omelette baveuse.

Je soupire, ce qu'il interprète à tort comme un désir de revenir à une conversation plus sérieuse.

— Qu'est-ce qu'il y a ? Tu veux qu'on évoque cette histoire de fourmis esclavagistes ? dit-il avec amusement.

— Pas maintenant, non.

Il touille le mélange avec un air cynique.

— Tu préfères me dire à quel point tu es chanceuse de m'avoir ? Ça m'embête un peu, tu commences à nourrir une obsession dérangeante pour moi, mais soit.

Je secoue négativement la tête. Et, aussi bien pour le faire taire que pour mettre un terme à mon appréhension, je lui présente le bout de papier.

L'incompréhension lui fait froncer les sourcils.

— C'est le cadeau de Noël que je ne t'ai jamais offert, expliqué-je. Celui de la Laponie.

Ce 24 décembre restera gravé en moi. D'abord parce que je l'ai vécu avec mes amis et que ça fait de lui un des souvenirs les plus touchants de ma courte vie. Ensuite, parce qu'il signe notre premier baiser. Enfin, parce qu'il m'a permis de découvrir le vrai Blade.

Il pose la spatule sur la plaque et s'empare du présent en silence.

— Je l'ai écrit avant qu'on s'embrasse pour la première fois, dis-je, puisque ça me semble nécessaire de le préciser.

Il le déplie pendant que mon palpitant s'agite. Ses yeux tombent ensuite sur le monologue que j'ai rédigé avec le stylo bleu qui traînait dans le tiroir de ma table de chevet, dans l'igloo de verre. Je n'ai pas besoin qu'il lise à voix haute, les mots sont encore ancrés en moi.

« Tu es un imbécile fini, et je l'ai senti dès le départ. Dès le premier jour, quand on s'est rencontrés devant le Misc. Mais si j'avais été honnête, je ne t'aurais pas insulté de tous les noms. Si j'avais été honnête, j'aurais admis que mon comportement exécrable était un moyen de défense. Une façon immature de te repousser. J'ai toujours refusé de m'attacher, par peur d'être déçue. Et tu m'as fait peur. Je suis désolée que tu aies pâti de mon passé, tu ne le méritais pas. Pardon pour notre première rencontre, Blade Williams. »

Il met plusieurs secondes à poser le papier sur le plan de travail. S'ensuit un regard infiniment intense à mon attention.

— Qu'on soit bien d'accord : tu insinues que je t'ai plu, ce jour-là ?

— On n'est pas obligés de débriefer.

— Bien sûr qu'on va débriefer.

Son sourire s'accentue quand je croise les bras contre ma poitrine. C'est sans le moindre remords qu'il délaisse la préparation du brunch pour me faire face.

— Le jour où on s'est rencontrés, je t'ai tapé dans l'œil, insiste-t-il, ravi.

— Ce n'est pas le terme exact. Je…

— Tu… ?

— J'ai…

— Oui ?

— Il se pourrait que je ne t'aie pas détesté tout de suite, dis-je finalement.

— Il se peut même que tu sois tombée immédiatement sous mon charme.

Je lève les yeux au ciel… même s'il a raison.

À l'instant où il est sorti de la boutique pour me

prêter main-forte, j'ai craqué sur lui. Sur son physique avantageux d'abord, mais également sur son attitude. Il dégageait ce mélange si particulier de nonchalance et d'assurance. J'ai senti mon ventre se contracter à son approche, et je me suis laissée aller à quelques moues conquises. Ce qui m'a fait rebrousser chemin, c'est justement la rapidité avec laquelle j'ai succombé.

Apprécier autrui est dans mes cordes, mais pas sur le plan sentimental. Et je savais pertinemment que je considérais déjà Blade comme autre chose qu'un étranger sympathique. Il y avait de l'attirance dans l'air, du moins de mon côté. Pas comme avec Anssi ou avec mes précédents compagnons, c'était plus fort. Presque dérangeant.

Il n'était pas question pour moi de tomber dans ce piège. Pour me protéger, j'ai donc installé une barrière entre nous. Elle s'est nommée « critiques et sarcasme à la pelle ».

Je l'ai pris de haut dès qu'il s'est présenté et ça ne lui a pas plu, ce qui est compréhensible. La tension a grimpé, et comme il a du répondant, on a fini par s'écharper.

— J'ai lancé la déclaration de guerre. Il était temps que je m'en excuse.

— Je n'y crois pas ! Tu as vraiment un caractère de merde ! dit-il dans un rire.

— Je me suis protégée !

Toujours hilare, il m'agrippe fermement la taille et me soulève. J'atterris brutalement sur le meuble de cuisine encombré de nourriture.

— J'ai compris et tu as bien fait. Mais c'est dommage, parce que tu me plaisais aussi.

Il replace une mèche derrière mon oreille pendant que j'intègre cette information. J'étais tellement focalisée sur mon propre ressenti que je n'ai pas remarqué de signe d'une quelconque attirance venant de sa part, ce jour-là.

— C'est Grayson qui t'a vu le premier, mais c'est moi qui suis sorti pour t'aider, m'apprend-il.

— Tu plaisantes ?

Il fait non de la tête.

— Tu portais un jean taille haute. Bleu foncé. Une queue-de-cheval avec des épis partout. Et un débardeur blanc à fines bretelles. Sans soutien-gorge.

— Tu m'as matée ? !

Il confirme avec un grand sourire.

— J'ai insisté pour te porter secours en espérant faire connaissance en même temps. Tu connais la suite de l'histoire.

Chaque étape est précieusement conservée dans ma mémoire, oui. Et, quelque part, tout devient logique : lorsque l'on ne supporte pas quelqu'un, on se débrouille pour l'éviter. On le supprime de notre existence et on continue notre chemin. Blade et moi n'avons jamais cessé de nous entretuer… c'était peut-être une façon pour nous de rester dans le paysage de l'autre. De tisser un lien malgré tout.

— Je n'ai plus très faim, finalement…

Mon message passe sans problème.

Parce que le plan de travail n'est pas adapté à ce qu'il

prévoit de faire, il me balance sur son épaule pour nous jeter ensuite sur le clic-clac du salon. Les vieux ressorts grincent sous notre poids, et se perdent bientôt dans nos rires.

On a des mois à rattraper, autant commencer tout de suite.

Première rencontre

Blade

— Elle appartenait à mon grand-père, qui la tenait lui-même de sa grand-mère. J'aurais aimé la garder dans la famille, mais elle prend trop de place. Je ne sais plus quoi en faire.

Je me plie en deux pour ausculter la carcasse de cette vieille bibliothèque. Le diagnostic est en demi-teinte. Le bois poreux est trop abîmé par endroits pour être réutilisable ; les étagères n'ont pas été assez entretenues pour garder leur fonction première, c'est-à-dire porter des livres. C'est un miracle que les deux planches supérieures ne se soient pas effondrées.

— Vous voulez nous la vendre ou vous préférez que je vous la répare ?

— Vous faites les deux ? s'étonne le client.

— On peut, oui. Si ce meuble a une valeur sentimentale, je comprendrais que vous préféreriez le conserver.

Je lui explique en détail nos conditions, ainsi que le problème relatif à sa vétusté. Quoi qu'il arrive, je ne pourrai pas laisser cette bibliothèque en l'état. En revanche, je peux sauver quelques planches, les poncer, et réarranger le tout pour en faire une console ou un petit buffet.

Le regard de l'homme s'illumine à l'entente du dernier mot.

— Un buffet, vous dites ?

— Ou une commode basse. Vous pourriez l'entreposer dans votre salle à manger ou votre salon, par exemple.

— J'aime beaucoup l'idée.

Je souris. Quand les gens tiennent à leurs affaires, c'est toujours un plaisir de parvenir à sauver ce qu'il en reste et de voir combien cela peut les rendre heureux.

Je me redresse en me frottant les mains, pleines de poussière.

— Donc, vous me laissez ça le temps que je m'en occupe ? Vous la récupérerez probablement dans deux ou trois semaines, ça dépendra de mon emploi du temps. Je vous préviendrai de l'avancée, dans tous les cas.

Le temps pour lui d'opiner, et je le redirige vers Sally pour les formalités.

— Gray, tu me files un coup de main ? lancé-je à travers la pièce encombrée de monde.

Je désigne à la fois la bibliothèque et l'arrière-boutique afin qu'il comprenne ma demande. J'ai besoin de ses bras, cet objet est trop lourd pour une seule personne.

Il se faufile à travers les clients et agrippe directement le pan opposé au mien. Le but de la manœuvre est de stocker le meuble dans la réserve sans éborgner quelqu'un au passage. Une épreuve. Le Misc est bondé à cette heure-ci, c'est une véritable réunion de chicagoans.

— Tu as vu la nana qui vient de rentrer ?

— Je ne vois même pas mes pieds, Gray.

— Celle qui parle avec James, me précise-t-il.

Je jette un œil succinct vers le comptoir, près de l'ordinateur, aka la place attitrée de notre patron. Fait surprenant, il ne pianote pas sur le clavier comme il en a l'habitude. Il semble discuter avec une petite blonde… et il met du cœur à l'ouvrage.

— Il est anormalement expressif, on est d'accord, constate Grayson.

James est un boss consciencieux. Pour lui, le plus important est de faire tourner sa boutique, et il s'y emploie avec sérieux. Si Gray et moi prenons souvent le temps de parler avec des clientes – de sujets très éloignés du troc –, James se cantonne aux tableurs Excel et à l'inventaire du stock. C'est la première fois qu'il roule des épaules avec un petit sourire en coin.

Quand on passe à côté pour pénétrer dans la salle adjacente, des bribes de conversation me parviennent.

— … il paraît que vous êtes les meilleurs dans le coin.

— Les meilleurs, je ne sais pas, mais on essaie de faire les choses bien. Vous nous avez découverts comment ?

— Sur Instagram. Je suis venue avec mon amie pour déposer un meuble télé. Vous travaillez ici depuis longtemps ?

— J'ai créé le Misc il y a six ans, à peu près.

— Oh… vous êtes le patron ?

— Il paraît, oui.

— Mince ! Je suis désolée, je dois vous ennuyer avec mes questions, vous avez sûrement mieux à faire…

— Satisfaire la curiosité du client fait partie de mon travail. Ne vous sentez pas gênée, ça me fait plaisir.

— Quel faux-cul ! murmure Grayson.

Je retiens mon sourire tandis qu'on peine à passer la porte. Je crois qu'on pourrait exploser l'encadrement que ça ne dérangerait pas James. Je ne suis même pas certain qu'il sente notre présence, alors qu'on se tient à moins de trois mètres. Cette femme accapare toute son attention.

Au prix d'un effort surhumain et de quelques jurons, la bibliothèque finit contre un mur. Grayson se plaint des cales sur sa main tandis que j'attrape le bas de mon T-shirt pour m'essuyer le front. On vit dans une étuve depuis la hausse des températures estivales.

— On devrait investir dans une clim.

Grayson se rend vers l'unique fenêtre de la pièce pour l'entrouvrir.

— Tu diras ça à Sally, rétorque-t-il.

— Elle ne bosse pas dans cette salle, elle n'a aucune idée de la galère que c'est.

À partir du mois de mai et jusqu'en septembre, ces vingt-cinq mètres carrés s'apparentent à un sauna. On y étouffe. Gray et moi finissons régulièrement à moitié à poil, au milieu de la sciure et des marteaux. Ça n'a rien d'excitant, on meurt juste de chaud. Mais j'avoue qu'on a déjà pensé à réquisitionner cet endroit pour autre chose que le boulot. La saleté, la moiteur et la solidité de l'établi ont servi de décor à nos discussions de mecs et je pense que, dans ses fantasmes, Gray y voit Sally, mais ça m'étonnerait qu'il l'admette un jour. Pour ma part, j'imagine l'impossible ; pour que je couche avec une femme ici, il faudrait que je tienne vraiment à elle. Je n'ai jamais laissé entrer mes plans cul au Misc, ils se déroulent dans d'autres lieux de la ville. Cette boutique est mon fief, j'y ai mes amis, mon socle. Je refuse de parasiter tout ça avec une aventure d'un soir.

— Mec… viens voir.

Je glisse une main dans mes cheveux poisseux en rejoignant Grayson près du velux.

En suivant son regard, je tombe sur une bagnole à la carrosserie verdâtre. Une Toyota, semble-t-il. Un corps est à moitié enfoncé dans le coffre grand ouvert, et je comprends rapidement pourquoi Grayson a un bug.

On ne distingue que des jambes fuselées et enfermées dans une paire de jeans. La femme a l'air d'avoir toutes les peines du monde à extirper un objet de sa voiture, elle prend appui d'un pied sur le phare arrière et tire de toutes ses forces sur quelque chose. Si le spectacle est divertissant, il devient fascinant lorsque le reste de sa silhouette apparaît.

— Elle est mignonne.

J'aurais dit captivante. Mais, aussi bizarre que ça paraisse, ses courbes passent au deuxième plan ; je suis beaucoup plus attiré par la manière dont elle se comporte… c'est la première fois que je vois quelqu'un râler avec autant de verve sur un objet.

Les poings serrés et les joues en feu, elle insulte le contenu de son coffre. Je ne peux m'empêcher de sourire lorsque le « espèce de petit connard ! » s'introduit dans la fente de la fenêtre et nous parvient.

Elle est colérique et malpolie, tout ce qui devrait me rebuter. Je suis moi-même étonné du plaisir qui s'immisce en moi.

— Je vais l'aider.

J'arrête Grayson d'un mouvement de bras.

— Je m'en charge.

— Quoi ?

En un coup d'œil, il saisit la nature de mes intentions.

— Non, Blade ! Pas encore !

— Elle te plaît ou pas ? dis-je du tac-au-tac.

Il comprend que les négociations sont désormais ouvertes, et, avec la vitesse à laquelle je compte défendre mes intérêts, il a peu de chances d'en sortir vainqueur.

— Physiquement, j'aurais du mal à dire non…

— Tu as envie de lui parler ?

— Ça me paraît logique, oui.

— Sûr ?

— Certain ! s'agace-t-il.

— OK. Alors je pose mon veto.

— Je te demande pardon ? Depuis quand on a un veto ? Il n'y a pas de veto qui tienne…

— Je viens de le créer.

— Tu ne peux pas inventer une règle sur le tas ! Bon sang, tu… Blade ? Blade ! Reviens !

Je retrouve le cœur de la boutique et son effervescence, tout en espérant que Grayson me pardonnera cette tactique d'enfoiré. Aux grands mots les grands remèdes. Cette femme m'intrigue et je n'ai pas envie de la laisser filer.

Je finis par atteindre la porte d'entrée malgré de nombreuses interruptions ; les clients me reconnaissent grâce aux réseaux sociaux. De fait, je mets deux fois plus de temps que prévu à arriver dehors, au point de craindre qu'elle ait fini par partir.

L'entendre pester sur le trottoir me rassure plus que de raison.

Pour ne pas avoir l'air d'un type obnubilé par une inconnue aperçue il y a trois minutes, ce qui ferait de moi un fou furieux, je prends un air détaché.

— Besoin d'un coup de main ?

Elle pivote brutalement la nuque. Me trouve. Nos yeux se cadenassent et je ressens l'effet qu'elle me faisait dans l'arrière-salle, mais à puissance double.

Comme elle rougit à la place de répondre, je tends mon doigt vers son coffre.

— Je vous ai vue malmener votre voiture.

Elle hausse un sourcil dubitatif.

— Vous m'espionnez ?

— Je vous ai entendue, rectifié-je.

— Ça reste déroutant.

— Pas autant que les horreurs que vous avez dites à cette Toyota.

Elle se pare d'un petit sourire adorable. Il éclaire son visage et illumine son regard amusé. Si Grayson était là, il serait tombé sous son charme. Fort heureusement, je suis le seul à assister à tant de splendeur.

— Jamais je n'oserais critiquer ma voiture, sachez-le, reprend-elle. En revanche, j'ai quelques problèmes avec le meuble TV qui l'encombre.

Elle pointe son menton vers l'enseigne du Misc.

— J'attends mon amie. Elle est entrée il y a une dizaine de minutes pour demander de l'aide.

— Ça fait long pour une simple requête.

— C'est ce que je commence à me dire, oui…

— Puisque je suis là, profitez de moi. Je suis convaincu que ce meuble n'est pas si récalcitrant qu'il en a l'air.

Deuxième sourire. Je gagne des points.

Dans un accord silencieux, je la rejoins sur le lieu du drame. Un coup d'œil rapide et malencontreux m'emmène vers son décolleté. OK, il n'est pas si malencontreux que ça. Mais je ne m'éternise pas, constatant simplement que ce débardeur blanc lui va à ravir… vraiment à ravir.

— Vous souhaitez le vendre ou le réparer ?

— Pardon ?

— Le meuble, dis-je. Il n'a pas l'air en mauvais état.

— Ah ! Euh… je ne sais pas, ce n'est pas le mien. Pourquoi ? Vous… travaillez ici ?

J'acquiesce, ce qui me donne droit à un troisième sourire. Celui-là n'est pas justifié, sauf si on considère que je lui plais.

J'essaie de rester concentré sur mon job au maximum, mais entre ce qu'elle dégage et ce que je ressens, j'ai des difficultés à tout gérer de front.

Tandis qu'elle me regarde, je me surprends à être impressionné. Aucune idée de ce qui se passe en moi… J'ai juste envie qu'elle continue de me fixer, qu'elle me dise un mot, que j'y réponde, et qu'on se lance dans une discussion sans fin.

Ça n'a pas de sens. Pas plus que le veto que j'ai imposé à Grayson. Je ne connais même pas son prénom, putain !

— Vous…

— Charlie. Je m'appelle Charlie.

— Blade.

— Enchantée, Blade.

À nouveau, on s'observe sans ciller. J'ai l'impression d'avoir été catapulté dans une faille de l'espace-temps, là où tout se déroule au ralenti. J'ai le temps d'analyser la situation, de sentir que mon cœur ne bat pas comme d'habitude. Les pulsations sont lourdes et profondes, identiques à ces moments d'apaisement après un effort physique. Il faudrait que quelqu'un m'explique ce que j'ai, ça devient problématique.

Pour me défaire de cette emprise démente, je dédie alors toute mon attention au meuble, et ce fichu bout de bois pèse une tonne. Je recommence à suer en me retenant de jurer comme un charretier, tandis que l'objet atterrit difficilement sur le macadam.

— Je vais me débrouiller maintenant, merci.

Je secoue négativement la tête.

— Vous risquez de vous faire mal, je vais chercher un diable.

— Ce ne sera pas nécessaire.

Perplexe, j'émets un vague sourire. Loin de moi l'envie de la dénigrer, mais à la vue de sa carrure, elle s'explosera deux ou trois vertèbres si jamais elle tente quoi que ce soit.

— J'en ai pour trente secondes, dis-je en faisant marche arrière.

— Je viens de vous dire que ça n'était pas la peine.

— Et je vous assure que le mal de dos est une plaie.

— Mes lombaires sont solides.

À présent, je fronce les sourcils. Il me semble qu'elle injuriait cet objet de mille façons il y a encore cinq minutes, justement parce qu'elle était incapable de le déplacer.

— Si vous n'avez pas eu la force de le sortir du coffre, vous ne l'aurez pas non plus pour l'amener dans la boutique, insisté-je.

— Comment croyez-vous qu'il a été déposé dans le coffre en question ?

— Probablement grâce à vous et à votre amie. Ça fait deux paires de bras et vous n'en possédez qu'une, si je ne m'abuse. Vous préférez qu'on le porte ensemble ?

Ce serait stupide étant donné que j'ai le matériel nécessaire pour nous simplifier la vie, mais elle m'a l'air particulièrement butée sur la question.

— J'aimerais surtout que vous m'écoutiez.

OK. Là, je rigole moins. Son ton sec me déroute. Qu'ai-je fait entre le moment où j'ai penché la tête dans son coffre et celui où j'en suis sorti avec son meuble, à part lui rendre service ?

Histoire de dédramatiser la situation, je tente un trait d'humour…

— Ce n'est pas dans mon ADN. Vous savez, je suis un homme. En général, je n'entends pas les remarques lorsqu'elles viennent du sexe opposé.

… qu'elle prend au premier degré.

Son visage se transforme littéralement. De l'inconnue douce et souriante, on passe à une harpie cinglante.

— Je plaisantais, pensé-je bon de préciser.

— C'est vrai qu'on est dans la période où les blagues sexistes ont le vent en poupe.

— Vous prenez souvent la mouche comme ça ?

Elle croise fermement les bras sur sa poitrine.

— Je vous demande simplement de me laisser faire ce que je veux avec ce meuble, Blade. Je vous remercie pour votre aide mais désormais, j'en fais mon affaire. Je n'attends pas de conseils de votre part.

— Vous pouvez m'expliquer ce qui se passe, là ? dis-je, dépassé par sa montée en pression.

— Vous insistez et ça m'ennuie.

— J'essaie juste de vous éviter une scoliose !

— Et je n'ai pas besoin de votre compassion !

Il doit y avoir plusieurs personnalités qui cohabitent dans sa tête, je ne vois pas d'autre explication. Autant dire que ça me refroidit.

— OK.

Je prends sur moi pour garder mon calme.

— On va tout recommencer depuis le début. Je...

— On ne va rien recommencer du tout, me coupe-t-elle.

— Ne soyez pas malpolie.

— Qui prend la mouche, maintenant ?

— Vous vous fichez de moi ? Vous vous comportez comme une gamine capricieuse, soyez heureuse que je reste cordial.

— Une « gamine capricieuse » ? C'est comme ça que vous appelez les femmes qui vous tiennent tête ?

— Vous mélangez tout, soupiré-je.

— Et vous, vous êtes décidément biberonné aux idéologies patriarcales ! Ce n'est pas parce que vous m'avez secourue dans un élan chevaleresque que je dois plier l'échine en remerciement !

Je me pince l'arête du nez afin de contenir la rage qui m'envahit. Elle est loin, la douce inconnue qui me faisait vibrer. Je compose désormais avec une envie folle de l'envoyer dans le décor.

— Vous avez un souci avec les hommes ou c'est votre façon d'être ? Dites-le-moi tout de suite, que je ne perde pas mon temps.

— J'ai touché votre ego ou vous êtes simplement antipathique ?

— Vous essayez de me dégoûter ? Parce que vous êtes sur la bonne voie.

— Insultez-moi, tant que vous y êtes.

— Ce n'est pas l'envie qui m'en manque.

Elle me toise farouchement, puis lève les yeux au ciel, comme s'il lui fallait appeler une puissance divine pour l'extirper de cet enfer. C'est ce geste, pourtant banal, qui m'envoie dans les strates de la colère ; de nous deux, c'est moi qui mériterais le soutien d'un être supérieur. Je ne suis pas en tort.

— Retournez dans votre boutique, Blade.

— Vous feriez mieux de ne pas me donner d'ordre.

— Sinon quoi ? Vous allez remettre le meuble dans mon coffre ?

Ma nuque craque sous le poids de la fureur. C'est fou comme l'ascenseur émotionnel est violent. On dit souvent que la première impression est la bonne… je côtoie actuellement l'exception qui confirme la règle. Je regrette jusqu'aux secondes passées à la regarder avec intérêt et fascination. Cette femme est un démon.

— Vous savez quoi ? Démerdez-vous.

Je lève les bras en l'air, en signe de capitulation. Si je reste un instant de plus sur ce trottoir, la situation va dégénérer.

— Abruti...

Ça, je n'étais pas censé l'entendre. Je pivote avec les yeux si plissés qu'ils ne forment plus que deux fentes sévères.

— Je te demande pardon ?

Loin de se démonter, elle choisit l'attaque.

— Tu as très bien entendu, rétorque-t-elle.

— À quel moment je m'énerve vraiment ?

— Sûrement après que je t'aie enfoncé un genou dans les testicules. Si tant est que tu en aies.

À partir de là, les noms d'oiseaux pleuvent. Nous nous assassinons avec les mots comme jamais je l'ai fait auparavant. Ma gorge me brûle tant les jurons qui en sortent sont enveloppés de vitriol. Mes oreilles sont elles aussi attaquées par son acidité.

Elle est piquante. Insupportable. Cynique. Et plus que tout détestable. Je perds toute notion d'éducation et de civisme dans cette joute verbale interminable. D'ordinaire, je ne suis pas un crétin, mais elle réussit l'exploit de me faire sortir de mes gonds.

Pour la première fois de ma vie, j'arrive à haïr quelqu'un plus violemment que mon père. Elle devrait porter cette victoire autour du cou.

Les passants nous dévisagent pendant qu'on s'écharpe.

Il n'y a aucun sens à nos critiques, nous ne faisons que cracher du venin dans l'espoir de mettre l'adversaire KO. On s'insulte tout en s'éloignant l'un de l'autre ; elle se dirige vers le volant de sa voiture pendant que je comble la distance me séparant du Misc. Le tout, en nous offrant des bras levés et autres gestes obscènes.

— Va te faire foutre ! hurle-t-elle en tirant sur sa portière.

— Ne reviens plus jamais ici !

— Compte sur moi !

Elle entre en furie dans sa Toyota déglinguée alors que je pousse la porte de la boutique avec une force exacerbée. Le bois tamponne le mur, attirant l'attention de quelques clients. Je n'en ai rien à faire, je suis dans un état second, dominé par les pensées d'un animal enragé.

James me regarde en coin mais ne dit rien. J'imagine que me faire une scène ne l'enchante pas, sa tentative de séduction envers la petite blonde en pâtirait sévèrement.

Je traverse la salle comme un chien enragé, avec l'envie de démolir tout ce qui se trouve sur mon passage. En l'occurrence, la tête de Grayson, qui me bloque le chemin vers le patio.

— Wow… ça s'est mal passé ?

— Elle est folle.

— De toi ?

— Folle tout court. Timbrée. Siphonnée. Malade.

Il peine à masquer son air moqueur.

— Ça s'est mal passé, donc.

— Si je la revois, je ferai de sa vie un enfer.

Playlist pour noëlophile

(ou pour rendre fou un noëlophobe)

Jingle Bell Rock – Bobby Helms
All I Want for Christmas is You – Mariah Carey
It's the Most Wonderful Time of the Year – Andy Williams
Let it Snow ! Let it Snow ! Let it Snow ! – Dean martin
Santa Tell Me – Ariana Grande
Have Yourself a Merry Little Christmas – Franck Sinatra
It's Beginning to Look a lot Like Christmas – Bing Crosby
Feliz Navidad – José Feliciano
Santa Baby – Kylie Minogue
Holly Jolly Christmas – Michael Bublé
Rudolph the Red-Nosed Reindeer – Dean Martin
What Christmas Means to Me – Stevie Wonder
Sleigh Ride – The Ronettes
Mistletoe and Holly – Franck Sinatra
You and Me and Christmastime – Sheffield
Frosty the Snowman – Ella Fitzgerald

Vous avez aimé cette romance de Noël ?

Découvrez les derniers romans
de Juliette Bonte

Tournez vite la page pour découvrir
un extrait de *Méfie-toi de nous* !

Chapitre 1

Mackenzie

La prestance de Camelia Davis est saisissante. J'ignore ce qui, de son port altier ou de son chignon serré, lui donne cet air autoritaire, mais il est clair que personne n'oserait se frotter à elle. Son physique est parfaitement assorti à l'austérité de son bureau en bois précieux.

En revanche, il détonne avec son métier.

— À combien s'élève leur nombre, cette semaine ?

Elle rajuste ses lunettes à la monture dorée et plonge son regard inflexible dans le mien.

— Neuf ou dix, environ.

Le silence s'étend entre nous, le temps qu'elle inscrive le chiffre approximatif dans son carnet. Je me suis toujours demandé si elle en avait un pour chaque patient, ou si toutes nos confessions étaient compilées à l'intérieur de celui-ci.

— Connaissez-vous la cause de cette soudaine augmentation ?

— Oui. Je retourne en cours lundi matin.

— À la Mercy High School ?

Je confirme d'un signe de tête, ce qui ne la fait pas réagir. C'est un tic de psy : quoi que vous leur racontiez, quelle que soit la passion ou l'apathie que vous mettez dans votre discours, ils demeurent impassibles. De véritables statues.

— Vous avez donc décidé de reprendre vos études ?

— J'ai manqué les examens, l'an dernier. Je n'ai pas le choix.

— Nous avons toujours le choix, Mackenzie.

— Pas sur ce coup-là, non.

À dix-huit ans, je devrais déjà découvrir les joies de la faculté. Si les événements s'étaient déroulés selon le bon programme, je résiderais actuellement sur le campus de l'université de San Francisco. Peut-être aurais-je une colocataire un peu dingue, et des professeurs tortionnaires. Ou alors une colocataire complètement fade et des professeurs fascinants. Je ne sais pas. Je ne peux pas le savoir, puisque je suis condamnée à revivre mon année de *senior*[1].

Camelia m'examine avec intensité.

— Pourquoi avoir décidé de rester là-bas ? N'avez-vous pas tenté de faire accepter votre dossier autre part ?

— Parce que je n'ai pas le choix, répété-je.

Nous sommes mi-octobre, les cours ont débuté il y a plusieurs semaines. Mes parents ont bien contacté les proviseurs des lycées environnants, mais, sans grande surprise, tous ont dit que le délai tardif ne me permettait pas de « jouir d'une place dans leur établissement ». C'est la façon polie de me claquer la porte au nez.

1. Équivalent de la terminale, dans les lycées américains.

Je suis donc cantonnée à la Mercy High School. Mon ancien lycée. Le seul qui veuille bien m'accueillir, et ce, pour une raison consternante : la directrice a eu pitié de ma situation.

— À votre avis, à quoi est due l'amplification de vos crises ? Est-ce lié à votre ochlophobie ? A-t-elle un rapport avec Harper ?

Je ferme les yeux à l'évocation de mon amie, et suis soudain prise d'une poussée d'agacement ; Camelia connaît déjà la réponse. Je hais cette manière sournoise de mettre les pieds dans le plat. De me ramener aux souvenirs. À ce que j'ai perdu et à ce que je suis devenue.

— Les deux, vous le savez très bien.

Ma froideur ne la décourage pas, au contraire. Mes émotions lui donnent matière à réfléchir. Ses neurones doivent certainement mouliner afin de préparer une autre question qui me poussera dans mes retranchements. Son but est que j'explose. Enfin, elle appelle ça « s'exprimer ». Si elle ne nuançait pas ses propos, personne ne la paierait cent vingt dollars de l'heure.

— Non, Mackenzie. Vous devez faire la distinction entre vos peurs, nous en avons déjà discuté. Le lycée a été le théâtre de votre amitié avec Harper, vous y avez bâti des histoires et des souvenirs. Devoir arpenter les couloirs avec son fantôme peut alimenter votre anxiété.

Un fantôme ? Harper lui aurait craché au visage pour cette comparaison. Elle passait son temps à se dorer la pilule en plein soleil, justement pour ne pas ressembler à un « putain de cachet d'aspirine ».

Après réflexion, je crois qu'elle l'aurait simplement

insultée. À l'âge de onze ans, après avoir regardé *Titanic*, Harper et moi avons voulu reproduire la scène du concours de crachats entre Rose et Jack. Elle était tellement mauvaise qu'elle n'a réussi qu'à décorer ses Converse avec sa propre bave. Je me rappelle encore le fou rire que j'ai eu en voyant sa mine dégoûtée, j'en avais des crampes au ventre.

Elle adorait ses Converse.

— Votre ochlophobie nourrit également votre anxiété, mais d'une manière différente, poursuit-elle. Vous avez la peur de vous confronter à vos souvenirs d'un côté, et la peur de la foule de l'autre. Quelle est celle qui domine, selon vous ?

Je ne peux m'empêcher d'émettre un léger soupir ; je n'aime pas le fait qu'elle tente de me mettre dans des cases. Ni moi ni mes problèmes.

La peur me provoque des attaques de panique. Point.

Je ne suis pas là pour être catégorisée mais pour être soignée.

— C'est à vous d'y répondre, non ?

Elle arbore un minuscule sourire, ce que je considère comme un mauvais signe. Je commence à la connaître.

Je la consulte une fois par semaine, depuis sept mois. Sa thérapie est censée traiter mes troubles anxieux. Je ne sais honnêtement pas où elle a eu son diplôme, je doute même de la véracité du CV hallucinant qu'elle met en avant sur son site Internet ; avec moi, en tout cas, elle n'arrive à rien.

— Vous seule êtes capable d'apporter les réponses à vos questions, Mackenzie.

— À quoi servez-vous, dans ce cas ? dis-je, irritée par son air imperturbable.

— Je vous montre les différents chemins praticables. J'élargis votre point de vue. Mon but est identique au vôtre : je souhaite que vous alliez mieux.

— En appelant ma meilleure amie un « fantôme » ? Tout ce que vous faites, c'est appuyer là où ça fait mal.

— Pourquoi notre discussion vous fait-elle souffrir ?

Je lève les yeux au ciel. Ça aussi, c'est une manie de psy : passer l'heure entière à interroger son patient, sans jamais lui apporter la moindre réponse. Poser des questions et répondre par d'autres questions. Tourner en rond.

— Si vous voulez que je le dise, soyez plus directe.

Au lieu de prendre ma remarque en considération, elle baisse la tête et se met à écrire un pavé sur son carnet. C'est rageant. J'ai l'impression d'être un vulgaire cas d'étude, et non un être humain. Camelia Davis ne se soucie pas de ma douleur, elle ne l'entend pas. Elle agit selon le schéma qu'on lui a enseigné pendant ses études. Je ne suis ni plus ni moins qu'un problème à résoudre. Un numéro dans son classeur.

Et ça m'exaspère.

— Vous mettez un terme précipité à la séance ? dit-elle quand je me lève.

J'attrape mon sac sans lui accorder un regard. Harper me l'a offert l'an dernier, et j'admets qu'il est d'une laideur à faire peur. Je ne comprends pas l'association du tissu jaune poussin avec des pompons roses. C'est une abomination visuelle.

Je n'ai jamais osé l'utiliser de son vivant. Bizarrement, depuis qu'elle n'est plus là, je ne le quitte plus.

— Nous nous reverrons la semaine prochaine, Mackenzie.

— Avec joie !

La porte de son cabinet se claque sur mon cynisme.

Comme chaque fois que je laisse Camelia, mes émotions sont retournées dans tous les sens.

J'en veux toujours à la mort de me l'avoir prise. Elle n'avait que dix-sept ans. Le pire que l'on subit à cet âge-là, ce sont des peines de cœur. Elle aurait dû venir pleurer sur mon épaule parce qu'un imbécile l'avait embrassée puis rejetée. On aurait bu de l'alcool à cinq dollars, acheté avec une fausse carte d'identité, et on aurait fini par danser sur de la musique pop des années 1990, en se jurant de broyer toutes les paires de testicules qu'on croiserait.

On aurait ri.

Elle était tellement drôle quand elle riait.

Sa bouche se déformait étrangement, elle ressemblait à une grand-mère shootée au Botox. Je donnerais tout pour pouvoir me moquer encore une fois de ses lèvres tordues et recevoir un coup à l'épaule parce que je suis « une amie monstrueuse ».

Maussade, je retrouve l'extérieur du bâtiment. Le brouillard, récurrent à San Francisco, opacifie le paysage. La rue est plongée dans une brume blanchâtre et humide. Un bel écho à mon humeur.

— Eh !

Je relève la tête, interpellée par le cri. Deux hommes

en uniforme pénètrent dans mon champ de vision. Je me fige en les voyant foncer dans ma direction.

— Arrête-toi !

C'est à moi qu'ils parlent ? Le temps de me sentir stupide puisqu'il n'y a aucune raison que la police en ait après moi, quelqu'un me percute violemment.

Je vacille en arrière, me rattrape in extremis au mur et accuse la douleur au niveau de ma clavicule.

Le responsable est déjà loin quand je me redresse.

— Vous allez bien, mademoiselle ?

Tandis qu'un policier file à vive allure dans le brouillard, l'autre vient à ma rencontre. Il est si essoufflé que je lui retournerais volontiers sa question.

— J'ai juste été bousculée, dis-je en frottant la zone endolorie.

Il opine et pose les mains sur ses genoux, la respiration hachée ; j'ai un mal fou à ravaler mon sourire. Avec ses joues écarlates et ses traits plissés, il semble à bout. Comme sa carrure est plutôt athlétique, j'en déduis que le fuyard possède une belle endurance.

— Tenez.

Il ramasse une casquette et me la met entre les mains. Le temps que je prenne conscience de son geste, il est déjà parti.

— Attendez ! Ce n'est pas à moi !

J'agite l'objet au-dessus de ma tête, ce qui s'avère totalement inutile.

Délestée des cent vingt dollars de ma séance, je suis néanmoins l'heureuse propriétaire d'une casquette noire à la visière tachée. Intriguée, j'observe les empreintes de doigts, faites à la peinture argentée, qui en parsèment le bord. On dirait qu'elle a été uniquement manipulée à cet endroit.

Ne me voyant pas la jeter par terre, je la fourre dans mon sac ; si je croise un sans-abri, il sera peut-être content d'avoir quelque chose pour se protéger le crâne.

Au pas de course, je traverse le passage piéton et avale le kilomètre qui me sépare de ma voiture. Mission District, le quartier où je me trouve, n'est pas réputé pour ses parkings. Je n'ai jamais réussi à trouver une place à moins de cinq cents mètres du cabinet de Camelia Davis.

J'appuie sur la clé pour déverrouiller la portière du côté conducteur.

— Tu as quelque chose qui m'appartient.

L'effet de la voix implacable est immédiat ; un shoot d'adrénaline se répand depuis la racine de mes cheveux jusqu'à mes orteils. En moins d'une seconde, mon corps estime qu'il est en danger.

Il est dans mon dos. Je le sens.

Je prends instantanément peur.

D'instinct, je tire sur la poignée, mais à peine la portière s'entrouvre-t-elle qu'une main se pose à plat sur la vitre pour la refermer. En risquant un œil, je remarque de la peinture sur l'index. Uniquement sur ce doigt-là.

Elle est argentée, comme celle sur la visière de la casquette.

Respire, Mackenzie.

— Rends-moi ce que tu as mis dans ton sac.

Il est d'un calme olympien, son intonation n'exprime

aucune menace. C'est d'autant plus effrayant ; je préfère les gens qui hurlent à ceux qui couvent leur colère.

Mon cœur fait une embardée, quand mon cerveau nous ordonne, à mon corps et à moi, de nous retourner. Je prends soin de serrer le sac contre ma poitrine, histoire de créer un rempart entre nous. Puis je pivote. Un hoquet de surprise se bloque alors dans ma gorge.

Je rencontre le regard le plus étrange qu'il m'ait été donné de voir.

Vert d'eau. Bleu acier. Brun noisette. Les trois couleurs se mélangent. Je suis incapable de définir la teinte de ses iris, c'est un véritable kaléidoscope. Son œil gauche est même différent du droit. J'en perds littéralement la parole – que je n'avais pas, cela dit.

Mon interlocuteur me scrute en silence, visiblement moins bouleversé que moi. Il n'a pas la moindre expression. Rien. Son visage demeure impassible.

— Ma casquette.

Je ne réagis pas immédiatement. Sa particularité me subjugue ; il n'a pas les yeux totalement vairons, mais la tache plus sombre sous sa pupille gauche donne cette impression. Une force surhumaine m'est nécessaire pour m'arracher à ce spectacle, et ma raison reprend ses droits.

La police le poursuivait il y a encore cinq minutes.

Mes veines s'imbibent d'acide et mes poumons se contractent sous la panique ; est-ce un voleur ? Un braqueur ? Est-il dangereux ? Armé ? Capable de frapper une fille ? Les hypothèses se bousculent dans ma tête, et une seule chose en ressort : le stress.

Détends-toi. Calme-toi. Ce n'est pas le moment de partir en vrille.

Plusieurs boules de chaleur éclatent dans ma poitrine, les unes à la suite des autres. Encore et toujours cette adrénaline. J'ai l'impression que des fourmis voyagent à l'intérieur de mon torse, avec des aiguilles en guise de pattes.

Tandis que je perds pied peu à peu, il continue de me dévisager. Sa main n'a pas quitté la vitre. Je me sens minuscule, prise au piège, et incapable d'agir convenablement. Pourquoi ne fait-il rien ? Il aurait eu le temps de m'étrangler au moins dix fois.

Alors, sans que j'en saisisse le sens, il se décroche de ma Ford et agite ses deux mains. Ses lèvres se mettent à remuer, sauf qu'aucun mot n'en sort. Je crois qu'il est en train de signer. Ça y ressemble, en tout cas. Pense-t-il que je suis sourde ? Ou muette ?

— Non, je...

Il cesse tout mouvement. Je déglutis et plonge une main dans mon sac. Elle tremble lorsque je lui tends sa casquette.

— Je n'avais pas l'intention de te la voler, reprends-je. Elle était par terre, le policier l'a ramassée et a cru qu'elle m'appartenait.

Bon sang. Je suis pathétique. Je ferme les yeux en me concentrant sur les battements anarchiques de mon cœur ; l'idée de faire une crise d'angoisse face à un inconnu accentue justement les symptômes de la crise. Encore un peu et je finirai par appliquer les exercices de respiration abdominale devant lui.

Quand j'étire les paupières, il est encore là et sa casquette se trouve toujours entre mes doigts. Je ne pourrais pas avoir plus l'air d'une imbécile, avec mon bras tendu, et le torse qui s'agite au rythme de mon souffle rapide.

— Tu la récupères ou pas ?

Il faut qu'il s'en aille. Maintenant. Mais, au lieu d'écouter mes implorations silencieuses, il dévie ses yeux des miens. Je sens distinctement où son attention se porte, ma peau grésille sous son intérêt. Je devrais partir en courant ou hurler pour que les policiers reviennent sur leurs pas, mais la panique me paralyse.

— Comment te l'es-tu faite ?

Je fronce les sourcils, perdue, jusqu'à ce qu'il trace un trait imaginaire avec son majeur, sur sa lèvre inférieure.

Il imite ma cicatrice.

Elle n'est pas très visible, il faut vraiment s'attarder sur ce carré de peau pour la remarquer. Malheureusement pour moi, il a une bonne vue.

Cette petite balafre me rappelant un mauvais souvenir, je ne lui réponds pas.

— Ta casquette, insisté-je, en l'agitant devant son nez.

Il l'attrape enfin. Ses phalanges se déploient à l'exact endroit des empreintes, et, d'un mouvement souple, il la place sur ses cheveux ébouriffés.

J'aurais une tonne de questions à lui poser, depuis la police jusqu'à cette histoire de langue des signes ou bien de peinture argentée, mais ma curiosité refuse de prendre la parole.

D'abord, parce que je tente de maîtriser la montée d'angoisse sans qu'il puisse le percevoir – et ce n'est pas une mince affaire. Ensuite, parce que des silhouettes, derrière son épaule, fendent le brouillard.

— Va-t'en.

Je reviens à lui, moi-même surprise de l'ordre qui vient de s'échapper de mes lèvres.

— Les flics, précisé-je. Barre-toi.

Il me considère encore quelques instants, et je sens comme une coulée de lave me désintégrer la poitrine. Ses yeux, si uniques, me transpercent avec une puissance inouïe.

Il ne me remercie pas, ne me sourit pas. Il se contente de m'observer intensément, avant d'enfoncer la visière, et de disparaître à l'opposé des costumes bleu nuit qui arpentent la route.

Je m'adosse à la portière, et prends une longue goulée d'air. Puis une seconde. Une troisième. Je pose la paume sur mon plexus et m'oblige à réguler ma respiration.

Je viens d'aider un garçon que je ne connais pas à s'enfuir. Si ça se trouve, il est réellement nocif. Peut-être qu'il découpe des gens et qu'il peint leurs morceaux de chair en couleur argent, qui sait ? Pourquoi ne l'ai-je pas laissé se faire prendre ? Qu'est-ce qui ne tourne pas rond chez moi ?

Si Harper était là, elle aurait ri à gorge déployée, tout en approuvant gaiement ma bêtise. De nous deux, c'était elle, l'irresponsable.

Composé et édité par HarperCollins France.

Achevé d'imprimer en septembre 2019.

FIRMIN-DIDOT

à Mesnil-sur-l'Estrée (Eure)

Dépôt légal : octobre 2019.

Pour limiter l'empreinte environnementale de ses livres, HarperCollins France s'engage à n'utiliser que du papier fabriqué à partir de bois provenant de forêts gérées durablement et de manière responsable.

Imprimé en France